Das Tabu

Nicole Schumacher, 1973 in Zürich geboren, ist Familienmanagerin, Kaffeejunkie und Sushifan – liebt Waldspaziergänge, schwarzen Humor und Psychothriller.
Die im Zürcher Oberland wohnhafte gelernte Augenoptikerin geht mit großem Gespür für Feinheiten und einem Blick für Details durchs Leben.
Die Begeisterung für Spannungsromane mit psychologischem Tiefgang entwickelte sie als fleißiger Bücherwurm.

Ihr Erstlingswerk besticht durch attraktive Perspektivenwechsel, menschliche Abgründe und einem ungewohnten Opferprofil. Umrahmt wird dies von einer zünftigen Portion Lokalkolorit.

Facebook
www.facebook.com/NicoleSchumacherDasTabu

Email
nschumacher@bluewin.ch

Nicole Schumacher

Das Tabu

Psychothriller

10. März 2019

Titelbild und Umschlaggestaltung: Rolf Schumacher
Druck epubli, ein Service der neopubli GmbH, Berlin

Für meinen Vater

1

Freitag, 12. Oktober 2007 – Früher Morgen

Das *RUMMS* wurde lautstark übertönt von dem zeitgleichen *KLIRR*, als die Sporttasche wie ein Sandsack auf den maroden Holzboden klatschte.

Er rieb sich die Schulter, nachdem sich der Tragegurt trotz des Schaumstoffpolsters unangenehm in seine Schlüsselbeinregion gegraben hatte. Ein prüfender Blick in den abgedunkelten Raum, während er die Achseln kreiste, bestätigte ihm aufs Neue:

Es war einfach perfekt!

Vor ihm thronten vier Stützbalken aus massivem Eichenholz, welche wohl wurmstichig, aber keineswegs morsch waren. Senkrecht angeordnet bildeten sie die Eckpositionen einer schätzungsweise zwölf Quadratmeter großen Fläche – der Bühne.

Zu seiner Rechten befand sich das rund fünfzig mal fünfzig Zentimeter kleine Fenster, bedeckt von dem Vorhang aus dunkelblauem Jutestoff. In der hinteren linken Ecke lag die im Boden eingelassene Falltüre, welche den Zugang zu einem mickrigen, aber durchaus zweckdienlichen Stauraum ermöglichte.

Wie gesagt – perfekt!

Er zog den Jutevorhang des Mini-Fensters zur Seite und ein schmaler Lichtkegel beleuchtete wie ein blasser Scheinwerfer exakt die Mitte seiner Bühne.

Der Inhalt fiel in sich zusammen, klirrte erneut und bauchte den stoffbezogenen Kunststoffboden aus, als er die schwarze Sporttasche anhob und unter die magere Lichtquelle wuchtete. Er ging in die Hocke und öffnete den Reißverschluss.

Alles dabei.

Neu und blank. Bläulich schimmernd, schwer, massiv und von höchster Qualität.

Kein Baumarktschrott.

Er hatte sie allesamt in einem renommierten Eisenwarengeschäft in einem Nachbarort gekauft und bar bezahlt, versteht sich. Die Quittung weggeworfen.

Er hob das schwere, dicke Stahlrohr hoch, betrachtete es eingehend und fuhr sanft mit dem Zeigefinger über die sauber abgespanten Enden. Keine scharfen Kanten, höchst professionell verarbeitet.

Zufrieden nickte er. Solche Details waren enorm wichtig, schließlich wollte er hier drin keine Sauerei.

Er überprüfte jedes Teil:

Mehrere Metallrohre aus Stahl und Aluminium in verschiedenen Längen, mit den unterschiedlichsten Durchmessern, einen stählernen Flachmeißel mit abgerundetem Handgriff, etliche Rohr- und Ringschlüssel sowie Kombinationswerkzeuge aus Ring- und Maulschlüsseln.

Fazit der akribischen Kontrolle: Einwandfrei und einsatzbereit.

Die anthrazitfarbene Brechstange, welche länger als sein Arm war, legte er zur Seite. Die würde er wieder mitnehmen, während seine anderen Requisiten hier blieben.

Seine Requisiten … Und dazu gehörten *sie,* seine besonderen Lieblinge:

Feierlich umfasste er den gestromten Hirschhorngriff und zog es aus der rindsledernen Scheide. Das wunderschöne Utensil, welches er als Zwölfjähriger von seinem Großvater geschenkt bekommen hatte, kurz bevor dieser wegen des Leberkarzinoms das Zeitliche segnete.

Sein Jagdmesser mit der zwölf Zentimeter langen, feststehenden Stahlklinge.

Er kniff die Augen zusammen und studierte deren Reflexion, während er das Messer langsam drehte. Dann schob er es behutsam zurück in das edle Etui.

Er kramte in der Tasche, bis er das mattschwarze, papierne Päckchen in der Hand hielt. – Dessen Inhalt: Die ebenholzfarbene, mit kunstvollen Stickereien verzierte Riemenpeitsche. Eine, die etwas taugt! Nicht so ein Streichelding.

Vor längerer Zeit hatte er sie entdeckt, hinter der abgedunkelten Scheibe eines gut versteckten, kleinen BDSM-Shops, irgendwo in dem Kiez um die Potsdamer Straße in Berlin. Das war Liebe auf den ersten Blick gewesen und er musste sie einfach haben.

Doch obschon sie sich nicht erst seit gestern in seinem Besitz befand, lag sie unbenutzt im Dornröschenschlaf, in dem schwarzen Seidenpapier, in welches sie die Transe in dem Laden damals eingewickelt hatte.

Bis heute …

Sorgsam entfaltete er das zarte Papier und berührte mit den Fingerspitzen das feinporige Leder … Samtig weich und schimmernd, mit handgestickten, weißen Ornamenten verziert. *Die Schöne und das Biest* – in einem Stück vereint.

Er nahm sie in die Hand und ließ sie einmal mit voller Wucht heruntersausen. Sie durchschnitt die staubige Luft mit einem lauten Knall.

Wunderschön! Herrlich!

Er schloss die Augen und ließ diesen Augenblick auf sich wirken.

Erregung, Vorfreude, Nervosität …

Es war ein bisschen so wie damals, an jenem sonnigen Nachmittag, als er sich bewusst geworden war, dass er nun seine Unschuld verlieren würde. Als sie zu zweit im Teenageralter aneinander rumgefummelt hatten, in seinem noch kindlich eingerichteten, verdunkelten Zimmer und es dann zur Sache ging.

Die Umsetzung seiner heutigen Fantasie in eine reelle Inszenierung hatte er hunderte, wenn nicht schon tausende Male durchgespielt – gedanklich. In der Realität war er diesbezüglich noch ein blutiger Anfänger.

Aber er war gut organisiert, hatte alles durchdacht, alles genauestens geplant.

Er öffnete die ächzende Falltüre, hob mit Schwung die schwere Tasche hoch, nachdem er alles wieder fein säuberlich darin verstaut hatte und trug sie hinunter, während sie im Takt seiner Schritte ein Liedchen, ein *kling* … *klang* … *klong* … angestimmt hatte.

Mit einem Lächeln trat er ins Freie, montierte das Vorhängeschloss an den rostigen Türriegel, drehte den Schlüssel und steckte ihn in seine Gesäßtasche.

Die Rollen waren verteilt, die Requisiten bereit, die Bühne frei.

Er würde zur rechten Zeit am rechten Ort sein …

Vorhang auf für die Show meines Lebens!
Vorhang auf, für mein wahres Ich …

2

»Wow, das ist sie! Die Story des Jahrhunderts!«

Dominik tippte begeistert in die Tastatur seines Computers und pustete eine Strähne seiner dunkelblonden Haare von dem linken Auge weg.

»Der Hammer! Diese Reportage hätte es echt verdient auf der Titelseite zu erscheinen!« Grinsend schielte er an dem Bildschirm auf die gegenüberliegende Seite seines Arbeitsplatzes vorbei. »Psst … Jens … Alter, hör mal.«

»Was?« Die gelangweilte Antwort kam einige Sekunden später, ohne dass sich etwas hinter dem Monitor vis-à-vis rührte.

»Willst du etwas über eine der interessantesten Persönlichkeiten von Altdorf erfahren, über die ich heute schreibe?« Dominik schien vor Stolz zu glühen.

»Nö.«

Dominik verzog das Gesicht, verschränkte die Arme hinter dem Kopf und wippte auf dem Bürostuhl herum. Verschmitzt lächelnd blickte er zur Decke und fuhr mit einem Singsang fort: »Dann lass es halt sein … du Mumbfl. Passd scho!«

Das funktionierte immer …

Jens schob seinen Kopf neben den Bildschirm und sah Dominik mit einer gehobenen Augenbraue an. Filmreif fuhr er durch die schwarzen Strubbelhaare und zeigte mit dem Finger auf ihn. »Rede gefälligst deutsch mit mir, du Eingeborener. Diese fränkischen Grunzlaute versteht ja kein normaler Mensch.«

»Wie du willst, du maulfauler Stinkstiefel – jetzt verstanden?«

Jens kniff die Augen zusammen, während er etwas in den Händen bearbeitete. »Ey Mann, du bist so was von tot!«

Er holte aus und schmiss einen zusammengeknüllten Papierball, der Dominik zwischen den Augen traf. »Yeah!!«

»Aua, du Lackl! Warte du …« Blitzschnell hatte Dominik ebenfalls ein Wurfgeschoss zurechtgezimmert, welches er nun mit voller Wucht zurück schmetterte.

Jens zog rasch den Kopf hinter den Bildschirm, der Ball flog an ihm vorbei und pfefferte einen vollen Kaffeebecher von Simones Tisch. Sie hatte ihren Arbeitsplatz auf der anderen Seite des Großraumbüros und fuhr quietschend wie eine Maus von ihrem Stuhl hoch, als sich die heiße Brühe beinahe über ihre hellblaue Jeans ergoss.

»Was für ein Depp …?«, rief sie hinüber. Wohlwissend woher der Ball geflogen gekommen war.

»Uups … Entschuldige, Simone!« Dominik eilte los und schnappte sich die Kleenex-Schachtel von Hagens Schreibtisch, welcher ihm deswegen einen vernichtenden Blick zuwarf.

Er kniete sich nieder und begann, die braune Pfütze vor Simones Füßen aufzuwischen. Die dünnen Papiertücher knüllten sich murmelgroß zusammen, kaum dass sie mit der beachtlichen Menge Flüssigkeit in Kontakt getreten waren.

»Da hab ich was viel Besseres für dich, Kleiner.«

Dominik schielte nach oben und sah Jens vor sich, der sich lässig an Simones Schreibtisch anlehnte. Er hielt ihm einen Putzlappen entgegen, welchen er am äußersten Zipfel mit zwei Fingern festhielt. Elegant übergab er ihn Dominik, der ihn mit seinen grünen Augen anblitzte.

Mit einer schnellen Bewegung war er mit Wischen fertig und stellte den leeren Becher wieder auf den Tisch. Dann richtete er sich zu seiner vollen Größe auf und pustete die Haarsträhne weg.

So sehr er sich auch reckte, reichte er Jens gerade mal bis über die Nasenspitze, obwohl dieser immer noch an der

Tischplatte angelehnt war. Herausfordernd sahen sie sich in die Augen und begannen, stetig breiter zu grinsen.

»Alter, das gibt Saures«, flüsterte Dominik und presste Jens den Putzlappen mitten ins Gesicht.

»Igitt … du Ferkel!«

»Wagner, Novak!« Die Stimme von Eduard König hallte durch das Büro. »Haben Sie nichts zu tun?«

Augenblicklich standen beide stramm.

»Äh doch, natürlich«, antworteten sie gleichzeitig.

König schritt quer durch den sonnengefluteten Raum, an leeren und besetzten Arbeitsplätzen und mehreren Yucca-Palmen vorbei und musterte die beiden Kindsköpfe mit seinen eisblauen Augen.

König war ein stattlicher Mann Ende fünfzig und der Chefredaktor der Zeitung *der Kurier*, einem Regionalblatt der Stadt Altdorf bei Nürnberg.

Für das regionale Ressort der Zeitung arbeiteten zur Zeit zwölf Journalisten, darunter zwei Praktikanten – und die knöpfte sich König gerade vor.

Er blickte Jens über den Rand seiner Lesebrille durchdringend in die Augen. »Herr Wagner, von Ihnen erwarte ich noch den Bericht über die Sanierung des Abwassersystems.«

Jens nickte rasch. »Er ist sozusagen fertig, Herr König.«

»Nun gut.« Er wandte sich an Dominik. »Und Sie Herr Novak? Wie weit sind Sie mit der Kaninchenreportage?«

»Ich arbeite am Layout, wird nicht mehr lange dauern.«

Dominik vernahm ein prustendes Geräusch von Jens und boxte ihn unauffällig, aber deftig, in den Oberschenkel.

»Na dann los, meine Herren.«

König ließ seinen Blick über alle Anwesenden im näheren Umkreis von Simones Arbeitsplatz schweifen, verließ dann gemäßigten Schrittes das Großraumbüro und verschwand in seinem privaten Büro neben dem Eingang.

»Ach, das Karnickel hast du vorher gemeint?!« Jens grinste.

Dominik verschränkte die Arme und reckte sein Kinn. »Nicht einfach das Karnickel, sondern *DAS* Karnickel!«

Theatralisch hob er die Arme und deutete mit den Händen eine Wahnsinns-Schlagzeile an:

»*Brutus gewinnt Altdorfer Kaninchen-Schönheitswettbewerb!* So lautet der Titel!« Er hob den Finger. »Untertitel: *Die grössten Ohren der Region gehören Brutus, einem Pfundskerl von einem Riesenschecken!* «

»Ha, so ein Käse!« Jens lachte. »Da bin ich ja direkt froh, dass ich mich heute mit der Kanalisation herumärgern musste.«

»Hmm … bist du selber eigentlich auch dort unten gewesen?« Dominik neigte sich nach vorne und schnüffelte mit nachdenklicher Miene an Jens' Sweatshirt.

»Weg von mir, du Ekelzwerg.« Jens schubste Dominik zur Seite, verschränkte die Finger und ließ die Knöchel knacken. »Es gibt Leute, die noch zu arbeiten haben.«

Mit einem verächtlichen Blick wandte er sich ab und zwinkerte beim Weggehen der rotblonden Tina zu, welche Simone gegenüber saß und ihnen die ganze Zeit amüsiert zugehört hatte. Keck zwinkerte sie zurück.

»Ich komme gleich wieder«, sagte Dominik zu Simone, sprintete quer durch die Redaktion in die Kaffeeecke, um kurz darauf mit einem neuen, dampfenden Becher zurückzukehren.

Mit einem charmanten Lächeln in seinem jungenhaften Gesicht stellte er ihr den Becher hin. »Bitte sehr Madame! Verzeihen Sie meine Ungeschicklichkeit.« Er nahm ihre Hand und küsste sie.

»Danke mein Süßer!«, sagte sie scherzhaft und tätschelte ihm die Wange.

»Gern geschehen. Die da nehme ich dafür wieder mit, bevor es ein Donnerwetter gibt.« Er hob die Kleenex-Schachtel hoch und warf Simone einen vielsagenden Blick zu, den sie mit hochgezogenen Augenbrauen erwiderte. »Allmächd! Tu das, bevor er dich lyncht.«

Dominik ging zu Hagen Wolfs Arbeitsplatz und stellte ihm die Schachtel wieder hin.

»Danke, dass du mir die ausgeliehen hast.«

Hagen blickte mürrisch von seiner Tastatur auf, schnappte ein Tüchlein und tupfte sich Schweißperlen von der Stirn. Danach nahm er seine Brille von der knolligen Nase und putzte die Gläser mit dem selben Tuch, wodurch sie noch schmieriger wurden, als sie es ohnehin schon gewesen waren. Er setzte die Brille wieder auf und betrachtete Dominik finster durch die trüben Linsen. »Kann mich nicht erinnern, dass du überhaupt gefragt hast.«

»Stimmt. Hab ich nicht. Danke trotzdem.« Dominik wandte sich um und verdrehte die Augen, als er Jens' amüsierten Blick registrierte.

»Der Typ ist schon oberschräg«, raunte er Jens zu, während er sich wieder setzte.

»Allerdings. Ist aber auch irgendwie ein armes Schwein, findest du nicht?«, flüsterte Jens und tippte gleichzeitig auf seiner Tastatur, damit ihr Getuschel nicht auffiel.

»Hm, schon … Er hatte sich seine Karriere als Journalist wohl etwas anders vorgestellt, hab ich gehört.«

Jens nickte. »Wollte hoch hinaus, ist aber nie vom *Kurier* weggekommen, weil er wohl etwas sehr talentfrei ist. Jetzt verdanken wir ihm unter anderem doch diese originelle wöchentliche Kolumne.«

Dominik musste sich ein Lachen verkneifen und bemerkte im Augenwinkel einen spitzen Seitenblick von Hagen. »Achtung: Feind hört mit.« Er zog die Schultern hoch und wandte sich seiner Arbeit zu.

Sie arbeiteten eine Zeit lang konzentriert und gewissenhaft, ohne sich ablenken zu lassen oder herumzualbern.

Dominik und Jens kannten sich seit rund einem halben Jahr, als sie zeitgleich ihre Praktikumstelle beim *Kurier* angetreten hatten.

Jens war dafür extra von Magdeburg nach Altdorf gezogen. Der *Kurier* hatte zuvor zwei interessante Stellen für Praktikanten ausgeschrieben, bei welchen selbständiges Recherchieren und Schreiben für den Lokalteil erwünscht war und da wollte er zugreifen.

Dominik war hier geboren und aufgewachsen. Nach dem Abitur war er für zwei Jahre nach Bochum gezogen, um an jener Universität das Grundstudium in Journalismus zu absolvieren.

Als er von den freien Praktikumstellen in seiner Heimatstadt erfahren hatte, war er Feuer und Flamme gewesen und entschloss sich, der Schulbank vorübergehend die kalte Schulter zu zeigen, sich etwas Praxis anzueignen und in seine Heimatstadt zurückzukehren.

»Na Jungs? So geht's eben, wenn man nur herumblödelt.«

Simone stand vor ihnen mit verschränkten Armen und lächelte weise. Sie war eine Frohnatur, mit einer pfiffigen weißblonden Kurzhaarfrisur. Sie war schon lange beim *Kurier* als Reporterin tätig und die gute Seele der Redaktion.

»Stimmt. Wir haben bereits Feierabend!«, sagte Tina forsch. Sie war soeben neben Simone erschienen und warf ihre wallende Haarpracht zurück.

Dominik bemerkte Jens' schmachtenden Blick und schmunzelte. »Wir sind auch gleich fertig«, sagte er.

»Wohin geht ihr nachher?«, fragte Tina und kringelte eine Locke um ihren Finger.

»Ins *Black Island,* kommt ihr mit?«, fragte Jens und strahlte.

Sie druckste herum. »Trefft ihr dort eure Clique?«

»Kumpels!«, fiel Jens ihr ins Wort.

»Kein verschworener Verein in dem Frauen unerwünscht sind, Tina.« Dominik zwinkerte ihr zu und nickte zu Jens hinüber.

»Ein andermal, ja?«, sagte sie.

»Okay.« Jens wirkte enttäuscht. »Und du Simone?«

»Ernsthaft jetzt? Ich könnte ja eure Mami sein!«

»Ach was!«, sagten Dominik und Jens unisono.

Simone lachte. »Wie alt seid ihr zwei schon wieder? Einundzwanzig?«

Sie nickten stolz.

Nachdenklich blickte sie schräg nach oben. »Okay, ich wäre eine Teenie-Mami gewesen, aber trotzdem!« Sie kicherte. »Danke fürs Angebot.«

Jens verschränkte beleidigt die Arme, aber sein Gesichtsausdruck verriet, dass er es nicht so ernst meinte. »Ihr habt noch Zeit bis im März, um mal so richtig mit uns abzufeiern, dann sind wir leider wieder weg.«

Dominik nickte mit vorgeschobener Unterlippe. »Stimmt! Ich mache mein Studium fertig und der hier …« Er sah fragend zu Jens, obwohl er genau wusste, wie dessen Pläne aussahen. Sie waren nämlich die dicksten Freunde, seit sie sich vor sechs Monaten kennengelernt hatten.

»Ich gehe nach Südengland, beginne mein Volontariat bei *My Journey* – dem Reisemagazin«, sagte Jens.

»Hoppla!« Simone nickte anerkennend.

Dominik hatte den Eindruck, einen Hauch von Enttäuschung in Tina aufblitzen gesehen zu haben. In diesem Moment vibrierte sein Handy in der Gesäßtasche und er hüpfte deswegen in die Höhe. Er blickte aufs Display und lächelte verklärt, nachdem er eine kurze Nachricht getippt hatte und das Handy wieder in der Hosentasche verschwinden ließ.

Simone grinste. »Ja, ja … du bist mir ein schöner Schlawiner.«

»Was?« Dominik strahlte wie ein Maikäfer.

»Schon gut, du Schlingel! – Also ihr Buben, genießt euer Wochenende und tut nicht allzu wild! Servus!« Sie wandte sich an Tina. »Kommst du auch gleich mit runter?«

Tina nickte rasch und zog sich die Jacke an. »Tschüss!«, rief sie beim Hinausgehen und blickte nochmals kurz zu Jens.

Dieser saß muffig da und wippte mit geschürzten Lippen auf seinem Bürostuhl. Dominik klopfte ihm auf die Schulter. »Hey Alter, hab Geduld. Sie steht auf dich, ganz klar!«

Jens wollte eben antworten, als das Handy erneut in Dominiks Hosentasche vibrierte und er es sofort hervorzog.

Jens stöhnte. »Schon wieder dein Date von heute Abend?«

»Nein, meine Schwester. Sie wünscht mir Glück für mein Rendezvous … Hat sie eigentlich gestern Abend schon.« Er schrieb zurück und verstaute das Handy wieder, derweil er etwas genervt wirkte.

»Geht sie dir auf den Wecker, dein Schwesterherz?«

Dominik setzte sich und blickte auf den Bildschirm, während er mit der Maus herumhantierte. »Nein, das nicht gerade. Anna ist wirklich die Beste. Aber sie bemuttert mich immer. Sie ist fünfzehn gewesen und ich erst fünf, als unsere Eltern gestorben sind. Daran wird's liegen.«

»Scharfsinnige Schlussfolgerung.« Jens schmunzelte.

»Logische Schlussfolgerung. Unsere Großmutter hat uns nach dem Unfall aufgezogen.« Dominik lachte. »Kannst' dir ja vorstellen, was für ein überbehütetes Kind ich gewesen bin. Umsorgt von einer herzensguten Oma und einer zehn Jahre älteren Schwester, brrrr …«

»Ja, ja, die großen Schwestern … Habe auch eine von der Sorte.« Jens rollte zurück zu seinem PC. »Deine ist wenigstens verheiratet, meine vergrault die Kerle reihenweise.«

»Ja, zum Glück hat sie Marius seit sieben Jahren. Sonst würde sie mich wahrscheinlich noch mehr betüdeln. Er ist mein Verbündeter, wenn sie es mal wieder übertreibt.«

»Die Polizei – dein Freund und Helfer, sozusagen?!«

»Yep! Genau!«

»Könnt ihr zwei mal die Fresse halten, verflucht nochmal?« Hagen funkelte sie an. »Hört auf zu labern, ihr Waschweiber. Das macht mich noch ganz narrisch!«

Gelangweilt blickten beide zu ihm hinüber. »Reg dich ab Hagen, wir sind ja gleich weg«, sagte Dominik und wandte sich wieder seinem Bildschirm zu.

Hagen stand auf und schlurfte in ihre Richtung, ohne Dominik aus den Augen zu lassen.

Jens erhob sich langsam aus dem Stuhl und verschränkte die Arme.

Hagens Kopf fuhr herum. Abschätzig verzog er seinen Mund. »Spielst den Wachhund für den Pisser oder was?«

Er trat bis auf einen halben Meter vor Jens und reckte sich, um auf ihn hinunterblicken zu können. Obwohl Jens ziemlich groß war, überragte Hagen ihn um fast zehn Zentimeter. Jens kniff seine dunkelbraunen Augen zusammen und musterte Hagens unattraktive Visage.

Dominik hatte erst jetzt mitbekommen, dass die zwei im Begriff waren, sich ein Duell zu liefern. Er rollte mit dem Stuhl etwas zurück und raunzte: »Was ist dein Problem? Ist dir langweilig?«

Hagen wandte sich um und kam mit rotem Gesicht zwei Schritte näher.

»Uuuu … jetzt krieg ich aber Angst, Hagen.« Dominik legte den Kopf schief und lächelte frech.

»Ihr Scheißpraktikanten! Ist immer das Gleiche mit euch Saubande, alle Jahre wieder!« Er sah von Dominik zu Jens und wieder zurück.

Die zwei starrten ihn kühn an.

Hagen kehrte zurück an seinen Platz, während er sich halblaut einiger fränkischer Schimpfwörter bediente, die Jens nicht verstand und Dominik lediglich ein müdes Lächeln abringen konnten.

»Was hat er gesagt?«, flüsterte Jens.

»Nicht der Rede wert«, antwortete Dominik und pustete die Haarsträhne aus der Stirn. »Geben wir Gas, damit wir endlich abhauen können.«

3

»Feierabend!«, rief Jens eine Stunde später in das gähnend leere Büro, nachdem er und Dominik ihre Artikel fertig verfasst und von König hatten absegnen lassen. »Falls das irgend ein Schwein interessiert!«

»Hallo Echo!«, grölte Dominik, lachte und schubste Jens Richtung Ausgang. »Raus hier, Mann! Ich verdurste!«

Sie verließen die Redaktion, welche sich in einem modernen Geschäftsgebäude außerhalb der historischen Altstadt Altdorfs befand.

Die zahlreichen Fachwerkbauten und Sandsteingebäude der Altstadt umgaben ringförmig den gedehnten Marktplatz, welcher an seinem oberen und unteren Ende mit imposanten, passierbaren Wehrtürmen, einem Überbleibsel der einstigen Stadtmauer, abgeschlossen wurde.

Das *Black Island*, die Stammkneipe der beiden, lag am Rande der Altstadt und konnte bequem zu Fuß von der Redaktion aus erreicht werden.

Nach kurzer Zeit betraten sie das englische Pub, welches in dunklen Tönen gehalten und mit holzvertäferten Wänden und trüben Fensterscheiben ausstaffiert war. Einige Sofas und Sitzgruppen ergänzten die Einrichtung, die aus massiven, dunkelbraunen Holztischen und Stühlen bestand. An der Wand gegenüber der Eingangstür befand sich eine lange Theke aus dunklem Holz, deren Barhocker zur Zeit alle besetzt waren.

Laute Musik erklang, durchmischt mit Stimmengewirr, dem Klackern von Billardkugeln und der Jubelschreie drei junger Männer, welche sich beim Dartspielen vergnügten.

Dominik und Jens tauschten einen amüsierten Blick und bahnten sich den Weg durch die Menschenmenge zu der johlenden Gruppe bei der Dartscheibe.

»Hey Jungs, was geht?!«

Die Begrüßung mit ihren Kumpels – Till, Yannick und Claus – verlief in einer rituellen Weise, mit laut klatschendem Sportlerhandschlag, Schulterboxen und Handgriff in den Nacken reihum, als hätten sich die fünf schon eine Ewigkeit nicht mehr gesehen.

Lukas, der die dreißig schon vor einigen Jahren passiert hatte, saß auf einem Barhocker und wartete die Zeremonie geduldig ab, bevor er Dominik und Jens zivilisiert die Hand schüttelte. Lukas war Dominiks Nachbar und wohnte ein Stockwerk unter ihm.

»Wer gewinnt?«, fragte Dominik.

Claus reckte sich. »Ich natürlich, was für eine Frage. Habe noch 31 Punkte!« Hohen Hauptes ging er zur Linie vor der Scheibe und stellte sich in Position, mit einem Dartpfeil zwischen den Fingern. Dann warf er. Er traf erst die 20 und beim zweiten Wurf das Double-Feld der 4.

Er schielte über seine Schulter und sagte trocken: »Hör auf mir auf den Arsch zu glotzen, Lukas! Das lenkt mich von meinem Siegestreffer ab.«

»Kann mich gerade noch so beherrschen.« Lukas prostete ihm zu. Alle lachten. Claus grinste.

»So meine Herren … Seht zu und lernt!« Er konzentrierte sich, kniff seine blassblauen Augen zusammen, warf und traf die 3. »Yeah!« Er warf sich in Pose.

»Tu nicht so angeberisch«, murrte Yannick und verschränkte die Arme vor der breiten Brust.

»Ehre, wem Ehre gebührt, Herr Metzgermeister. Wer reihenweise unschuldige Kälber abmurkst, dem fehlt womöglich ein gewisses Fingerspitzengefühl für die hohe Kunst des Darts.«

»Gleich murks ich *dich* ab.« Yannick verzog seinen Mund zu einem grotesk breiten Lächeln und krempelte dabei feierlich die Ärmel seines rotschwarzen Holzfällerhemdes über die haarigen Unterarme nach oben.

»Wage es ja nicht …!« Claus hob den Zeigefinger. Doch bevor er zu Ende reden konnte, hatte ihn Yannick mal so ganz nebenbei in den Schwitzkasten genommen, ließ ihn zappeln und erntete damit bei den anderen schallendes Gelächter.

Till und Jens schlugen laut klatschend die Hände in der Luft zusammen. Dominik stieg neben Lukas auf den Barhocker, hielt die Hände wie einen Trichter vor den Mund und rief: »Aber nicht komplett abmurksen, Yannick! Wir brauchen ihn vielleicht noch!«

Till gluckste laut vor Vergnügen, während sein sommersprossiges Gesicht immense Schadenfreude verriet.

Yannick ließ unvermittelt los, Claus strauchelte zwei Schritte weiter und hüstelte ein leises »Neandertaler«. Dann zupfte er sein schneeweißes Hemd zurecht. Er war in Anzug und Krawatte, direkt nach seiner Arbeit auf der Bank, ins Pub gekommen.

Belustigt nahm Lukas den letzten Schluck seines Feierabend-Biers.

Lukas war Apotheker und führte die Filiale einer pharmazeutischen Kette in der Altstadt. Er wurde dem klischeehaften Bild eines verschrobenen Apothekers aber kaum gerecht, mit seinem attraktiven, gepflegten Erscheinungsbild, welches er unter anderem konsequenter Fitnesscenter- und Frisörbesuche zu verdanken hatte.

Nach einem kurzen Blick auf seinen Chronometer am Handgelenk rief er: »Noch ein Bier? Ich zahl noch eine Runde, bevor ich mich verabschiede.«

»Aber immer, danke Mann! Wir gehen da rüber.« Till deutete auf einen freien Tisch in der Ecke und Lukas nickte.

»Ich helfe dir tragen«, sagte Dominik und schlängelte sich zwischen den Leuten hindurch hinter Lukas her.

Lukas gab an der Theke die Bestellung auf, danach mussten sie warten.

»Das eben war mir etwas unangenehm«, sagte Lukas kaum hörbar in dem Lärmsumpf aus Musik, schwatzenden Stimmen und dem Klirren von Gläsern.

»Was denn?«

»Na, so ein Spruch, wie der von Claus eben.«

»Ach was, kennst ihn ja. Der lässt doch gar nichts aus.«

Lukas rieb sich das Kinn. »So meine ich das nicht. Dass man mich damit aufzieht, dass ich schwul bin, macht mir eigentlich nichts aus.«

»Wo liegt dann das Problem?«

Lukas musterte Dominik skeptisch, dann huschte ein unsicheres Lächeln über sein Gesicht. »Diese … ähm, peinliche Geschichte damals … Hast du ihnen mal davon erzählt? Nimmt Claus mich deswegen immer mal wieder hoch?«

Dominik sah ihn erst verdutzt an, dann begriff er und grinste. »Ach du meinst diese uralte Kamelle, nachdem ich über dir eingezogen bin?«

Lukas nickte.

Dominik lachte herzlich. »Nein Mann, da kann ich dich beruhigen. Nichts gegen dich, aber ich gehe nicht damit hausieren, dass ich von einem Kerl angebaggert worden bin, glaub mir.«

Lukas verzog das Gesicht. »Na also, angebaggert ist ja wohl etwas übertrieben!« Er schmunzelte. »Ich würde das eher als eine unverbindliche Einladung ohne Absichten betiteln.«

»Oho ja, genau!« Dominik beugte sich grinsend über den Tresen. »Und wir kriegen hier gleich sechs Kamillentees ausgeschenkt! – Du hast mich angebaggert mein Freund, volle Kanne!«

»Na schön. Im Rahmen einer geistigen Umnachtung!«

»Hey, zerstör nicht meine Illusion!«

Lukas lachte und Dominik hielt ihm die Hand entgegen. »Nein Mann, ernsthaft jetzt: Alles kein Problem! Topsecret und Kumpels bis in alle Ewigkeit! Passd scho!«

Lukas schlug ein, sichtlich erleichtert.

Die sechs Bier standen mittlerweile bereit. Sie balancierten mit jeweils drei der überschäumenden Gläser quer durch das Pub, stießen da und dort an eine Schulter, erreichten den Tisch in der Ecke aber doch noch heil und trocken.

Die vier anderen quittierten ihr Eintreffen mit dem flüssigen Nachschub mit einem fröhlichen Gejohle.

»Wie läuft das Geschäft, Lukas?«, fragte Jens, nachdem sie sich lautstark zugeprostet hatten.

»Gut! Die Schnupfen- und Grippesaison hat begonnen, da läuft der Laden wie verrückt.«

»Du berechnender Mistkerl!«

»Dacht ich's doch!« Till kniff die Augen zusammen. »Ich hab schon lange das Gefühl, dass du eigentlich so ein durchgeknallter Apotheker bist, der ein geheimes Labor im Keller führt und irgendwelche Superviren züchtet, um sie dann auf die Bevölkerung loszulassen.«

»Du hast es erfasst, Kumpel.« Lukas hob die Hand und Till schlug ein.

»Ha, seht ihr? Der sieht nur so harmlos aus! Voll der Irre! Am Tag der nette Dr. Jekyll und nachts der grauselige Mr. Hyde.« Till formte seine Hände zu Klauen, zog die Schultern hoch und gab solch abartige Grunzlaute von sich, dass ihn die zwei jungen hübschen Frauen am gegenüberliegenden Tisch mit angewidertem Gesicht musterten.

»Lass gut sein Alter, es reicht … danke schön.« Jens klopfte ihm sanft auf den Rücken.

Claus lehnte sich mit einem Seufzer zurück und wandte sich an Dominik. »Hey Novak?!« Er nickte seitwärts zu Till hinüber. »Ist der da eigentlich schon immer so gewesen?

Empört öffnete Till den Mund. Dominik betrachtete ihn dabei nachdenklich. »Hmm, jaaa … irgendwie schon …« Fröhlich schlug er mit der Faust auf den Tisch. »Du hast dich tatsächlich kein bisschen verändert seit dem Kindergarten, Till!«

»Ich fass das jetzt mal als Kompliment auf.« Till fuhr sich vornehm durch die rostbraunen Haare.

»Nein, das ist kein Kompliment, sondern eine tragische Tatsache«, sagte Claus.

»Du bist schon recht so.« Yannick puffte Till liebevoll in den Oberarm. Till verzerrte das Gesicht und rieb sich die geprellte Stelle. »Danke Mann … du bist ein echter Freund!«

»Ja klar, unser Schlachter kann gut reden«, sagte Claus, »hat zuhause eine Freundin. Wir anderen kriegen hier keine ab, wenn wir so einen Schimpansen dabei haben. Habt ihr den Blick der Mädels gesehen vorhin? Dabei habe ich mit beiden zuvor heftigst geflirtet!«

Yannick drehte seinen Lockenkopf kurz zu den Frauen, dann wieder zu Claus. »Wann?«

»Die ganze Zeit über – Augenkontakt mein Lieber.«

Dominik, Jens und Till prusteten gleichzeitig los. Yannicks Mundwinkel schienen bis zu den Ohren zu reichen, während ihm ein tiefer, wobbelnder Ton entwich. Lukas, der die Arme hinter dem Kopf verschränkt hielt, lachte etwas dezenter mit.

»So ein Gschmarri!« Till klatschte sich mit der flachen Hand auf den Oberschenkel. »Die würden dich nicht mal mit dem Hintern ansehen!«

»Wart es nur ab, ich mach *mindestens* eine von denen noch klar heute.«

»Dann würde ich mich aber sputen – sie gehen nämlich«, sagte Jens.

Claus war sprachlos, als er sah, wie sich die Mädchen ihre Jacken schnappten und das Pub verließen, ohne ihn eines Blickes gewürdigt zu haben.

»Heftigst geflirtet!!!«, äfften Dominik und Till Claus wie aus einem Munde nach, klatschten ab und lachten sich krank.

Claus nahm mit finsterer Miene einen großen Schluck Bier, musste sich dann aber selber ein Grinsen verkneifen.

»So, ich muss los«, sagte Lukas, trank sein Glas im Stehen aus und verabschiedete sich. »Servus Leute! Viel Spaß noch!« Er schüttelte allen die Hand und verschwand in der Menschenmenge auf dem Weg zum Ausgang.

Yannick blickte von oben ungläubig in sein leeres Glas und Jens betrachtete seins gebannt in Schräghaltung.

»Ich bin dran.« Dominik stand auf und zog sein Portemonnaie aus der Gesäßtasche. Er wies Till mit einem Kopfnicken an, ihm zu helfen.

Als Dominik sich über den Tresen beugte, damit er bei der Bestellung nicht allzu laut rufen musste, wurde er sanft an der Schulter berührt. Er schaute sich um.

»Hallo Dominik.«

Eine junge Frau mit langem blondem Haar, welches ihr entzückendes Gesicht schmeichelnd umrahmte, lächelte ihn an.

»Oh, hallo«, er musste eine Sekunde überlegen, »Bianca … Wie geht's?«

»Gut … Ich bin mit ein paar Freundinnen hier. Und du?«

»Mit meinen Kumpels.« Er sah zu Till hinüber.

»Hallo!« Sie gab ihm kurz die Hand. Dann ignorierte sie Till und strahlte Dominik an. »Schön, dich wieder mal zu sehen.«

»Ja … gleichfalls!« Er strich seine Haarsträhne aus der Stirn. Einige peinlich stille Sekunden verstrichen. Till schaute fasziniert zwischen den beiden hin und her.

»Ja also, dann …«, sie zeigte in die entgegengesetzte Ecke, »dann gehe ich mal wieder zu meinen Mädels.«

Er nickte bloß, sie wartete noch etwas. Dann zuckte sie verlegen die Achseln. »Schönen Abend noch.«

»Wünsche ich dir auch«, sagte Dominik und nahm drei Biergläser entgegen, Till die anderen zwei.

»Verflucht, Alter … Wer war denn das?«

»Bianca.«

»Bianca.« Till imitierte seinen gleichgültigen Ton. »Erzähl schon!«

»Wir sind vor ein paar Wochen mal zusammen aus gewesen.«

»Was heißt das *genau* ?«

»Zusammen aus«, er grinste, »mit anschließendem kompletten Programm.«

»Du bist mit ihr in der Kiste gewesen?«

Dominik hob vielsagend eine Braue.

»Mit *der* ? Dieser Miss Altdorf höchst persönlich?« Till stand der Mund offen. »Oh Mann, du mal wieder! Was finden die Frauen bloß an dir?« Kopfschüttelnd dackelte er hinter Dominik her, dieser wandte sich kurz im Gehen um. »Ich bin halt ein Kavalier der alten Schule.«

»Du bist ein elender Hallodri!« Till rempelte Dominik an, als er die Gläser abstellen wollte. Das Bier schwappte über und übergoss die gesamte Vorderseite von Dominiks olivgrünem Sweatshirt.

»Oh Mann, du Dödel! Jetzt muss ich mich vorher noch umziehen gehen.«

»Was vorher?«, fragte Till, während er sich setzte.

»Bevor ich auf mein Date gehe.«

Till schlug mit der Faust auf den Tisch. »Der Typ macht mich fertig, das gibt's ja nicht!«

»Doch, doch – das gibt's«, seufzte Jens und verdrehte die Augen.

»Wer ist denn *heute* die Glückliche?«, fragte Claus gelangweilt.

»Meinst wohl Unglückliche«, raunzte Till.

Yannick schmunzelte.

Dominik lachte mit erhobenen Händen. »Was? So wild ist es jetzt auch wieder nicht!«

»Doch!!!« Die Antwort fiel wie ein Schuss und wie aus einem Mund.

Dominik spielte den Entrüsteten, doch dann änderte sich seine Mimik und seine Stimme klang weich, als er von seiner neuen Flamme erzählte: »Sie heißt Melissa … und sie ist … einfach …« Verklärt zuckte er die Achseln.

»Oha«, sagte Yannick.

Jens nickte bedächtig. »Ja, ja … Dieses Mal ist es die große Liebe, ich hab mir das schon den ganzen Tag anhören müssen.«

»Das glaubst du ja wohl selbst nicht«, sagte Claus.

Dominik sah ihn ernst an. »Wer weiß … Ich werde mir dieses Mal auf jeden Fall Zeit lassen.«

Jetzt war es Jens, der lauthals loslachte. »Oh Mann, das sagst du jedes Mal und dann geht die Post trotzdem schon am ersten Abend ab!«

»Diesmal nicht, ich werde ganz brav sein!« Dominik hob die Hand zum Schwur, die anderen vier stöhnten und winkten ab.

»Na schön. Und was machen wir?«, fragte Jens in die verbliebene Runde. »Bleiben wir da, oder machen wir Nürnberg unsicher?«

»Närmberch ist gut«, sagte Till und trank rasch sein Bier aus.

»Ich komm nicht mit«, brummte Yannick. »Hab Nele versprochen, mit ihr den Krimi im Ersten zu schauen.«

»Mannomann, was seid ihr zwei für Spaßbremsen.« Claus beschenkte sie mit einem Blick der vor Vorwürfen nur so triefte.

»Hey Mr. Bombastic, sieh's doch mal so«, sagte Dominik, »wenn Yannick und ich nicht dabei sind, bleibt mehr für dich übrig!«

»Haha«, muffelte Claus. Till stieß ein glucksendes Geräusch aus und fing sich damit einen strafenden Blick ein.

Dominik sah auf die Uhr. »Shit, ich muss los! Treffe mich mit Melissa um neun im *Mirage*.« Er kniff Till in die Nase.

»Aua!«

»Ich muss mich ja noch umziehen, gell, Till?!«

»Dann toi toi toi Alter. Und sag deiner Melissa, sie soll das nächste Mal ein paar Freundinnen mitbringen«, sagte Jens.

»Genau!«, näselte Till, mit beiden Händen im Gesicht.

»Mach ich! Tschüss!« Dominik machte ein: *Wir sehen uns*-Zeichen und verließ das Pub.

4

Dominik schloss den Reißverschluss seiner Jacke, als er vor der Tür des Pubs stand und atmete die frische, kühle Abendluft ein.

Der eisige Strom, der seine Lungen füllte, ließ ihn etwas frösteln. Er wickelte den Schal um den Hals und machte sich auf den Weg. Dichter Nebel lag träge in den Gassen und ließ ihn kaum die Hand vor Augen sehen.

Ins *Mirage,* einer Disco in der Nähe, waren es nur rund neunhundert Meter und auf dem Weg dorthin kam er an seiner Wohnung vorbei – wie praktisch.

Melissa …

Der Gedanke an sie zauberte ihm ein Lächeln aufs Gesicht.

Als er vor zwei Wochen für Recherchen über das regionale Herbstfest unterwegs gewesen war, hatte er sich in einem Festzelt an eine Kaffeebar gesetzt, um Notizen zu machen.

»Der geht aufs Haus«, waren die Worte gewesen, die ihn von seinem Notizblock aufblicken ließen.

Sein Herz war in der Brust gehüpft, als sie vor ihm gestanden war, mit einem Espresso in der Hand, den sie vorsichtig auf seinen Tisch stellte.

Vom allerersten Moment an war er verzaubert gewesen.

Sie hatte ihn angelächelt und er bemerkte, dass ihr niedliches Gesicht ganz rot wurde, als er zurück gelächelt hatte.

Wunderschöne haselnussbraune Augen und dunkelbraune glänzende Haare, welche ihr locker auf die Schultern fielen, hatten sie wie ein mystisches Wesen aus einer anderen Welt erstrahlen lassen. Sie besaß das allerschönste Lächeln der Welt und das galt ihm allein.

Sie hatten zu plaudern, zu lachen und zu flirten begonnen und er wurde von tausend tanzenden Schmetterlingen in seinem Bauch gekitzelt – ein Gefühl, das er so noch gar nicht gekannt hatte.

Nach einer Weile hatte sich das Festzelt leider immer mehr gefüllt und sie musste wieder an die Arbeit. Sie hatten noch kurz die Handynummern ausgetauscht, bevor Dominik auch weiter musste.

Seit jenem Tage hatten sie sich immer wieder geschrieben und heute würden sie sich endlich treffen.

Bereits hatte er das Wohnhaus, in dem er eine 2-Zimmer-Altbauwohnung im zweiten Stock bewohnte, erreicht. Er sprintete, mehrere Tritte auf einmal nehmend, die Treppe nach oben und betrat sein Reich.

Angeekelt verzog er das Gesicht.

»Uff … So geht das also echt – nicht – weiter!«

Seufzend warf er die Schlüssel auf die hässliche, mit hellgrüner Farbe bestrichenen Kommode, die er spottbillig auf einem Trödelmarkt erstanden hatte und begutachtete sein Chaos:

Turnschuhe, Sneakers und Winterboots, einzeln verteilt im Flur, als wären sie verzweifelt auf Partnersuche unterwegs. Vier oder fünf Jacken, abwechselnd richtig rum und verdreht, allesamt über dem selben, viel zu kurzen Garderobenhaken. Daneben am Boden, auf dem Rücken liegend, die Ärmel weit von sich gestreckt – seine verwaschene Jeansjacke. Dazu verdammt auf den Dielen ihr Dasein zu fristen, weil sie sich dort oben nicht mehr festkrallen konnte und abstürzte – das arme Ding.

Dominik stieg über die Single-Schuhe und warf einen Blick in sein kleines Wohnzimmer, mit der blauen, fluffigen Couch und dem uralten, aber riesigen Röhrenfernseher, der ein solch ausladendes Hinterteil besaß, dass sich der Bildschirm beinahe in Zimmermitte befand.

Auch hier hatte seine Desorganisation stolz das Zepter übernommen:

Mehrere getragene T-Shirts und Sweatshirts, ineinander verschlungen über einer Stuhllehne hängend, erinnerten irgendwie an Gruppensex.

Die beachtliche Menge an Magazinen und Zeitungen, Papierkram und Schulunterlagen, verteilt auf Tisch und Boden sah nach Altpapiersammlung aus.

Eine leere Flasche Bier und ein halbgefülltes Glas Cola mit fetten Fingerabdrücken versehen thronten auf dem gläsernen Salontischchen, welches ein nettes Muster aus Ringen von klebrigen Gläserböden besaß.

Eine angefangene Tüte Kartoffelchips lag da auch noch rum und ein Teil des Inhaltes würde mit Sicherheit zwischen den Ritzen der Sofakissen zu finden sein. Ölig und piksig, wenn man sich darauf setzen würde.

»Morgen räumst du hier auf, du Dreggschbachdl!«

Also wirklich … igitt.

Dominik ging in sein Schlafzimmer, entledigte sich seiner biergetränkten Sachen und zog ein neues T-Shirt und darüber ein sauberes Hemd an.

Er überlegte, während er sein Hemd zuknöpfte und das ungemachte Bett mit den getragenen Kleidungsstücken darauf betrachtete. Wenigstens sein Bett sollte er noch etwas anständig herrichten, falls …

»Nein! Denk nicht mal dran!«

Dieses Mal nicht. Er glaubte – nein, war sich sicher, dass dieses Mädchen es wert sein würde, nicht gleich mit der Tür ins Haus zu fallen, auch wenn ihm das verdammt schwer fallen wird.

Er pfiff eine selbst kreierte Version von DJ Ötzis *Stern,* weil ihm die Originalmelodie außer des Refrains gerade nicht mehr geläufig war, und machte sich im Badezimmer etwas frisch.

Er begutachtete sein Gesicht im Spiegel, kontrollierte, ob da nicht noch Zahnpasta oder sonst was Peinliches an seiner Backe klebte und zupfte an seinen Haaren herum.

Diese doofe Haarsträhne ließ sich einfach nicht bändigen.

»Bub, du hast da halt so einen Wirbel«, hatte die Frisörin kopfschüttelnd gesagt, als er mit neun Jahren das erste Mal in einem *richtigen* Coiffeursalon gewesen war.

Von heute auf morgen hatte sich klein Dominik geweigert, seine Haare weiterhin von Oma mit einem Haartrimmer, mit dem man durchaus auch ein Schaf von seiner Wolle hätte befreien können, scheren zu lassen. Anna hatte ihn deshalb zu ihrer Frisörin mitgenommen und die hatte ihm endlich eine coole Frisur verpasst.

Ein Blick auf die Armbanduhr zeigte, dass er verdammt spät dran war. Er sprintete quer durch die Wohnung, schlüpfte in die Schuhe, schnappte sich die Jacke, katapultierte sich in Windeseile raus ins Treppenhaus, Treppe runter, auf die Straße.

Sein Handy hatte er in der Hitze des Gefechts in der Wohnung liegen gelassen.

Er zog die Jacke an, währenddessen er durch die dunklen Gassen rannte, bog ab um eine Ecke, um eine zweite …

Sein Herz war frei, leicht … gleich würde er sie sehen …

Da vernahm er hinter sich ein Geräusch, bemerkte einen Schatten, der hervor preschte und bevor er sehen konnte, was das war, verspürte er einen schmerzhaften Schlag auf dem Hinterkopf.

Er verlor das Gleichgewicht, fiel vornüber und dann spürte er gar nichts mehr.

5

»Wach auf!«

Ein schmerzhafter Schlag mitten ins Gesicht riss Dominik aus seinem Koma.

Stille.

Er erwachte nur langsam. Seine Wange brannte, sein Kopf dröhnte … pulsierte in einer dumpfen Weise, als wäre er in heiße Watte gepackt.

Sein Mund war trocken. Er schluckte, um seinen Rachen zu befeuchten, sein Hals kratzte und fühlte sich danach noch trockener an. Er verstand nicht, weshalb er sich so krank fühlte.

Er lag auf dem Bauch … irgendwie ausgestreckt.

Warum?

Er brauchte einen Moment, um einen einigermaßen klaren Gedanken fassen zu können.

Wo …? Was …?

Bleierne Dunkelheit umgab ihn.

Er versuchte die Augen zu öffnen, aber es war nicht möglich. Etwas drückte auf seine Lider und ließ nicht mal das kleinste Blinzeln zu.

Mühselig hob er den Kopf. Das dröhnende Pochen in seinen Schläfen verstärkte sich. Er legte ihn wieder zur Seite.

Angestrengt versuchte er erneut die Lider aufzureißen, es fühlte sich an, als wären sie an seinen Augäpfeln festgeklebt. Irritiert wollte er hin fassen um zu befühlen, was da sein könnte, doch es ging nicht. Seine Arme lagen seitwärts ausgestreckt.

Er versuchte den rechten Arm an den Körper zu ziehen, stellte aber verdutzt fest, dass dieser straff fixiert war.

Die Hand ließ sich bewegen. Er ballte seine verkrampften, eiskalten Finger und streckte sie wieder. Es schien beim Handgelenk zu blockieren. Er versuchte die Hand durch eine Drehbewegung aus dieser Fixierung zu befreien. Es stach und pikste und schnürte seine Haut ein.

Eine Fessel!

Was verdammt?

Mit einem beherzten Ruck probierte er seinen linken Arm zu sich zu holen, doch der war genauso unbeweglich wie der Rechte … auf dieselbe Art festgebunden.

Er geriet in Panik, versuchte die Knie zu beugen um auf die Beine zu kommen und realisierte dabei entsetzt, dass seine Beine gespreizt und genau so unbeweglich wie seine Arme waren.

Er war gefesselt, an allen vier Gliedern.

Straff festgebunden und aufgespannt, wie eine Tierhaut nach der Häutung.

Er mobilisierte all seine Kräfte, zerrte gewaltsam und gleichzeitig an allen vier Fesseln und musste verzweifelt feststellen, dass sie immer tiefer in seine Haut schnitten, je mehr er daran zog.

Das mussten Seile sein … Raue, haarige Seile. Es brannte, stach und kratzte.

Er pausierte kurz, sein Herz raste. Angst kroch in ihm hoch wie ein schleimiger Wurm und nahm ihm die Luft zum Atmen.

Langsam…

Das ist sicher nur ein dummer Scherz von den Jungs …

»Ist da jemand?«

Seine Stimme kam ihm fremd vor.

Totenstille.

Dunkelheit.

Er zitterte … Vor Kälte …? Vor Angst …?

Sein Körper vibrierte auf dem harten Boden. Seine Zähne klapperten. Er versuchte dies zu stoppen, indem er die Backenzähne zusammenbiss, was aber nichts zu nützen schien. Das Klappern war das einzige Geräusch in dieser absoluten Schwärze und erschien ihm unnatürlich laut.

Die Umgebung schien sich zu drehen und ihn zu umrunden. Was war oben? Was unten?

Er versuchte sich eine Orientierung zu erschnuppern. Sein Atem ging flach und schnell und er musste sich zwingen, ruhiger zu atmen, um den Geruch seiner Umgebung wahrnehmen zu können.

Es roch etwas nach Holz. Nach älterem Holz. Leicht modrig, ein wenig wie in einem Keller mit Naturboden, wo man Kartoffeln lagern konnte. Der Boden war hart, aber ebenmäßig, vermutlich ebenfalls aus Holz.

Er schnüffelte daran und rieb seine Wange darüber. Unbehandeltes Holz, das etwas kratzte und gammelig roch.

Er befand sich folglich in einem Raum.

Das Gefühl, sich ein bisschen orientieren zu können, beruhigte ihn ein ganz klein wenig. Wut machte sich zusätzlich in ihm breit und verdrängte kurzfristig seine Angst. Er holte tief Luft und schrie in die Dunkelheit: »Verdammt! Was soll der Scheiß?! Lasst mich los!!!«

Ein Zischen durchbrach die Stille und fast zeitgleich spürte Dominik einen feurigen Schmerz auf seinen Schulterblättern. Die unerträgliche Hitze breitete sich in Sekundenschnelle aus und überzog seinen ganzen Rücken.

Er rang nach Luft, hob seinen Kopf, versuchte sich gegen den Schmerz zu stemmen.

Ein leises Geräusch ließ ihn zusammenfahren.

Es war ein feines Klicken, als würde ein Kippschalter gedrückt.

Dann dröhnte es laut:

»Halt deinen Mund!«

Es war keine menschliche Stimme. Künstlich, roboterähnlich. Laut und verzerrt.

Vor Schreck erstarrte er.

»Du hast hier nichts zu melden! Sei ruhig, sonst klebe ich dir das Maul auch zu!«

Nach einer kurzen Pause: »Du tust nur, was ich dir sage! Und jetzt halt still!«

Was heißt das …?

Diese Stimme war unwirklich, unheimlich. Eine monotone Computerstimme … unmöglich sie zu identifizieren.

Das muss ein Stimmverzerrer sein …

Dominik gefror das Blut in den Adern.

Er hörte zwei Schritte … jemand kam ihm ganz nah.

Er verkrampfte sich, ballte seine Hände zu Fäusten, krümmte seine Zehen …

Er konnte ein schweres Atmen hören … eine Berührung in seinem Nacken spüren … eine warme Hand … sanft. Dominik zuckte unter ihr zusammen, spannte jede Faser seines Körpers.

Die Hand strich nach oben durch sein Haar, glitt zärtlich und langsam über seinen Hals … seine brennenden Schultern, auf dem Rückgrat hinunter zu seinem Gesäß.

Da wurde es Dominik bewusst, dass er nackt war.

Mein Gott!

Die Hand wurde fordernder, mit massierenden Bewegungen berührte sie ihn, änderte ihre Richtung und versuchte, sich in seiner Leistengegend nach vorne zu schieben.

Nein, nein, nein …

»Nein!«

Die Hand wurde abrupt zurückgezogen, doch kaum eine Sekunde später zischte es erneut und eine weitere brennende, unerträglich schmerzhafte Hitzewelle flutete seine Rücken. Es fühlte sich an, als wäre seine Haut aufgeplatzt.

Er schrie auf.

Sein Rücken brannte und pulsierte. Ihm war schwindlig vor Schmerz … Noch nie zuvor in seinem Leben hatte er solche Angst. Erschöpft ließ er seinen Kopf sinken und stöhnte, röchelte … glaubte zu ersticken …

Wieder umgab ihn absolute Stille.

Stille und Dunkelheit, komplette Orientierungslosigkeit … Sein Röcheln kam schnell und stoßweise …

Was würde als Nächstes passieren?

Er lag ungeschützt da … bewegungsunfähig … konnte nichts tun … bloß warten.

»Bitte …«, hörte er sich leise flehen, »bitte … lassen Sie mich gehen …«

Keine Antwort.

Eine Träne suchte sich ihren Weg zwischen Klebeband und seiner Wange. Sie war heiß und kitzelte … er wollte sie so gern wegwischen.

Auf einmal ein Geräusch ganz dicht an seiner Seite … kniete sich der Irre neben ihn?

Urplötzlich und grob wurde er an den Haaren gepackt und sein Kopf wurde mit einem kräftigen Ruck in den Nacken gerissen. Er spürte etwas Hartes, Kaltes an seinem Hals, das ihm tief in die Haut gepresst wurde.

Ein Messer …

Er hörte sich wimmern.

Ein stimmloses Flüstern drang an sein Ohr. Ganz nah … ohne das Verzerrgerät … aber nicht minder erschreckend. »Zum letzten Mal: Halt deine Schnauze. Sonst schlitz ich dir die Kehle auf.«

Er spürte den Luftzug des Atems, heiß und unangenehm.

»Hast du mich verstanden?« Die flüsternden Lippen schienen ihn beinahe zu berühren.

Dominik nickte vorsichtig.

Der Druck an seinem Hals verschwand. Sein Kopf wurde mit Wucht nach vorn gepfeffert, so dass seine Stirn auf dem harten Boden aufschlug. Reflexartig wollte er sich die Stelle reiben, was er nicht konnte, wie ihm schmerzlich in Erinnerung gerufen wurde.

Nebenan ein Rascheln, eine Bewegung … der Andere stand wohl auf.

Ein leises Geräusch … kaum hörbar. Dominik lauschte angestrengt …

Das feine Zurren eines sich öffnenden Reißverschlusses …

Mit blankem Entsetzen verstand er.

Oh nein … das nicht … bitte …

Dominik riss mit ganzer Kraft an den Fesseln, sie schnitten tief in sein Fleisch. Panisch versuchte er sich aufzubäumen, wurde aber im selben Moment von einer unglaublichen Wucht niedergedrückt, als sich der Andere auf ihn legte. Es presste ihm die Luft aus den Lungen … er konnte kaum atmen … ihm wurde speiübel. Sein Kopf wurde seitwärts grob mit einer Hand oder Arm festgeklemmt … am Boden fixiert … ein Mund an seinem Ohr, heißer Atem und wieder dieses tonlose Flüstern … ganz … nah.

»Schhh … ganz ruhig …«

»Nein! N…« Sein Aufschrei wurde abgewürgt, durch diesen entsetzlichen Schmerz der sogleich folgte … diese harten Stöße, die ihn nicht atmen ließen, dieses schwere, feuchte Atmen an seinem Ohr …

Weg, weg … ich will weg …

Dominik verzerrte sein Gesicht … presste die Augen zusammen unter dem Klebeband … seine Kiefer mahlten und die Zähne knirschten. Die Hände ballte er zu Fäusten, presste die Fingerkuppen in seine Handballen, so dass die Knöchel weiß hervortraten. Er zog immer und immer wieder an diesen verdammten Seilen … Hände und Füße wurden taub, als ihnen das Blut abgeschnürt wurde. Das Brennen und Pochen seines verletzten Rückens verschmolz mit diesem grauenvollen, neuartigen Schmerz und überall wurde er angefasst, an jeder erdenklichen Stelle seines Körpers …

Oh mein Gott …

Ein unterdrücktes Stöhnen … ein Festkrallen in seinem Haar … feuchte Lippen, die sich seitwärts an seinen Hals pressten, und ein Innehalten der Bewegung signalisierten Dominik nach einer gefühlten Ewigkeit, dass der Kerl wohl endlich fertig war.

Jener verharrte noch eine Weile schwer atmend auf ihm, bedeckte ihn komplett mit seinem Körper, hatte seine Hand noch eine Zeit lang in Dominiks Haar festgekrallt, bevor er seine Faust öffnete, von ihm abließ und sich endlich erhob.

Dominik stand unter Schock.

Das war nicht real, das konnte nicht real sein!

Er würde jeden Moment aufwachen und zu sich sagen: Mensch, was für ein beschissener Traum, – aber er erwachte nicht.

Er lag noch immer in dieser vollkommenen Dunkelheit, ausgestreckt wie ein fleischiger Teppich. Sein gesamter Körper pulsierte wie eine einzige, riesige Wunde, das Atmen fiel ihm schwer.

Er vernahm nestelnde Geräusche – der Andere schien sich die Hose wieder raufzuziehen. Dominik hörte ihn noch immer atmen.

Vielleicht ließ er ihn jetzt gehen?

Er wartete … wartete auf irgendwas …

Wieso sagte er nichts? Wieso geschah nichts?

Diese unerträgliche Stille und die Dunkelheit, gefangen in einem Vakuum.

»In Ordnung«, Dominik sprach so leise, dass er sich selber kaum hören konnte, dann räusperte er sich. »Sie hatten Ihren Spaß. Lassen Sie mich jetzt gehen.« Er musste gegen

Tränen ankämpfen, als er dies sagte, aber es war ihm gelungen, etwas selbstbewusst zu klingen.

Es vergingen einige unerträgliche Sekunden, dann folgte das feine Klicken.

Eiskalt und monoton hallte die Stimme:

»Oh nein … Ich habe gerade erst mit dir angefangen!«

Und mit unendlicher Verzweiflung und Todesangst nahm Dominik die undefinierbaren, klirrenden Geräusche von metallenen Gegenständen wahr.

6

Als Dominik noch ein Kind war, träumte er manchmal, dass er im Dunkeln von einem unsichtbaren Monster gejagt wurde, welches ihn immer fast packen konnte.

Aber er war schneller gewesen, konnte der Bestie stets um Haaresbreite entwischen, bis er irgendwann aufwachte.

Dieses Monster aus der Kindheit war nun zurückgekehrt und hatte ihn doch noch erwischt.

Es hatte ihn in seine Höhle gezerrt, quälte ihn und ließ ihn nicht aufwachen. Es hielt ihn während Stunden in einem Albtraum gefangen, aus dem es kein Entrinnen zu geben schien.

Dominiks anfänglich verzweifelter Versuch, mit seinem Peiniger doch noch in einen Dialog zu kommen, wurde im Keim mit Peitschenhieben erstickt.

Dann begann er mit der Polizei zu drohen, was angesichts seiner Lage absolut lächerlich war und ihm noch mehr Peitschenschläge einbrockte.

Als dann die Erschöpfung und die Schmerzen unerträglich wurden, warf er den Rest seines Stolzes über Bord, bettelte, winselte, flehte und hasste sich selber dafür.

Schlussendlich musste er akzeptierten, dass er dem Teufel höchstpersönlich in die Hände geraten war und kapitulierte. Er kapselte sich in eine mentale Blase ab, welche ihm das Gefühl gab, seinen Körper verlassen und die Szenerie mit einer gewissen Distanz beobachten zu können. Dies wurde zu seinem rettenden Hafen, seiner einzigen Chance, diese Nacht zu überstehen.

Er wusste nicht, wie oft er mit den verschiedensten Gegenständen penetriert wurde, wie oft er ausgepeitscht, mit dem

Messer bedroht und vergewaltigt wurde. Er hörte auf zu zählen.

Sein Peiniger legte eine enorme Ausdauer an den Tag. Er verging sich etliche Male an ihm und wenn er selber vorübergehend nicht mehr dazu in der Lage war, benutzte er einfach etwas anderes. Eine seiner Requisiten, wie er sie nannte.

Damit folterte er Dominik stundenlang auf abscheulichste Weise. Testete aus, wie grob, wie tief er mit diesen Dingen in ihn eindringen konnte oder musste, um ihm ein Ächzen, ein Stöhnen oder Schreien zu entlocken. Er geilte sich daran auf und – was noch schlimmer war – machte sich darüber lustig.

Dominik wäre am liebsten gestorben, wären da nicht diese wenigen Pausen gewesen, an die er sich verzweifelt klammerte. Kurze Pausen – vielleicht zehn, fünfzehn Minuten, in denen er in Ruhe gelassen wurde. Dann öffnete der Andere die Tür, ging nach draußen und ließ ihn allein.

Kühle, frische Luft strömte dann jeweils in diesen Raum, wo es nach Schweiß und anderen Körpersäften stank. Und obschon es meist fürchterlich kalt wurde, schien es Dominik, als würde die reine Luft ihn umarmen, sanft streicheln und trösten wollen.

Es roch nach Erde und Moos, nach Natur und Freiheit. Es war die einzige Verbindung zu einer doch noch real existierenden Welt und half Dominik, nicht den Verstand zu verlieren. Das war seine Medizin, welche ihm mehrfach das Leben rettete, wenn die Türe wieder geschlossen wurde und ein: »Sooo … machen wir weiter!«, durch den Raum hallte.

Mehrere Male war er trotzdem kurz davor, in Ohnmacht zu fallen.

Sofort wurde ihm mit flacher Hand ins Gesicht geschlagen und sein Oberkörper mit Wasser bespritzt. Sein Kopf wurde an der Haaren gepackt, nach hinten gerissen und dann wurde ihm eine Wasserflasche an den Mund gehalten.

Es war dem Kerl anscheinend wichtig, dass Dominik keine Sekunde verpassen, keinen Moment in eine erholsame Ohnmacht abgleiten konnte.

In der ersten Zeit weigerte sich Dominik, das Wasser anzunehmen und ließ es mit zusammengekniffenen Lippen an seinem Hals hinunterlaufen. Aber als sein Stolz irgendwann verflog, sein Durst zu quälend wurde, siegten die elementaren Bedürfnisse …

… er trank und verachtete sich dafür.

Seit längerer Zeit passierte nun nichts mehr.

Der Kerl war anscheinend endlich fertig mit ihm.

Es klang nach Zusammenpacken, roch nach Putz- und Desinfektionsmitteln, klirrte und schepperte, aber kein menschlicher Laut, wie ein Hüsteln, ein Schniefen oder ein Räuspern, war zu hören, außer Schritten. Schritte, die sich näherten, die sich entfernten …

Dominik war am Ende.

Sein Kopf war leergefegt, sein Körper eiskalt und taub. Er empfand weder Schmerzen, noch ein Gefühl von Kälte. Vielleicht war er bereits tot und wusste es nur noch nicht …

Ab und zu fiel er in einen Sekundenschlaf, aus dem er aber sofort wieder erwachte.

Seit undenkbar langer Zeit waren seine Augen zugeklebt, er war in dieser absoluten Dunkelheit gefangen.

Manchmal erschienen in der Schwärze schemenhafte Gesichter, bösartige Fratzen, die ihn verspotteten und auslachten. Teilweise formten sie sich gar zu kompletten Gestalten, welche auf ihn zu schwebten, ihn umkreisten, mit den Fingern auf ihn zeigten und laut kreischten.

Er war ihnen ausgeliefert, konnte nicht ausweichen und musste sie erdulden, bis sie sich im Nichts auflösten, von der Dunkelheit verschluckt wurden.

Das unvermittelte Klicken des Stimmenverzerrers ließ ihn zusammenfahren.

»Wir machen eine Reise!«

Sein rechter Arm wurde gepackt und mit einem einzigen Schnitt war die Fessel gelöst. – So einfach war das.

Das Selbe auf der anderen Seite: Ratsch – weg war das Seil!

Dominik winkelte die Ellbogen an. Es schmerzte. Seine steifen Gelenke blockierten wie rostige Scharniere.

Die neu gewonnene Freiheit war aber nur von kurzer Dauer. Seine Handgelenke wurden gepackt, auf dem Rücken überkreuzt und mit Klebeband zusammengebunden. Dann machte sich der Andere an Dominiks Fußfesseln zu schaffen. Ein beherzter Schnitt auf jeder Seite und er konnte die Knie wieder beugen. Seine Beine waren genauso steif wie die Arme.

Klick.

»Aufstehen!«

Grob wurde ihm aufgeholfen.

Dominik dachte, er trüge Prothesen, das waren nicht seine Beine. Er knickte ein, der Andere musste ihn stützen, damit er nicht hinfiel.

Oben …? Unten …? Dunkelheit … Drehte er sich?

Er konnte kaum gehen, als er zur Tür hinaus geschoben wurde.

Kühle Morgenluft wehte ihm entgegen.

Die Kälte und das daraus resultierende Frieren raubten seine letzte Kraft. Er sackte zusammen, der Andere riss ihn hoch. Er hing in dessen Armen. Der Herzschlag des Mannes war an seinem wunden Rücken fühlbar.

Der Kerl war genervt. Er schien spontan etwas sagen zu wollen, da kam ihm wohl der Verzerrer in den Sinn. Er klemmte Dominik mit einem Arm fest, während er an etwas herum fingerte.

Das Klicken.

Dominik rutschte ab.
Mit einem ungehaltenen »Mmmm …« griff der Mann nach und hielt ihn fest. Dann schrie er laut: »Verdammt! Reiß dich zusammen!«
Ein Fragment der natürlichen Stimme war hörbar. Hinter dieser künstlichen, hallenden Stimme. Der Mund war so nah an seinem Ohr, dass sie mitschwang … wie ein Echo.
Das Anherrschen hatte genützt. Dominik stand wackelig, aber wieder selbständig.
Er wurde an seiner Handfessel festgehalten, während er ein Klackern von Schlüsseln und gleich darauf die Hydraulik eines sich öffnenden Kofferraumdeckels hörte.
»Einsteigen!«
Grob wurde er kopfüber in den Kofferraum gestoßen. Er landete seitwärts verdreht und blieb liegen.
Ein Knall – der Deckel schien zu zu sein. Der Wagen wurde gestartet und fuhr los.
Das würde seine letzte Reise werden, dessen war er sich sicher. Sein Leben würde bald zu Ende sein.
Eine tiefe Traurigkeit, gepaart mit Akzeptanz, welche von seiner immensen Erschöpfung herrührte, erfasste ihn. Das war also sein Schicksal, er musste es annehmen.
Der einzige Gedanke welcher sich immer wieder aufdrängte, war:
Warum …
Es würde ihm nicht vergönnt sein, jemals eine Antwort auf diese Frage zu bekommen. Dafür würde keine Zeit mehr bleiben.
Die Straße war holprig und steinig.
Er hörte, wie der Schotter unter den Rädern durchpflügt wurde und spürte die Vibrationen.
Es ging geradeaus. Das monotone Geräusch des Motors und das Rütteln des Wagens lullten ihn ein.

Das Auto bremste, er hörte die Schaltung. Unvermittelt folgte eine Linkskurve. Er wurde wie ein loses Paket auf die gegenüberliegende Seite geschleudert und stieß sich dabei den verletzten Rücken. Es stach und brannte … ließ ihn aufschreien.

Erneut das Schaltgeräusch, der Wagen beschleunigte wieder. Vorübergehend wurde die Fahrt ruhiger, der Motor tuckerte gleichmässig, dann erneutes Bremsen. Sie hielten beinahe, das Auto drängte in eine scharfe Rechtskurve. Er vernahm das Geräusch losgelöster Steine, welche von unten laut an die Karosserie sprangen.

Er rutschte auf die andere Seite und stieß sich schmerzhaft den Kopf. Die widerlichen Fratzen erschienen aus der Dunkelheit. Sie verspotteten ihn und grölten:
»*Bald bist du tot!*« Sie füllten den Raum mit ihrem verhöhnenden Lachen und schrien:
»*Du bist nur ein Stück Dreck … gleich wirst du aufgeschlitzt!*«
Sie spuckten ihn an … er zuckte zusammen.

Es schien steil hinaufzugehen, er hörte die Schaltung und spürte den Ruck, als das Fahrzeug in einen niederen Gang fiel. Es fühlte sich an, als würde der Wagen klettern. Er rutschte, klebte am Ende des Kofferraums, vernahm das puckernde Geräusch des Auspuffes gleich neben seinem Kopf.

Dann ging es runter. Er schlitterte zurück, knallte erneut mit dem Rücken an die Wand. Ein lautloser Schrei schnürte seinen Hals zu. Der Wagen bekam Schuss, es rumpelte, als er steil nach unten fuhr. Nochmals ein Bremsmanöver, eine Kurve nach rechts.

Ab diesem Zeitpunkt verlief die Fahrt ruhiger. Nach der holprigen Schotterstrasse fühlte es sich an, als wären sie auf Schienen und sie fuhren über längere Zeit wesentlich schneller als zuvor.

Nachdem es ziemlich steil hinaufgegangen war, bremste das Auto plötzlich stark ab und fuhr nach rechts. Der Wagen ruckelte langsamer. Bremsen – sie hielten an.

Das Motorengeräusch verstummte.

Dominiks Herz krampfte sich zusammen.

Es ist soweit …

Er hörte, wie sich die Fahrertür öffnete, spürte ein leichtes Schaukeln. Schritte … ein Klackern am Kofferraumdeckel, er wurde geöffnet. Augenblicklich wurde es noch kälter.

»Aussteigen!«

Dominik wurde in den Armbeugen gepackt und über den Rand des Kofferraumes gerissen. Er schrie, als sein gepeinigter Körper auf den steinigen Boden knallte.

»Steh auf!« Ein Tritt in die Nierengegend verstärkte den Befehl.

Dominik versuchte zu gehorchen, bemühte sich aufzustehen, was ohne hilfreiches Abstützen der Hände kaum möglich war. Ein erneut grober Griff unter seine Armbeugen und er war auf den Füßen.

Schwindel erfasste ihn. Irgendwie schien er zu gehen oder schwebte er? Blind wurde er durch unwegsames Gelände gestoßen und gezerrt. Fiel hin, wurde hochgerissen, schwankte, stolperte weiter …

Der Boden unter seinen Füßen war weich, kalt und feucht.

Dann plötzlich ein Stoß, er verlor den Halt und rollte einen steilen Abhang hinunter. Seitwärts klatschte er in ein Bett aus Laub und Erde, kalt aber wunderbar frisch. Er blieb einfach so liegen, wie er hingefallen war.

Ein Rascheln im Laub …

Jetzt bringt er mich um.

Der Andere schien sich unsanft auf seinen Rücken zu wälzen. Dominiks Arm war unter dessen Knie eingeklemmt.

Sein Kopf wurde nach hinten gezerrt, die Messerklinge knapp unterhalb des Kehlkopfes in den Hals gepresst – fest!

Jetzt tu es endlich…

Die Klinge vibrierte an seinem Hals. Er hörte angestrengtes Atmen.

Der Druck ließ nach und verschwand.

Der Andere schien sich zu erheben.

Das feine Klicken.

»Ich lass dich laufen!«

Pause.

»Du bleibst hier liegen, bis du auf hundert gezählt hast! Du lässt keine einzige Zahl aus, verstanden? Danach kannst du gehen!«

Wieder eine Pause.

»Aber ich warne dich! Kein Wort zu irgendjemanden, keine Polizei! Ich habe deine Sachen durchgesehen, ich weiß wer du bist! Ich hätte dich aufgeschlitzt, bevor du dich einmal umgeschaut hast!«

Stille.

»Klar?«

Dominik nickte.

Er hörte raschelnde Schritte, die sich entfernten, dann war da nur noch Ruhe.

Es war die friedliche Stille eines Herbstwaldes früh am Morgen.

Das liebliche Geräusch eines gurgelnden Bächleins drang an sein Ohr. Er vernahm leises Blätterrascheln, hörte aus der Entfernung das klägliche Krächzen einer Krähe. Der kühle Wind wehte sanft um seine geschändete Haut. Erde klebte an seinen Lippen. Er versuchte sie mit der Zungenspitze wegzuwischen. Sie schmeckte modrig und gleichzeitig frisch.

Folgsam begann er zu zählen.

Niemals hätte er sich getraut, diesem Befehl nicht Folge zu leisten. Die Angst, der Andere könnte unvermittelt hinter einem Baum hervor preschen und ihm das Messer in den Hals rammen, war zu mächtig.

Er flüsterte dabei, konzentrierte sich, dass er keine Zahl ausließ. Es hörte sich an wie ein Gebet. Als er bei hundert ankam, war er blockiert.

Er hörte seinen eigenen japsenden Atem. Er schluckte um dieses Geräusch zu unterbrechen.

Mit den gefesselten Händen ertastete er rücklings den Boden. Er benötigte etwas, um das Klebeband durchzuscheuern. Mit klammen Fingern erfühlte er einen scharfkantigen Stein und begann hastig, seine Fessel daran zu reiben. Es dauerte unglaublich lange, bis sie riss.

Hektisch fasste er an die Schläfen und zerrte die verfluchte Augenbinde ab. Mittlerweile war sie so fest mit seinem Gesicht verklebt, dass er glaubte, seine Augenlider gleich mit abzureißen.

Sein Gesicht war schmutzig. Ein Gemisch aus Erde, Schweiß, Rotz und Tränen. Er rieb sich die Augen mit den Handballen und wischte mit dem Unterarm Nase und Mund. Dann blinzelte er ins dämmrige Morgenlicht.

Selbst dieses schwache Licht ließ seine Augen schmerzen. Schemenhaft erkannte er Bäume. Der Tag brach gerade erst an.

Er stand auf. Auf wackeligen Beinen sah er sich um:
Hinter ihm ein mit Farnen bewachsener Abhang, zu seinen Füßen Moos und Laub und vor ihm hunderte, extrem hochgewachsene Bäume, deren Kronen und Umrisse sich im Dämmerlicht verloren.

Etwa drei Meter vor sich erspähte er einen kleinen Hügel, welcher wie ein Kleiderbündel aussah. Er kniff die Augen zusammen um schärfer sehen zu können und wankte hin. Es waren tatsächlich seine Sachen.

Schuhe, Jacke – alles da. Sogar seine Armbanduhr, die Brieftasche und Schlüssel lagen obenauf. Eine bizarr nette Geste dieses Irren.

Dominik nahm seine Armbanduhr vom Stapel – kurz nach sieben. Blitzartig rechnete er aus:
Er war zehn Stunden in den Händen dieses Sadisten gewesen.

Hastig zog er sich an. Sein Körper tat im Moment kaum weh. Dominik befand sich in einem Schockzustand, in dem er erstaunlich gut funktionierte.

Er blendete jedmöglichen Schmerz, jedes Gefühl, jegliches Entsetzen über den Anblick der Verletzungen an Hand- und Fußgelenken aus und überlegte rational, wo er sich jetzt befand und wie er am schnellsten nach Hause käme.

Nach kurzer Zeit wusste er, wo er war. Er befand sich unterhalb der Teufelskirche, einer mystischen Schlucht aus verwitterten, mit Efeu bewachsenen Felsformationen aus Sandstein. Ein munter sprudelnder Bachlauf beherbergte zahlreiche Wasserfälle, welche für das stets feuchte Klima dieser Schlucht verantwortlich waren und das Wachstum von Moosen und Farnen förderten.

Die Teufelskirche von Grünsberg, ein ausgewiesenes Naturdenkmal, gehörte zu Altdorf und war rund drei Kilometer von der Altstadt und somit auch von Dominiks Wohnung entfernt. Er ortete die Richtung und lief los.

Anfangs stolperte und rutschte er durch das unwegsame Gelände, über den morastigen Boden, das schlüpfrige Laub, dann wurde er immer schneller, begann zu rennen.

Sein Körper hatte so viele Stresshormone ausgeschüttet, dass er seine letzten Kräfte mobilisieren und sich dadurch zur Höchstleistung antreiben konnte.

Er erreichte den Waldrand, rannte abseits der Wege quer über das offene Feld, unter der Autobahnbrücke hindurch, erreichte die bereits stark befahrene Nürnbergerstraße.

Den Verkehr nahm er nur flüchtig wahr. Er hörte seinen keuchenden Atem, spürte sein Herz wie eine Maschine schlagen. Sein Kopf war leergefegt … kein Platz für Gedanken irgendwelcher Art.

Dann passierte er das obere Tor der Wehrmauer, welche die Pforte zur Altstadt bildete, rannte über den Marktplatz, vorbei an Menschen die ihren normalen Alltag starteten, bog ab und endlich, endlich erreichte er sein Haus.

Die Erschöpfung holte ihn ein, er konnte in letzter Sekunde aufschließen, die Treppe erklimmen und in seine Wohnung stolpern, bevor er in Ohnmacht fiel und endlich zur Ruhe kam.

7

Vier Stunden später erwachte Dominik im Flur, umgeben von seinem Schuhchaos.

Seine linke Gesichtshälfte war nass, weil er in seiner eigenen Speichelpfütze lag. Er schluckte und hustete, sein Mund und Hals waren knochentrocken, als hätte er Staub und Sand gegessen. Er verspürte einen stechenden Schmerz, der von der einen zur anderen Schläfe verlief. Er rappelte sich auf und öffnete die Augen, was das Stechen in seinen Schläfen verstärkte.

Verständnislos blickte er auf seine Handgelenke, welche einen dunkelvioletten, blutigen Ring aufwiesen und befühlte sie gleichmütig.

Er verstand es nicht. Was machte er hier im Flur?

Er erhob sich. Als er sich aufrichten wollte, befiel ihn ein dumpfer Schmerz im Unterleib, der Übelkeit hervorrief und ein Brennen und Pochen in seinem Hintern, unterhalb des Steißbeins. Er krümmte sich und spürte, dass sein Hemd an seinem Rücken festzukleben schien.

Gebückt, mit kleinen Schritten, schlich er ins Badezimmer und betrachtete seine Rückseite im Spiegel. Sein Hemd wies eigenartige, dunkelrot- bis schwarzbraune Flecken auf, welche unregelmäßig und ausgefranst, wie ein hässliches Muster den gesamten Rücken überzogen.

Stoisch öffnete er die Knöpfe und streifte das Hemd über die Schultern ab. Wie ein Klettverschluss löste es sich vom Stoff seines T-Shirts.

Er drehte sich erneut. Sein Shirt, ehemals weiß, glich nun einem mit dunkelroter Farbe durchtränkten Lappen. Er ergriff es unten am Saum und versuchte, es über Kopf auszuziehen. Ein höllischer Schmerz erfasste ihn, das Shirt schien seine Haut mitzureißen, als wäre es mit seinem Körper verwachsen. Mit Mühe schaffte er es sich des Shirts zu entledigen, knüllte es zusammen und warf es in den kleinen Badezimmereimer.

Sein Rücken brannte. Er betrachtete ihn erneut und erschrak. Auf den ersten Blick erschien er ihm wie eine einzige, riesige Fleischwunde. Kaum ein Bereich, der ihm nicht dunkelschwarzrot, glänzend und wulstig entgegen starrte. Entsetzt sah er genauer hin:
Es waren Striemen, mehrere Dutzend in allen Richtungen übereinander liegende Striemen, teilweise einen halben Zentimeter tief. Sie klafften auseinander und waren mit flüssigem Blut getränkt. Als wäre rote Farbe mit einem übervollen Pinsel an seinen Rücken geklatscht worden, rannen feine purpurne Bäche über den Teil seiner Haut, welcher unversehrt war.

Das beklemmende Gefühl, jeden Moment mit einer grausamen Tatsache konfrontiert zu werden, versuchte Besitz von ihm zu ergreifen. Doch sein Kopf war leer – noch.

Er betrachtete sein Gesicht im Spiegel. Es sah schmutzig, schmierig und eklig aus. Er stank erbärmlich. Nach Schweiß und anderen Gerüchen, die ihn würgen ließen.

In einem tranceartigen Zustand tastete er sich der Wand entlang zu seinem Schlafzimmer. Sein Bett war ungemacht, wirkte trotzdem unbenutzt. Das olivgrüne Sweatshirt, welches er gestern getragen hatte, lag zerknüllt darauf. Er erinnerte sich dunkel, dass er es ausgezogen hatte. Es war nass gewesen … Bier.

Daneben lag sein Handy. Er hob es hoch. Drei Nachrichten in Abwesenheit. Melissa hatte sie geschrieben:
Die Erste um 21:21 Uhr: *Wo bleibst du? :-)*
Die Zweite um 21:43 Uhr: *Kommst du überhaupt noch?*
Die Dritte um 22:06 Uhr: *Ich gehe jetzt. Ruf mich bitte zurück.*

Langsam blickte er auf … sein Hirn rotierte.

Das Handy begann in seiner Hand zu zittern oder war er es, der zitterte?

Er sah auf das getragene Sweatshirt, auf das Handy, auf die Handgelenke.

Oh mein Gott …

OH NEIN … MEIN GOTT!

Das Handy fiel zu Boden.

Der Schockzustand in dem er sich bis zu diesem Zeitpunkt noch befunden hatte, begann sich wie zäher Nebel aufzulösen und legte gnadenlos eine entsetzliche Erinnerung nach der anderen frei. Jedes grauenhafte, brutale, schreckliche Detail.

Voller Verzweiflung wollte er sich aufs Bett setzen, um Halt zu finden, sprang aber wieder auf, weil es so verdammt weh tat. Er stolperte rückwärts, wollte fliehen, stieß mit dem Rücken an die Wand und blieb mit weit aufgerissenen Augen einfach stehen.

Starrte in die Ferne …

Ein immenser Druck entstand in seiner Brust … Eine Träne löste sich aus dem Augenwinkel und klatschte zu Boden. Eine Zweite bahnte sich ihren Weg und lief ihm über die Wange. Eilig wischte er sie weg.

Nein, nicht heulen, verdammt …

Der Druck in seiner Brust wurde übermächtig und presste bis in den Hals. Er schlug die Hände vors Gesicht und begann zu schluchzen. Es war ein tiefes, kräftiges Schluchzen, welches seinen gesamten Körper erfasste und ihn durchschüttelte.

Er krümmte sich, sackte zusammen, verbarg seinen Kopf schützend unter den Armen, rang nach Luft … schrie … heulte …

Er verlor den Boden unter den Füßen – nichts war mehr, wie es mal war.

Als schwebe er im Orbit … alleine … mit Blick auf die Erde, von der er einst Teil war und nun nicht mehr dazugehörte. Um ihn herum Haltlosigkeit, Kälte und Dunkelheit.

Wie sollte das jetzt weitergehen? Wie? Einfach weitermachen? Arbeiten? Essen? Schlafen?

Er würde mit seinem zentnerschweren Gepäck, diesem Schmutz, dieser Last, nicht mehr zurück auf die Erde können. Er war ein Alien, er war heimatlos.

Er musste sich entscheiden, hier und jetzt!

Seine Seele schrie. Sie war gequält, gefoltert und verstümmelt worden. Sie flehte Dominik an, dass er sie wahrnehmen und ihr Raum geben würde.

Er wollte und konnte das nicht …

Dieses widerliche Gepäck musste hier bleiben, hier in der Umlaufbahn. Weltraumschrott, bestehend aus grauenvollen Erinnerungen, Schmerz und Scham.

Die Entscheidung war gefallen:

Er wollte nie mehr darüber nachdenken, sich nie mehr erinnern!

Verdrängen! … Vergessen! … Wegstoßen!

Er wischte sich die Tränen aus dem Gesicht und begann, diese schmerzhaften Gefühle in sein Herz zurück zu saugen. Hier mussten sie bleiben, hier gehörten sie hin.

Er befahl seiner Seele zu schweigen, baute eine schalldichte, meterdicke Mauer um all diese fürchterlichen Erinnerungen und Gefühle und sperrte sie ein.

Die schwere Eisentür fiel krachend ins Schloss.

Er begann wieder ruhiger zu atmen und hörte auf zu weinen.

8

Entspannt saß er im warmen Wohnzimmer auf dem Sofa und hatte die Füße hochgelegt. Er nippte an einem Glas Bordeaux, welches er sich soeben eingeschenkt hatte. Eigentlich war es noch ein wenig zu früh für Alkohol, aber schließlich gab es etwas zu feiern.

Im Fernseher lief ein Dokumentarfilm über die Fauna in der Masai Mara, dem berühmten Naturschutzgebiet in Kenia. Er würde gewiss ein mitreißenderes Programm auf einem anderen Kanal finden, aber diese Sendung war perfekt um auszuspannen und den eigenen Gedanken nachzugehen.

Er räkelte sich, rutschte ein wenig tiefer in den Sessel und nahm noch einen Schluck Rotwein. Dann schloss er die Augen und ließ die letzte Nacht Revue passieren:

Es war so gut gewesen, so verdammt gut …

Zuvor hatte er nicht wirklich gewusst, wie es sich anfühlen würde, wenn man einen Menschen brach. Er hatte es nur erahnen können. Und bei Gott, es hatte seine Erwartungen übertroffen.

Anfangs waren da noch heftigste Gegenwehr, Kraft und Energie gewesen. Die ließen nach, stetig ein bisschen. Er hatte die exakt passende Dosierung für ihn gefunden.

Die Kombination aus Verängstigen und Gewalt verabreichen, in einem perfekten Verhältnis, über eine lange, lange Zeit, führte die kontinuierlich wachsende Selbstaufgabe herbei. Er konnte das spüren, jedesmal wenn er ihm besonders nah gekommen war.

Er war in ihm … in jeder erdenklichen Weise und es war ihm gelungen, das was er sich von Anfang an als Ziel gesetzt hatte, zu erwischen und zu zerstören:

Seinen Stolz und seine Würde.

Ab diesem Moment war der Grundstein für die komplette Kapitulation gelegt worden und er wurde Wachs in seinen Händen und somit zu seiner Schöpfung.

Diese berauschenden, gigantischen Gefühle, diese Macht, die er über ihn hatte, befreiten ihn und gaben ihm die Bestätigung, das Richtige getan zu haben.

Ein gigantisches Krokodil hatte sich eben ein hageres Gnu, welches mit hunderten seiner Artgenossen einen Fluss überqueren wollte, aus der Herde herausgesucht, gepackt und unter Wasser gezogen. Das verzweifelte Huftier muhte, strampelte und versuchte zu fliehen, währenddessen die kräftigen Kiefer des Krokodils es wie in einem Schraubstock fixiert hielten und es langsam in den trüben Wassermassen ertränkten.

Er gähnte herzhaft und streckte sich.

Ein gemütliches Nickerchen wäre jetzt eine gute Idee.

Entspannt kuschelte er sich in die Sofakissen und schloss die Augen.

Eine kleine Pause bevor er heute Abend schick essen gehen würde.

9

Packt man die schwere seelische Krise eines Menschen, bestehend aus Selbsthass, panischen Angstzuständen und Depression, sowie die daraus resultierenden Folgen wie übermäßiger Alkoholkonsum, Lethargie und Zwangsneurosen, in den Zeitraum von einer knappen Woche und ergänzt dies mit einem Mix aus körperlichen Leiden, so beschreibt man exakt die letzten Tage in Dominiks neuem Leben.

Da er sich in der ersten Zeit in einen Duschwahn reingesteigert und sich sechs bis sieben Mal am Tag unter die Brause gestellt hatte, bis das Wasser jeweils nur noch kalt floss, wurde der Heilungsprozess der Striemen auf dem Rücken verzögert. Das ständige Aufweichen von dem sich bildenden Schorf hatte zur Folge, dass die Verletzungen weiterhin bluteten und der Schmerz kaum abklang.

Die wundgescheuerten Stellen an den Hand- und Fußgelenken hatten sich teilweise entzündet und die Hämatome hatten sich aus dem anfänglichen Violettblau, in ein ekelhaftes Gelbgrün verfärbt, welches aber nicht minder auffällig war.

Üble Bauchkrämpfe hatten ihn gepeinigt und jedes Aufsuchen der Toilette bedeutete einen Abstieg in die Hölle.

Dominik hatte sogar für einen kurzen Moment in Erwägung gezogen, deswegen zu einem Arzt zu gehen und irgendeine obskure Geschichte zu erfinden. Die Vorstellung jedoch, dass er Spott und Hohn ernten würde, wenn der Arzt der hübschen jungen Praxisassistenz: »Die arme, kleine Schwuchtel hat wohl das Safeword bei den Sadomaso-Spielchen vergessen« hinter seinem Rücken zuraunen würde, hatte ihn diese Idee sofort wieder verwerfen lassen.

Weit schlimmer jedoch als jede der körperlichen Beschwerden war die Angst:

Angst, welche in seinem verknoteten Magen saß und wellenartige Hitzeströme ausbreitete, sobald er irgendwo ein Knacken vernahm.

– Angst, die in seinen gesamten Körper, in Arme und Beine strömte wie Gift, welches ihn lähmte und sein Hirn leerfegte.

– Angst vor der Dunkelheit.

Sie überfiel ihn schlagartig, sobald er die Augen schloss. Sie lauerte in den dunklen Ecken und Nischen und schickte ihre Fratzen und Dämonen die ihn jagten und verhöhnten, ihm die Luft zum Atmen nahmen, dass er glaubte, zu ersticken.

Deswegen ließ er Tag und Nacht das Licht brennen. In jedem Raum, ohne Unterbruch. Selbst dann, wenn er zu Bett ging, irgendwann zu später Stunde, wenn die Müdigkeit überhand nahm und ihn zwang, die Augen zu schließen, selbst dann löschte er das Licht nicht.

Sein Schlaf verlief narkotisch, aber äußerst kurz, nach ein oder höchstens zwei Stunden erwachte er schweißgebadet, mit rasendem Puls und konnte nicht wieder einschlafen.

Er verbarrikadierte sich, hatte die kleine hellgrüne Kommode unter die Klinke der Wohnungstür geschoben und öffnete keine Fenster. Verkroch sich mit laut pochendem Herzen, wenn das Telefon klingelte … wenn es an der Tür läutete.

So etwas wie eine richtige Mahlzeit hatte er die ganze Zeit nicht zu sich genommen. Seinen minimalen Bedarf an Nährstoffen hatte er mit einigen Kartoffelchips und den einsamen drei Schokoladenjoghurts aus seinem Kühlschrank gedeckt.

Dafür hatte er zu trinken begonnen.

Eine Woche bevor er überfallen worden war, hatte er noch einige Kisten Bier auf Vorrat besorgt. Er hatte gerüstet sein wollen, wenn es mal wieder zu einem spontanen Trinkgelage mit den Kumpels vor dem Fernseher gekommen wäre. Es wäre nämlich ein absolutes No-Go gewesen auf dem Trockenen zu sitzen, während der 1. FC Nürnberg seine Ehre als amtierender Pokalsieger verteidigte.

Drei oder vier Flaschen Rotwein waren auch noch irgendwo rumgestanden, sowie seine obligaten Flaschen Prosecco, welche er im Kühlschrank aufbewahrt hatte.

In seinem früheren Leben war er kein Kostverächter gewesen, was Frauen anbelangte. Ein Glas prickelnder Schaumwein, kombiniert mit seiner charmanten Art, war seine Geheimwaffe, welcher er sich nicht gerade selten bedient hatte und manch unschuldiges erstes Date war zu einer heißen Nacht mutiert.

Aber in seinem neuen Leben war dieses Gesöff lediglich Alkohol, nicht besser und nicht schlechter als das andere Zeug.

Er hatte sich bereits am ersten Tag volllaufen lassen, das hatte zeitweilig jeden Schmerz betäubt und geholfen zu vergessen. Er hatte mit Bier begonnen, wechselte zu Wein, dann wieder Bier.

Als sein Vorrat zu Neige gegangen war, kippte er noch den Prosecco nach. Er hatte sich drei Tage komplett zugedröhnt, bis sein Körper das nicht mehr mitgemacht hatte und rebellierte.

In Folge hatte er die nächsten vierundzwanzig Stunden damit verbracht, den ganzen Mist wieder rauszukotzen. Danach war erst mal Schluss mit Alkohol gewesen.

Von diesem Zeitpunkt an hatte er den ganzen Tag und drei Viertel der Nacht apathisch vor dem Fernseher gehangen und sich von irgendwelchen Kochsendungen, Reality-Soaps, Talent-Shows und anderem Schwachsinn berieseln lassen.

Er war am absolut tiefsten Punkt seines gesamten bisherigen Lebens angelangt und hasste sich … sogar mehr als seinen Peiniger.

Die Drohung ihn umzubringen, falls er die Polizei kontaktieren würde, hätte sich der Mistkerl ruhig sparen können. Dominik wäre es niemals in den Sinn gekommen, irgendjemandem, irgendetwas davon zu erzählen.

Was war er doch für ein Schlappschwanz.

Ein erwachsener Mann, welcher auf offener Straße überfallen, verschleppt und vergewaltigt worden war. Ein Jammerlappen, der gefleht und geheult hatte und sich von einem Kerl ficken und gleichzeitig verhöhnen ließ.

Seine anfängliche Verzweiflung war Verachtung gegenüber sich selbst gewichen und die ließ ihn in diesen Tagen dahinvegetieren wie einen zwischen Gräbern wandelnden Untoten.

Die Kleider, welche er in jener Nacht getragen hatte, hatte er allesamt in einen Müllsack gesteckt und in den Container geschmissen. Inklusive seiner Schuhe und Jacke. Selbst die Armbanduhr und die Brieftasche, nachdem er sie geleert hatte, hatte er weggeworfen. Am liebsten hätte er sich gleich selbst in den Sack dazu gestopft und mit entsorgt.

Doch nach einigen Tagen war es ein kleines bisschen aufwärts gegangen.

Die Schmerzen hatten etwas nachgelassen, die Verletzungen hatten zu heilen begonnen, und er beschloss, einen Pakt mit sich zu schließen:

Er hatte in jener Nacht als Mann versagt, sich wie ein unterwürfiges Stück Scheiße verhalten, hatte das alles mit sich machen lassen und dabei noch gebettelt …

Unterste Schublade.

Aber das war nun vorbei. Geschichte. Zur Seite geschoben. Verdrängt und abgehakt. Und jetzt hatte *er* es in der Hand. – Kapitulation oder Kampf.

Er wollte diesem Dreckschwein nicht gestatten, weiterhin Macht auf ihn ausüben zu können, indem er sich selber wie ein Weichei verhalten würde.

Also Kampf.

Schluss mit Selbstmitleid. Wunden hatte er genug geleckt.

Er musste seine muffige Bude verlassen und sein Leben wieder selber in die Hand nehmen.

Eine Woche lag es nun zurück …

Und er war seit vier Tagen nicht mehr bei der Arbeit gewesen. Heute musste er sich dringend wieder einmal blicken lassen.

Jens hatte ihn in dieser Woche zweimal anzurufen versucht und mehrere SMS geschrieben, nachdem sich Dominik in der Redaktion krank gemeldet hatte. Anfangs war Dominik nicht in der Lage gewesen, darauf zu reagieren. Nach vier Tagen hatte er dann doch zurückgeschrieben:

Hi, ich war zu schlapp um mich zu melden, bis dann, D.

Nachdem er geduscht hatte, betrachtete er sich im Spiegel. Er bot ein jämmerliches Bild. Sein Gesicht wirkte fahl und ausgezehrt. Seine Augen schienen tiefer in den Höhlen zu sitzen als zuvor und waren von dunklen Schatten umgeben. Er sah aus wie ein verfluchter Junkie.

Er versuchte seine nassen Haare etwas in Form zu bringen, seine Strähne nach oben zu biegen, die sich so störrisch verhielt wie eh und je … als wäre alles noch wie zuvor. Dann klatschte er sich mit flacher Hand auf die Wangen, um ein wenig Farbe in sein Gesicht zu bringen.

Vergiss es …

Er schüttelte den Kopf und wandte den Blick von seinem Spiegelbild ab.

Danach zog er zwei T-Shirts an.

Das Erste diente als eine Art Vlies für die Stellen, welche immer noch bluteten, ein Zweites darüber als Zwischenschicht. Schlussendlich schlüpfte er in ein übergroßes dunkelblaues Kapuzen-Sweatshirt, mit monströs langen Ärmeln. Die Borten zog er weit über seine Handgelenke, so dass nur noch die Fingerspitzen hervor lugten.

Er war unglaublich nervös. Hoffentlich würde er nicht mit all zu vielen Fragen über seine mehrtägige Abwesenheit drangsaliert werden.

Er spähte erst durch den Türspalt ins Treppenhaus, um sich zu vergewissern, dass niemand da war, bevor er sich vor die Türe wagte. Es war das erste Mal seit letztem Samstag, dass er im Begriff war seine Wohnung zu verlassen, außer den wenigen Sekunden in denen er zwangsläufig draußen verweilen musste, um den Müllsack in den Container zu werfen.

Es war kühl und neblig. Dominik schlang die Arme dicht um seinen Körper um sich zu wärmen. Seine Beine fühlten sich immer noch schwach an und seine Kondition befand sich auf dem Nullpunkt, nachdem er sich sechs Tage eingeigelt und kaum bewegt hatte.

Dominik besaß einen alten roten Toyota, den er für seine Arbeit benötigte, wenn er außerhalb der Stadt etwas recherchieren musste. Meist ließ er das Auto zuhause und holte es erst bei Bedarf. Heute hielt er es aber für klüger, gleich mit dem Auto zur Arbeit zu fahren. Die Vorstellung, auch nur einige hundert Meter zu Fuß zu gehen, versetzte ihn in Panik. Er stieg ein und fuhr fünf Straßen weiter, um den Wagen dann gleich wieder zu parken.

Das Geschäftsgebäude starrte bedrohlich auf ihn herab.

Er wischte sich mit dem Handrücken die Nase und ging hinein.

10

Angenehm warme Luft, welche nach Kaffee duftete, strömte Dominik entgegen, als er die Redaktion betrat.

Es fühlte sich befremdend an. Diese stimmige Kombination schenkte ihm einerseits ein Gefühl von Vertrautheit, andererseits ließ sie ihn sich dabei so einsam fühlen, als würde er allein einen riesigen, dunklen Kinosaal betreten, in welchem ein Film gezeigt wurde, zu dem er keinen Zugang fand.

Das Geklapper der Finger auf den Tastaturen, die Stimmen, das Lachen da und dort, erschienen ihm unnatürlich laut, bekannt und doch absolut fremd.

Er zog die Schultern hoch und wollte möglichst unbemerkt seinen Arbeitsplatz aufsuchen. Leise schlich er an einigen seiner Arbeitskollegen vorbei und grüßte mit einem aufgesetzten Lächeln.

»Hey! Grüß Gott, Dominik!« Simone rief durch das ganze Büro in einer Lautstärke, die einige der Anwesenden zusammenzucken ließ, sie zwang ihre Köpfe zu heben und zu Dominik zu schauen.

Am liebsten hätte er sich unsichtbar gezaubert.

Simone winkte überschwänglich, als bestünde die Gefahr, dass man sie übersehen könnte und schlängelte sich eiligst zwischen Arbeitsplätzen und Kollegen hindurch.

»Sag mal mein Süßer, wie geht es dir?« Sie umarmte ihn, hielt ihn dann an den Oberarmen fest und schob ihn von sich weg, damit sie ihn von oben bis unten mustern konnte.

Ihre strahlende Miene wurde ernst. Sie legte den Kopf schief und sah Dominik, der ihrem Blick nicht lange standhalten konnte, tief in die Augen. »Du siehst aber nicht gerade fit aus mein Lieber. Was hatte dich denn erwischt?«

Er wollte eben den Mund aufmachen, da erhob sich Ben Weiß von seinem Stuhl und streckte ihm zur Begrüßung die Hand entgegen. Ben war drahtig, Ende dreißig und als Sportjournalist für den *Kurier* tätig.

Er zog die Augenbrauen zusammen. »Uuuuu … du siehst aus, als hättest du diesen Magen-Darm-Virus eingefangen, der hier rumgeht, meine Frau hatte den auch erwischt.«

»Ja … genau, ich hab den …« Ein Arm legte sich von hinten um Dominiks Hals, zog ihn unsanft zurück, würgte und presste ihn an einen warmen, männlichen Körper – größer, kräftiger! Panisch griff er an diesen Unterarm und versuchte sich rauszuwinden, blickte entsetzt zu Simone und Ben, welche die Szenerie mit gelassener, amüsierter Miene beobachteten.

Nein! Oh mein Gott…!

Er riss sich los, drehte sich um, schaute angsterfüllt in dieses südländisch wirkende Gesicht: Dunkle Augen, schiefes Grinsen, schwarze, wild frisierte Haare …

»Scheiße, Jens … Mach das nie wieder!« Dominik stützte sich oberhalb seiner Knie ab. Die Übelkeit welche hochgekommen war, verebbte nur langsam.

»Seit wann bist du denn so schreckhaft?« Jens verschränkte belustigt die Arme, lehnte sich an einen Tisch und betrachtete Dominik genauer.

Sein Lachen fror ein. »Mann, Alter, sag mal …«

»Ich weiß, wie ich aussehe, lassen wir das.«

»Der Magen-Darm-Virus grassiert«, sagte Ben und schürzte die Lippen. Dominik nickte.

»Dann komm mir mal nicht zu nahe! Hab keine Lust auch so ein Zombie zu werden.« Jens formte mit seinen Fingern ein Kruzifix.

»Also, jetzt sei doch mal ein bisschen nett«, sagte Simone, warf Jens einen tadelnden Blick zu und rubbelte über Dominiks Oberarm. »Schön, dass du wieder hier bist.«

Dominik lächelte und setzte sich langsam.

Jens ließ ihn nicht aus den Augen. »Alles in Ordnung?«

»Ja … Alles in Ordnung.«

Dominik startete seinen Computer und starrte auf den Bildschirm, obwohl es da noch nichts zu sehen gab. Jens setzte sich ebenfalls und schielte immer wieder auf sein stummes Gegenüber, während er auf seiner Tastatur herum tippte.

Dominik wusste gar nicht, welches Programm er da am laufen hatte, was er eigentlich machen wollte. Mails checken? Den aktuellen Stand seiner Dokumentation über die Baudenkmäler in Altdorf überprüfen?

Ein leiser Pfiff durch die Zähne von Jens und ein: »Kommst du?«, ließ ihn aufblicken.

Die Morgenbesprechung – natürlich. Bei der täglichen Besprechung zu Beginn des Arbeitstages wurden die anstehenden Arbeiten von Chefredaktor König verteilt.

Das ganze Team setzte sich pünktlich um 9:30 Uhr an den langen weißen Tisch im Sitzungszimmer, welches direkt an das Großraumbüro angrenzte.

König war bereits anwesend, als seine Mitarbeiter den Raum betraten. Er war gerade dabei seine Unterlagen zu ordnen. Mit seinen streng nach hinten gekämmten, schwarzgrau melierten Haaren und den eisblauen Augen strahlte er wie immer eine gehörige Portion Autorität aus.

Forschend blickte er Dominik über den Rand seiner Lesebrille an, während er ihm mit festem Griff die Hand schüttelte. »Grüß Gott Herr Novak. Wieder fit?«

König war der Einzige in der Redaktion, den man mit *Sie* ansprach. Er siezte im Gegenzug auch alle Mitarbeiter, selbst die jungen Praktikanten. Seiner Meinung nach ging es schon genug chaotisch zu und her auf einer Redaktion und so verschaffte er sich den nötigen Respekt und eine gewisse hierarchische Distanz.

»Ja, danke.« Dominik suchte sich rasch einen freien Platz am Tisch. Er legte Kugelschreiber und Notizblock bereit und zog die Ärmelborten über die Hände.

Jens setzte sich gegenüber, warf ihm einen nachdenklichen Blick zu und begann in seinem Notizblock zu blättern.

König ließ die Zeitungsausgabe vom Vortag verteilen, nahm anschließend auf einige Punkte Bezug, welche ihm nicht gefallen hatten und die verbesserungswürdig waren. Das Team hörte aufmerksam zu und machte sich Notizen. Dominik schrieb mit und entspannte sich ein wenig.

Danach folgte die Aufgabenverteilung für den heutigen Tag. Recherchen für Zeitungsartikel, Büroarbeiten, Interviews, welche geführt werden mussten.

Geduckt, abwartend, die Hände im Schoß versteckt, saß Dominik da und schaute in die Runde. Er beobachtete die Mimik seiner Kolleginnen und Kollegen, während sie Königs Worten folgten, nickten und sich Notizen machten. Sein Blick wanderte langsam, von Gesicht zu Gesicht, von einem zum anderen und blieb unvermittelt an Hagen hängen.

Ein gewaltiger Stromstoß durchzuckte ihn von den Haarwurzeln bis zu den Zehenspitzen, als er den starren, eisigen Blick von Hagen registrierte, der ihm galt. Es hatte nur zwei Sekunden gedauert, bevor Hagens Augenpaar sich von seinem panischen Blick löste und wieder entspannt zu König sah, aber es war lange genug, um ihn in einen bodenlosen Abgrund zu stürzen.

Sein Atem ging schneller … steigerte sich beinahe in eine Hyperventilation … sein Puls pochte in den Schläfen. Ein Schalter schien sich zu drehen und die Umgebung verdunkelte sich. Er hörte die Stimme von König weit entfernt … Eine Fratze schälte sich aus der düsteren Wand gegenüber. Erst war sie nur schemenhaft zu erkennen, dann wand sie sich komplett heraus und manifestierte sich zum Antlitz einer hässlichen, zwergenhaften Kreatur. Ein körperloses We-

sen, welches gespenstig über den Tisch, an dem niemand sonst mehr zu sitzen schien, direkt auf Dominik zu schwebte … Glasige Augen starrten ihn an und mit einer widerlich krächzenden Stimme flüsterte es:
»Heeeeey … du Idiot … hast du dich allen Ernstes bis jetzt nicht gefragt, warum er diesen Stimmverzerrer benutzt hat?«

Dominik wandte den Blick ab, er rieb sich seinen schweißnassen Nacken, hörte etwas von *»Baustelle«* und *»Bericht«* und sah in einem Schleier Jens am Tisch sitzen und nicken. Das Wesen war mittlerweile bis zu seinem Ohr vorgedrungen und zischelte leise:
»Weil … du … ihn … kennst …«

Und dann brach es in schallendes Gelächter aus. Es hallte laut, klang tausendfach nach wie ein Echo, so laut, dass die Wände erzitterten!

– »Novak?!«

Hunderte dieser diabolischen Zwergenwesen waren mittlerweile im Raum. Sie lachten und kreischten in einer ohrenbetäubenden Lautstärke.

– »Dominik Novak!!!«

POFF!

Die Kreaturen waren weg.

Er blickte verstört auf. Alle Augen waren auf ihn gerichtet. Im Sitzungszimmer herrschte absolute Stille. Jens sah ihn mit riesengroßen Augen an.

Er realisierte, dass er sich die Ohren zuhielt.

Was mache ich da …

Sofort nahm er die Hände runter und räusperte sich. »Entschuldigung.«

König betrachtete ihn. »Wenn es Ihnen noch nicht gut geht, gehen Sie besser wieder nach Hause«, sagte er barsch. »Oder zum Arzt!«

»Nein, nein … Ich hab nur plötzlich so starke Kopfschmerzen gekriegt.«

König fixierte ihn eine Zeitlang und atmete laut aus, als er sich wieder seinen Unterlagen zuwandte. »Wie Sie meinen. Dann übernehmen Sie die Einweihung des renovierten Kindergartens am Neueck. Termin 13:30 Uhr. Eine Reportage, inklusive kurzem Interview mit dem Bürgermeister, der Kindergärtnerin, den Kindern und Eltern. Darstellung bleibt Ihnen überlassen, Bilder maximal drei. Sie haben eine halbe Seite zur Verfügung.«

»In Ordnung.« Dominik machte sich mit zitternder Hand Notizen ohne aufzublicken. Er klammerte sich an dem Kugelschreiber fest, kritzelte die Stichworte aufs Papier und war gedanklich weit weg.

Ich kenne ihn … Wir kennen uns …

Es lag auf der Hand, es war die logische Schlussfolgerung, die Erklärung für den ganzen Aufwand, welchen der Andere betrieben hatte.

Er hatte sich verboten nachzudenken, sich irgendwelche Fragen zu stellen, das war zu schmerzhaft.

Diese Nacht war so surreal gewesen und dieser Kerl kein Mensch. Dominik hatte sein Schicksal bisher nur mit der Gewissheit ertragen können, dass er einem gesichtslosen Monster begegnet war, welches sich tagsüber in irgendeinem Loch verkroch, sich nachts auf die Lauer legte, und den erstbesten schnappte, der ihm über den Weg gelaufen war.

Was wäre, wenn es ihm persönlich gegolten hätte, wenn er bewusst ausgesucht worden war? Von einem *Menschen*, der einen normalen Alltag pflegte, ihm vielleicht schon hundert Mal begegnet war. Und noch schlimmer … weiterhin begegnen würde …?

Er schielte nach oben. Betrachtete alle … alle hier anwesenden, männlichen Individuen.

Sie trugen karierte Hemden, Sweatshirts, Grobstrickpullover mit Zopfmustern, Brillen, Eheringe …

Sie kratzten sich am Kopf, stellten Fragen, lutschten Bonbons, schrieben konzentriert, gähnten heimlich …

Sie hatten Namen. Sie hießen Eduard, Nils, Ulrich, Norbert, Florian, Ben, Hagen und Jens.

Das Monster hatte auch so einen Namen.

Das Monster führte ein Leben – ein normales Leben.

Das Monster und er kannten sich …

Nein … verflucht, nein …

Dominik zwang sich angestrengt, solche Gedanken zur Seite zu schütteln. Verdammt – er hatte zu tun!

Nachdem die Besprechung zu Ende war, verließ er den Raum als einer der ersten, ohne links und rechts zu blicken. Er setzte sich vor den Computer und begann über den Kindergarten zu recherchieren.

Der *Kurier* hatte vor einem halben Jahr von der damals bevorstehenden Renovation berichtet. Er suchte nach Budget, Baufirma, provisorischen Räumlichkeiten für die Zeit des Umbaus, Interviews und so weiter. Er verbiss sich in seine Arbeit und ließ sich nicht ablenken.

Jens hatte zwei missglückte Versuche mit ihm noch ein wenig zu quatschen hinter sich, bevor er zu seiner Recherche vor Ort aufbrechen musste. Was Dominik mehr als recht war – keine löchernde Fragen oder bohrende Blicke.

Sein Termin im Kindergarten war um halb zwei.

Er parkte neben dem frischgestrichenen, blauroten Gartenzaun. Es sah sehr hübsch aus hier.

Das kleine hellgelbe Haus stand in der Mitte eines ordentlich großen Gartens. Dieser war ausgerüstet mit einem funkelnagelneuen Klettergerüst, einem riesigen Sandkasten und verschiedenartigen Schaukeln.

Eine große Eiche würde im Sommer Schatten spenden. Jetzt hatte sie ihre Blätter verloren, welche zu riesigen Haufen aufgetürmt waren. Die Kinder tobten ausgelassen darin herum, kreischten und lachten.

Der Kindergarten selber war liebevoll eingerichtet und infolge der Eröffnung bunt geschmückt. An einem einladenden Buffet verköstigten sich diverse Gäste, wie der Herr Bürgermeister persönlich, Eltern und einige Kinder.

Die Kindergärtnerin begrüßte Dominik freundlich, als er eintrat. Sie zeigte ihm die Räumlichkeiten und er schoss einige Fotos. Anschließend interviewte er den Bürgermeister und die Kinder. Sie waren allesamt überdreht, wuselten herum und redeten gleichzeitig.

»Stopp, stopp, stopp!«, rief Dominik gespielt streng mit erhobenem Zeigefinger. »Da versteht man ja kein Wort!«

Er kniete sich nieder und gebot den Kindern, es ihm gleichzutun. Sie versammelten sich im Herbstlaub rund um ihn im Kreis, unter der goldenen Oktobersonne, welche sich pünktlich auf die Eröffnung doch noch zeigte.

Stolz durfte jedes Kind ein paar Worte sagen und seine Meinung zum Kindergarten kundtun. Dazwischen lachten und quietschten die Knirpse, weil Dominik ihnen witzige Fragen stellte und lustige Antworten parat hatte.

Nach ein paar Interviews mit Eltern schoss er noch einige Fotos, inklusive eines Gruppenbildes vor dem Klettergerüst.

Sein Herz war etwas leichter, als er in seinen Wagen stieg. Die Fröhlichkeit dieses Ortes und der Kinder hatten ihm gut getan. Ein brennend heißer, stechender Schmerz auf seinem Rücken holte ihn wieder zurück in seine Welt, in der nicht alles so perfekt war.

Er lehnte sich für einen Moment an die Kopfstütze. Dann fuhr er zurück in die Redaktion.

11

Als Dominik eintrat, kam ihm Hagen mit einem Kaffeebecher entgegen. Mürrisch schielte er zu ihm, während er einen Schluck seines Kaffees nahm und dicht an ihm vorbeischlurfte. Dominik wich so gut wie möglich aus. Er presste seine Schulter an die Wand, starrte geradeaus und wartete, bis Hagen vorbei war, bevor er weiter ging und zurückblickte. Er hatte erst jetzt bemerkt, wie groß dieser Mann war … und … kräftig …

Hör auf … verdammt! Sofort!

Er setzte sich und begann, seine Unterlagen zu sortieren. Er startete seinen Computer und lud die Fotos von der Digitalkamera herunter.

Immer wieder äugte er über den Bildschirmrand und verfolgte Hagen, der mittlerweile auch wieder an seinem Platz saß, mit seinem Blick … Er durfte jetzt nicht paranoid werden. Müde rieb er sich die Stirn und fing an, seinen Rohbericht zu verfassen.

Ein lauter Knall – Dominik fuhr hoch!

»Jetzt sieh sich mal einer diese Schweinerei an!«

Jens hatte seinen dicken Notizblock mit Schwung auf den Schreibtisch geschmissen und baute sich vor Dominik auf.

»Du bist wieder zurück?«

Jens verzog das Gesicht. »Wie du siehst, du kluges Kind.«

Er deutete melodramatisch auf seine Hose und Schuhe. Seine verwaschene Jeans war bis über die Knie lehmig verspritzt und seine Boots derart klumpig verdreckt, dass man das beige Leder nicht mehr erkennen konnte.

»Recherche auf der Baustelle! Hätte ich das vorher gewusst, wäre ich mit Fischerstiefeln aufgekreuzt!«

Jens ließ sich mit Wucht auf den Bürostuhl fallen, so dass er gleich zwei Meter zurückrollte und brummte etwas vor sich hin, während er die Schuhe auszog.

In den Socken, mit den Schuhen in der Hand, marschierte er danach quer durch den Raum mit dem Ziel, sie in der kleinen Küchenecke neben Kaffeautomat und Geschirr abzuwaschen. Dominik hörte Simone fern etwas von wegen: »Iiiiiih! Bist du narrisch? Geh doch runter zu den Klos!«, keifen.

Jens kam zurückgestapft und schnappte sich unterwegs eine Zeitung vom Vortag. Er stellte seine klitschnassen, wolkig grauen Schuhe darauf und setzte sich.

»Wie lief es eigentlich letzten Freitag? Hast mir ja keine Antwort auf meine SMS'n gegeben«, fragte er etwas später beiläufig, während er hinter seinem Bildschirm unsichtbar für Dominik war.

Letzten Freitag ...

Ein Dolch durchstieß seine Längsachse. »Ähm ... was meinst du?«

Er vernahm das Rollgeräusch eines Bürostuhls und schaute auf. Jens sah ihn an, als hätte Dominik ihm soeben eröffnet, dass er prinzipiell nur goldene Stringtangas tragen würde.

»Melissa ...?!«, sagte Jens.

Melissa ...

Er hatte die ganze Zeit über nicht einmal an sie gedacht. Er hatte ihre verpassten SMS gelesen und das war das letzte Mal, dass er einen Gedanken an sie verloren hatte.

Eine tiefe Traurigkeit überfiel ihn, als ihm bewusst wurde, dass er nichts mehr empfand, als er ihren Namen hörte.

Der Andere hatte sie aus seinem Herzen gefegt.

»Nicht so doll ... Wir passen doch nicht zusammen«, sagte er, während er es nicht schaffte, Jens dabei in die Augen zu sehen.

»Ach soooo«, säuselte Jens. »Liebeskummer. Darum bist du so miesepetrig.« Er lächelte verständnisvoll.

Nun war alles klar:

Mitten in der Rekonvaleszenz einer Magen-Darm-Grippe und Liebeskummer im Gepäck, wer wäre da nicht ausgelaugt?

Jens schien endlich eine befriedigende Antwort auf Dominiks atypisches Verhalten gefunden zu haben und ließ ihn ab jetzt wohlwollend in Ruhe. Sie kamen deshalb auch gut voran mit ihren Arbeiten, so schnell und speditiv hatten sie nie zuvor an ihren Arbeitsplätzen geschuftet.

Dominik fokussierte sich auf die Kindergartenreportage, anderweitige Gedanken wurden von ihm abgestoßen, als würden zwei identische Magnetpole aufeinander treffen.

Rund vier Stunden später hatten beide ihre fertigen Arbeiten nach dem Korrekturlesen eingereicht. Während der ganzen Zeit hatten sie kaum drei Sätze gesprochen.

Jens war gerade dabei, seine mittlerweile eiskalten Füße in die noch feuchten, fleckigen Schuhe zu stecken und Dominik versuchte sein Chaos auf dem Schreibtisch, welches ihm schon des Öfteren einen strengen Blick von König eingebrockt hatte, zu ordnen, als Till vor ihnen stand. Er grinste breit über sein sommersprossiges Gesicht und Jens schien froh zu sein, endlich einen gut gelaunten Zeitgenossen vor sich zu haben.

»Was verschafft uns die Ehre?« Jens klopfte ihm kräftig auf den Rücken.

»Bin gerade in der Nähe gewesen. Habe einem mindestens zweihundertjährigen Kunden das Auto gebracht, das ich ausgebeult und frisch lackiert habe, nachdem es eine Straßenlaterne geküsst hatte.«

»Nett von dir!« Jens nickte ihm respektvoll zu.

»Tja, so bin ich eben.« Till kniff die Augen zusammen und betrachtete Dominik verwirrt, nachdem er von ihm nur ein kurzes: »Hi«, vernommen hatte. Dann zog er eine Braue hoch und schaute Jens an.

»L. i. e. b. e. s. k. u. m. m. e. r.«, formte Jens tonlos mit seinen Lippen und erntete bei Till einen erstaunten Gesichtsausdruck.

»Schön hier!«, sagte Till übertrieben laut um von der verkrampften Stimmung abzulenken und blickte sich bewundernd um. »Erinnert mich an unsere Zeit als rasende Reporter bei der *Terrorzelle,* Dominik.«

»An was?«, fragte Jens.

»Die Schülerzeitung in der Grundschule«, murmelte Dominik, während er seine Stifte in einen Köcher aus Drahtmetall stopfte.

»Genau«, gluckste Till. »Eigentlich hieß sie: *Neues aus der Wissensquelle,* aber wir nannten sie: *Neues aus der Terrorzelle.* Dominik ist damals unser Chefredaktor gewesen und musste sich deshalb mit den Lehrern herumärgern. Und ich bin der Karikaturist gewesen!«

Jens lachte. »Was? Du?«

Beleidigt hob Till seine Hände und hielt alle zehn schwarzumrandeten Finger vor Jens Nase. »Aber hallo! *Das,* mein Freund, sind die Hände eines Künstlers!«

»Nein, eines Automechanikers.«

»KFZ-Spengler, wenn schon – Herr Wagner!«

»Till zeichnet gut«, sagte Dominik leise, mit einem Stapel loser Papiere kämpfend.

»Gib mal!« Till schnappte sich das oberste Blatt, während er entrüstet in Jens' kritisches Gesicht blickte. Dann schmiss er das Papier auf Hagens Tisch, nahm einen Bleistift aus dessen Stiftebecher und begann, etwas auf das Blatt zu skizzieren.

Hagen kam gerade vom Kopierer zurück. Seine Miene verfinsterte sich, als er den ungehobelten Kerl sah, der sich über seinen Arbeitsplatz beugte und dort etwas zu werkeln schien. »Was bist denn du für ein Lackl? Hau sofort ab!«

»Tschuldigung!« Till nahm seine angefangene Zeichnung, legte sie auf Jens Platz und skizzierte weiter, nachdem er das Bild von neugierigen Blicken mit seinem Arm abgeschirmt hatte.

»Ist ja klar, dass der zu euch gehört«, knurrte Hagen und setzte sich. Jens warf Dominik einen Blick deswegen zu, dieser schien jedoch komplett von der Technik seines Heftapparates in den Bann gezogen zu sein und reagierte nicht. Irritiert von Dominiks ausbleibender Reaktion, sah Jens wieder zu Till, der soeben strahlend seine Zeichnung in die Höhe hielt.

In der schwarzhaarigen Version eines Kerls mit Pumuckl-Frisur und den perfekt überzeichneten Makeln, wie die etwas breitere Nase, welche jetzt kartoffelähnlich in dem Gesicht prangte und den in Wahrheit leicht abstehenden Ohren, die jetzt aber genügend groß waren um einem asiatischen Elefanten Konkurrenz zu machen, erkannte Jens eine absolut treffende Karikatur von sich selbst.

Schallend lachte er. »Irre! Du hast es ja voll drauf!«

»Zeig mal her«, sagte Dominik und nahm die Zeichnung in die Hand. Ein Lächeln huschte über sein Gesicht. »Du wärst ein super Schnellzeichner an so einem Touristenort, mit Klappstuhl und Staffelei.«

»Gute Idee«, antwortete Till stolz. »Wenn ich die Schnauze voll habe von Altdorf, gehe ich nach Mallorca und zeichne heiße Touristinnen in Bikinis.«

»Erst gibst du mir aber meinen Bleistift zurück«, raunzte Hagen und ließ mit seiner harschen Stimme Dominik zusammenfahren. Till hielt ihm den Stift entgegen und Hagen riss ihn ihm buchstäblich aus der Hand.

»Kommt … gehen wir«, sagte Jens dumpf und heftete die Zeichnung mit einem kleinen Stück durchsichtigem Klebeband an den Rand seines Computers.

»Herr Wolf?« König stand plötzlich neben Hagens Tisch, als wäre er aus dem Nichts aufgetaucht. »Haben Sie kurz Zeit um in mein Büro zu kommen? Ich möchte mit Ihnen noch etwas bezüglich der Kolumne besprechen.«

»Natürlich, Herr König«, antwortete Hagen rasch und so freundlich, dass es kaum aus seinem Munde hatte stammen können. Er wischte sich die feuchte Stirn und stand auf. König schaute beiläufig zu den jungen Männern, als sein Blick an der Karikatur hängenblieb. Er presste seine überquellende Mappe an die Brust und neigte sich zu dem Bild hinüber. »Sind Sie das, Herr Wagner?«

»Ja«, antwortete Jens vergnügt.

»Wer hat das gezeichnet?«

»Ich« – »Er«, antworteten die drei gleichzeitig.

König betrachtete Till durch seine Lesebrille, wofür er den Kopf etwas anheben musste. »Und Sie sind …?«

»Schuster … Till … Till Schuster.« Till streckte ihm die Hand entgegen.

König klemmte seine Mappe mit dem linken Unterarm fest und erwiderte Tills Händedruck. Ein amüsiertes Beinahe-Lächeln legte sich auf sein Gesicht. »Das ist gelungen. Man erkennt Sie, Herr Wagner. – Finden Sie nicht auch, Herr Wolf?«

Hagen stand daneben mit verschränkten Armen und einem todbringenden Gesichtsausdruck. »Es hat was«, knurrte er.

»Sie haben aufgeräumt?!«, sagte König zu Dominik, nachdem sein prüfender Blick auf seinen Arbeitsplatz gewandert war.

»Ja …«

In Königs Gegenwart fühlten sie sich wie zehnjährige Jungs. Zumindest die jungen drei. Hagens Gefühlswelt schien von der Abneigung ihnen gegenüber aus allen Nähten zu platzen.

»Na dann meine Herren, wünsche ich Ihnen noch ein schönes Wochenende.«

»Danke gleichfalls«, sagten sie erneut gleichzeitig und kamen sich albern vor. Hagen schnaubte und trottete hinter König her.

»Ich brauche jetzt ein Bier, Männer«, stöhnte Till. »Nicht gerade ein Kuscheltier, dieser Hagen, was?«

»Nö«, antwortete Jens.

»Ich komm nicht mit«, sagte Dominik, als er hinter Till und Jens herging. Gleichzeitig fuhren sie herum. »Klar kommst du mit! Das wäre ja noch schöner!«

»Ich bin noch nicht ganz fit, ich …«

»Keine Widerrede!« Till legte den Arm um seine Schulter, es fühlte sich an, als hätte er tausend Nadeln daran montiert. Dominik bückte sich kurz, als müsse er die Schuhbändel kontrollieren. »Okay … aber nur auf *ein* Bier.«

»Du bist der Boss«, sagte Jens und grinste.

12

Die Musik dröhnte, als sie die Tür des Pubs öffneten. Sie bahnten sich den Weg zu Yannick und Claus, nachdem sie die beiden an einem Tisch sitzend entdeckt hatten. Nach ihrem klassischen Begrüßungsritual ging Jens zum Tresen um drei Bier zu holen und Dominik rutschte auf die Bank neben Yannick, welcher sich gerade einige Pommes in den Mund stopfte.

Till setzte sich neben Dominik und langte hinüber, um bei Yannick einige besonders knackig wirkende Fritten zu stibitzen. Yannick schenkte ihm ein nachsichtiges Kopfnicken. Claus beäugte Dominik kritisch, seit sie Platz genommen hatten. »Was hast *du* denn geschluckt? Siehst älter aus, als du vermutlich jemals werden wirst.«

»Ich bin krank gewesen. Magen-Darm-Grippe.«

Claus verzog sein Gesicht.

»Das geht rum«, sagte Yannick, die Worte integriert in seine Kaubewegung.

Claus richtete sich auf, bereit, eine Rede zu halten. »Heute will ich echt mal wieder richtig einen draufmachen! War ja einfach beschissen, letzten Freitag.«

»Stimmt«, sagte Jens an Dominik gewandt. »Kurz nachdem du und Yannick gegangen sind, musste Claus auch gehen.« Er grinste, Claus' Miene verdüsterte sich. »Meine Mutter hatte mich angerufen, Camilla war in eine Glasscherbe getreten.«

»Wer ist Camilla? Du hast doch keine Schwester?«, fragte Dominik.

»Die Katze von meinen Eltern. So eine Mischung aus Perserkatze und Bauernhoftiger. Meine Mutter ist deswegen völlig aus dem Häuschen gewesen und ich musste sie in die Tierklinik in die Notaufnahme fahren. Dabei hab ich schon vier Bier intus gehabt. Und dann musste ich Händchen und Pfötchen halten und Mutter mitsamt verarzteter Katze wieder heim kutschieren. So stelle ich mir meinen Freitagabend nicht vor.« Er nahm einen großen Schluck Bier.

»Wo ist denn dein Vater gewesen?«, fragte Jens.

»Weg. Mit seinem Gesangsverein auf Wochenendausflug, an der Nordsee.«

»Jedenfalls sind nur noch wir zwei übrig geblieben, gell, Jens?« Till hob sein Glas und prostete ihm zu.

»Du sagst es Kumpel.« Jens stieß sein Glas mit dem von Till zusammen und die anderen folgten, hoben ihre Gläser und ließen sie klirrend zusammenkrachen. Dabei rutschte Dominik die Ärmelborte seines Sweatshirts ein Stück zurück und legte sein Handgelenk frei.

»Allmächd, Mann, was hast du da?«, rief Till, packte ihn unsanft am Unterarm und hielt ihn fest umklammert. Erschrocken zog Dominik den Arm aus seinem Griff und versteckte seine Hände unter der Tischplatte.

»Uuuh … das sieht mir nach heißen Spielchen aus!« Till hüpfte in die Höhe. »Ist das diese Melissa gewesen? Steht die auf Fesselspiele?« Er drehte auf. »Seht mal!« Er packte erneut Dominiks Arm und versuchte ihn, trotz heftiger Gegenwehr anzuheben und in die Höhe zu halten.

Dominik riss seinen Arm zurück. »Hör auf du Depp!«

»Was ist denn mit euch zwei los?«, warf Jens ein.

Till war komplett überdreht und spürte nicht, dass er es besser gut sein lassen würde. »Zeig schon Dominik, ich konnte es nicht richtig sehen! – Jungs, ich sag euch, da scheint jemand eine echt wilde Braut geknallt zu haben!« Er lachte. »Oder besser gesagt, da wurde jemand wohl so richtig zünftig rangenommen!« Er boxte Dominik in die Schulter. »Komm schon, erzähl!«

»Ja … Komm schon Casanova, erzähl.« Claus hielt seine Hände hinter dem Kopf verschränkt und bohrte sich mit seinen hellblauen, stechenden Augen direkt durch Dominiks Schädel. »Wenn dich diese Domina als Sexsklave missbraucht hat, ist mir klar warum du so abgefuckt aussiehst!«

Yannick begann zu lachen, während er noch Frittenreste im Mund hatte, Till hob die Hände und grölte ein: »Ollée, olé, olé, oléee …«

Jens schmunzelte verhalten. Claus grinste. Sein Mund wurde breit und immer breiter … die Mundwinkel reichten bis zu den Ohren. Seine Züge veränderten sich … verzerrten sich zu einer abstoßenden Grimasse. Erschrocken blickte Dominik von einem zum anderen. Ihre Gesichter waren allesamt zu grauenvollen, entstellten Fratzen mutiert, zu Zerrbildern, spottenden, verhöhnenden Dämonengrimassen. Ihr raumfüllendes Gelächter kreischte, hallte und dröhnte in Dominiks Ohren …

»Idioten!« Er schoss in die Höhe, knallte mit den Oberschenkeln schmerzhaft an den Tisch, der dadurch heftig ins Wanken geriet. Jens und Yannick konnten die kippenden, überschwappenden Biergläser gerade noch auffangen.

Entgeistert starrten sie ihn an.

Alle.

Fluchtartig verließ er das Pub und stieß die schwere, träge Tür mit seinem wunden Rücken hinter sich zu, was ihn aufschreien ließ. »Scheiße!!!«

Scheiße, Scheiße, Scheiße …

Er raufte sich die Haare. Ihm war übel. Er versuchte tief durchzuatmen.

Die Türe wurde von innen mit Kraft aufgedrückt und schubste ihn zur Seite. Jens schob sich durch den Türspalt. »Dominik? Ey Mann – alles in Ordnung?«

Dominik nickte schnell, während er rhythmisch weiße Dampfwolken ausstieß. Jens wollte ihn zaghaft am Arm berühren, ließ seine Hand aber sinken, als er bemerkte, dass Dominik die Schulter hochzog.

»Alter … Stimmt etwas nicht?«

Dominiks Kehle schnürte sich zu. »Ich bin einfach müde«, sagte er mit kloßiger Stimme. »Ich geh heim. Sag ihnen, dass es mir leid tut … okay?« Er sah Jens nicht an.

»Okay … aber … bist du sicher, dass …« – »Ja! Passd scho.«

Jens kniff die Lippen zusammen, zog sich zurück und ließ die Türe ins Schloss fallen.

Dominik stieß einen Seufzer aus und sah sich um.

Dichter Nebel verwischte die Konturen der Häuser und Gassen. Die Straßenlaternen konnten mit ihrem dumpfgelben, kegelförmigen Licht lediglich einen geringen Teil der Umgebung schwach ausleuchten, die meisten Winkel und Ecken blieben im Dunkeln verborgen.

Wie vor einer Woche …

Das Auto hatte er bei der Redaktion stehenlassen, sie waren zu Fuß zum Pub marschiert. Wie schon so oft, wenn Dominik den Wagen zur Arbeit mitgenommen hatte und sie danach noch etwas trinken gegangen waren. Wie früher, bevor er panische Angst hatte.

Und vorher wäre es ihm peinlich gewesen, Till und Jens zu eröffnen, dass er sich keinen Meter mehr ohne sein Auto fortbewegen könne und deshalb zum Pub fahren müsse. Aber jetzt hätte er alles darum gegeben, sich in den Wagen zu setzen und die Türen verriegeln zu können.

Dumpf schallte die Musik aus dem Pub, ansonsten herrschte Stille.

War da eine Bewegung? Dort … hinter der Hausmauer?

Wie angenagelt stand er da, Beine aus Gummi, als wäre er zwanzig Kilometer gerannt.

Da vernahm er ein Lachen, ein junges Pärchen erschien aus der Nebelsuppe und spazierte an ihm vorbei. Sie schienen in die Richtung zu gehen, in der seine Wohnung lag.

Jetzt oder nie …

Dominik fasste sich ein Herz und ging, nur wenige Meter hinter ihnen, ebenfalls los. Er schloss so dicht auf, dass der junge Mann nach einer Weile nach hinten blickte und seinen Arm schützend um seine Freundin legte.

Plötzlich bogen sie ab …

Dominik geriet in Panik wie ein scheuendes Pferd und sprintete los, als wäre der Leibhaftige hinter ihm her. Kurz darauf erreichte er die Haustür, welche wegen des defekten Außenlichts im Dunkeln lag. Nervös kramte er den Schlüssel aus seiner Hosentasche. Seine Hände zitterten so stark, dass ihm der Schlüssel aus der Hand und auf den Boden fiel.

Nein, Scheiße, verflucht …

Die Dunkelheit hatte ihn verschluckt …

Dominik bückte sich und tastete auf den Knien hektisch das feuchte Kopfsteinpflaster ab, als die Tür von innen her geöffnet wurde und das herausfallende Licht den Blick auf den Schlüssel frei gab. Schnell schnappte er ihn.

Er sah hoch und blickte direkt auf den Schritt eines Mannes in einer ziemlich eng anliegenden Markenjeans, der breitbeinig, mit den Händen in den Hosentaschen vor ihm stand.

Erschreckt strauchelte er zurück, rappelte sich auf und stand wieder auf den Füßen.

»Gehst du schon nach Hause? Keine Party heute?«, fragte Lukas belustigt. Er sah frisch aus. Geduscht, rasiert und frisiert, eingehüllt in eine Aftershave-Wolke.

»Nein!«, antwortete Dominik schroff.

Ohne ein weiteres Wort quetschte er sich seitwärts an Lukas vorbei und rannte die Treppe hoch. Oben angekommen, schielte er in das menschenleere Treppenhaus hinunter.

Lukas war gegangen.

Letzte Woche hat er vor mir das Pub verlassen …

Und dann die Erkenntnis:

Er ist schwul und hat mich angebaggert …

Die Monster weilen unter uns und tarnen sich als Menschen …

Er schloss auf, ging hinein, schloss ab. Schob die Kommode unter die Türklinke und machte alle Lichter an.

13

Er öffnete die knarrende Falltüre und stieg die steile Holztreppe balancierend hinunter. Rechts und links bepackt mit je einem 6er-Gebinde stillem Mineralwasser fühlte er sich wie ein Seiltänzer auf dieser Hühnerleiter.

Nachschub.

Er stellte die Mineralwasserflaschen neben die Eine, welche beim letzten Mal übrig geblieben war. Sie hatten einen beachtlichen Wasserverbrauch vor einer Woche, er und sein Gefährte.

Er stieg drei Tritte hoch, streckte seinen Arm und griff nach der batteriebetriebenen Campinglampe, die er oben stehengelassen hatte. Er stellte sie auf den erdigen Boden des winzigen Kellers und beleuchtete mit dem mageren Licht sein Inventar:

Dreizehn gefüllte 1,5-Liter PET-Flaschen, welche sowohl als Durstlöscher, wie auch als Putzwasser dienten, da es hier leider keinen funktionierenden Wasseranschluss gab. Daneben ein handelsüblicher Haushaltsreiniger mit Meeresbrisenduft, sowie eine Flasche Desinfektionsmittel. Sechs Küchenrollen, einen Putzeimer, Putzschwamm, Müllsäcke … Wo gehobelt wird, fallen nun mal Späne. Seine Sporttasche mit den gereinigten Requisiten, neue Hanfseile – die Alten waren unbrauchbar, zerzaust und voller Blut. Das braune Paketklebeband und dieses witzige Gerät! Er nahm es in die Hand und schmunzelte.

Eigentlich hatte er gedacht, dass so etwas nicht wirklich funktionieren könne, als er es bei *Saturn* in einer Wühlkiste, angeschrieben mit: *PARTY-GAG – DER KNALLER!*, entdeckt hatte und das auch noch zu einem Spottpreis!

Aber er wurde eines Besseren belehrt. Es hatte seine Wirkung nicht verfehlt und *ihn* das Fürchten gelehrt.

Dieses knallblaue Spielzeug glich einem Haartrockner oder einem Mini-Megafon, besaß einen simplen Kippschalter und musste bloß vor den Mund gehalten werden. Eine Hand war deswegen leider ausgebremst, was einen kleinen Nachteil bedeutete, dafür gestaltete sich der Umgang mit diesem Ding als eine enorm simple Sache. Zufrieden legte er es zurück.

Seine entspannte Miene veränderte sich.

Einmal mehr durchlebte er seine Metamorphose. Das Animalische, Monströse gewann zusehends die Oberhand, verdrängte das Menschliche.

Seine dunkle Seite, diese von den Ketten befreite blutrünstige Bestie, hatte sich aus seinen Eingeweiden herausgewunden, als er bedächtig in die Innentasche seiner Jacke fasste, es vorsichtig hervor zog und es mit einer Reisszwecke an die morsche Holzwand pinnte:

Das ausgedruckte Foto in Postkartengrösse.

Er hatte es letzten Samstag in den frühen Morgenstunden geschossen, kurz bevor er seine Zelte hier abgebrochen hatte.

Wie schön es aussah. Wie schön *er* aussah! Dieser zuvor so makellose, athletische Rücken … blutüberströmt und vollkommen entstellt. Und er war sich sicher, dass es innerhalb dieser gequälten Hülle nicht anders aussah.

Sachte fuhr er mit zwei Fingern den Konturen dieses gepeinigten, ausgestreckten Körpers entlang und seine Erregung stieg ins Unermessliche.

Oh ja …

Es wurde Zeit …

Zeit – für den zweiten Akt.

14

Anna wischte sich mit einem Papiertaschentuch die Tränen weg und zog dezent die Nase hoch. Sie öffnete das Fenster, welches sich direkt oberhalb der Arbeitsfläche ihrer modernen Einbauküche befand und blinzelte angestrengt in die kühle Herbstluft.

»Nicht weinen Schatzi«, sagte Marius und küsste sie auf die Wange, bevor er zum Kühlschrank ging und sich eine Dose Cola holte.

»Ich hasse Zwiebelschneiden!«, schniefte sie und schnäuzte einmal richtig kräftig in ihr Taschentuch.

»Was kochst du eigentlich Schönes?«, fragte Marius, nachdem er die Dose unter einem Zischen geöffnet hatte.

»Omas Schäufele, mit knuspriger Kruste wie sich's gehört, dazu Kartoffelklöße.«

»Hmm, lecker! Aber weshalb so ein Festessen an einem gewöhnlichen Samstag?«

»Es ist Dominiks Lieblingsessen. Ich glaube, es geht ihm gerade nicht so gut.«

Marius stellte die Dose beiseite und sah sie fragend, aber auch etwas belustigt, an.

Sie strich ihr glattes dunkelbraunes Haar hinters Ohr und erzählte, während sie eine Karotte zu schälen begann. »Er ist krank gewesen diese Woche. Ich habe ihn mehrmals angerufen wie du ja weißt und ihm meine Hilfe angeboten, aber er hat mich sozusagen weggestoßen. Das kenne ich gar nicht von ihm. Wenigstens ließ er sich überreden, heute zum Essen zu uns zu kommen.«

»Vielleicht bemutterst du ihn mal wieder etwas zu sehr?« Marius schmunzelte.

Sie zuckte die Achseln, legte die Karotte stumm beiseite und begann, eine Neue zu schälen. Sanft stupste er sie mit der Schulter von der Seite an und lächelte spitzbübisch, als sie kurz hinüber schielte. »Schatz, auch wenn du zehn Jahre älter bist als er, bist du nicht seine Mutter. Und ob du's glaubst oder nicht: Er ist mittlerweile erwachsen geworden.«

»Ich habe wieder diesen Traum gehabt«, sagte sie knapp.

Marius seufzte. »Ach so, darum geht's … Anna, du bist doch kein Orakel. Das sind *deine* Gespenster, *dein* Trauma von früher.«

Sie gab keine Antwort und schälte die dritte Karotte.

»Anna, du bist fünfzehn gewesen, als eure Eltern den tödlichen Autounfall gehabt hatten, ein schlimmes Alter für so einen Schicksalsschlag, das hinterlässt nun mal Spuren.«

Sie legte das Rüstmesser zur Seite.

»Du hast ja recht. Aber es fühlt sich immer so echt an. Dominik und ich sind Kinder, sitzen auf der Rückbank im Auto, als dieser Lastwagen in uns rein donnert. Es knallt unvorstellbar, ich werde rausgeschleudert, das Auto geht in Flammen auf und ich *weiß*, dass es für meine Eltern zu spät ist. Ich höre Dominik schreien, gehe zum Auto … Er liegt eingeklemmt zwischen brennenden Trümmern, streckt mir die Hand entgegen, schreit, weint … und ich kann ihn nicht rausziehen, so fest ich auch an seiner kleinen Hand zerre …« Sie schüttelte den Kopf. »Und dann erwache ich immer …«

Marius nahm sie in die Arme, küsste sie auf den Scheitel und wiegte sie sanft hin und her. »Ihr zwei seid ja gar nicht in dem Auto gewesen damals, das ist einfach ein schlimmer Traum, nichts weiter.«

»Vielleicht gehöre ich in die Klapse«, brummte sie, mit den Lippen an seine Brust gepresst.

Zärtlich schob er sie von sich weg und grinste. »Aaaach nein, so schlimm ist es jetzt auch wieder nicht. Du schlafwandelst wenigstens nicht mehr.«

Theatralisch verzog sie das Gesicht zu einer Trauermiene. »Doooch, einfach nicht mehr so oft …«

Marius lachte herzlich. »Damit kann ich leben! Eigentlich finde ich es ganz süß, wenn du hin und wieder in der Wohnung herumgeisterst. So bist du halt, das gehört zu dir.«

Sie lachte, küsste ihn und schloss dabei die Augen.

Sieben Jahre ist es her, dass sie sich in Nürnberg kennenlernten, kurz nachdem sie ihre damalige Stelle in einem Blumenladen als Floristin angetreten hatte.

Sie musste ein riesiges Blumenbukett mit roten und gelben Nelken ins Polizeipräsidium für einen hohen Beamten liefern, welcher in Pension ging und die Blumen zu seiner Verabschiedung erhielt.

Sie hatte keine klaren Angaben von ihrem Betrieb erhalten und deshalb nicht gewusst, wo genau sie mit diesem Monsterblumenstrauß hin sollte, hinter dem ihre zierliche Erscheinung praktisch unsichtbar war.

Marius, ein damals dreiunddreißig Jahre alter Kriminalkommissar, hatte dem wandelnden Blumenbusch welcher in den Gängen des Polizeipräsidiums umherirrte, eine Zeit lang heiter zugesehen. Nach einer Weile erkundigte er sich bei dem Bukett, hinter dem sich überraschenderweise eine bildhübsche junge Frau mit grünen Augen und seidenem Haar verbarg, nach seinem Ziel.

Und *sie* war im Gegenzug hinter all den Nelken von einer sympathischen Stimme angesprochen worden, welche zu einem attraktiven, maskulinen Gesicht mit warmen braunen Augen und einem umwerfenden Lächeln gehörte.

Zwei Jahre später heirateten sie.

»Soll ich dir helfen?«, fragte Marius, nachdem Anna sich wieder der Küchenarbeit zugewandt hatte.

»Hmm, vielleicht Gemüse schnippeln?«

Sie streckte ihm das Rüstmesser entgegen und sah belustigt zu, wie er ungeschickt an Lauch und Karotten herum zu hantieren begann.

»Ich glaube, du lässt das bleiben, bevor du dich noch in den Finger schneidest und holst dafür das Bier für die Soße.«

Dankbar wischte sich Marius die Hände und holte die Flasche halbdunkles Bier aus der Speisekammer.

»Ich bin wirklich zu nichts nutze in der Küche«, sagte er, bevor er das Etikett der Bierflasche studierte und gleichzeitig überlegte, wieviel Anna davon wohl zum Kochen benötigen würde.

»Denk nicht mal dran!«, sagte sie, als sie seine Absicht erkannte und dabei mit dem Rüstmesser vor seiner Nase herumfuchtelte.

»Nicht mal dran denken – geht klar!«

Sie zwinkerte ihm zu.

»Wann kommt Dominik eigentlich?«, fragte Marius, während sie das Gemüse in einer Pfanne anschwitzte.

»Er sagte gegen sechs.« Anna wurde von einer Dunstwolke verschluckt.

Marius blickte auf die Uhr, während er den Nebel weg fächelte. »Dann schreibe ich jetzt meinen Bericht über die *Operation Balkan.*«

»Tu das, Schatz. Wie kommt ihr übrigens voran?«, rief Anna neben der zischenden, dampfenden Pfanne.

»Nicht so, wie wir es gern hätten. Dieses Mal haben wir es mit einer perfekten Variante organisierten Verbrechens zu tun. Denen ist kaum das Handwerk zu legen, wir sind immer zu spät.«

»Das ist ärgerlich.«

»Das kannst du laut sagen. Wir versuchen jetzt, die Öffentlichkeit weitgehend rauszuhalten, die Presse nicht mehr über ihre Vorgehensweise und so weiter zu informieren. So wollen wir sie in falscher Sicherheit wiegen. Außerdem werden verdeckte Ermittler in verdächtigen Kreisen eingeschleust. Mal sehen, ob wir damit endlich Erfolg haben.«

»Das hoffen wir doch.« Sie schickte ihm einen Luftkuss. »Dann lass ich dich mal ziehen, mein Held!«

Er klapste ihr aufs Hinterteil, nahm seine Cola und ging hinüber ins Wohnzimmer.

Seufzend setzte er sich an den Tisch, klappte seinen Laptop auf und begann, an seinem Bericht zu schreiben.

Nürnberg und Umgebung, sowie Altdorf, war in diesem Jahr das attraktive Ziel einer professionellen Einbrecherbande, welche höchstwahrscheinlich aus dem Balkan stammte. Die Bande umfasste rund fünfzehn Mitglieder, darunter auch drei bis vier Frauen. Sie arbeiteten minutiös und sehr geplant. Vermutlich waren es die Frauen, die sich Zugang zu den Wohnungen und Häusern verschafften, weil sie in den Hausfluren und auf den Straßen um ihre Zielobjekte weniger Aufsehen erregten als Männer.

Die Bande arbeitete extrem schnell, räumte in wenigen Minuten komplette Wohnungen leer und verschob ihre Beute innert kürzester Zeit ins Ausland.

Meistens ereigneten sich die Einbrüche tagsüber, wenn die Leute bei der Arbeit waren, manchmal wurde aber auch nachts eingebrochen. Dann waren die Mieter oder Eigentümer in der Regel zuhause und wurden schon mal, wenn sie das Pech hatten den Dieben zu begegnen, niedergeschlagen oder gefesselt.

Die Jagd auf diese Bande war für Marius, welcher in dieser Sache in leitender Funktion in Zusammenarbeit mit dem Landeskriminalamt ermittelte, sehr frustrierend, da die Bande der Polizei stets um eine Nasenlänge voraus zu sein schien.

Marius selber hatte sich schon vor vielen Jahren mit Leib und Seele seinem Beruf verschrieben. Nachdem er alle Abschlüsse inklusive Laufbahnprüfung bestanden hatte, war er mittlerweile Kriminalhauptkommissar und beim Kriminalfachdezernat Nürnberg tätig.

Aus der Küche duftete es schon seit längerer Zeit wunderbar nach Krustenbraten und Marius schnüffelte immer wieder wie ein Jagdhund in die Luft, während er seinen Bericht in die Tastatur tippte.

Die Türglocke läutete, es war kurz nach sechs.

»Kannst du öffnen?«, rief Anna aus der Küche.

»Aber klar doch.« Er schloss seinen Laptop und ging zur Tür.

Anna wischte sich die Hände, während sie ein fröhliches »Hallo Junge!« von Marius vernahm. Sie legte das Handtuch beiseite, trat ebenfalls in den Flur und erschrak …

Das war nicht ihr Bruder.

Er sah blass und krank aus und steckte in einem viel zu großen dunkelgrauen Sweatshirt mit übertrieben langen Ärmeln.

Sie lächelte und versuchte sich nichts anmerken zu lassen. Dominik stand da mit einer Flasche Wein und einem leicht welken Blumenstrauß.

»Ojemine, das schmerzt ein Floristenherz«, scherzte sie und umarmte ihren Bruder überschwänglich, bevor er sich der Blumen und Flasche entledigen konnte.

Dünn ist er … dachte sie, als sie ihn an sich drückte.

»Soll ich dich auch noch ein bisschen knuddeln?«, alberte Marius.

»Muss nicht unbedingt sein.« Dominik lächelte.

Sie gaben sich einen laut klatschenden Handschlag und Dominik wich flink aus, als Marius ihm zusätzlich kräftig auf den Rücken klopfen wollte.

»Das riecht aber gut!«, sagte Dominik, während er die Jacke auszog. »Omas Schäufele?«

»Jawohl!«, antwortete Anna munter.

»Ein Bier?«, fragte Marius.

»Gern, aber nur eins, ich bin mit dem Auto da.«

Marius hob die Augenbrauen. »Seit wann nimmst du für die kurze Strecke den Wagen? Wirst wohl langsam alt und bequem? Pass auf, das gibt mal eine …«, er klatschte sich einmal kräftig auf den Bauch, »Wampe!«

Dominik schmunzelte und strich die Haarsträhne weg.

Sie setzten sich ins Wohnzimmer, auf die bequeme Sitzgruppe aus cremefarbenem Nappaleder und tranken ein Bier. Anna und Marius saßen nebeneinander, Dominik gegenüber mit hochgezogenen Schultern, zusammengepressten Knien und den Händen dazwischengeklemmt.

Eine entspannte Stimmung wollte nicht aufkommen.

Was ist los mit ihm?

Anna hatte vor Dominiks Besuch gehofft, sich in seinem Besorgnis erregendem Verhalten getäuscht zu haben, welches er an den Tag legte, als sie ihn während der letzten Woche mindestens ein- bis zweimal täglich angerufen hatte:

– »Ich bin nur krank, Anna …«

– »Nein, du musst nicht vorbeikommen …«

– »Du brauchst dir keine Sorgen zu machen, ich bin alt genug …«

– »Verdammt Anna, du bist nicht meine Mami …«

Außerdem hatte sie ihm eine Vielzahl von SMS in jener Zeit geschrieben die nur sehr spärlich von Dominik beantwortet worden waren … Etwas musste geschehen sein, dessen war sie sich jetzt zu hundert Prozent sicher.

Ein Klingelgeräusch aus der Küche signalisierte ihnen, dass das Essen fertig war und beendete die verkrampfte Sofa-Sitzerei.

Dominik rühmte Anna extrem oft und enthusiastisch für das wunderbare Essen, während er gleichzeitig nur im Teller herumzustochern schien. Er hatte gerade mal ein kleines Stück Braten und einen halben Kloß verzehrt, als er das Besteck mit einem: »Allmächd na, bin ich satt!«, auf den Teller legte und ihr dabei strahlend in die Augen sah.

Er sieht traurig aus …

Dominik und sie hatten dieselbe Augenfarbe. Das helle Olivgrün hatten beide von ihrem Vater geerbt, wobei Anna stets etwas neidvoll der Meinung gewesen war, dass Dominik die schöneren Augen als sie besitzen würde. Laut ihr würden seine eine spezielle Leuchtkraft in sich tragen, als würde im Innern ein Lichtlein brennen. Es kam ihr so vor, als wäre dieses Licht erloschen …

»Wie lief es eigentlich mit Melissa letzte Woche?«, fragte Anna etwas später, als sie die leeren Teller aufeinander stapelte. Dominik verschluckte sich an seiner Cola und hüstelte. »Nicht so gut … wir treffen uns kein zweites Mal mehr.« Er hielt die Hand vor den Mund und hustete laut.

Marius warf Anna einen vielsagenden Blick zu, so nach dem Motto: *Nun hast du deine Antwort auf sein Verhalten – Herzschmerz!*

»Andere Mütter haben auch schöne Töchter. Du findest sicher bald Ersatz, so wie ich dich kenne«, sagte Marius und lachte.

Dominik zuckte die Achseln, während er weiter hustete … und hustete.

Anna sah ihn an.

Was zieht er für eine Show ab?

Später tischte sie *fränkischen Apfelschnee* zum Dessert auf und machte einen Kaffee.

Sie unterhielten sich weiterhin auf zähe Art und Weise, ganz anders als üblich. Der Gesprächsfluss kam nicht richtig in Gang, es entstanden peinliche Pausen und Dominik, welcher sonst immer etwas zu erzählen hatte und vor witzigen Anekdoten und originellen Geschichten nur so sprudelte, war still und wortkarg und alle Gespräche mit ihm verliefen ziemlich konstruiert.

Eine Stunde später verabschiedete er sich dann mit der Begründung, dass er wohl noch nicht ganz fit und deswegen zu müde für alles sei.

Anna war sehr nachdenklich, als sie mit Marius zusammen die Küchenarbeit erledigte und ließ sich nicht davon abbringen, dass etwas Unheilvolles geschehen war, auch wenn Marius ihr das Gegenteil einzureden versuchte.

»Der hat doch einfach das erste Mal in seinem Leben so richtig zünftigen Liebeskummer«, sagte Marius. »Das sieht doch ein Blinder mit Krückstock«, und ermahnend fügte er an: »Er ist ein Mann, Anna, kein kleiner Junge, der will das mit sich selber ausmachen. Pass auf, dass du ihn nicht verscheuchst mit deinem Bemuttern!«

Anna lag lange wach, nachdem sie zu Bett gegangen waren.

Liebeskummer? Quatsch …

Sie grübelte und grübelte, während die Müdigkeit sie irgendwann in eine schummrige, dumpfe Welt hinüber gleiten ließ, in der ein Auto im Dunkeln wie ein niedrig aufgetürmter Scheiterhaufen lichterloh brannte und sie, kaum vom Fleck kommend, rannte … auf dieses verzweifelte kleine Kind zu, welches kläglich und herzzerreißend schrie. Dieser kleine Junge … eingeklemmt zwischen brennenden Wrackteilen … das Gesicht tränenüberströmt. »Hilf mir Anna!« Er streckte sein Händchen raus, welches sie nicht greifen konnte … »Hilf mir doch … bitte!« Er schluchzte … Sie griff nach der kleinen Hand, sie entglitt ihr immer wieder …

15

Als Dominik am Montag in die Redaktion kam, wurde die morgendliche Besprechung früher als sonst einberufen. König setzte sich gar nicht erst hin und verkündete feierlich: »Es wurde eine Leiche gefunden!«

Das ganze Team sah ihn überrascht an.

»Wo?«, fragte Ben.

»Im Wald, in der Nähe der Löwengrube. Ein Spaziergänger hat sie heute früh dort entdeckt.« König nahm die Lesebrille von der Nase und blickte zu Dominik. »Herr Novak, Sie übernehmen das.«

»Was?« Hagen konnte seiner Entrüstung nicht Einhalt gebieten. »Bei allem Respekt Herr König, aber seit wann übernehmen Praktikanten Recherchen zu solchen Themen?«

Gelassen setzte König die Brille wieder auf die Nase.

»So wie es aussieht, handelt es sich um Mord. Der Leiter der Mordkommission ist Hauptkommissar Hofmann«, an Dominik gewandt: »Das ist doch Ihr Schwager, oder?«

Dominik nickte mit offenem Mund.

»Ich habe mit Herrn Hofmann gesprochen, er erklärte sich bereit, dass Sie jetzt gleich am Tatort vorbeikommen können. Was heißen soll, noch *vor* einem offiziellen Pressetermin.«

»Aber, aber – das läuft doch normalerweise nicht so!«, schrie Hagen schrill.

»Herr Wolf! Wir sind von der Presse! Meinen Sie, ich lasse mir diese Gelegenheit entgehen, wenn wir schon mal einen solchen Trumpf im Ärmel haben?«

Hagens Gesichtsfarbe änderte sich innerhalb kürzester Zeit von schweinchenrosa zu dunkelrubinrot. Ein Chamäleon hätte das nicht perfekter zustande gebracht.

»Es ist für unsere Zeitung sicherlich von Vorteil, wenn der Journalist und der leitende Kommissar einen guten Draht zueinander haben – deshalb übernimmt das Herr Novak!«

»Herr König?«, Dominik hob vorsichtig die Hand. »Könnte … könnte das nicht jemand anderer übernehmen? Ich glaube nicht, dass ich der Richtige dafür bin.«

König fixierte ihn eisig, ohne mit der Wimper zu zucken. »Nein!«, sagte er dann in einem Ton, der keine Fragen offen ließ und knallte seine Unterlagen auf den Tisch. »Sie gehen da hin und erstatten mir Bericht, um was für einen Vorfall es sich handelt! Dann entscheide ich, in welchem Rahmen darüber berichtet wird. Verstanden?!«

Dominik reagierte nicht.

»Haben Sie mich verstanden?!« Königs Halsadern traten hervor.

»Ja … verstanden.«

Damit war für König die Sache erledigt und er begann, die restlichen Aufträge zu verteilen.

Dominik blickte hilfesuchend zu Jens. Dieser hob begeistert den Daumen und bildete mit den Lippen die Worte:
i.s.t. d.o.c.h. s.u.p.e.r. !

Hagen kochte, beinahe stieß Dampf aus seinen Ohren. Als die Sitzung beendet war, knallte er den Stuhl mit voller Wucht gegen den Tisch und rauschte als Erster aus dem Raum.

Dominik blieb länger als alle anderen sitzen. Seine Wirbelsäule war steif, als er sich dann doch noch erhob und den Raum verlassen wollte.

»Novak.«

»Herr König?«

König lehnte sich zurück. Sein Ausdruck war für Dominik nicht einzuordnen. Wut? Enttäuschung? Verständnis? – Das wohl kaum.

»Ich dachte, Sie wollen Journalist werden?«

»Ja … will ich.«

»Was sollte das dann eben? Gute Stories wachsen nicht auf Bäumen. Sie müssen die Gelegenheiten beim Schopf packen, sich zieren liegt in diesem Beruf nicht drin.«

»Nein … weiß ich.«

»Dann ist also alles klar?«

»Alles klar.« Er musste hier raus – dringend.

»Mensch, Alter – du hast ja ein Glück!« Jens war begeistert.

»Hm, Wahnsinn.« Dominik zog die Jacke an und suchte seine Sachen zusammen.

»Das ist doch super spannend, Dominik!«, sagte Tina, die gerade, mit einem schweren Ordner beladen, an seinem Arbeitsplatz vorbeigehen wollte. Er zuckte stumm mit den Schultern.

Sie schaute zu Jens und lächelte. Ihre rotblonden Locken waren zu einen hohen Pferdeschwanz gebunden, sie sah umwerfend aus. Jens wurde es etwas schwummerig.

»Nicht wahr?«, sagte er. »Ich würde gerne mit ihm tauschen, ich muss heute ins Altersheim. Dass die jetzt einen eigenen Schönheitssalon bekommen haben ist ja ganz nett.« Er machte ein bekümmertes Gesicht. »Aber die Abteilung für Pediküre macht mir schon etwas Bauchschmerzen.«

Tina lachte. »Du Armer!«

»Finde ich auch«, seufzte er. »Wie wäre es mit einer Aufmunterung? Du schuldest mir noch ein Date!«

Kokett kam sie etwas näher. »Ach ja? Davon weiß ich gar nichts. Weshalb denn?«

»Weil ich dir immer so nett die Tür aufhalte.«

»Tust du doch gar nicht.«

»Aber ich würde es tun, wenn ich die Gelegenheit dazu hätte – bei einem Date beispielsweise.«

Sie legte den Kopf schief. »Du drehst dich im Kreis.«

»Mach ich das?« Sein dreistes Lächeln verfehlte seine Wirkung nicht.

»Machst du.« Sie musterte ihn und knabberte an ihrer Unterlippe. »Ich überleg's mir.«

Jens verdrehte die Augen. »Ihr Frauen mal wieder … Was sagst du dazu, Alter?« Er sah zu Dominik – doch der war bereits gegangen.

16

Die Löwengrube am Lenzenberg war einst ein Steinbruch mitten im Wald, bei welchem im sechzehnten Jahrhundert Sandstein als Baumaterial für die damalige Errichtung der Stadtmauer gewonnen wurde. Der dadurch entstandene, mystische Durchgang im Felsen bildete den Weg zu einer komplett dunklen, verwinkelten Höhle, deren Eingang mit eisernen Gitterstäben an der Seite versehen war. Die Löwengrube war eine faszinierende Sehenswürdigkeit Altdorfs und ein beliebtes Ausflugsziel für Wanderer.

Dominik lenkte seinen Wagen Richtung Prethalmühle und sah in der Kurvenbiegung bei der Löwengrube vier uniformierte Polizisten neben zwei Streifenwagen, einem Leichenwagen und mehreren zivilen Autos stehen. Eins davon war Marius' dunkelblauer Audi.

Er parkte gleich daneben und zeigte einem der Beamten seinen Presseausweis. »Hauptkommissar Hofmann weiß, dass ich komme.«

Der Beamte schien über sein Erscheinen informiert zu sein und ließ ihn unter der Absperrung hindurch gehen.

Die Leiche befand sich rund hundertfünfzig Meter unterhalb der Höhle am Waldrand, welcher an eine naturbelassene Grünfläche angrenzte.

Dominik stapfte zwischen Büschen und Brombeerstauden hindurch und war überrascht über den Betrieb, der hier herrschte. Rund zwanzig Personen gingen im Bereich eines halben Fußballfeldes ihrer Arbeit nach. Ein Großteil dieser Leute war in weiße Schutzoveralls gekleidet und mehrere von ihnen bildeten stehend oder kauernd eine Traube um ein Etwas, das am Boden lag.

»Dominik? Was machst du denn hier?«

Er drehte sich um und blickte in das Gesicht von Oliver Fischer. Dominik hatte ihn schon seit einigen Jahren nicht mehr gesehen und bemerkte, dass sich Olivers schütteres hellbraunes Haar zwischenzeitlich noch mehr gelichtet hatte und ihm eher das Aussehen eines biederen Buchhalters, als eines Kriminalkommissaren verlieh.

»Ihr kennt euch?« Marius war aufgetaucht.

»Ja klar!«, sagte Oliver. »Ich bin doch mit Anna zur Schule gegangen. Wir haben uns einfach schon lange nicht mehr gesehen. – Wieso bist du hier?«

»Für den *Kurier,* als Reporter«, antwortete Dominik. »Marius meinte, dass sei in Ordnung?« Fragend sah er ihn an.

»Ja, ausnahmsweise – weil ich deinen Chef schon länger kenne«, antwortete Marius und klang dabei mäßig begeistert. Dann nahm er Dominik beiseite. »Pass auf, dass du nichts anfasst oder veränderst, indem du auf etwas trittst oder so. Du musst hier wie auf Eiern gehen, klar?«

Dominik nickte.

Und dann sah er sie …

Die Leiche.

Eigentlich bloß einen kleinen Teil von ihr. Eine kleine Fläche des – zwischen den weißgewandeten Forensikern – Rückens …

… mit blutigen Striemen übersät.

Seine Augen weiteten sich, panisch trat er zwei Schritte zurück, stolperte über eine Wurzel und fiel hin.

»Vorsicht!«, rief ein Kriminaltechniker barsch.

»Ich hab dir doch gesagt du sollst aufpassen!«, sagte Marius.

Oh mein Gott …

Dominik rappelte sich auf, während die weißen Gestalten gerade etwas zur Seite traten und den Blick auf die Leiche freigaben.

Ein nackter junger Mann.

Ein blutiger Rücken.

Die Handgelenke der angewinkelten Arme, die Fußgelenke der gestreckten Beine … blauviolett gesäumt. Das Gesicht senkrecht nach unten, zwischen Laub und Steinen, in einem Rinnsal.

»W… wisst ihr wer es ist?«

»Nein«, sagte Marius. »Er wurde aus untersuchungstechnischen Gründen bisher noch nicht bewegt, aber gleich werden die Kollegen mit der Rückseite fertig sein und ihn umdrehen können.«

Dominik starrte auf den geschundenen Körper – den Hinterkopf, die Haare … verdreckt mit Erde und Laub – auf diese rostbraunen Haare … diesen Haarschnitt … die Sommersprossen auf Schultern und Oberarmen …

»Nein!!!«

Sein Aufschrei ließ alle zu ihm blicken.

»Was?«, fragte Marius.

Bitte nicht … bitte, bitte nicht …

»Ich weiß nicht … ich muss … das Gesicht sehen …«

»Könnt ihr ihn umdrehen?«, fragte Marius die weißen Gestalten mit Mundschutz.

Nachdem eine PVC-Unterlage neben die Leiche gelegt worden war, wurde sie vorsichtig auf den Rücken gedreht.

»Till …«

Dominik hatte den Namen nur keuchen können.

»Kennst du ihn?«

Er nickte hektisch, ohne den Blick von Till abzuwenden.

Seine Augen waren geschlossen, der Mund geöffnet. Alles verdreckt, voller Erde, Schlamm und kleinen Steinchen. Ein riesiger, klaffender Schnitt quer durch seinen Hals.

Halt deine Schnauze, sonst schlitze ich dir die Kehle auf!

Die Erde begann zu beben … schreiende Dämonen wanden sich aus den Bäumen im Hintergrund … Verzerrte, grinsende, geifernde Gesichter … mit knorrigen, borkigen Körpern, verdrehten, langen Gliedmaßen … Sie krochen spiralförmig den Stämmen entlang nach unten.

Dominik klatschte sich die Hände ins Gesicht … rieb, presste und quetschte diese aufkeimenden Bilder weg, versuchte, die Monster verschwinden zu lassen …

Er blinzelte und blickte auf stumme Bäume, knorrige Rinde und wildes Astwerk überwuchert mit Efeu.

»Wie heißt er?«, fragte Marius nochmals nach.

»Till … Till Schuster.« Dadurch, dass er den Namen laut aussprach, wurde dieser Albtraum zur Realität.

»Till? Etwa *der* Till, mit dem du schon zur Schule gegangen bist und immer noch engen Kontakt gehabt hast?«

»Ja …«

»Scheiße«, flüsterte Marius, als er sich abwandte.

»Oh Mann«, sagte Oliver, der Till von früher ebenfalls gekannt hatte.

Dominik hörte seinen eigenen Atem, laut und keuchend. Nebenbei nahm er verschwommen wahr, dass Marius mit seinen Leuten sprach, welche sich soeben um ihn geschart hatten. Sie nickten konzentriert, einige machten sich Notizen, Oliver trat mit dem Handy am Ohr zur Seite, zwei verließen den Ort. Marius kehrte zu ihm zurück.

»Geht's?« Er legte die Hand auf seine Schulter.

Dominik nickte, atmete stoßweise.

»Das tut mir sehr leid, Junge.«

»Wo … wo sind seine Kleider?«

»Keine Kleider. Keine Brieftasche, keinen Ausweis – gar nichts.« Marius kickte einen Stein weg. »Wann hast du Till das letzte Mal gesehen, Dominik?«

Er musste erst wieder sein Gehirn in Betrieb nehmen, bevor er antworten konnte. »Am Freitagabend.«

»Hast du eine Vermutung, wer das gewesen sein könnte?«

Ja … der Andere, das Monster …

»Nein.«

Marius rieb sich die Stirn, sah zu Till, dann wieder zu Dominik. »Ist gerade ein bisschen viel für dich, was?«

»Ja.«

»Hör zu: Wir werden heute Nachmittag eine Pressekonferenz geben. Komm dann nochmals. Bis dahin wissen wir bestimmt schon mehr. Außerdem wird die Staatsanwältin jeden Moment hier sein. Die hat's nicht so mit euch Pressefritzen.« Er lächelte, dann fragte er leise: »Geht es dir gut? Kannst du fahren?«

»Ja, passd scho.«

»Okay.«

»Kann … kann ich noch ein paar Fotos machen? Nicht von Till, von der Gegend …«

Marius zog die Brauen hoch. »In Ordnung?!«

Dominik wusste nicht, weshalb ihm diese Frage über die Lippen gekommen war.

Benebelt zog er seine Kamera hervor und knipste Bilder von der angrenzenden Magerwiese, durch welche sich die Schwarzach, ein naturbelassener Flusslauf, leise und in sanften Windungen schlängelte.

Und im Gegensatz dazu schoss er Fotos von einer traurig anmutenden, riesigen Eiche, welche ihr Laub bereits verloren hatte und mit ihren knorrigen Ästen nach den hier Anwesenden zu greifen schien. Dann schaute er nochmals zu Till. »Wohin bringt ihr ihn jetzt?«

»Ins rechtsmedizinische Institut, um ihn genauer untersuchen zu lassen. Die ersten Ergebnisse werden wir heute Nachmittag haben.«

Bitte lasst sie sonst nichts finden …

Er hoffte inständig, dass es mit den Peitschenhieben und dem Kehlschnitt getan war, dass Till nicht dieselben Sachen widerfahren waren wie ihm.

Grauenhafte Erinnerungsfragmente versuchten sich in sein Bewusstsein zu drängen, er zwängte sie krampfhaft wieder zurück, würgte sie retour, als würde er sich nach innen erbrechen – so fühlte es sich jedenfalls an.

Knapp verabschiedete er sich von Marius und Oliver und stolperte zurück zu seinem Auto.

Als er kurz danach hinter dem Steuer saß und ihm die Polizisten, welche um die Absperrung patrouillierten, keine Beachtung mehr schenkten, legte er die Stirn auf das Lenkrad, verschränkte die Arme darüber und begann zu weinen.

17

Fünfzehn Minuten später öffnete er die Tür der Redaktion. Er hatte auf der Fahrt hierher eine Entscheidung getroffen.

»Herr Novak … schon wieder zurück?«, fragte König ohne aufzublicken, als Dominik sein Büro betrat. Einen Stuhl bot er ihm nicht an, ließ ihn neben seinem Schreibtisch stehen und schenkte ihm auch sonst keine besondere Aufmerksamkeit.

»Und? Wie sieht es aus?«

»Ich möchte diesen Auftrag abgeben. Das Mordopfer ist ein guter Freund von mir gewesen.«

König legte den Kugelschreiber beiseite und sah auf.

»Till Schuster … Sie kennen ihn. Er ist am Freitag hier gewesen.«

König nickte nachdenklich, als er sich zu erinnern schien.

»Das tut mir sehr leid für Sie, Herr Novak.«

Dominik nickte knapp.

»Und weshalb wollen Sie den Auftrag abgeben?«

Was?

»Äh … eben … Er ist ein Freund gewesen.«

König verschränkte die Arme. »Das habe ich verstanden. Aber *weshalb* wollen Sie den Auftrag abgeben?«

»Weshalb?«

»Weshalb.« König fixierte ihn starr.

»Weil es mir zu nahe geht – deshalb.«

König nahm den Kugelschreiber wieder in die Hand und begann, in seinen Spiralblock zu schreiben. »Wie Sie meinen.«

Dominik stand da wie ein begossener Pudel. König schrieb und sagte nichts mehr.

»Dann …«, Dominik räusperte sich, »dann arbeite ich erst mal weiter an der Dokumentation über die Denkmäler.«

Keine Antwort.

Er kniff die Lippen zusammen, wandte sich zur Tür und drückte die Klinke hinunter.

»Dann ist das in Ihren Augen also eine schlechte Voraussetzung?«

Dominik drehte sich um. König schrieb und sah aus, als wären diese Worte nicht aus seinem Munde gekommen.

»Was meinen Sie?«

»Dann ist es in Ihren Augen eine schlechte Voraussetzung, wenn dem Journalisten das, worüber er schreibt, nahe geht?«

»Nein … eigentlich nicht, aber …«

»Wenn ein Journalist wochen- um nicht zu sagen monatelang unter Straßenkindern in irgendwelchen Slums lebt … oder in einem Kriegsgebiet ein Jahr lang an vorderster Front mit dabei ist … oder einen AIDS-Kranken in dessen letzten Tagen bis zu seinem Tod begleitet … – Was glauben Sie, was der dabei empfindet?«

Dominik antwortete nicht.

König atmete aus und ließ ein seufzendes: »Tja, ja, ja«, hören. »Ich brauche Ihnen ja nicht zu erzählen, dass kaum ein anderes Berufsbild so facettenreich ist wie das des Journalisten. Aber nicht jeder Journalist ist dazu berufen, an seine eigene Belastbarkeitsgrenze zu gehen.«

Dominik schwieg immer noch. König schrieb und schrieb. »Ach, was soll's. Trösten Sie sich, Herr Novak. Die Klatschpresse braucht ja auch Journalisten, die über all die vielen Schlagersänger und Blaublütigen berichten.«

Dominik starrte einige Sekunden auf die Türklinke, die er fest umklammert hielt, dann ließ er sie los. »Heute Nachmittag findet eine Pressekonferenz statt … Ich werde hingehen.«

Pause.

»Gut. Dann erwarte ich von Ihnen einen Bericht, welcher morgen auf der Titelseite erscheinen wird. Den Umfang bestimmen wir, nachdem Sie auf dieser Pressekonferenz waren.«

»In Ordnung.« Fluchtartig verließ er Königs Büro.

Ach verflucht …

Was war das eben? Wieso hatte er sich umstimmen lassen? Es war sein Stolz, seine Berufsehre, die ihn verführte, den Artikel jetzt doch zu schreiben. War dies nun taktlos gegenüber Till?

Hagen sah von seinem Bildschirm auf und stierte argwöhnisch zu Dominik, als er sah, dass dieser aus Königs Büro trat. Sein gehässiger Blick verfolgte ihn bis zu seinem Arbeitsplatz.

Dominik blendete ihn verkrampft aus. Den Blick nach vorne gerichtet, näherte er sich diesen ahnungslosen, über den Tisch gebeugten Schultern im roten Kapuzensweatshirt. Er schluckte leer, als er Jens vorsichtig berührte.

Das aufflackernde Grinsen in dessen Gesicht erstarb augenblicklich, als er in Dominiks Augen sah.

»Was ist passiert …?«

Etwas später saß Dominik stumm auf seinem Platz, die Hände vor dem Mund gefaltet.

Jens starrte geradeaus, seine Finger trommelten auf dem Tisch, seine Kiefer mahlten, sein Kopf wurde zusehends röter. Er stieß ein schnaubendes Geräusch durch die Nase aus, während sich seine Augen mit Tränen füllten.

Dann schoss er hoch.

Er riss Tills Karikatur vom Monitor, der bedenklich zu wackeln begann, knüllte das Papier zusammen, schmiss es in den Abfalleimer, trat dagegen und verließ das Büro.

Dominik sah ihm nach.

Nach einer Weile erhob er sich lautlos, fischte das Papierknäuel aus dem Eimer, entfaltete und strich es vorsichtig glatt.

Dann versorgte er die Zeichnung in Jens' Rollcontainer. Ganz zuunterst, unter einen Stapel Aktenhüllen.

18

Die Pressekonferenz fand im Polizeipräsidium von Altdorf statt. In einem der Konferenzräume war ein Pult hingestellt worden, an welchem einige Mikrofone montiert waren. Der Raum, welcher mit kaltem Neonlicht ausgeleuchtet wurde, bot Platz für dreißig bis fünfzig Personen und füllte sich beachtlich.

Es waren anscheinend nicht nur Lokalzeitungen, die im Begriff waren über den Fall zu berichten, sondern auch einige namhafte Zeitungen inner- und außerhalb Bayerns, sowie der öffentlich-rechtliche- , wie auch private Rundfunk.

Dominik nahm in einer der hinteren Reihen Platz. Es war das erste Mal, dass er an einer Pressekonferenz teilnahm. Unter anderen Umständen hätte er sich glücklich geschätzt. Angespannt kritzelte er geometrische Fantasieformen auf die vorderste Seite seines Notizblockes, bis die Staatsanwältin, Marius, der Pressesprecher der Polizei, Oliver sowie ein weiterer Ermittler der Mordkommission den Raum betraten, sich setzten und ihre Akten bereitlegten.

Das Licht wurde gedimmt und ein Projektor projizierte ein Bild des Waldstückes, in welchem Till gefunden worden war, an die Wand hinter den Rednern.

Die Anwesenden verstummten und der Sprecher begann mit seiner Rede:

»Heute Morgen, Montag 22. Oktober 2007, um zehn Minuten nach acht, wurde die Leiche von Till S. nahe der Löwengrube in Altdorf von einem Spaziergänger, welcher seinen Hund ausführte, entdeckt. Bei der Leiche Till S., handelt es sich um einen einundzwanzigjährigen Mann aus der Region.«

Dominiks Kehle war knochentrocken.

»Die Leiche wies massive Schnittverletzungen am Hals auf. Ebenso waren beim Opfer sowohl schwerwiegendste Verletzungen am Rücken, als auch an Hand- und Fußgelenken zu finden.«

Dominik zog die Ärmelborten über seine Handgelenke.

»Ferner wurden Kleberückstände im Bereich der Augenpartie und in den Haaren festgestellt. Außerdem wurden sexuelle Handlungen an dem Opfer vorgenommen. Ob diese zuvor im gegenseitigen Einvernehmen stattgefunden hatten oder nicht, lässt sich zum jetzigen Zeitpunkt noch nicht sagen.«

Was?

»Die Behörden gehen von einem Tötungs- und einem möglichen Sexualdelikt aus. Man nimmt an, dass das Opfer am Fundort getötet wurde. Weitere Angaben zum Tathergang und zum Opfer kann die Polizei und Staatsanwaltschaft zurzeit nicht geben. Der Bereich um den Tatort wird weiterhin untersucht. Die Leiche wurde dem rechtsmedizinischen Institut übergeben. Die pathologischen und forensischen Untersuchungen sind noch nicht abgeschlossen und zur Zeit Gegenstand der Ermittlungen.«

Der Pressesprecher blickte auf.

»Wir werden Sie über weitere Ergebnisse informieren, vielen Dank für Ihre Aufmerksamkeit.«

Er wandte sich an Marius und seine Kollegen. »Hauptkommissar Hofmann – Leiter der Mordkommission, Kommissar Braun und Kommissar Fischer werden Ihnen noch allfällige Fragen beantworten. Bitte heben Sie die Hand, nennen Sie Ihren Namen und das Medium, für welches Sie berichten. – Danke.« Damit beendete er seine Rede und trank einen Schluck Wasser.

Gleich darauf hob eine junge Journalistin mit kurzem, schwarzem Haar zaghaft ihre Hand. Marius blickte zu ihr. »Bitte?!«

Sie stellte sich vor, danach folgte ihre Frage: »Ist das Opfer homosexuell gewesen?«

Dominik zuckte zusammen. Es fühlte sich wie eine Ohrfeige an.

Marius antwortete nüchtern: »Das lässt sich zum derzeitigen Stand der Ermittlungen noch nicht sagen.«

Die Reporterin reckte ihr Kinn. »Können Sie das konkretisieren, bitte?«

»Natürlich«, sagte Marius. »Die sexuelle Orientierung des Opfers ist uns noch nicht bekannt. Laut ersten Aussagen aus dem privatem Umfeld von Till S., ist aber nicht davon auszugehen, dass er homosexuell gewesen ist.«

»Aber auszuschließen ist es auch nicht?«

»Nein«, sagte Marius und blickte in die Menge. »Weitere Fragen?«

»Folglich könnte das Opfer seine Homosexualität auch bewusst verborgen haben, sozusagen ein Doppelleben geführt haben?«, fragte ein rotwangiger Mann mit buschigem Schnurrbart.

Marius verschränkte die Arme. »Ich wiederhole: Der Stand der Ermittlungen verbietet uns derzeit eine Antwort auf solch eine Spekulation zu geben. Darauf gehe ich nicht weiter ein.«

Der Schnurrbartträger zuckte die Achseln und machte sich Notizen.

Ein Reporter mit Glatze meldete sich. »Besteht die Möglichkeit, dass es sich um ein Beziehungsdelikt handelt?«

Marius nickte. »Die Möglichkeit besteht. Das soziale Umfeld des Opfers wurde jedoch noch nicht überprüft, es wurden lediglich die Angehörigen verständigt.«

Eine pummelige Journalistin mit Brille hob rasch die Hand. Marius sah in ihre Richtung. »Ja?«

»Von welcher Art Beziehung reden wir?«

»Zur Zeit sprechen wir noch von gar keiner Beziehung.« Marius' Ton klang harsch.

Sie lächelte süffisant. »Eine gleichgeschlechtliche Beziehung nehme ich an? Ein homosexuelles Liebespaar? Oder reden wir gar von einem Sugar-Daddy und seinem Toy boy?«

KLATSCH! – Eine weitere Ohrfeige fegte auf Dominiks Wange, während ein Raunen durch die Menge ging.

Marius erhob sich. »Wir können zur Zeit weder ein Beziehungsdelikt bestätigen, geschweige denn, um welche Art Beziehung es sich gehandelt haben könnte!«

Kurzfristig trat Stille ein, bis ein hagerer Mittfünfziger fragte: »Könnte das Opfer ein Stricher gewesen sein?«

KLATSCH! – Dominik presste die Augen zu.

Aus einer Ecke kam leises Kichern.

Marius wurde lauter. »Wie gesagt: Das gesamte soziale Umfeld, sowie die sexuelle Orientierung und anderweitige Aktivitäten des Opfers wurden noch nicht überprüft! Ich möchte mich nicht andauernd wiederholen!«

»Aber es könnte sein? Hypothetisch betrachtet?«, hakte der hagere Kerl mit einem schmierigen Gesichtsausdruck nach.

»Sie kennen meine Antwort«, entgegnete Marius und sah demonstrativ an dem Mann vorbei.

Mittlerweile wurde im ganzen Raum getuschelt.

Die schwarzhaarige Reporterin hob nochmals ihre Hand. »Könnte es sich auch um einen, sagen wir mal: Lustmord in der homosexuellen BDSM-Szene handeln?«

KLATSCH! – Jede dieser Fragen war, als hätte man weit ausgeholt und Dominik brennend heiß ins Gesicht geschlagen.

Das Getuschel wurde lauter, die Situation drohte außer Kontrolle zu geraten. Die Journalisten wurden dreister, Hände wurden keine mehr gehoben, die Fragen lediglich in den Raum gebrüllt:

»Hatte sich das Opfer überhaupt gewehrt?« – KLATSCH!

»Ist das Opfer in der Gegend als Callboy bekannt gewesen?« – KLATSCH!

»Ist das Opfer drogensüchtig gewesen?« – KLATSCH!

Marius wies jede Frage mit derselben Antwort ab.

»Was ist denn das für eine öde Pressekonferenz? Wissen Sie überhaupt irgendetwas?«, rief ein pickelgesichtiger Reporter, der wohl kaum älter als Dominik war, schließlich in die Runde und erntete etliche Lacher.

Marius erhob die Stimme: »Wir haben mit den Ermittlungen gerade erst begonnen und hüten uns vor falschen Informationen welche an die Öffentlichkeit gelangen!«

»Sie haben ja überhaupt keine Informationen!«, schrie es irgendwo aus der Masse. Erneut einige Lacher und vereinzelter Applaus.

Marius ignorierte die pöbelnde Menge. Er beugte sich zur Staatsanwältin hinunter, sagte etwas, sie nickte. Dann stemmte er die Hände in die Hüften und rief: »Wenn Sie also keine anderen Fragen als die über das Privatleben des Opfers haben, erklären wir diese Pressekonferenz für beendet!«

Plötzliche Ruhe im Raum – als hätte man einen Lautstärkeregler abgedreht.

»Anscheinend haben Sie keine sonstigen Fragen. Dann wünschen wir Ihnen eine gute Heimreise! Sie werden über unsere Pressestelle weiterhin auf dem Laufenden gehalten.« Damit schloss Marius seine Rede, begann seine Unterlagen zu ordnen und verließ kurz darauf den Raum.

Die Journalisten erhoben sich von ihren Plätzen und gackerten wild durcheinander.

Dominik war schockiert. Er starrte das Pickelgesicht, welches vor ihm gesessen hatte und sich nun erhob, mit einem bitterbösen Blick an, bis dieses verwirrt wegsah und sich eiligst verkrümelte.

Dominik ging nach draußen. Marius war auf der Hinterseite des Polizeipräsidiums zu finden, mit den Händen in den Hosentaschen. Kommissar Braun und die Staatsanwältin standen daneben und rauchten eine Zigarette. Alle drei schienen Oliver, der mit Feuereifer etwas erzählte und sich gleichzeitig am Kopf kratzte, aufmerksam zuzuhören.

»Entschuldigung.« Oliver verstummte, als Dominik dazukam. »Marius … hast du kurz Zeit?«

»Ja. Zwei Minuten.« Sie traten ein Stück zur Seite.

Dominik war außer sich. »Diese Deppen mit ihren widerlichen, beschissenen Fragen!«

Marius schmunzelte. »Das sind Journalisten, die sind nun mal so. Das solltest du doch wissen.«

»Ich will nicht, dass sich solche Gerüchte verbreiten. Till war weder ein Stricher, noch stand er auf Sadomaso!«

»Woher weißt du das so genau?«

»Hey?! Ich weiß es einfach!«

»Ich will dir nicht zu nahe treten, aber es ist schon anzunehmen, dass Till sich in einem etwas zwielichtigen Umfeld bewegt hat, wenn er Opfer einer solchen Tat geworden ist.«

Dominik schaute ihn entgeistert an. »Hatte er nicht!«

»Womöglich hast du ja recht, aber wir werden Nachforschungen in solchen dubiosen Kreisen anstellen müssen. Hauptsache ist doch, dass wir den Täter so schnell als möglich finden.«

Dominik zog die Augenbrauen zusammen.

»Oder?«

»Ja … schon …«

»Also, jetzt warten wir erst mal die weiteren Ergebnisse der Obduktion und der toxikologischen Untersuchungen ab. Das Gebiet um den Tatort wird zur Zeit noch großräumiger untersucht, außerdem beginnen wir mit den Befragungen in Tills gesamten Umfeld. Ach ja: Gib mir bitte Namen und Telefonnummern von den anderen eurer Clique.«

Dominik schrieb die Vor- und Familiennamen von Jens, Yannick und Claus, sowie deren Telefonnummern, welche er auf seinem Handy gespeichert hatte, in sein Notizbuch. Dann fügte er Lukas noch hinzu und überlegte, ob er Marius nebenbei gleich noch einen Hinweis auf dessen Homosexualität geben sollte. Er biss sich aber auf die Zunge und ließ es bleiben. Dann riss er die Seite aus seinem Notizblock und übergab sie Marius.

»Danke. Ich werde dich auch noch offiziell befragen, Dominik. Vermutlich aber erst morgen.«

»Passd scho.«

»Wir finden diesen Mistkerl! Verlass dich drauf!«

Dominik nickte, zwang sich zu einem Lächeln als Marius ihm auf die Schulter klopfte und fuhr danach den rund fünfhundert Meter weiten Weg mit dem Auto zurück in die Redaktion.

Das musste er ändern. Möglichst bald. Solche Strecken mit einem fahrbaren Untersatz zu absolvieren war beschissen und peinlich … und am helllichten Tag sowieso.

Im Autoradio lief *Back in Black* von *AC / DC*, als diese heisere, leise Stimme in Dominiks Kopf zu sprechen begann. Er versuchte sie zu ignorieren, indem er das Radio aufdrehte, während Brian Johnson aus dem Lautsprecher kreischte. Die leise Stimme hörte er trotzdem …

»Du kennst den Kerl, du Idiot, hast du das vergessen …?

Till kannte ihn womöglich auch …

Warum musste er sterben …?

UND WARUM LEBST DU NOCH ???«

Er drehte den Lautstärkeregler auf das Maximum. Als er an einer roten Ampel halten musste, schielte er zur Seite und bemerkte wie eine hagere Greisin mit Rollator, deren Gehör bestimmt kaum noch etwas taugte, ihm vom Bürgersteig aus heftig den Vogel zeigte.

Es wurde grün und er flüchtete in seiner dröhnenden Kiste mit quietschenden Reifen.

19

Dieser Bericht, dieser Zeitungsartikel. Verflucht, was sollte er schreiben?

Nebst den Fakten einige mutmaßliche Theorien zu einem Tathergang aufstellen, wie es andere Zeitungen tun werden, obwohl er genau wusste, was passiert war? Das konnte er nicht, selbst wenn er auf niveauvoller Basis darüber spekulieren würde.

Dominik saß auf seinem Bürostuhl und wiegte seitwärts hin und her. Sein Blick war dabei starr auf den schwarzen Bildschirm gerichtet. Angestrengt dachte er nach.

Jens war nicht hier.

Nachdem er am Morgen die Hiobsbotschaft von Dominik empfangen hatte und gleich darauf aus dem Büro stürmte war er für rund zehn Minuten verschwunden geblieben. Grenzenlose Wut und Schmerz waren in seinen Augen gestanden, als er wieder zurück gekommen war, sich auf seinen Stuhl fallen ließ und von Dominik Genaueres erfahren wollte.

»Diesem elenden Scheißkerl reiße ich die Eier ab, wenn ich ihn in die Finger kriege, das schwöre ich dir! Dieser verfluchte Wichser!«

Dominik hatte zustimmend genickt.

Vergiss es Jens …

»Was machst du mit dem Bericht? Hast du den Auftrag abgetreten?«

»Nein.«

Jens hatte darauf sichtlich erstaunt die Augenbrauen gehoben und Dominik sich deswegen wie ein Verräter fühlen lassen. Er hatte sich gerade erklären wollen, als Simone und Tina, sowie Ben und einige andere Kollegen schockiert zu ihnen gerauscht kamen, nachdem sie mitbekommen hatten, dass das Mordopfer ein Freund von ihnen war.

Kurze Zeit später hatte Jens ins Altersheim aufbrechen müssen, so dass es keine Gelegenheit mehr gab, einige erklärende Worte anbringen zu können.

Dominik starrte immer noch auf den gähnend schwarzen Bildschirm, wo er außer seinem eigenen, schemenhaften Spiegelbild nichts erkennen konnte. Zur Zeit waren sie zu dritt im Büro. Hagen war einer von ihnen. Er hatte es nicht für nötig befunden Dominik und Jens zu kondolieren, sowohl am Morgen, als auch jetzt nicht.

Dominik spürte jeden einzelnen seiner verstohlenen Seitenblicke wie glühende Nadeln, während er krampfhaft über seinen Bericht nachdachte.

Plötzlich hielt er mit seiner Wiegebewegung auf dem Bürostuhl inne und pustete resolut die Haarsträhne weg.

Er hatte eine Idee:

Er würde den Artikel so verfassen, dass er ihn in zwei unterschiedliche Bereiche aufteilen würde. Der erste Teil würde ein Bericht werden, welcher auf dem rein informativen Bereich beruhte, den offiziellen Angaben, welche er auf der Pressekonferenz erfahren hatte. Seinen Schreibstil würde er nüchtern und klar wählen, wie es in der Berichterstattung üblich war.

Und dann würde er einen zweiten Teil schreiben, ein Feature, eine Reportage mit dramaturgischer Gestaltung, welche auf seinen eigenen Erlebnissen heute Morgen im Wald beruhte. Verfasst in einem anderen Schreibstil, einem erzählerischen, bildhaften und emotionalen Schreibstil. Er wollte die Tragödie an sich, die Sinnlosigkeit eines solch grausamen Verbrechens an einem jungen Menschen, in den Vordergrund stellen.

Seine persönlichen Eindrücke von der trostlosen Stimmung im Wald, die Gefühle, welche er dabei empfand, als er die Leiche sah, wollte er ebenfalls in den Text einbinden, in Worte packen, die er für angemessen hielt. Eine Ehrerbietung eines Freundes, eine Hommage an Till.

Er begann zu schreiben. Seine Finger flogen nur so über die Tastatur, er verarbeitete in diesem Text einen Teil seiner eigenen Tragödie, was ihm gar nicht bewusst war. Schlussendlich entstand ein ausdrucksstarkes, beinahe dichterisch verfasstes kleines Werk.

Er bediente sich eines passenden Layouts, arrangierte die zwei Texte harmonisch und fügte zwei seiner Fotos von der Umgebung am Tatort in seine Arbeit ein.

Das eine Bild zeigte die kahle Eiche. Schräg von unten aufgenommen, wirkte sie durch diese Perspektive, als würde sie zu einem hinabsehen und nach einem greifen wollen. Sie wirkte aber eher melancholisch als unheimlich und symbolisierte so Schmerz und Trauer.

Das zweite Bild zeigte ein Stück Terrain, die Wiese mit dem sanft fließenden Fluss. Unbewusst mit dieser Symbolik von Dominik eingesetzt stand das Foto für den Lauf des Lebens. Der stetig fließende Fluss, der still irgendwo entsprungen, genauso sang und klanglos wieder verschwindet … vielleicht in etwas Größeres einmündet oder sanft in der Erde versickert.

Er war während Stunden abgekapselt und isoliert in seiner eigenen Welt, nahm die Geschehnisse um sich herum kaum wahr.

Jens war irgendwann wieder aufgetaucht und arbeitete wohl an seiner Reportage. Er hatte keine Chance in Dominiks Kosmos einzudringen und ließ ihn nach einer gewissen Zeit lediglich wissen, dass er mit seiner Arbeit fertig sei und sich mit Yannick und Claus auf ein Bier treffen würde um ihnen alles zu erzählen. »Kommst du später auch noch?«, hatte er gefragt, auf eine mentale Unterstützung seines Freundes hoffend.

Dominik hatte ihn glasig angesehen und stumm den Kopf geschüttelt. Dann hatte er sich wieder seiner Tastatur zugewandt und tauchte in seine autistische Welt ab.

Als Jens seine Sachen zusammengepackt hatte, empfand er das schmerzhafte Gefühl von Einsamkeit. Ein toller Kumpel war gestorben und sein bester Freund schien ebenfalls mehr tot als lebendig zu sein …

Die letzten Zeilen … die letzten Worte – gespeichert und in einem passenden Dateiformat an König gesandt …
Dominik war ausgepowert.

Er streckte sich und gähnte, als Ben, eigentlich im Begriff vorbeizugehen, spontan auf Jens' Stuhl Platz nahm.

»Hast dich ja echt ins Zeug gelegt!«, sagte er, als er breitbeinig und lässig auf dem Stuhl hing. »Ist das schwierig gewesen? Einen Zeitungsartikel über den Mord an einem Freund zu schreiben?« Die Frage klang aufrichtig interessiert, obwohl ein sarkastisches Lächeln in seinem braungebrannten, kantigen Gesicht lag.

»Ja, Ben! Es ist zum Kotzen gewesen und das meine ich ernst!«

Ben setzte sich aufrecht hin. »Das glaube ich dir! Es tut mir leid wegen deinem Kumpel.«

Dominik beäugte ihn kritisch. »Passd scho.«

»Herr Novak! Kommen Sie *SOFORT* in mein Büro!« Königs Stimme ließ wie ein Donnergrollen den gesamten Raum erzittern. Er stand unter der Tür seines Büros mit den Händen in den Hüften gestemmt und starrte ihn an.

»Shit …«, flüsterte Dominik, während er aufstand.

Ben kniff die Lippen zusammen und Hagen grinste breit.

»Setzen!«

Dominik hüpfte auf den Stuhl wie ein Zirkuslöwe aufs Podest, während König die verbale Peitsche schwang.

»Was soll das, Novak?«

»Ähm … Meinen Sie den Bericht?«

»Erfasst! Nur, dass dies kein Bericht ist!«

»Also zu Anfang ja schon – dann einfach …«

»Wie lautete mein Auftrag?«

»Einen Bericht über den Mord zu schreiben.«

»Und was haben *Sie* geschrieben?«

»Ein … Feature?«

Königs eisblaue Augen verengten sich. »Eine Stunde vor Redaktionsschluss tanzen Sie mir mit einem Feature statt eines Berichts an. Was fällt Ihnen eigentlich ein?!«

Dominik schluckte.

»Antworten Sie!«

»Ich weiß nicht, es ging irgendwie nicht anders.«

Superargument …

»So? Es ging nicht anders?«

»Nein … irgendwie nicht.«

König wurde noch lauter. »Da hatten Sie aber Glück!«

»Wie?«

»Da hatten Sie aber Glück, dass Sie es hervorragend geschrieben haben, sonst hätte ich Ihnen Ihr Praktikum auf der Stelle gekündigt!«

Dominik blinzelte.

»Dass wir uns richtig verstehen, Herr Novak: Ich kann es nicht leiden, wenn man sich meinen Anweisungen widersetzt! Deshalb liegt es mir auch fern, Sie für diese Zuwiderhandlung auch noch zu loben. Sie werden sich keinen zweiten Fehltritt in diese Richtung mehr erlauben! Haben Sie mich verstanden?«

»Ja.«

König verschränkte die Arme. »Dieses Feature erscheint morgen auf der Titelseite und ich gebe Ihnen jetzt offiziell den Auftrag, weiterhin an diesem Fall dranzubleiben. Sie werden *jeden* Artikel, der sich mit dem Mord beschäftigt, mit einer interpretierenden Darstellungsform ergänzen! Verstanden?«

»Okay«, sagte Dominik heiser.

»Das ist keine Lobhudelei von mir, das können Sie sich gleich abschminken, sondern reine Geschäftstaktik. Die Tatsache, dass Sie das Opfer privat gekannt haben, lässt Ihren Artikel authentisch wirken. Er geht ans Herz ohne kitschig zu erscheinen. Solch eine Umsetzung macht unsere Zeitung individuell und das will ich ab jetzt bei dieser Geschichte haben. Klar?!«

»Klar«, krächzte er.

»Dann wünsche ich Ihnen einen schönen Feierabend.« König schaute ihn mit tief runtergezogenen Augenbrauen an. Dominik erhob sich und ging staksig, wie Pinocchio bei seinen ersten Schritten, zur Tür.

»Novak?!«

Dominik fuhr herum.

»Sie haben Talent.« Er funkelte ihn an. »Und jetzt hauen Sie ab!«

Er wankte aus Königs Büro und realisierte entsetzt, dass er stolz war. Stolz auf seinen Artikel, stolz auf sich selbst.

Ben war gegangen, Hagen saß noch da mit einem selbstgefälligen Grinsen.

Wenn du wüsstest, du Arschloch …

Er packte seine Sachen zusammen, verließ das Büro und überlegte, ob er doch noch kurz ins Pub gehen sollte. Dunkel erinnerte er sich an Jens' bittenden Blick heute Abend. Er wäre bestimmt froh gewesen, wenn ihn sein bester Freund bei der traurigen Nachrichtenüberbringung unterstützt hätte.

Doch er fühlte sich nicht stark genug, hegte die Befürchtung, womöglich wieder in eine solch verfluchte Situation zu geraten wie letzten Freitag, als Till seine verletzten Handgelenke bemerkt hatte. Er hätte Till deswegen am liebsten erwürgt, jetzt versetzte ihm diese Erinnerung einen schmerzhaften Stich.

Mittlerweile stand er außerhalb der Glastür des Geschäftsgebäudes, dessen herausfallendes Licht einen äußerst überschaubaren Teil der Straße beleuchtete. Einen Halbkreis mit einem zwei Meter großen Radius, dann wurde es dunkel – elend dunkel.

Sein Auto stand dort drüben. Auf der anderen Seite der Straße und noch rund zwanzig Meter zurückversetzt, weit entfernt von einer Straßenlaterne. Es schaute Dominik mit seinen erloschenen Frontlichtern träge an.

Er sah sich um, den Autoschlüssel fest umklammert. Dann rannte er los, bevor das lähmende Gefühl in seinen Beinen Überhand nehmen konnte, setzte sich in den Wagen, verriegelte die Türen, startete den Motor und fuhr nach Hause.

Verdammt …

Kein Parkplatz unterhalb seiner Wohnung.

Es sind bloß zehn Meter, du schaffst das …

Zwischen Wohnhaus und seinem Wagen befand sich eine einzige Straßenlaterne mit einem orangefarbenen Lichtkegel, der so schmal und trüb war, dass er gerade mal den kreisförmigen Fleck in der Größe einer Kloschüssel auf dem Pflaster unter sich beleuchten konnte. Die restliche Umgebung versank im schwarzen Nichts.

Raus! Jetzt …

Er stieg aus, Rücken zum Auto, Blick links und rechts.

LOS!

Noch schnell zum Briefkasten …

Schnell, schnell …

Die Post rasch unter den Arm geklemmt, zittrig mit dem Schlüssel an dem Türschloss herumgefummelt…

Wieso passt der verdammte Schlüssel nicht? Scheiße … Scheiße …

Nachdem er es mit dem Wohnungsschlüssel statt des Briefkastenschlüssels probiert hatte, ließ sich die Tür widerstandslos öffnen, er hechtete hinein und rannte keuchend die Treppe hinauf.

Aufschließen, zuschließen, Kommode davor … Alle Lichter an … Kontrolle in jedem Raum.

Uff …

Er war in Sicherheit.

Er ging in die Küche, holte sich aus dem Kühlschrank eine Dose Cola und leerte sie in drei Zügen. Dann ließ er sich auf den Stuhl am Küchentisch fallen und sah die Post durch:

– Seine Handy-Rechnung

– ein Werbeprospekt für antirheumatische Kirschkernkissen

– die abonnierte *Süddeutsche Zeitung*

und ein weißes Stück Papier, im A4 Format.

Er betrachtete es genauer.

In der Mitte stand ein einziger Satz geschrieben.

TILL LIESS DICH NOCH LIEB GRÜSSEN

20

Wie mühsam.

Er musste nochmals hinausfahren, obwohl es schon spät und er elend müde war.

Vor zwei Stunden war ihm in den Sinn gekommen, dass er möglicherweise den Jutevorhang nicht richtig zugezogen hatte, nachdem er heute Morgen einmal kurz aus dem Fenster der Hütte gespäht hatte.

Nachdem er Till in der Früh losgeworden war, war er nochmals zurückgekehrt, zum Putzen und Aufräumen. Den Wagen hatte er weit weg von der Hütte entfernt geparkt, da es langsam hell wurde. Die Wahrscheinlichkeit, dass sich jemand hier heraus verirrte zu solch früher Morgenstunde, war wohl gering, aber er wollte kein Risiko eingehen.

Nach der Reinigung hatte er aus der mickrigen Schießscharte geschielt, ob nicht doch ein hochmotivierter Jogger oder ein Rentner mit Hund, dessen senile Bettflucht ihn in den Wald getrieben hatte, in der Nähe war und da hatte er den Vorhang eventuell vergessen zuzuziehen.

Viel würde man nicht sehen, aber trotzdem: Er war nun mal Perfektionist.

Jetzt parkte er direkt neben der Hütte und öffnete das Vorhängeschloss, während er das Abblendlicht seines Wagens eingeschaltet ließ.

Er war stockfinster hier draußen. Da es neben fehlendem fließend Wasser auch keinen Strom in dieser Hütte gab, hatte er sich bei seinen beiden Spektakeln mit mehreren batteriebetriebenen Campinglampen beholfen.

Einen portablen Stromgenerator oder eine angezapfte Autobatterie hatte er für das Betreiben einer Lichtquelle ebenfalls in Betracht gezogen, was ihm dann aber doch zu kompliziert erschienen war. Zudem hätten die wohl kaum solch lange Sessionen durchgehalten.

Die Campinglampen – sechs an der Zahl, fünf davon um seine Bühne angeordnet – hatten beide Male eine spiritistische Stimmung aufkommen lassen und gemeinsam mit seinem Akteur wie ein Pentagramm in einem okkulten Kreis gewirkt. Die sechste Lampe war sein mobiles Licht, begleitete ihn in den Keller, nach draußen, stand neben seinen ausgebreiteten Requisiten…

»Aha … typisch!« Verdrossen schüttelte er den Kopf. Der Vorhang war natürlich zugezogen.

Das selbe Phänomen wie im Alltag, wenn man glaubt den Herd nicht ausgemacht, das Licht nicht gelöscht, die Haustür nicht geschlossen zu haben, womöglich nochmals umkehrt auf dem Weg zur Arbeit, um wie immer zu der Erkenntnis zu gelangen, dass alles in Ordnung war und man unbewusst alles richtig gemacht hatte.

Aber wo er doch schon mal hier war, könnte er es noch kurz nach unten bringen und neben seine erste Trophäe pinnen.

Er fasste in seine Jackentasche und zog das ausgedruckte Foto seiner Digitalkamera hervor.

Sein zweites Bild.

Er pinnte es direkt neben das Erste und begutachtete die Fotos kritisch, als würde er in einer Kunstgalerie wertvolle Gemälde betrachten.

Optisch waren sie sich ähnlich, die Zwei. Attraktiv, schlank und sportlich. Doch mit Till war es anders gewesen.

Er hatte mehr gejammert, mehr geflennt, mehr geschrien. Es hatte wesentlich weniger lang als bei Dominik gedauert, bis er ihn geknackt hatte und er erschöpft kapitulierte.

Das Drehbuch für Till hatte er ein klein wenig abgeändert, hatte für ihn von Anfang an ein anderes Ende geplant. Darauf hatte er sich besonders gefreut.

Aber dieses andere Ende hatte von ihm selbst höchste Konzentration abverlangt. Er hatte keine Spuren hinterlassen dürfen, musste sich selbst schützen und enorm aufpassen. Das war etwas hemmend gewesen und die Nähe hatte etwas gefehlt.

Tills Kleider hatte er verschwinden lassen. Zu gefährlich, dass doch noch irgendwo ein Haar oder so von ihm selber zu finden gewesen wäre. Den Kofferraum hatte er im Vorfeld ebenfalls blitzblank gereinigt, um keine möglichen Spuren von dem ersten Akt in den Wald zu schleppen.

Diese Vorkehrungen hatten dem Ganzen etwas von dem totalen Fallenlassen, dieser Ekstase, welche er bei seiner ersten Vorstellung erleben durfte, genommen.

Dafür war dann der Schluss umso bombastischer gewesen.

Er schloss die Augen und rief berauscht die Erinnerung zurück:

Es war noch dunkel gewesen, die Lichtverhältnisse reichten jedoch aus, um das Wichtigste erkennen zu können. Mystisch, düster, alles in schwarzweiß gehalten. Er stieß ihn zu Boden, riss ihm den Kopf zurück, presste das Messer an seinen Hals. Till heulte.

Ein Jahr bevor er das Messer von seinem todkranken Großvater geschenkt bekommen hatte, war er mit ihm noch auf der Jagd gewesen und Großvater hatte ein Reh angeschossen.

Es war da gelegen, nachdem sie es nach seiner kurzen Flucht im Unterholz fanden, hatte hektisch geblinzelt und unkoordiniert mit den Beinen gestrampelt.

»Also mein Bub: Das hier nennt man *Abnicken!* Ein gezielter Stich ins Rückenmark, um das Tier so zu erlösen, dass es nicht leiden muss.« Großvater hatte das Jagdmesser mit der Spitze senkrecht auf dem Nacken des Rehs angesetzt und beherzt zugestoßen. Das Tier war augenblicklich tot gewesen.

Aber das würde hier zu schnell gehen, er wollte etwas zu sehen haben.

»Kein *Abnicken* Till – tut mir leid«, flüsterte er dem zitternden Individuum zu.

Er musste mehr Druck geben als er gedacht hatte. Verdammt viel Druck … Es war nicht, wie wenn man durch Butter schneiden würde, nicht wie in den Filmen, wo es *ratsch* vorbei war. Da waren Sehnen, dick wie Seile. Sie bildeten Widerstand, ziemlichen Widerstand.

Doch er schaffte es: Sauber – in einem Zug. Anscheinend hatte er die Luftröhre mit verletzt, jedenfalls begann Till zu röcheln. Blut schoss aus der Wunde, spritzte aus dem Mund, schwallartig wurde es herausgepresst.

Fasziniert ging er vor ihm in die Hocke und betrachtete diesen Sterbeprozess genau. Er wollte nicht die geringste Kleinigkeit verpassen. Leider konnte er Tills Blick nicht sehen, da seine Augen immer noch verbunden waren. – Er war einfach noch etwas zu gehemmt gewesen, das Klebeband vorher zu entfernen.

Es dauerte erstaunlich lange … Wie zäh ein Mensch doch war, wenn es um den letzten Kampf ging. Er zuckte, rang nach Luft, gab eigenartige Geräusche von sich … eine Zeit lang.

Schlussendlich war er erstickt, bevor er verblutete.

Sein Kopf fiel nach unten in ein Rinnsal. Das Blut wirkte in diesem Licht pechschwarz, floss kontrastartig über den grau scheinenden Waldboden und tränkte die dicke Blätterschicht. Eine dunkle Lache bildete sich rund um den Kopf und Oberkörper. Ein toter junger Mann, auf einem schwarzen Laken liegend.

Es sah wunderschön aus.

Und *er* hatte soeben ein Leben beendet … Dieses vollkommen unbeschreibliche Gefühl, er musste weinen!

Wie auch jetzt gerade wieder …

Bewegt öffnete er die Augen, wischte die Glückstränen weg und betrachtete seine Fotos erneut.

Ich bin der Regisseur!
Ihr seid die Akteure.
Die Nachricht habe ich dir bereits heute Morgen überbracht …
Mittlerweile hast du sie sicher gelesen …

Schöne Träume, Dominik!

21

Der Handywecker klingelte schrill und riss Dominik aus einem lausigen Schlaf.

Er saß in seiner Küche in der Ecke hinter dem Spülbecken. Zusammengekauert wie ein Paket, in den Kleidern. Sein Kopf war anscheinend nach vorn gefallen, jedenfalls schmerzte sein Nacken ziemlich übel, als er den Kopf nach oben reckte. Er verzerrte sein Gesicht und rieb sich das Genick.

So eine Scheiße …

Er hatte die ganze Nacht hier in dieser Ecke gesessen.

Nachdem er die Nachricht gelesen hatte, konnte er nicht mehr klar denken. Komplett blockiert, schaffte er es nicht mehr aus der Küche heraus. Er hatte die Tür abgeschlossen und sich versteckt, war so weit nach hinten gekrochen wie er nur konnte. Das grelle Licht hatte er die ganze Nacht über brennen lassen – aber das hätte er ja sowieso gemacht.

Jetzt konnte er nichts mehr schönreden. Es war kein Zufall, dass Till das Opfer gewesen war. Der Kerl kannte ihn, er kannte Till, es war persönlich.

Warum? Warum? Warum?

Was hatten er und Till verdammt noch mal getan, dass diese schrecklichen Dinge passierten? Was hatte er verbrochen, wieso musste Till sterben?

Gerädert stand er auf. Er hatte versucht, die ganze Nacht über wach zu bleiben, aber irgendwann schien er doch eingeschlafen zu sein.

Er schlurfte ins Badezimmer, putzte sich benebelt die Zähne und schnitt sich bei der fälligen Nassrasur drei Mal. Danach wollte er duschen.

Er holte tief Luft, als er seine T-Shirts auszog. Es war jeden Tag dasselbe. Eine Strieme wollte einfach nicht heilen. Täglich riss er sich den Schorf erneut von der Haut, wenn er sich auszog, dann blutete es wieder und versaute alles.

Kleidung voller Blut … jeden Tag.

Er trug nur noch dunkle Sweatshirts, darunter immer zwei T-Shirts, damit sie das Blut aufsaugen konnten. Verpflastern hatte nichts gebracht. Erstens kam er nicht richtig ran, zweitens suchte sich das frische Blut seinen Weg unter dem Verband hindurch und tränkte täglich seine Sachen.

Andere haben Pickel, dachte er zynisch. Jeder versuchte etwas zu verbergen.

Die warme Dusche tat ihm gut und ließ ihn wieder klarer denken, was die grundsätzlich fatale Situation aber nicht besser machte. Er zog sich an, die obligaten drei Schichten, und verließ die Wohnung. Als er die Treppe hinunterging und das untere Stockwerk passierte, kam Lukas gerade aus der Tür.

So wie immer:

Dynamisch, gepflegt, gut gekleidet, charmant …

… *schwul* …

»Servus!«, grüßte er freundlich.

»Morgen«, brummte es zurück. Dominik verbarg sein Kinn im Kragen seiner Bomberjacke.

»Dominik?«

»Hä?«

»Alles in Ordnung?«

»Ja, wieso?«

Lukas zuckte die Achseln. »Ich weiß nicht, ich hab so ein Gefühl, dass es dir irgendwie nicht gut geht.«

»Passd scho.«

»Okay … ähm …«, Lukas zeigte auf Dominiks Wangen.

»Was?«

»Du hast da noch was …« Sein Zeigefinger kam näher, Dominik wich aus, als hätte Lukas zu einem Schlag ausgeholt. Irritiert zog Lukas den Finger zurück und zeigte unsicher auf die identischen Stellen in seinem eigenen Gesicht. »Papier …«

»Ach so.« Er klaubte die drei Fetzchen eines Papiertaschentuches von den Stellen, wo er sich beim Rasieren geschnitten hatte.

Am Rücken hätte ich auch noch was, falls es dich interessiert … aber das weißt du vielleicht bereits …

Dominik sprintete die Treppe hinunter mit dem beklemmenden Gefühl, möglicherweise jeden Moment von hinten mit einem Messer attackiert zu werden. Lukas rief ein: »Tschüss, schönen Tag noch!«, hinterher. Er antwortete nicht, riss die Eingangstür auf und ging los.

Zu Fuß … geh zu Fuß …

Er ging zu Fuß bis zu seinem Auto, setzte sich rasch hinein und verriegelte die Türen. Dann sah er Lukas zu, wie dieser beschwingt und entspannt in die andere Richtung losmarschierte.

Wut überkam ihn.

Grenzenlose Wut auf Lukas, auf dessen Unbeschwertheit, auf dessen selbstsicheres Auftreten. Er ging einfach mir nichts dir nichts die Straße entlang, ohne Angst vor einem Irren zu haben, der die Macht besaß, einem die Seele aus dem Leibe foltern zu können.

Weshalb?

Weil er selber dieser Irre war?

Dominik drehte den Zündschlüssel, trat aufs Gaspedal und ließ den zitternden 1,3-Liter-Motor seines 86 PS schwachen Kleinwagens aufheulen. Dann fuhr er knappe zwei Minuten und parkte vor der Redaktion.

Jens saß in der Küchenecke auf dem Tisch mit baumelnden Beinen und nippte an einem Kaffeebecher. Als er Dominik bemerkte, verfolgte er ihn stumm mit den Augen, bis dieser direkt vor ihm stand.

»Hi, wie geht's?«, fragte Dominik leise.

»Beschissen. Und dir?«, murmelte Jens, während seine Oberlippe am Becherrand festzukleben schien.

»Beschissen.«

Jens' Mundwinkel bogen sich etwas nach oben, ohne dass seine Lippen den Karton verließen.

Dominik ließ ebenfalls einen Kaffee aus dem Automaten und lehnte sich neben ihn an den Tisch. »Sorry, dass ich nicht mehr ins Pub gekommen bin gestern. Ich bin bis kurz vor Redaktionsschluss hier gewesen.«

»Easy.« Jens stellte den Becher beiseite.

»Wie haben sie's aufgenommen?«

»Kannst du dir ja denken … Sie sind geschockt gewesen. Haben beide noch nichts davon gewusst und dachten erst, ich wolle sie verarschen.«

Dominik nickte und pustete über seinen Becher.

»Claus ist nach kurzer Zeit nach Hause abgedampft, ich habe den noch nie zuvor so gesehen. Und Yannick hat angefangen zu heulen und sich dann auch verabschiedet. Wir treffen uns heute nochmals. – Kommst …«

»Ich komme!«

Wortlos blickten beide geradeaus und während sie seitwärts kurz mit den Schultern zusammenstießen, gab Dominik Jens sein stummes Versprechen.

Simone stürmte um die Ecke. »Dominik! Dein Artikel ist ja der Hammer! Ergreifend, melancholisch, tiefschürfend! Ich bin sprachlos!« Liebevoll verwuschelte sie ihm das Haar.

»Großes Kino!«, rief Florian über ihre Schulter.

»Danke.« Dominik plättete sich die Haare und zwang die Strähne nach oben.

Jens hob die Brauen. »Ach ja, deinen Bericht habe ich noch gar nicht gelesen.«

Simone geriet noch mehr ins Schwärmen. »Das ist kein Bericht gewesen mein Hübscher, das war ein astreines Feature.«

»Ein Feature?«, Jens schien erstaunt. »Hat König dir den Auftrag für ein Feature gegeben? Ich dachte, du musstest einen Bericht schreiben?«

Ben mischte sich ein. »Dann hast du anscheinend Lob kassiert gestern und keinen Anschiss, als König dich ins Büro zitiert hat?«

»Nicht gerade ein Lob, aber er fand es anscheinend passend.«

»Hast du das selber entschieden?« Jens sah ihn an. Dominik konnte in seiner erstaunten Miene nicht erkennen, ob er das nun gut oder schlecht fand.

»Morgenbesprechung«, rief Tina gedämpft, während sie unter dem Türrahmen des Sitzungszimmers stand.

Jens hopste vom Tisch und ging hinüber, Dominik und die anderen folgten.

Sie nahmen Platz. König betrat als Letzter den Raum mit einem Exemplar der heutigen Zeitungsausgabe. Als er die Aufmerksamkeit seiner Mitarbeiter hatte, wünschte er allesamt einen guten Morgen und hob die Zeitung in die Höhe. Dominik erkannte sofort seinen Artikel.

»Wir haben hier einen außerordentlich gut geschriebenen Artikel, verfasst von Herrn Novak!«

Das war jetzt verdammt peinlich.

»Er hatte sich in Eigenregie geübt und einen zweiteiligen Artikel, einen kurzen Bericht mit der Ergänzung eines Features, verfasst. Grundsätzlich heiße ich es nicht gut, wenn man sich meinen Anweisungen widersetzt, wie Sie wissen.« Der Anflug eines Lächelns huschte über sein Gesicht. »Wenn man es aber trotzdem wagt, dann muss es vollends überzeugen – und dieser Artikel hat mich vollends überzeugt!«

Dominik guckte beschämt auf die Tischplatte.

»Einige von Ihnen werden ihn bereits gelesen haben, den anderen lege ich nahe, das ebenfalls zu tun. Man kann auch von Praktikanten ab und zu etwas lernen.«

Dominik spürte die Blicke. Die meisten schauten freundlich, nickten ihm zu als er aufsah oder lächelten. Simone applaudierte tonlos.

»Fazit: Ich habe Herrn Novak den offiziellen Auftrag gegeben, weiterhin für diese Geschichte zu recherchieren und seine Artikel jeweils in ähnlicher Weise zu verfassen wie diesen. Solch eine Version der Berichterstattung bei einem Verbrechen macht unsere Lokalzeitung speziell. Dies zu Ihrer allgemeinen Information.«

Dominik sah zu Jens. Sein Gesicht wirkte wächsern … Es fühlte sich nicht gut an.

Die anderen Aufgaben wurden nun vergeben. Jens wurde eine Reportage über einen Bauernhof in Hegnenberg im Altdorfer Oberland zugeteilt. Dieses Gut war zu einem Hofladen mit Restaurantbetrieb umfunktioniert worden und feierte heute seine Neueröffnung.

Beim Hinausgehen rempelte Jens Dominik an. »Dann werde ich jetzt erst mal dein poetisches Werk lesen.« Er lächelte, aber war da ein gewisser Unterton?

Jens legte die Zeitung hin, verschränkte die Arme auf dem Tisch und begann zu lesen.

Dominik schielte immer wieder hin, während er irgendwelche Utensilien herumschob, versorgte, hervorkramte, wieder versorgte … Er tat vielbeschäftigt und machte dabei gar nichts. Wartete angespannt auf Jens' akzeptierende oder ablehnende Reaktion.

Jens sah ihn an, nachdem er den Artikel gelesen hatte. Seine sonst so kecke Miene verriet alles andere als Spott oder Ablehnung. Wärme und Traurigkeit lag in seinen Augen.

»Das hat Till verdient … Genau das, Mann«, sagte er leise. Danach schob er Dominik die Zeitung hinüber.

Fünf Minuten später hatte er die Redaktion verlassen und war auf dem Weg zum Hofladen.

Dominik wählte Marius' Handynummer, um sich bei ihm nach Neuigkeiten zu erkundigen. Nach mehrmaligem Klingeln ging dieser ran. »Servus Dominik! Wollte dich ebenfalls anrufen, wegen der Befragung. Hast du Zeit?«

»Ja.«

»Wir können in ein Restaurant gehen, du brauchst nicht zwingend aufs Präsidium zu kommen.«

Sie verabredeten sich in einer halben Stunde in einem nahegelegen Café, welches erfahrungsgemäß um diese Zeit nicht allzu gut besucht war.

Bevor Dominik losgehen wollte, ging er auf die Toilette im Untergeschoss.

Als er am Spülbecken stand und sich die Hände wusch, betrat Hagen den Raum, ließ die Tür hinter sich zufallen und blieb wie angewurzelt davor stehen.

Shit, muss das sein …

Dominik zog ein Papiertuch aus dem Spender, wischte sich die Hände trocken und trat zur Tür.

Hagen ging keinen Schritt zur Seite.

Dominik angelte stumm an ihm vorbei nach der Klinke und zog. Hagen riss sie ihm aus der Hand, als er den Arm hinüber schnellen ließ und die, einen spaltbreit geöffnete Tür, vor Dominiks Nase zuknallte.

Erschreckt trat er zurück. Aus seinen Beinen schienen sogleich die Knochen entfernt worden zu sein.

Hagen war riesig.

Er wirkte, als wäre er in den letzten Tagen noch gewachsen und starrte durch seine schmierigen Brillengläser auf Dominik hinunter. Dann lehnte er sich mit dem Rücken gegen die Tür und verschränkte die Arme. »Wie ist das so?«, zischte er mit einem verächtlich verzogenen Mund.

»Wie ist was?« Dominik krallte sich am Spülbeckenrand fest.

»Wie ist es, wenn man vom Tod eines Freundes profitiert?«

Dominik antwortete nicht.

»Wie ist das, du kleiner, verlogener Scheißer? Sag schon!«

»Geh zur Seite, Hagen!«

»Einen Dreck werd ich.«

Sie starrten sich an.

»Du durchtriebenes kleines Arschloch, ich hab deine Taktik durchschaut! Jammerst was von«, theatralisch äffte er Dominik in einem hohen Ton nach, »Oh nein Chef, das ist zu viel für mich Chef, kann das nicht jemand anderes machen, Chef?«

Dominik schluckte.

»Oh, Chef – natürlich mache ich es jetzt trotzdem, ich kriech Ihnen in den Arsch und blase Ihnen noch einen, Chef!«

Dominik versuchte nochmals nach der Türklinke zu greifen. Hagen stieß ihn grob zurück und grinste in sein erschrockenes Gesicht. »Ach, Chef …«, er legte die Hand auf seine Brust, »ich kann einfach nicht anders, ich muss da mein eigenes Ding durchziehen – für meinen armen, toten Schwanzlutscherfreund! – Was? … Oh nein Chef, was denken Sie von mir? Ich mache das aus reiner Uneigennützigkeit!«

Dominik war speiübel. Er hatte panische Angst und zugleich trafen ihn die Worte wie Fausthiebe in die Magengrube.

»Lass mich durch, Hagen. Ich habe einen Termin.«

Definitiv falscher Satz.

»Oh … der Herr Künstler hat einen Termin? Ja, dann aber rasch! Husch, husch!« Hagen trat einen Schritt zur Seite.

Dominik kniff die Lippen zusammen, griff nach der Klinke und zog schwungvoll die Tür auf.

WUMMS!!! – Schon war sie wieder zu.

»Scheiße, Hagen! Hör auf du Blödmann!«

Hagen knallte mit der Faust gegen die Tür und kam ihm entgegen. Dominik trat retour, bis die Fliesenwand seinen Rückwärtsgang stoppte. Hagen stand nun so dicht vor ihm, dass er seinen Kaffee-Atem riechen konnte.

»Pass auf«, flüsterte er. »Pass auf, mit wem du dich da anlegst, ich kann verdammt unangenehm werden.«

Dieses Flüstern … so nah …

Oh Gott…Geh weg …

Hagen verzog spöttisch den Mund, als er einen Schritt zurück trat. »Hör zu, Praktikant: Das hier ist eigentlich ein Freundschaftsdienst von mir.«

»Ach ja …?«, presste Dominik hervor.

»Ja!« Hagens Grinsen wandelte sich in einen düsteren Blick. »Ich hab nur ausgesprochen, was alle anderen da oben denken. Du arrogante kleine Schwuchtel.« – Ein erneuter Fausthieb in die Magengrube.

Seine Rettung – die Tür – sie war frei! Dominik wand sich an Hagen vorbei, riss sie auf und stürmte aus der Toilette, stieg rasch die Treppe hoch …

Langsam … nicht rennen … lass es ihn nicht sehen, lass ihn deine Angst nicht sehen …

Er schaute zurück, Hagen schien ihm nicht zu folgen.

Seine Gedanken fuhren Achterbahn – eine mit defekten Schienen und Wagen ohne Rückhaltesystem …

Ist er der kranke Irre? Hat er recht mit seinen Worten?

Ist er der kranke Irre? Hat er recht mit seinen Worten?

Luft – er brauchte Luft!

Er konnte nicht mehr atmen …

22

Dominik stand auf der Straße, verängstigt, entsetzt, mit dem Autoschlüssel in der Hand.

»Nein! Reiß dich am Riemen! Du GEHST!«

Er steckte den Schlüssel ein und *ging* zu dem Café, wo er sich mit Marius treffen wollte. Er musste quer durch die Altstadt, keine große Sache bei Tag, theoretisch …

Als hätte er einen mörderischen Fußmarsch durch dichtesten Dschungel mit Giftpfeilen schießenden Eingeborenen hinter sich, erreichte Dominik acht Minuten später erschöpft das Café, in dem neben einigen Kuchen essenden Omas, Marius an einem Tisch saß. Er hatte einen Cappuccino sowie einen beachtlich gefüllten Schnellhefter vor sich auf dem kleinen, runden Bistrotisch liegen.

»Hallo.« Dominik ließ sich auf den Stuhl fallen und bestellte eine Cola.

»Wie geht's dir?«, fragte Marius.

»Großartig!«

»Wie?«

»Nein – ich hatte einen beschissenen Start heute.«

»Verstehe … Und da stress ich dich auch noch, was?« Marius lächelte.

»Passd scho.«

»Bevor ich's vergesse: Anna lässt dich ganz lieb grüßen. Sie wollte dich unbedingt gestern noch anrufen, aber ich habe ihr gesagt, sie solle das erst heute tun. Ich hoffe, das war in Ordnung so?«

Dominik nickte vehement. »Sehr in Ordnung!«

»Ich habe deinen Artikel gelesen, war echt beeindruckend.«

»Hmm.«

»Also, dann würde ich gerne mit der Befragung beginnen, okay?«

»Okay … Kann ich dir danach auch noch einige Fragen stellen? König will, dass ich weiterhin über den Mord an Till berichte.«

Marius runzelte die Stirn. »Ach ja? Verlangt dein Chef da nicht ein bisschen viel von dir?«

Dominik zuckte die Achseln. »Ich hab Till gekannt, ich kenne dich … das findet er wohl stimmig.«

Marius nickte nachdenklich. »Geht klar. Frag mich im Anschluss an die Befragung was du wissen möchtest.«

»Danke.«

»Nun gut.« Marius öffnete seinen Schnellhefter, nahm ein Formular heraus und holte einen Schreibblock hervor.

»Also … Du hast gestern gesagt, dass du Till das letzte Mal am Freitagabend gesehen hast. Wo war das?«

»Im *Black Island.*«

»Wer war da alles dabei?«

»Außer Till und mir – Jens, Yannick und Claus.«

»Wie lange seid ihr dort gewesen?«

»Ich weiß nicht wie lange die anderen geblieben sind, ich bin früher gegangen, es ist etwa zwanzig Uhr gewesen.

»Weshalb bist du früher gegangen?«

»Spielt das eine Rolle?«

»Wahrscheinlich nicht. Aber es wäre möglich, dass ihr vier die Letzten gewesen seid, die Till lebend gesehen haben. Wir möchten erfahren, was genau in diesen Stunden passiert ist.«

»Ich hatte mich geärgert.«

»Worüber?«

»Er … sie hatten mich gefoppt, es war halb so wild …«

»*Er* oder s*ie*?«

»Was meinst du?«

»Hat Till dich geärgert oder alle zusammen?«

»Ist das jetzt ein Verhör?«

»Kein Verhör.« Marius begann zu lächeln. »Hallo Junge – ich bin's! Wir versuchen uns bloß ein Bild von der letzten

Zeit in Tills Leben zu machen. Manchmal lösen gewisse Dinge andere aus, so wie ein Dominospiel.«

»Es war halb so wild Marius, wirklich. Ich möchte einfach nicht darüber reden, okay?«

»Na schön.« Marius notierte etwas auf das Formular, dann räusperte er sich. »Spring mir jetzt nicht an die Gurgel, wenn ich dich das frage, aber: War Till vielleicht doch homosexuell?«

»Nein!«

»Bisexuell?«

»Nein!«

»Till konsumierte Drogen.«

»Quatsch!«

»Doch. In seinem Blut und Urin ist das Stoffwechselprodukt THC-COOH nachgewiesen worden, was auf Cannabis-Konsum hinweist. Und bei dem Wert von 20 Nanogramm pro Milliliter ist immerhin von gelegentlichem Konsum auszugehen.«

Dominik lachte spöttisch. »Ha! Ja, das stimmt! Er hat ab und zu Gras geraucht, deswegen ist er noch lange kein Junkie oder so was gewesen!«

»Nein, das muss absolut nicht sein, stimmt. Aber – sei jetzt bitte ehrlich …«, er musterte Dominiks entgeistertes Gesicht, »wie und wo hat er sich das Zeug beschafft?«

»Was? Weiß ich doch nicht! Er hat von Zeit zu Zeit mit irgendwelchen Kumpels von der Arbeit gekifft oder so. Er hat den Mist nicht angebaut oder so was, wenn du das glaubst!«

»Ich glaube gar nichts, Dominik!«

»Marius … verflucht! Till ging auch nicht auf den Strich um sich seine Wochenend-Tüte zu finanzieren!«

»Das hat ihm auch niemand unterstellt.«

»Dieser Mord hatte NICHTS mit seinem gelegentlichen Kiffen zu tun!«

»Woher willst du das denn wissen?« Marius verschränkte die Arme.

Dominik schlug mit der Faust auf den Tisch. »Ich weiß es einfach!«

»In Ordnung!« Marius knallte dafür den Schreibblock auf den Tisch.

Zwei ältere Damen blickten, mit einem aufgespießten Kuchenstück auf der Gabel, gebannt zu den beiden aufgebrachten Männern neben ihnen.

Marius beugte sich etwas vor und sprach leiser. »Jetzt hör mir mal zu: Till ist das Opfer eines Gewaltverbrechens geworden. Wir wollen seinen Mörder finden und gehen deshalb jedem verfluchten möglichen Hinweis nach und das gründlich. Ich verstehe nicht, weshalb du so aggressiv reagierst.«

Dominik rieb sich die Stirn. »Weiß auch nicht, tut mir leid.«

Marius wartete einen Moment, dann fuhr er fort. »Also: Du hast Till am Freitagabend zum letzten Mal gesehen. Weißt du, was er am Samstag und Sonntag gemacht hat – oder vorhatte, zu machen?«

»Nein. Keine Ahnung.«

»Grundsätzlich? Hobbys? Vereine? Freunde? Freundin?«

»Er ging joggen, manchmal ins *Sunfunrun*-Fitnesscenter, war Single seit fünf Monaten, hing mit uns rum, wenn er nicht grad zugedröhnt vor einer öffentlichen Männertoilette auf Freier wartete …«

Marius ignorierte seine kindisch-zynische Bemerkung.

»Okay, das war's für den Moment schon. Ich habe vielleicht später noch Fragen an dich.«

Dominik sah aus wie ein trotziger Schuljunge und brachte Marius damit zum Schmunzeln. »So hast du deine Schwester immer angesehen, wenn du als Teenager von ihr die Leviten gelesen bekommen hast, nachdem du irgend einen Blödsinn angestellt hast.« Er lachte. »Ich hätte nie gedacht, dass du mich auch mal so anschauen würdest.«

Dominiks Miene erhellte sich ein wenig und ein ultrakurzes Grinsen huschte über sein Gesicht. »Sorry Marius, ich bin wirklich unmöglich.«

Marius prostete ihm versöhnend mit der Cappuccinotasse zu und Dominik hob sein Colaglas.

»Also, jetzt du – schieß los. Was möchtest du wissen?«

»Ich wollte fragen, ob man bei der Untersuchung in der Rechtsmedizin noch etwas herausgefunden hat.«

Will ich das überhaupt?

Marius rückte näher und sprach leise. »Okay. Aber gewisse Details sind nicht für die Öffentlichkeit bestimmt, klar? An die Pressestellen geraten folgende Informationen: Till ist ermordet in unmittelbarer Nähe der Löwengrube aufgefunden worden. Ermordet durch einen Kehlschnitt. Er war zuvor misshandelt und sexuell genötigt worden – Punkt. Keine näheren Details. Daran musst du dich halten, wenn du deinen Artikel schreibst.«

Dominik nickte, nachdem er bei jedem Wort der Aufzählung zusammengezuckt war.

»Was sind denn das für Details?«, fragte er ganz leise.

»Wieso willst du das eigentlich so genau wissen?«

»Ich muss es einfach wissen.«

Marius seufzte. »Also gut …«

Die Ergebnisse der rechtsmedizinischen Leichenschau erzählten nun doch mehr, als Dominik lieb war. Diese Dinge zu hören, raubten seine Kräfte, folterten und vergewaltigten ihn erneut. Marius lieferte einen mutmaßlichen Tathergang, der Dominik ziemlich bekannt vorkam und den er praktisch so hätte unterschreiben können. Anschließend folgte eine detaillierte Auflistung der hierfür verwendeten Gegenstände und deren Materialen:

– Zweckentfremdete Gegenstände; womöglich aus Metall, welche bei den zahlreichen Penetrationen eingesetzt worden waren und entsprechende Verletzungen hinterließen.
– Fesseln; Hanfseile mit dem Durchmesser von schätzungsweise 8 Millimetern, die aus gedrehtem Naturhanf gefertigt gewesen waren, und Fasern in den Wunden zurückliessen.
– Klebeband; wegen vorhanden Rückständen des Klebers Acrylatdispersion im Haar des Opfers eindeutig ein Polypropylen-Paketklebeband mit der Breite von 50 Millimetern.
– Peitsche; dem Verletzungsmuster entsprechend mehrriemig, Kunst- oder Echtleder.
– Messer; die Mordwaffe, Klinge zwischen 10 und 15 Zentimetern lang, geführt von einem Rechtshänder.

Mit anderen Worten: Außer dass diese Auflistung die Abscheulichkeit der Tat widerspiegelte, lieferte sie keine wirklich hilfreichen Hinweise.

Marius nahm den letzten Schluck seines mittlerweile kalten Cappuccinos und seufzte. »Was speziell ist: Der Täter selber hat keine, wirklich *keine* Spuren hinterlassen. Keinerlei Fingerabdrücke, kein verdammtes Haar, kein Sperma. Falls er Geschlechtsverkehr mit Till hatte, musste er folglich Kondome benutzt haben.«

Dominik schüttelte resigniert den Kopf.

»Was wir zum jetzigen Zeitpunkt noch nicht sagen können ist …«, Marius zeigte mit dem Finger auf Dominik und hob etwas die Stimme, »nicht gleich wieder explodieren – bitte! Ob das von Anfang an ein Übergriff war, oder erst nach einer gewissen Zeit dazu ausgeartet ist.«

Dominik öffnete den Mund, Marius wehrte ihn mit einer Geste ab und sprach weiter. »Till hatte ein Hämatom am Hinterkopf, was darauf hindeuten könnte, dass er mit einem stumpfen Gegenstand niedergeschlagen worden war.«

Dominik nickte.

»Aber: Er könnte sich dieses Hämatom auch später zugezogen haben oder vor dieser Geschichte. Es muss nicht zwangsläufig einen Zusammenhang haben.«

Doch, hat es …

Dominik verschränkte die Arme, Marius fuhr fort: »Was hingegen eher *für* eine, anfänglich einvernehmliche Sache spricht, ist die Tatsache, dass Gleitmittel verwendet worden war.«

Dominik zog zusätzlich zu seiner Abwehrhaltung die Augenbrauen zusammen.

»Wir haben Spuren eines handelsüblichen Gleitmittels gefunden und das nicht zu knapp.«

»Worauf willst du hinaus?« Dominik klang wie ein knurrender Hund.

Marius überlegte und rieb sich das Kinn, dann fuhr er leise fort. »Die Verwendung von Gleitmittel ist nicht üblich bei Sexualdelikten.«

Dominik hätte es am liebsten laut herausgebrüllt:

Wenn du einen verkrampften Hintern stundenlang mit Metallgegenständen traktieren willst, womöglich schon …

»Das ist doch kein Beweis dafür, dass es einvernehmlich gewesen ist, verdammt!« Dominik ging wieder zum Angriff über, beugte sich vor und schlug mit beiden Handflächen auf die Tischplatte.

Marius reagierte postwendend, spiegelte Dominiks Gestik und schlug ebenfalls auf den Tisch. »Nein! Aber es ist unüblich! Es ist viel von dem Zeug verwendet worden, überall ist es zu finden gewesen, selbst in Tills Gesicht hatte es Spuren davon!«

WUMM!!!

Ein Hammerschlag aufs Brustbein. Ein Würgreflex schnürte Dominik den Hals zu. »Ich muss … schnell …«

Er fuhr von seinem Stuhl hoch und rannte Richtung Toilette. Sie befand sich im Untergeschoss, am Ende der Treppe.

Er schaffte es gerade noch rechtzeitig, die Kloschüssel zu treffen.

Danach stand er am Waschbecken, spülte den Mund und spritzte sich literweise Wasser ins Gesicht. Kurz blickte er auf sein klitschnasses Selbst im Spiegel.

»Nein!!! Verdammt, nein!!!« Der Schrei entwich wie von selbst, er schlug mit der Faust gegen den Spiegel.

Nein …

Er krümmte sich, hielt die Ohren zu, als ob das was nützen würde und hämmerte mit den Fäusten gegen seinen Schädel.

Nein, ich will das nicht, geh weg …

Eine komplett verdrängte Erinnerung presste sich schleimig durch die Eingeweide seinen Leib empor, entwich seinem Körper und stellte sich anklagend vor ihn, spielte ihren bildlosen Film ab, ohne dass er etwas dagegen unternehmen konnte:

Zum wiederholten Male wurde sein Kopf grob an den Haaren gepackt und weit nach hinten gerissen, bis in den Nacken. Die Messerklinge wurde senkrecht mit der Spitze unterhalb seines Kinns positioniert und wanderte dann, sanft ritzend, etwas nach hinten. Zwei, vielleicht drei Zentimeter. Dort blieb sie – starr fixiert. Eine minimale Bewegung mit dem Kopf nach unten und er hätte sich aufgespießt.

Dann wurde sein Haar losgelassen.

Er musste in dieser Position verharren. Er hatte kaum mehr die Kraft, den Kopf so halten zu können. Wahrscheinlich schluchzte er leise, denn er vernahm ein verhöhnendes Schnalzen mit der Zunge – gleichbedeutend eines: *Na, na, na,* während ihm sanft die Strähne aus der Stirn gestrichen wurde.

Die Hand fuhr seiner Schläfe entlang über die Wange, bis hin zu seinem Mund. Zwei Fingerbeeren berührten seine zusammengepressten Lippen, fuhren ihre Umrisse nach … wurden zurückgezogen.

Klick.

Die künstliche Stimme folgte. »So … und jetzt öffnest du deinen Mund … und später wirst du brav schlucken!«

Er hechtete nochmals zur Kloschüssel, würgte … Die Cola war bereits draußen, der Magen leer. Er japste, schniefte. Nach viermaligem Würgen ohne Resultat drehte er sich, klammerte sich mit einer Hand ans Waschbecken und rieb sich die Stirn.

Das war das Schlimmste in jener Nacht gewesen.

Glücklicherweise war dies bloß einmal von ihm verlangt worden. Dominik hatte sich geschworen, sich bei einem weiteren Male lieber aufspießen zu lassen.

Jetzt befand er sich in dieser Toilette und schaffte es nicht wieder hinaus. Zerfressen von dem schmutzigen Gefühl, dass ihm diese fürchterliche Erinnerung soeben auf die Stirn tätowiert worden war, traute er sich nicht, Marius unter die Augen zu treten.

Er würde ihn sehen – diesen Dreck – sehen.

Angeekelt betrachtete er sich nochmals im Spiegel, welcher seit dem Fausthieb einen von oben nach unten verlaufenden Sprung aufwies. Sein Spiegelbild war nun doppelt vorhanden. Doppelter Ekel …

Er wandte sich ab.

Er benetzte die Hände unter fließendem Wasser und versuchte seine zerzausten Haare etwas zu bändigen.

Marius saß noch exakt gleich auf seinem Stuhl wie zuvor, als Dominik zurückkam.

»Ich habe mir langsam Sorgen gemacht«, sagte er. »Spätestens in einer Minute hätte ich nachgeschaut, wie es dir geht.« Er schob ein großes Glas Cola zu Dominik hinüber. »Habe dir noch eine bestellt … dachte, das würde dir gut tun.«

»Danke!« Er trank das ganze Glas leer.

Marius musterte ihn. Ihm entgingen weder seine nassen Haare, noch sein fleckiges Gesicht. »Bist du okay?«

»Passd scho.«

»Ich denke, es reicht jetzt auch …«

»Nein, erzähl weiter.«

»Viel gibt es nicht mehr zu sagen für den Moment, Dominik.« Marius schaute ihn an. Dominik sah erschöpft aus. Er faltete die Hände auf dem Tisch und fragte leise: »Was denkst du selber über die Sache, Marius?«

Marius atmete geräuschvoll aus. »Dominik – ich denke, dass der Mord geplant war. Wie gesagt, es gab keine Spuren. Weder bei Till, noch am Tatort. Keine Fußabdrücke, keine Reifenabdrücke eines Fahrzeuges.«

»Und? … Weiter …?«

Marius zuckte die Achseln und schüttelte den Kopf. »Was willst du denn hören, Junge?«

»Denkst du, dass Till sich da selber reinmanövriert und anfangs mitgespielt hat?«

Keine Antwort.

Dominik brummte: »Na super …«

»Nein. Stopp! Ich halte mich lediglich an die Fakten. Ich will hier einen Mord aufklären. Es nutzt der Gerechtigkeit wenig, wenn ich mir zu früh ein Urteil über etwas bilde, was noch komplett im Dunkeln liegt.«

Dominik sah ihn an. Einsichtig, aber geknickt.

»Aber: Ich schließe ganz bestimmt nicht aus, dass Till von Anfang an ein reines Opfer gewesen und komplett unschuldig da hineingeraten ist, das kann ich dir versichern.« Er lächelte. »Okay?«

»Okay …«

»Ich muss jetzt weiter.« Marius erhob sich. »Wir müssen heute noch etliche Befragungen durchführen, deine Freunde stehen übrigens auch noch auf der Liste.«

Dominik nickte mit gesenktem Blick. Marius legte ihm die Hand auf die Schulter. »Kopf hoch, Junge!« Dann ging er.

Dominik blieb sitzen, ließ das Gespräch sacken und obwohl er es absolut nicht wollte, dachte er nach. *Es* dachte nach, besser gesagt.

Seine Gedanken verselbstständigten sich, die Zahnräder griffen ineinander, setzten die Maschinerie in Betrieb, ließen ihm keine Wahl.

Er kam zum Schluss, dass der Andere für Till den Tod geplant hatte, aber nicht für ihn. Es war kein Spontanentscheid, ihn damals bei der Teufelskirche laufen zu lassen, es war von Anfang an so geplant gewesen.

Der Andere hatte sich nicht die Mühe gemacht, bei ihm keine Spuren zu hinterlassen. Er hatte wohl dieses Gleitmittel benutzt, aber definitiv keine Kondome … während der ganzen Nacht nicht – das wusste er mit schmerzlicher Sicherheit und die Übelkeit kehrte sogleich zurück.

Er lebte noch, Till war tot und gestern lag diese kranke Nachricht in seinem Briefkasten …

Dieser Kerl war gefährlich, wirklich gefährlich und er schien mit ihm noch nicht fertig zu sein. Wie sollte er sich verhalten? Marius alles erzählen?

Keine Option – nein!

Der Andere hätte ihn umgelegt, bevor er *Piep* sagen konnte. Das war vordergründig das Argument, welches ihn zum weiteren Schweigen zwang. Marius würde gewiss alle Hebel in Bewegung setzen um ihn zu beschützen, ihm einen Personenschutz zur Seite stellen, bis sie das Schwein gefasst hätten – da war er sich eigentlich sicher.

In Wahrheit war es Scham und *nur* Scham, die von ihm verlangte, weiterhin den Mund zu halten.

Sie war mächtiger als jede Drohung …

Er seufzte, erhob sich und verließ das Café.

23

Draußen war es kalt. Feiner Nieselregen besprühte Dominiks mürben Kopf. Die letzte Nacht, welche er in der Küche sitzend verbracht hatte, rächte sich nun mit bleierner Müdigkeit und Kopfschmerzen.

Jetzt wieder zurück in die Redaktion, ein erneuter Spießrutenlauf durch die Altstadt, er war entkräftet.

Also … los.

Trotz der unglaublichen Anspannung in jeder Faser seines Körpers gähnte er, während er über das feuchte, glänzende Kopfsteinpflaster der ziemlich belebten Gassen eilte.

Die Übelkeit von vorhin war noch nicht weg, was aber zusätzlich auch an der simplen Tatsache liegen könnte, dass er seit gestern Mittag nichts mehr gegessen hatte. Als er sich dessen bewusst wurde, hörte er seinen Magen vorwurfsvoll knurren.

An der nächsten Ecke lag ein Kiosk, dort würde er sich einen Schokoriegel mit Karamell und Erdnüssen besorgen. Wegen des Regenwetters standen die drei prall gefüllten, mannshohen Zeitungsständer unter dem Rundbogen, der den Abschluss des zurückversetzten Kioskes in dem rustikalen Fachwerkhaus bildete.

Dominik quetschte sich zwischen den eng nebeneinander aufgestellten Ständern hindurch und kaufte bei der mürrischen Frau an der Theke einen Riegel.

Er riss die Verpackung mit den Zähnen auf und wollte eben hineinbeißen, als sein Blick auf eine der Zeitungen auf den Ständern fiel. Die Überschrift sprach Bände:

LEICHENFUND BEI DER LÖWENGRUBE!
STRICHER VON FREIER ERMORDET?

Er nahm die Zeitung runter.

Gestern Montag, 22. Oktober 2007 wurde die Leiche des einundzwanzigjährigen Till S. in der Nähe der Löwengrube in Altdorf bei Nürnberg gefunden. Dem jungen Mann wurde bestialisch die Kehle durchtrennt. Auch sonst war die Leiche übel zugerichtet.

Sie war mit Peitschenstriemen übersät und es besteht, laut Polizei, kein Zweifel, dass vor dem Mord sexuell abartige Praktiken vorgenommen wurden.

Es ist anzunehmen, dass sich Till S. prostituiert hatte. Vermutlich auf eine Weise, in der er sadomasochistische Dienste angeboten hatte, welche ihm schlussendlich zum Verhängnis wurden.

Er las nicht weiter …

Schockiert legte er die Zeitung zurück, da fiel sein Blick auf die Überschrift eines Konkurrenzblattes:

TOTER MANN IN ALTDORF!
BEZIEHUNGSDELIKT ODER LUSTMORD?

Wie jeden Tag ging der Rentner Robert K. am Montagmorgen um 8:00 Uhr mit seinem Rauhaardackel in einem Waldstück nahe der bekannten Löwengrube in Altdorf bei Nürnberg spazieren.

An diesem Morgen machte er einen furchtbaren Fund. Er sah die nackte Leiche des einundzwanzigjährigen, in Altdorf wohnhaften Till S. auf dem Boden liegen. Der junge Mann schien einem sadistischen und mörderischen Ritual zum Opfer gefallen zu sein.

Laut Robert K. ist die Löwengrube schon seit jeher für ihre ausschweifenden Feste bekannt. Bereits im 17. Jahrhundert fanden dort verbotene Studentenduelle statt und der Ort war lange Zeit als »Lustort« bekannt.

Es steht außer Frage, dass Till S. das Opfer eines homosexuellen, sadistischen Mörders geworden war.

Zur Zeit gibt es jedoch noch keinen genauen Hinweis, in welcher Beziehung Täter und Opfer zueinander gestanden hatten.

Möglicherweise handelte es sich hier um eine sadomasochistische Beziehung aus der BDSM-Szene, in welcher Till S. den devoten Teil und sein späterer Mörder den dominanten Teil verkörpert hatte. Zu welchem Zeitpunkt die Spielerei dann in blutigen Ernst ausartete, lässt sich ebenfalls noch nicht sagen. Die Polizei ermittelt weiter.

Wütend schmiss er die Zeitung zu Boden. Augenblicklich sog sie die Nässe auf wie ein Schwamm.

»Hey, du Hundsfregger, die bezahlst aber!«, schrie die Kioskfrau hinter dem Tresen hervor.

Dominik drehte sich um und knallte ihr einen Fünf-Euroschein vor die Nase. »Passd scho!«, und fügte ein leises: »Alte Zwillerliesl« hinzu, dann eilte er im Stechschritt davon.

Der Regen war mittlerweile stärker geworden. Die eisigen Tropfen rannen ihm über sein ohnehin schon nasses Gesicht. Sie blieben an seinen Wimpern hängen, er wischte das Gemisch aus Wasser und Tränen zornig beiseite.

Wenn Till eine Frau gewesen wäre, würde kaum so etwas in den Zeitungen stehen, dessen war er sich sicher. Die Presse hätte ohne sauber recherchiert zu haben, keine solch diskriminierenden Artikel über eine misshandelte, ermordete Frau verfasst. Tills Lebensweise hatte keinerlei Anlass gegeben, solche Anschuldigungen zu erheben und zu verbreiten.

Sein einziger Fehler und damit der entscheidende Punkt, den man wunderbar ausschlachten konnte, war die einfache Tatsache, dass er ein Mann war.

Ein Mann hatte sich gewiss selbst in diese fatale Situation hineinmanövriert oder musste zumindest irgendwie Dreck am Stecken gehabt haben, um Opfer einer solch perversen Tat zu werden. Derartige Dinge mögen hinter Gefängnismauern und in Kriegsgebieten geschehen, aber nicht hier, in Altdorf, in Franken, in Deutschland …

Abgesehen davon, werden erwachsene Männer grundsätzlich nicht überfallen, verschleppt und vergewaltigt! – Lächerlich! Und tief in seinem Innersten wusste Dominik, dass er zuvor wohl auch so gedacht hätte …

Und sein *Traumberuf* war die Drehscheibe für solche Missstände. Allmählich begann er ihn zu hassen.

Aber noch mehr hasste er sich selbst.

Er hasste sich dafür, dass er nicht den verdammten Mut aufbrachte, zur Polizei zu gehen. Seine Aussage wäre gewiss hilfreich um den Täter zu finden und würde Marius und seinen Kollegen zahlreiche unnütze Arbeitsstunden auf falschen Fährten ersparen. Außerdem würde er damit Tills Ruf wieder ins rechte Licht rücken können.

Oder …

Oder sie würde ihn in einen gnadenlosen Sumpf aus Spott und Verachtung ziehen, ihn zu einem drogensüchtigen Stricher degradieren oder etwas anderes, was er nicht war … Er würde sich einer Menge fürchterlich peinlicher Fragen unterziehen müssen, mit dem Resultat, dass trotz seiner Unschuld irgend etwas Hässliches an ihm haftenbleiben und er selber niemals mehr vollkommen rehabilitiert würde.

Einen Stempel hätte er, für immer …

Er entschied sich erneut dagegen und seine Feigheit widerte ihn an.

Mittlerweile stand er vor der Redaktion.

Seine Wut war stärker gewesen als jede Angst und hatte ihn ohne Panikattacke an sein Ziel geführt. Doch das hatte er nicht mitbekommen. Seine Gefühlswelt war beherrscht von der Abneigung gegenüber sich selbst und seiner Unsicherheit, ob er seinem einstigen Traum Journalist zu werden, weiterhin nacheifern wollte. Im Moment hätte er am liebsten alles hingeschmissen und sein Praktikum auf der Stelle beendet.

Doch dann erinnerte er sich, dass er von König den Freibrief bekommen hatte, über diese Geschichte auf eine andere Weise als üblich berichten zu können – und das würde er jetzt tun!

Er würde versuchen, ein kurzes Essay zu verfassen.

Eine geistreiche Abhandlung, in welcher er die machtreiche Position des Journalismus mit ihrer Auswirkung auf die Gesellschaft am Beispiel von Tills Geschichte verknüpfen wollte. Dabei würde er seine persönliche Sichtweise einbringen und mit seinen Gedanken und Assoziationen auf diese Missstände hinzuweisen versuchen.

Er war dermaßen geladen, dass er sich das durchaus zutraute.

Wie ein Stier in der Arena scharrte er mit den Hufen, öffnete die Tür und sprintete in den zweiten Stock.

24

Mit dem zähen Karamell-Schokoriegel zwischen den Zähnen, der das Kauen zu einem wahren Kraftakt ausarten ließ, startete Dominik seinen Computer und blickte in die Runde.

Zuvor war er wie eine Furie quer durch das halbleere Büro gefegt und hatte nun das Gefühl, die hier Anwesenden damit vor den Kopf gestoßen zu haben. Er musste aufpassen, dass er nicht zu einem arroganten, unfreundlichen Arschloch mutierte.

Simone stand in der Küchenecke mit einem Kaffeebecher in der Hand und diskutierte angeregt mit Ulrich. Beide hatten ihm ein freundliches: »Servus!«, zugerufen als er vorhin durch den Raum gerauscht war und Simone hatte es mit einem herzlichen: »Schon zurück?« ergänzt, doch er hatte darauf keine Antwort gegeben.

Hagen saß drei Meter von ihm entfernt an seinem Platz und ignorierte ihn dafür komplett, was ihm mehr als recht war. Trotzdem verdrehte Dominik die Augen – der Typ war kaum *nicht* anwesend.

Wenn die anderen Journalisten tagsüber unterwegs waren, um zu recherchieren oder zu interviewen, saß der meist wie angenagelt auf dem Bürostuhl und tippte auf seiner Tatstatur herum.

Die lokale Politik war sein Gebiet, sowie diese eigenartige, wöchentliche Kolumne. Sie sollte satirisch daherkommen, war in Dominiks Augen aber eher bösartiger Zynismus.

Er hatte Hagens Art zu schreiben von Anfang an nicht gemocht und sich schon oft gefragt, weshalb König ihn wohl so walten ließ. Vermutlich lag es daran, dass Hagen irgendwie zum Inventar gehörte und hier schon gearbeitet hatte, bevor König Chefredaktor beim *Kurier* wurde.

König war grundsätzlich schwierig zu durchschauen. Dominik respektierte ihn jedoch sehr. Sein Auftreten, seine natürliche Autorität hatten ihm schon damals imponiert, als er sich für die Praktikumsstelle beworben hatte. Nichtsdestotrotz strahlte König aber auch eine gewisse Unnahbarkeit aus. Niemals hielt er sich im Großraumbüro auf. Auch den Kaffee trank er stets in seinem eigenen Büro und nicht mit den anderen in der Kaffee-Ecke.

Eigentlich wusste Dominik überhaupt nichts über ihn.

Sein Handy klingelte, es war Anna.

Er stand auf, nachdem er Hagens Seitenblick bemerkt hatte und schlenderte in eine leere Ecke des Büros.

»Hi Anna.«

»Hallo, kleiner Bruder. Wie geht es dir?«

»Es geht so …«

Sie sprachen über Till. Anna hatte ihn auch gekannt, da er und Dominik bereits gemeinsam in den Kindergarten gegangen waren. Sie wusste, was dieser Verlust für Dominik bedeutete und versuchte, ihm deswegen die Hand zu reichen.

Dominik fühlte sich von ihr wohl oft bevormundet und übertrieben umsorgt, aber in Momenten wie diesen war sie sein Hafen, seine Familie, seine Mutter … Es tat gut, mit ihr zu reden.

»Möchtest du am Freitag zu mir zum Mittagessen kommen? Marius ist dann zwar nicht da, aber ich würde mich freuen, dich zu sehen.«

»Ich komme sehr gerne, Anna, danke.«

»Hör zu Dominik, noch etwas: Tills Leiche wurde für die Bestattung freigegeben. Seine Familie hat eben Blumen für die Beerdigung bei mir bestellt. Ich muss sie am Donnerstag zum Westfriedhof in Nürnberg liefern. Die Beisetzung findet um 14:30 Uhr statt. Ich dachte, du möchtest das bestimmt wissen.«

»Ja … danke.«

Er drückte die Auflegetaste und ging zu seinem Arbeitsplatz zurück. Hagen ignorierte ihn immer noch – auch gut.

Eine Beerdigung …

Die Beerdigung seines einundzwanzigjährigen Freundes …

Er tauchte ab in seine Arbeit. Begann erst den berichterstattenden Teil seines Artikels zu verfassen und versank danach komplett in seiner abgekapselten Welt, als er sich an den zweiten Teil, sein Essay, wandte.

Er begann mit seiner Entdeckung heute am Kiosk, schrieb über die Zeitungen, welche reine Spekulationen verbreiteten, ohne Rücksicht darauf zu nehmen, welchen Schaden sie damit anrichten konnten. Über den Tod eines jungen Menschen, der an sich schon tragisch genug war, dass man ihn nicht noch mehr verunstalten musste.

Er flocht seine eigene Angst, Opfer einer ungerechtfertigten Stigmatisierung zu werden, anonym mit ein. Er verwies auf Verantwortung eines Journalisten oder eines berichterstattenden Mediums, erwähnte die möglichen Gefühle der Angehörigen, welche unter solchen Anschuldigungen und Spekulationen zu leiden hatten.

Er griff die negative Seite des Journalismus konkret an und platzierte seine Meinung unmissverständlich – eigentlich reagierte er bloß seinen Frust ab.

Jens erschien.

Dominik hörte augenblicklich auf zu tippen und versuchte, ihm seine ganze Aufmerksamkeit zu schenken. »Wie war's auf dem Bauernhof?«, fragte er.

Jens antwortete nicht gleich, setzte sich und öffnete einen Energy-Drink. Es zischte und spritzte und Jens verzog das Gesicht. Dann nahm er einen großen Schluck. »Gut«, sagte er knapp. Er trank erneut und legte dabei den Kopf in den Nacken. Dann knallte er die blecherne Dose auf den Tisch.

»Ich habe da interessante Leute kennengelernt!«, sagte er bissig und musterte Dominik dabei.

Was ist los?

Jens schien auf ein gespanntes: »Ja, wen denn?«, zu warten, aber Dominik tat ihm den Gefallen nicht und starrte lediglich zurück. Sekunden später schüttelte Jens den Kopf, als wäre er enttäuscht und rollte mit dem Stuhl hinter seinen Bildschirm.

Dominik blickte verständnislos auf das schwarze Rechteck, welches seinen Freund verdeckte, dann schrieb er an seinem Artikel weiter.

Für solche Kindereien hatte er jetzt keine Zeit und auch keine Nerven. Die Diva dort drüben soll sagen, was Sache ist oder es halt bleiben lassen.

Eine knappe Stunde später unternahm Dominik dann doch den Versuch, das Eis zu brechen. »Ich habe mit Anna telefoniert.«

»Ach ja …«

»Tills Beerdigung findet am Donnerstagnachmittag statt. Sie liefert die Blumen und konnte mir deshalb den Termin nennen. Ich … ich möchte dort hingehen. Kommst du mit?«

Jens sah ihn an. »Natürlich.« Der Groll war aus seinem Gesicht gewichen. »Gehen wir zusammen mit Yannick und Claus, dann stehen wir zwei nicht so verloren dort rum.«

»Das ist gut«, sagte Dominik. »Dann können wir zu viert verloren dort rumstehen.«

Ein versöhnliches Grinsen huschte über ihre Gesichter.

Der Nachmittag verlief zäh. Dominiks Energie reichte gerade noch um sein Essay fertigzustellen, bevor er immer wieder vor dem Bildschirm einnickte. In letzter Zeit war erholsamer Schlaf reines Wunschdenken gewesen. Langsam machte sich dieser konstante Schlafentzug durch bleierne Müdigkeit bemerkbar.

Jens schien es nicht besser zu gehen. Er hatte mittlerweile den dritten Energy Drink intus – energiegeladener wurde er trotzdem nicht.

Dominik saß danach noch fast eine Stunde bei König im Büro wegen seines Artikels.

Einige Kollegen, darunter Tina, Simone und Ben hatten ihn zuvor auf seinen Artikel angesprochen und Dominik gefragt, in welchem Stil er seinen Sonderteil dieses Mal verfasst hätte.

Er hatte erklärt, dass er in Form eines Essays mit ihrem Beruf hart ins Gericht gehen würde, wegen den Falschmeldungen, die gewisse Zeitungen in Umlauf gebracht hätten.

Die Begeisterung der Kollegen hatte sich äußerst in Grenzen gehalten. Einige feindselige Bemerkungen von wegen: »So ist das halt manchmal« – oder: »Wieso willst du denn Journalist werden, wenn du diesen Beruf so unmöglich findest?«, waren nicht ausgeblieben.

Dominik hatte die Anschuldigungen erstaunlich gut an sich abprallen lassen und versuchte, plausibel zu argumentieren. Da er absolut überzeugt von seiner Sache gewesen war und hinter jeder seiner Aussagen stand, lieferte er eine schlechte Angriffsfläche und die Kollegen akzeptierten seine Meinung oder tolerierten sie – zumindest vordergründig.

Jens hatte ungewollt mitbekommen, dass sich Ulrich und Florian einen abschätzigen Blick zugeworfen hatten, als sie sich abwandten.

Er selber hatte Dominik die ganze Zeit über einfach nur zugehört und ihn beobachtet und das Essay an sich hatte ihn immer weniger interessiert.

Dominik selber war es, der für ihn in den Fokus gerückt war. Sein fanatischer Ausdruck, seine Gesten, seine Stimme, seine Verzweiflung in den Augen …

Jens hatte es selbst nicht verstanden, aber er verspürte so etwas wie Angst – Dominik machte ihm Angst. Hinter seinem Feuereifer steckte noch etwas anderes als Tills Ermordung, er konnte das fühlen.

»Uff … König hat mein Essay geschluckt, gehen wir.« Dominik ließ sich auf den Stuhl fallen und gähnte.

»Was hat er gesagt?«, fragte Jens.

»Nicht besonders viel. Er hat genickt und … genickt.«

Jens schmunzelte. »Okay … Los, gehen wir.«

Yannick saß ganz allein in einer Ecke des Pubs. Mit seiner massigen Gestalt und trauriger Haltung wirkte er wie ein geschundener Tanzbär in Osteuropa, der angekettet auf seinen qualvollen Auftritt wartete. Hätte er einen Nasenring getragen, wäre die Ähnlichkeit noch frappanter gewesen.

Sie setzten sich zu ihm.

»Ich versteh das alles einfach nicht«, sagte Yannick.

»Wir auch nicht, Mann … wir auch nicht«, antwortete Jens, dann schwiegen sie.

Claus betrat das Pub, holte ein Bier und setzte sich dazu. Schlaksig und schlaff hing er auf dem Stuhl mit übereinander geschlagenen Beinen und verschränkten Armen. Er kaute ohne Unterbruch auf seiner Unterlippe.

»Ach verflucht, ich vermisse diesen Trottel!«, sagte er nach einer Weile und entlockte den anderen ein trauriges Schmunzeln. »Auf Till!« Er hob sein Glas und sie stießen zusammen an.

»Ich hab gehofft, dass ihr hier seid, darf ich mich zu euch setzen?«

»Ja, klar«, antworteten drei der anwesenden vier.

Dominik blickte kurz über seine Schulter und versteifte sich. Eisig sah er geradeaus und rutschte widerwillig etwas rüber, als Lukas sich ausgerechnet neben ihn setzen musste.

»Ich habe das mit Till erst heute erfahren, das ist ja schrecklich! Wieso hast du am Morgen nichts gesagt, als wir uns im Treppenhaus begegnet sind, Dominik?«

»Hab nicht dran gedacht«, brummte er und nahm einen großen Schluck Bier.

Sie saßen da und sprachen nicht viel. Alle waren an diesem Tag noch von Marius und seinen Kollegen befragt worden. Das war auch der Grund gewesen, dass Lukas überhaupt von dieser schlimmen Geschichte erfahren hatte, wie er nun erzählte.

Keiner von ihnen hatte einen hilfreichen Hinweis für die Polizei gehabt oder eine Ahnung, wo Till sich übers Wochenende aufgehalten hatte.

Dominik hielt den Kopf auf einer Hand abgestützt und konnte kaum mehr die Augen offenhalten. Nachdem seine Wange fünfmal von der Handfläche abgerutscht war, weil er ständig einnickte, sagte er: »Ey … seid mir nicht böse, aber ich muss ins Bett.« Er erhob sich.

»Ich komme auch gleich mit.« Lukas stand ebenfalls auf.

Hä, was? … Na super …

»Bevor wir's vergessen …«, Jens zeigte auf Dominik, »wir gehen übermorgen an die Beerdigung von Till. Kommt ihr auch mit?«

»Auf jeden Fall!« Claus und Yannick nickten, Lukas ebenfalls. – Dominik ballte die Faust.

»Tschüss, bis dann!«

Mit Lukas nach Hause zu flanieren war so ziemlich das Letzte, was Dominik wollte. Aber es war dunkel und er hatte sein Auto wieder bei der Redaktion stehen lassen. Beim alleinigen Losgehen würde er sich einmal mehr wie ein Brustschwimmer im Amazonas fühlen.

Ein gefräßiger Tiger im Nacken und vor sich der Amazonas mit einer Milliarde Piranhas – die süße Qual der Wahl:

Entweder ein beherzter Sprung in das Killerfisch-Gewässer oder mit der geifernden Großkatze nach Hause bummeln.

Der Tiger nahm ihm die Entscheidung sogleich ab, machte auf unschuldiges Kätzchen und textete ihn zu, während sie losgingen. »Ich habe deinen Artikel in der Zeitung gelesen heute Mittag, es hat mich echt berührt …«

»Hmm.«

»Ist ja übel, wie die anderen Zeitungen solch einen Quatsch schreiben, wie kommen die dazu? Schlimm so was …«

»Hmm.«

Dominik war bereit! Bereit, sich jederzeit zur Wehr setzen zu können, falls Lukas auch nur die kleinste, falsche Bewegung machen würde.

Unterwegs kramte er den Hausschlüssel hervor und trug den Metallring des Schlüsselanhängers wie eine Schlagwaffe um seinen Mittelfinger und den Schlüssel selbst, festgekrallt in seiner eisernen Faust. Sie erreichten die Haustüre. Er wollte eben den Schlüssel ins Schloss stecken, als Lukas sich davor stellte.

Nicht im Ernst jetzt …

»Was soll das? Geh weg!«

»Du hast ein Problem mit mir, stimmt's?«

»Nein, wieso?«

»Tu doch nicht so scheinheilig, so gut kenn ich dich mittlerweile. Ich sehe dir an, dass du mir am liebsten Gift geben würdest!«

Dominik sagte nichts.

»Keine Antwort ist auch eine Antwort.«

»Geh zur Seite, Lukas! Sonst hau ich dir eine runter!«

Lukas verschränkte die Arme. »Ach ja? Dann tu, was du nicht lassen kannst.«

Dominik war kurz davor auszuholen. Lukas sah ihn an. »Ich hoffe einfach, dass du nicht so dumm bist und da irgendwelche Dinge durcheinander bringst. Das, was mit Till passiert ist, ist in allerhöchstem Maße verabscheuungswürdig. Jeder normal denkende Mensch empfindet das so.« Ohne Hektik drehte er sich um, schloss auf, ließ Dominik stehen und ging die Treppe hinauf.

Dominik schaute Lukas nach, bis er in seiner Wohnung verschwunden war.

Lukas hatte recht. Trotzdem änderte es nichts an dem Misstrauen, welches er ihm gegenüber empfand.

Langsam ging Dominik ebenfalls die Treppe hoch und dachte nach.

Lukas war immer nett und korrekt und seit seinem anfänglichen Annäherungsversuch hatte er ihm nie wieder das Gefühl einer unterschwelligen Anmache gegeben. Auch wenn er ihn zusammen mit den andern im Pub traf, gab es niemals Anlass, eine solche Absicht zu vermuten – ihm gegenüber nicht, aber auch nicht gegenüber seinen Freunden.

Was Dominik im Gegensatz zu seinen Kumpels jedoch wusste, war, dass Lukas ziemlich oft Besuch von Männern hatte, die höchstens zwanzig Jahre alt waren. Manchmal, wenn er selber spät nachts nach Hause gekommen war, begegnete ihm im Treppenhaus so ein junger Typ, der Lukas' Wohnung soeben verlassen hatte und sich gerade auf den Heimweg machte – und selten war es derselbe Kerl gewesen.

Früher hatte ihn das leicht amüsiert, jetzt ekelte es ihn abgrundtief an.

Er schloss die Wohnungstür auf.

Öffnen, schließen, abschließen, Kommode davor, alle Lichter an, Kontrollblick – eingeimpft in Fleisch und Blut.

Sein neues Leben in unsichtbaren Ketten …

25

Die Gemütlichkeit war beinahe greifbar in dem warmen Raum. Leise Musik erklang aus der Stereoanlage, während das gedimmte Licht einer stylischen Ecklampe brannte.

Bequem auf dem Sofa ausgestreckt, die Füße hochgelegt, räkelte er sich in den Sofakissen. Auf dem gläsernen Salontisch stand ein Glas seines Lieblings-Bordeaux'.

Sein Blick fiel auf die Zeitung, welche daneben lag.

Es war wie eine Sucht …

Zum zehnten oder gar zwanzigsten Mal an diesem Tag griff er danach und entfaltete sie.

Zum wiederholten Male studierte er die Bilder – das Foto von diesem traurigen Baum und dem Fluss, welcher sich durch die Wiese schlängelte.

Wessen Tod betrauert er wirklich? Tills oder seinen eigenen?

Faszinierend …

Die Verarbeitung des Schmerzes, wie sie wohl aussehen würde? Diese Frage hatte er sich vor seiner Premiere gestellt. Das war ein Aspekt, welchen er nicht unter seiner Kontrolle gehabt und deshalb mit Spannung herbeigesehnt hatte.

Wohl hatte er die Regie geführt, ließ *ihm* aber einen gewissen Raum für Improvisationen und das hatte sich nun ausgezahlt. Sie machten sein Stück lebendiger, als er geplant hatte.

Seine Aufmerksamkeit richtete sich nun auf den Text des Artikels. Er kriegte einfach nicht genug davon, diesen epischen Teil zu lesen. Das unsagbare Leiden konnte er fühlen. Es war, als würden sich die Qualen aus dem Papier herauslösen und über seine Hände, seine Arme, in seinen Leib fließen. Sie tränkten die Fasern seines Körpers wie ein berauschendes Elixier, eine erregende Droge.

Seine Präsenz war in jedem einzelnen Wort, welches Dominik geschrieben hatte, vorhanden.

Oh ja … er war noch in ihm und Till hatte geholfen, noch ein Stückchen tiefer in ihn einzudringen.

Jetzt hatte er definitiv seinen festen Platz bezogen. Dort würde er von nun an bleiben und beim Sterben zusehen – ohne ihn wird es kein Leben mehr geben.

Er hatte alles in der Hand.

Er hatte die Macht, die Kontrolle.

Er war der Herrscher auf *seiner* Bühne!

Der Herrscher über *seine* Akteure!

Der Herrscher über *ihn!*

26

Ein strenger und zugleich eigenartig süßlicher Geruch strömte ihnen entgegen, als Dominik, Jens und Claus die Fleischerei durch den Hintereingang betraten.

Der Familienbetrieb in dem Yannick arbeitete, zeichnete sich dadurch aus, dass er einer der wenigen Metzgereien war, welcher auch gleich eine eigene Schlachterei besaß. Das Fleisch war somit frischer als frisch und aus erster Hand.

Yannick blickte hinter dem Türrahmen hervor. Er trug eine senfgelbe Schlachterschürze, die mit Blut bespritzt war. Drei verschiedenartig große Messer trug er griffbereit in einem Messerköcher, umgeschnallt mit einem Gürtel, bei welchem zusätzlich ein Wetzstahl eingehängt war. Er wischte sich die Hände an einem Lappen, der fleckig rosa war und etwas schmuddelig wirkte.

»Komme gleich.«

Hünenhaft wie ein Wikinger wirkte er in seiner Arbeitskleidung. Er legte den Lappen beiseite und hängte seine Schürze an einen mächtigen Haken an der Wand.

»Gehe mich umziehen. Wartet ihr draußen?«

Die anderen nickten. Der Schlachtgeruch schlug ihnen auf den Magen. Das flaue Gefühl im Bauch hatten sie wohl nicht davon, aber er machte es auch nicht gerade besser.

Bedrückt standen sie draußen an der frischen Luft, schwiegen und warteten.

Sie waren auf dem Weg zu Tills Beerdigung auf dem Westfriedhof in Nürnberg und Yannick hatte angeboten zu fahren.

Es war ein wunderschöner, goldener Herbsttag. Die Sonne schien von dem wolkenlosen blauen Himmel und wärmte die Herbstluft nochmals so richtig auf.

Yannick erschien. Er trug jetzt eine dunkelblaue Jeans, einen grauen Wollpullover und eine schwarze Jacke. Wahrscheinlich hatte er den Kopf noch kurz unter den Wasserhahn gehalten. Jedenfalls waren seine gelockten Haare klatschnass, und die Wangen wirkten rosig.

»Gehen wir«, sagte er, mit dem Autoschlüssel in der Hand.

Dominik beobachtete ihn. Er wirkte extrem nervös.

Yannick entsprach total dem Klischee von: *Harte Schale, weicher Kern* und war eine Seele von Mensch. Trotzdem blieb das Bild, wie er in der Schlachterschürze vor ihnen gestanden war, irgendwie in Dominiks Kopf eingebrannt.

Sie stiegen in Yannicks Auto, eine graue BMW 3er Limousine. Er hatte den Wagen vor einigen Monaten bei einem Gebrauchtwagenhändler erworben, zuvor hatte er noch kein Auto besessen.

Jens setzte sich nach vorne, Dominik und Claus nahmen auf dem Rücksitz Platz. Schweigend fuhren sie zum Friedhof.

Dominik beobachtete Yannicks Augenpartie im Rückspiegel. Er sah konzentriert auf die Straße, aber von Zeit zu Zeit nahm er für eine Sekunde Blickkontakt mit ihm über den Spiegel auf.

Eigentlich weiß ich gar nichts über dich …

Theoretisch kannten sie sich seit der Grundschulzeit. Aber da Yannick zwei Jahre älter war als er, hatten sie damals keinen Kontakt miteinander gehabt. In diesem Alter konnten zwei Jahre eine unüberwindbare Kluft sein. Yannick war einer der großen Jungs gewesen und er, sowie Till, kleine, nervige Zwerge, die froh sein mussten, wenn ihnen die coolen älteren Buben nicht die Kappen klauten und sie hoch über ihren Köpfen in die Kronen von mützenverschlingenden Bäumen warfen.

Richtig kennengelernt hatte er Yannick erst durch Till, als er von Bochum wieder nach Altdorf zurückgekehrt war. Irgendwie hatten die beiden gemeinsame Bekannte oder so.

Yannick hatte eine feste Freundin, die Nele hieß. Dominik hatte sie aber erst etwa drei Mal gesehen. Yannick aß gerne Schweinshaxen und mochte Hunde. Der Rest seines Lebens entzog sich Dominiks Kenntnis.

Er schielte zu Claus hinüber.

Dieser hielt seinen Kopf abgestützt und blickte nachdenklich aus dem Fenster. Die schräg einfallende Sonne schien ihm aufs Gesicht und ließ seine ultrakurzen flachsblonden Haare und hellblauen Augen noch blasser erscheinen, als sie es ohnehin schon waren.

Von ihm wusste er noch weniger.

Claus war mit seiner Familie vor fünf Jahren von Augsburg nach Altdorf gezogen. Mittlerweile bewohnte er allein eine 3-Zimmerwohnung. Er arbeitete bei einer Sparkasse als Privatkundenberater und war ein Jahr älter als Dominik. Er hatte einen jüngeren Bruder, welcher irgendein Studium angefangen hatte und spielte Squash.

Damit hatte es sich …

Auch ihn hatte er durch Till kennengelernt … zur selben Zeit wie Yannick.

Die beiden waren zu guten Kumpels geworden. Doch außer Party machen und zusammen um die Häuser ziehen, hatten sie nie etwas gemeinsam unternommen.

Wer waren sie eigentlich – die zwei?

Eigenartig, dass er darüber nachdachte …

Nach der endlos dauernden Fahrt, welche in Echtzeit auch eine happige halbe Stunde dauerte, erschien die Friedhofsmauer entlang des Nordwestrings in Nürnberg. Yannick setzte den Blinker und parkte seinen Wagen in der Nähe des beeindruckenden neobarocken Eingangportals neben der Mauer.

Eine größere Gruppe dunkel gekleideter Personen passierte eben das Portal um gemäßigten Schrittes zur Trauerhalle zu gehen. Sie schlossen sich dem stillen Trauerzug leise an.

Dezente Orgelmusik erklang, als sie die Kapelle betraten. Ein Sarg aus hellem Ahornholz war aufgebahrt, geschmückt mit einem Bukett aus wunderschönen weißen Lilien. Hinter dem Sarg stand ein Trauerkranz, gefertigt aus roten und weißen Rosen. Auf der Schleife stand:

In ewiger Liebe
Deine Eltern

Ein weiterer Kranz befand sich daneben und viele wunderschöne Blumenarrangements schmückten den Bereich um das Podest, auf welchem sich der Sarg befand.

Sie setzten sich in eine der hintersten Reihen. Lukas gesellte sich dazu, begrüßte sie mit einem stillen Kopfnicken und nahm neben Jens Platz.

Der Pfarrer hielt seine Predigt, ein Onkel von Till hielt eine Rede, dann sagte der Pfarrer wieder etwas … Orgelmusik … Der Sarg wurde zu Grabe getragen. Die Trauergemeinde ging langsam hinterher. Sie schritten durch eine Allee aus Laubbäumen, welche unterschiedlich weit mit ihrem Blätterabwurf waren. Einzelne Bäume waren fast kahl, andere leuchteten in den allerschönsten Gold- und Rottönen. Die Sonne schickte ihre feinen Strahlen durch das Geäst, währenddessen ein lauer Wind sanft wehte und das goldene Herbstlaub aufwirbelte, welches dadurch zart zu rascheln begann.

Dann folgte die Grabrede und der Sarg wurde in die Tiefe hinabgelassen.

Dominik sah Tills Eltern neben dem Grab stehen.

Gestern war er noch bei ihnen zuhause gewesen.

Es war ihm ein tiefes Bedürfnis gewesen, ihnen sein aufrichtiges Beileid auszusprechen und zugleich hatte er sie um ein Exklusivinterview gebeten.

Er hatte Tills Eltern schon sehr lange nicht mehr gesehen und in seiner Erinnerung waren beide sehr temperamentvolle, aktive Leute.

Die gebrochene Frau anfangs fünfzig, welche ihm die Tür geöffnet hatte, hatte kaum mehr was mit der rassigen Person von damals zu tun.

Spontan hatte sie ihn umarmt und dann hereingebeten. Sie war unsicher gewesen, ob sie Dominik mittlerweile mit *Sie* ansprechen sollte, weil sie ihn seit Jahren nicht mehr gesehen hatte und er doch in der Zwischenzeit erwachsen geworden war. Dominik hatte das verneint und ihr damit ein trauriges Lächeln entlocken können.

Tills Vater hatte ihn dann genauso herzlich begrüsst.

Aufgewühlt hatten sie zu erzählen begonnen, dass die Presse sie nicht ihn Ruhe lassen würde und ihnen irgendwelche Anekdoten aus Tills Liebesleben entlocken wollte. Und gleichzeitig hatten sie Dominik dafür gedankt, dass er mit seinen Zeitungsartikeln nicht in das selbe Horn geblasen hatte und ihren Sohn nicht durch den Schmutz zog. Deswegen wären sie auch bereit gewesen, Dominik dieses Interview zu geben.

Er war sehr behutsam vorgegangen bei seinen Fragen, obwohl er bewusst auch kritische Aspekte eingeworfen hatte, um ihre Antworten dafür umso glaubwürdiger erscheinen zu lassen.

Er hatte ihnen Raum für ihre ganz persönliche Stellungnahme gegeben. Eine Plattform für ihren Schmerz und ihren Verlust.

Tills Mutter hatte zum Schluss seine Hand genommen und gedrückt und der Vater hatte ihm herzlich gedankt.

Beide hatten geweint, als er sich von ihnen verabschiedete.

Es hatte eigentlich keinen Grund gegeben ihm zu danken, ganz und gar nicht …

Er war ein Heuchler – ein elender Feigling, welcher ihren Sohn noch ganz anders von solch schmutzigen Anschuldigungen hätte befreien können, als lediglich so nette, rehabilitierende Artikelchen über ihn zu schreiben. Das ging ihm durch den Kopf, als er sie an Tills Grab stehen sah.

Tills Vater hielt seine Frau fest in den Armen. Sie schluchzte laut. Er tröstete sie, während ihm selbst die Tränen übers Gesicht rannen.

Ein großer Korb mit roten Rosen stand neben ihnen. Sie bückten sich, hoben je eine auf, hielten sie einen Moment an ihre Brust gedrückt und ließen sie, beinahe gleichzeitig, ins Grab ihres Sohnes fallen. Dann wandten sie sich ab und gingen Arm in Arm zur Seite. Ein Trauergast nach dem andern nahm eine Rose und tat es den Eltern gleich.

Yannick ging von seinen Freunden als Erster, gefolgt von Claus und Jens. Anschließend Dominik.

Er stand am Rand dieser unendlich tiefen Grube, in welcher der Sarg ganz zuunterst mit Blumen bedeckt lag. Behutsam nahm er eine Rose und ließ sie in das dämmrige Loch fallen. Sanft fiel sie auf den Sargdeckel.

Es tut mir so unendlich leid. So unendlich … Verzeih mir, Till ….

Er wischte sich eine Träne weg und ging hinüber zu den anderen.

Lukas war der Letzte. Er verharrte einen Moment, bevor er die Rose vorsichtig hinunterwarf.

Tills Familie hatte in einem nahegelegenen Restaurant ein Leichenmahl organisiert. Die gesamte Trauergemeinde setzte nun ihren traurigen Gang dorthin fort. Sie gingen am Schluss, mit etwas Abstand.

»Ich kann nicht«, sagte Yannick plötzlich und blieb stehen. »Können wir bitte woanders hingehen?« Seine Stimme bebte.

»Ja … ich denke, das ist okay«, sagte Jens und klopfte ihm auf die Schulter. »Gehen wir in der Stadt etwas essen.«

Sie fuhren Richtung Innenstadt. Dominik und Jens bei Yannick und Claus bei Lukas im Wagen. Sie parkten nebeneinander und gingen in ein Fast Food-Restaurant in der Fussgängerzone.

Wegen des schönen Wetters setzten sie sich mit ihren Tabletts, beladen mit Hamburgern und Fritten, draußen an einen freien Tisch, der sogar noch ein wenig Sonne abbekam.

Die Erleichterung, die Beerdigung hinter sich zu haben, stand ihnen ins Gesicht geschrieben. Sie versuchten, das Gespräch auf andere Themen zu lenken.

Lukas zog sein Handy hervor. »Mist …«

»Was ist?«, fragte Claus, mit dem Strohhalm seiner Cola im Mund.

»Mein Akku ist leer. Ich wollte in der Apotheke anrufen und sagen, dass es etwas später wird. Ich muss heute nochmals vorbei, wegen einer Lieferung von explosiven Chemikalien.«

»Oha! Dann nimm lieber meins, bevor der Laden noch in die Luft fliegt!«, sagte Jens und schob ihm sein Handy rüber.

»Danke.« Lukas wählte die Nummer, drehte sich zur Seite und hielt das freie Ohr zu.

Jens wandte sich an Dominik: »Morgen komme ich nicht in die Redaktion. Ich muss schon früh los für meine Ganztages-Reportage. König hat mir«, er flötete vornehm, »*Ein Tag in den Bildungseinrichtungen von Altdorf* aufgebrummt. Da muss ich von einer Schule zur Nächsten. Den ersten Termin hab ich bereits vor sieben Uhr im Gymnasium.« Herzhaft biss er in seinen Burger.

»Okay.« Dominik runzelte die Stirn. »Ich würde auch gerne mal wieder über etwas anderes schreiben als den Mordfall.«

Lukas gab Jens das Handy zurück. »Danke nochmals.«

Jens nickte mit vollem Mund und brabbelte ein: »Keine Ursache.«

Die Sonne verschwand hinter einer Hausmauer und sogleich wurde es merklich kühler. Sie aßen ihre letzten kalten Fritten und standen auf.

»Meine Herren«, sagte Lukas, »die Pflicht ruft. Ich muss gehen.« Er schüttelte Jens, Yannick und Claus kurz, aber herzlich die Hand. Dominik machte keinerlei Anstalten, die Hände aus den Hosentaschen zu nehmen und pustete sich mit gerecktem Kinn die Strähne aus der Stirn, als Lukas zu ihm sah.

Lukas drehte sich um und ging.

Dominik bemerkte Jens' verwirrten Blick. »Was?«, fuhr er ihn an. Jens zog die Augenbrauen zusammen. »Nichts, Mann!«

»Kommt Leute, gehen wir ins Pub und stoßen auf Till an!«, sagte Claus und legte den Arm um Yannicks Schulter.

27

Sie waren ziemlich früh dran. Das *Black Island* war bei weitem nicht so voll wie andere Male.

Yannick spendierte eine Runde und sie setzten sich an den Tisch gleich neben der Dartscheibe.

Nach einer gewissen Zeit erhoben sich vier junge attraktive Frauen von ihrem Tisch auf der anderen Seite des Pubs und schlenderten filmreif zu der Dartscheibe. Sie ignorierten die vier Jungs komplett, obwohl die folgende Show wohl einzig und allein ihnen galt.

Sie nahmen die Pfeile und begannen, auf die Scheibe zu werfen. Teilweise verfehlten die Darts ihr Ziel und fielen zu Boden. »Ups!«

Das grazile Niederknien, Aufheben und etwas aufreizende Aufstehen erinnerte ein wenig an eine Poledance-Nummer ohne Stange und schien nun doch etwas Interesse bei dreien der vier missgestimmten jungen Männern geweckt zu haben. Sie schielten hinüber und beobachteten die Mädchen stumm aus den Augenwinkeln.

Eine ziemlich kurvenreiche Brünette warf ihre langen Haare schwungvoll zurück und setzte sich auf einen Barhocker. Anmutig überschlug sie die Beine, nahm ihr Bier, trank, hob eine Braue und sah *ihn* dabei herausfordernd an.

»Hey, hast du Tomaten auf den Augen?« Claus rempelte Dominik mit dem Knie unter dem Tisch an. »Die fährt voll auf dich ab!«

»Nicht mein Typ«, sagte Dominik, ohne richtig zu ihr hinzusehen.

»Seit wann hast du denn *einen Typ* bei Frauen?« Claus lehnte sich verständnislos zurück. Jens sah währenddessen einer kleineren Blondine zu, die neben anderen körperlichen Vorzügen ein süßes Lächeln besaß und gerade eben am Werfen war. Nachdem sie den letzten Dart geworfen hatte, zwinkerte sie ihm zu. Er lächelte zurück, doch dann sah er weg. »Es ist ja übel, aber mir steht heute nicht der Sinn nach so was.«

»Kommt schon«, sagte Claus, »es nützt Till auch nichts, wenn wir wie Trauerklöße rumhängen. Spendieren wir den Mädels einen Drink.«

Jens schüttelte den Kopf, Dominik drehte abwesend einen Pappuntersetzer auf dem Tisch, Yannick hob die Hände. »Bin sowieso raus.«

»Oh Mann …« Claus stöhnte, stand auf und ging an den Mädchen vorbei zum Tresen. Kurze Zeit später zwängte er sich mit einer neuen Runde Bier zwischen den Frauen hindurch, welche ihn mit großen Augen anschauten. Eine halbe Minute später schienen sie das Interesse an Dart verloren zu haben und verschwanden irgendwo in der Menge des mittlerweile gut gefüllten Pubs.

Der allgemeine Lärmpegel war inzwischen gestiegen, die Musik dröhnte lauter und die Stimmen der schwatzenden und lachenden Menschen füllten den gesamten Raum. Dominik spendierte die dritte, Jens die vierte Runde.

Als Yannick mit der Fünften zurückkam, räusperte er sich und fragte so ganz nebenbei: »Glaubt ihr, Till stand auf so was?«

Dominik sah ihn entgeistert an.

»Was meinst du?«, fragte Jens.

Yannick sprach so leise wie er nur konnte. »Sadomaso mit Kerlen …«

Claus verschränkte die Arme. »Hm, na ja, wer weiß?!«

Dominik zuckte zusammen. »Habt ihr sie nicht mehr alle?«

»Glaube ich nicht«, sagte Jens.

»Wieso nicht? Könnte doch theoretisch sein«, entgegnete Claus trocken.

»Ja theoretisch … aber das passte nicht zu Till«, antwortete Jens.

Claus schien ernsthaft darüber nachzudenken.

»Hast du einen an der Waffel?« Dominik knallte ihm den Handrücken an den Oberarm.

Claus fuhr gereizt herum. »In irgend so einer Szene muss er ja verkehrt haben, sonst wäre er bestimmt nicht Opfer einer solchen Tat geworden!«

»Spinnst du jetzt komplett?« Dominik wurde laut. »Wie kommst du auf diese bescheuerte Idee?«

Claus zuckte die Achseln. »Liegt auf der Hand. Außerdem steht es in den Zeitungen.«

»Du hirnverbrannter Idiot, du glaubst den Bullshit? Till ist dein Kumpel gewesen, du solltest das doch besser wissen!«

»Mach mich nicht so an, du aggressiver Arsch!«

»Hört auf!«, sagte Jens. »Sofort!«

Sie blitzten ihn an, nahmen einen Schluck Bier, dann schwiegen sie – lange.

»Diese Zeitungen haben das einfach geschrieben ohne richtig recherchiert zu haben«, sagte Dominik irgendwann mürrisch. »Ich weiß, welche Infos von der Polizei an die Pressestellen rausgehen … muss selber ja auch darüber schreiben.«

»Du schreibst gut«, sagte Yannick. »Hat mir gefallen.«

»Ernsthaft? Du kannst lesen?«, fragte Claus.

Yannick klatschte ihm mit flacher Hand auf den Hinterkopf, Dominik und Jens schmunzelten, die Situation entspannte sich ein wenig.

Sie tranken, schwiegen wieder eine Zeitlang – bis Claus erneut anfing: »Trotzdem würde mich interessieren, wie Till da hineingeraten ist.«

Dominik biss sich auf die Backenzähne.

»Ja, das ist schon eigenartig …«, sagte Jens.

Yannick zuckte nachdenklich mit den Schultern.

»Ich bin mir sicher, dass er überfallen worden ist«, sagte Dominik.

Keine Antwort. Er fühlte Hitze in sich aufsteigen.

»Auf der Straße oder was?«, fragte Claus nach einer Weile.

»Ja, genau.«

»Kaum.« Claus lehnte sich in typischer Manier zurück. »Hey, wir wohnen hier in Altdorf. ich kann mir echt nicht vorstellen, dass da ein Triebtäter rumläuft, der Männer überfällt und vergewaltigt – also ehrlich…«

Jens kratzte sich am Kopf. »Stimmt, ist schon sehr unwahrscheinlich.«

»Ja und außerdem«, sagte Yannick, »Till ist ja nicht blöd gewesen.«

Dominik durchzuckte ein Stromstoß. »Wie meinst du das?«

»Der hätte sich doch nicht überfallen lassen«, brummte Yannick, »der hätte sich doch gewehrt.«

»Wie das, wenn er von hinten niedergeschlagen worden ist, verdammt noch mal!«

Claus zog die Brauen hoch. »Woher weißt du das?«

»Er … er hatte ein Hämatom am Hinterkopf, das weiß ich von der Polizei.«

»Und das hatte er von dem Überfall? Mit Sicherheit?« Claus spielte sich auf.

»Ja … nein … Oh Mann, ich weiß einfach, dass es so gewesen ist!«

»Wieso?«, fragte Yannick.

»Wieso? Scheiße, was ist los mit euch? Wollt ihr Till unbedingt eine Mitschuld unterschieben?«

»Hey, hey, Alter …«, Jens legte die Hand auf Dominiks Unterarm, »wir diskutieren doch bloß, wir wollen ihm nichts unterschieben. «

Dominik zog den Arm zurück. »Doch! Ihr beschuldigt ihn! Für euch ist sowieso klar, dass er sich da selbst reingeritten hat!«

Jens schüttelte den Kopf. »Nein, das hat doch damit nichts zu tun, wir …«

»Und *du* weißt es besser?«, blaffte Claus Dominik an. »Mit welchem Argument – Doktor Allwissend?«

Für einen Moment verschlug es Dominik die Sprache. Dann zuckte er verzweifelt die Achseln. »Ich weiß es einfach, okay?!«

Sie sahen ihn an. Drei Augenpaare auf ihn gerichtet. Dominik wurde aus ihrer Mimik nicht schlau. Claus schien ihn genau zu mustern. Jens beugte sich etwas nach vorne. »Weißt du etwas, das wir nicht wissen?«

»Nein.«

»Wieso verhältst du dich dann so?«

»Tu ich gar nicht. Ich bin einfach der Einzige hier, der anscheinend noch richtig tickt!«

Yannick verschränkte die Arme und zog die Augenbrauen zusammen.

Jens seufzte. »Wir suchen doch einfach eine Erklärung für diesen Mord. Du brauchst Till nicht zu verteidigen, keiner von uns verurteilt ihn.«

»Wie du das schon sagst!« Dominik äffte Jens nach: »Keiner von uns verurteilt ihn …« Angewidert schüttelte er den Kopf. »Ihr habt euer Urteil doch bereits gefällt! Für euch kommt gar nicht in Frage, dass Till da unschuldig reingeraten ist. In euren Augen ist er irgendein schwuler Perversling oder so was gewesen!«

»Spinnst du?« Jens schaute ihn entgeistert an.

Yannick sah aus, als würde er jeden Moment losheulen.

Claus kniff die Augen zusammen, während er mit dem Zeigefinger etliche Male auf den Tisch trommelte. »Na schön Novak – jetzt mal anders gefragt: Wieso wäre das denn so schlimm für dich?«

»Was? Wovon quasselst du, Mann?«

»Warum wehrst du dich mit Händen und Füßen dagegen, dass Till möglicherweise ein kleines Geheimnis gehabt hat? Würde er dann in deiner Achtung sinken, oder was? Ich glaube langsam, dass du hier der Einzige bist, der ein Problem hat!«

Yannick sah Dominik mit einem *Ach, daher weht der Wind!* -Blick an.

Claus fauchte: »Du wirfst uns vor, dass wir ihm eine Schuld unterschieben wollen und ich werfe dir dafür vor, dass du ein bornierter Heini bist, der außer seiner eigenen Meinung und Lebensweise nichts gelten lässt!«

Dominik war sprachlos. Solche Worte ausgerechnet aus Claus' Mund zu hören, war, als hätte ein Neonazi ihn eben wegen Fremdenfeindlichkeit gerügt.

Claus setzte noch eins drauf: »Vielleicht erträgst du es ja einfach nicht, wenn Till dem Bild, das du von ihm hattest, möglicherweise nicht entsprach. Hab ich recht? – Mr. Perfect?«

Dominik explodierte. »Nein, du Klugscheißer, das hat damit nichts zu tun!«

Claus reagierte nicht.

»Verdammt! Warum versteht ihr das nicht?! Es! War! Einfach! Nicht! So!« Er schlug bei jedem einzelnen Wort mit der Faust auf den Tisch.

»Kreuz Biam Bam und Hollastaudn – jetzt halt mal den Rand, Mann!«, brüllte Yannick. »Weißt du was? Langsam gehst du mir echt auf den Zeiger mit deinem blöden Getue! Till ist einer meiner besten Freunde gewesen! Ist mir doch scheißegal, wenn er auf Typen und Handschellen gestanden hat. Ich will nur verstehen, warum er tot ist verdammt – ich kapier das nicht! Ich begreife das nicht!« Tränen stiegen ihm in die Augen. »Warum veranstaltest du hier so einen Zirkus, anstatt mit uns zu überlegen, was da passiert ist?«

Schweigen.

Yannicks Reaktion ließ ihre Münder offen stehen. Jens ging spontan durch den Kopf, dass er Yannick gar nicht für eine Rede, welche mehr als fünf Worte beinhaltete, befähigt hielt.

Dieser Wut- und Gefühlsausbruch hatte Dominik innerlich zerfetzt. Wenn Yannick so ausrastete, musste etwas verdammt schief gelaufen sein.

Er stand auf, sie sahen ihn an.

»Wisst ihr was? Wir sind fertig miteinander! Ihr könnt mich alle mal – kreuzweise!«

Ohne sich nochmals umzublicken, verließ er das Pub. Er lief los, trotz bleierner Dunkelheit. Plötzlich vernahm er eilige Schritte hinter sich, jemand rannte … Zu ihm! Erschrocken fuhr er herum.

Jens war ihm nachgekommen und schnitt ihm den Weg ab. »Stopp! Jetzt reden wir zwei mal Tacheles!« Er baute sich vor ihm auf und ließ ihn weder links, noch rechts vorbeigehen.

Beklemmung erfasste Domink. Jens war ein beachtliches Stück größer als er und das wurde ihm jetzt so richtig bewusst.

»Was ist eigentlich los mit dir?«

»Was los ist? Hallo? – Till ist tot!«

Jens schüttelte den Kopf. »Nein, du bist schon vorher komisch gewesen. Etwas stimmt hier nicht. Ich will, dass du mit mir redest – hier und jetzt!«

Dominik versuchte erneut an ihm vorbeizugehen, Jens ließ ihn nicht. »Du verschweigst etwas!«

»Ich weiß nicht, was du meinst!«

»Du hast dich extrem verändert, schon vor der Sache mit Till! Es macht mir Sorgen – *Du* machst mir Sorgen!«

Dominik sah ihn an. In Jens' Blick lag Hilflosigkeit, er nahm das nicht wahr.

»Lass mich durch!« Er rempelte ihn an. Jens packte ihn an den Schultern und stieß ihn zurück. Dominik strauchelte, fiel fast hin. Seine Augen weiteten sich panisch. »Ich verschweige nichts!«

Jens steckte die Hände in die Hosentaschen und stellte sich breitbeinig vor ihn. »Ach ja?« Seine Augen verengten sich.

»Ich bin doch vorgestern auf diesem Bauernhof gewesen und habe da jemanden kennengelernt. Erinnerst du dich? Ich habe dir davon erzählt. Weißt du, wen ich da getroffen habe?«

Dominik schüttelte genervt den Kopf.

»Deine Melissa!«

Er schluckte.

Scheiße …

»Sie arbeitet dort. Ich wollte sie interviewen, da hat sie mir erzählt, dass sie schon einmal mit jemandem vom *Kurier* gesprochen hat. So hat sich herausgestellt, dass sie deine Melissa ist.«

Pause.

»Und jetzt rate mal!«

»Was?«, knurrte Dominik. Er wusste, was jetzt kommen würde.

»Sie hat mir erzählt, dass du gar nicht zu eurem Treffen erschienen seist. Sie habe dir noch dreimal geschrieben und du hättest ihr nie geantwortet.«

»Ich habe es mir halt anders überlegt!«

»Innerhalb fünf Minuten? Hey, du bist bis über beide Ohren verknallt aus dem Pub herausgegangen und auf dem kurzen Weg ins *Mirage* hast du es dir anders überlegt?« Jens schüttelte den Kopf. »Da stimmt doch etwas nicht!«

»Lass mich sofort vorbei!« In Dominiks zornigem Blick lag ein Flehen.

Jens machte sich noch breiter und dann wurde er richtig laut: »Nein! Verdammt noch mal, wir sind Freunde! Du verschweigst mir etwas! Du hast irgendein beschissenes Problem, von dem ich und die anderen keine Ahnung haben! Du redest jetzt mit mir, verstanden?!«

Dominik wusste sich nicht mehr zu helfen. Er schlug einen Haken und eilte los. Rennen wollte er nicht, das wäre ihm zu übertrieben gewesen, aber er wollte so schnell wie möglich hier weg.

Jens blieb einen Moment wie angewurzelt stehen. Dann legte er einen kurzen Sprint hin, ging auf Dominik los und riss ihn grob am Arm herum. Reflexartig drehte sich Dominik und versetzte ihm einen Faustschlag mitten ins Gesicht. Jens taumelte zurück und knallte mit dem Rücken an eine Hausmauer. Er griff sich ans Kinn.

Dominik starrte ihn an. Blanker Hass lag in seinen Augen. Erschrocken registrierte Jens seinen Ausdruck.

Anklagend zeigte Dominik mit dem Finger auf ihn und schrie aus vollem Hals: »FASS MICH NICHT AN! FASS MICH NIE WIEDER AN!«

Er schwankte drei Schritte rückwärts, während er Jens mit leerem Blick anstarrte, drehte sich um und rannte davon, als wäre der Teufel hinter ihm her. Irgendwo wurde er von der Dunkelheit verschluckt.

Jens' Herz raste. Bestürzt blickte er auf die Stelle an der Dominik eben verschwunden war.

»Verdammte Scheiße …«, sagte er leise zu sich selbst.

Verstört rieb er sich den Unterkiefer und fuhr sich durchs Haar. Jetzt war er sich erst recht sicher, dass da etwas nicht stimmte. Und es machte ihm Angst. Riesige Angst …

Er hegte eine ungeheuerliche Vermutung.

Aber er war auch unglaublich wütend. So sprang niemand mit ihm um, auch nicht Dominik. Er würde ihn wieder darauf ansprechen, er war sein Freund. Aber erstmal konnte er ihm gestohlen bleiben.

Er zupfte seine Jacke zurecht und machte sich auf den Weg zurück ins Pub.

Seinen Kumpels wollte er nichts von der Heftigkeit dieses Disputes erzählen, auch nichts von seiner Ahnung.

Das war eine zu große Sache um darüber zu spekulieren.

28

»Scheiße!«

Dominik knallte die Wohnungstür zu und lehnte sich mit dem Rücken dagegen. Er atmete stoßweise. Mit schmerzverzerrtem Gesicht knallte er seinen Hinterkopf extra einige Male an die Tür, so dass sie erzitterte.

Alles lief schief, alles, alles …

Er stieß einen Schrei aus, schlug die Hände vors Gesicht und rutschte an der Tür entlang zu Boden.

Warum hast du mir nicht auch den Hals aufgeschlitzt, komm schon, warum?

Einen Moment verharrte er mit angezogenen Knien, dann fuhr er hoch und begann auf die kleine Kommode im Flur einzutreten. Sie kippte und die Schubladen samt Inhalt fielen heraus.

Er trat auf die eine ein, als hätte er eine ekelhafte Kakerlake, groß wie eine Katze, unter seinen Füßen. Das Holz barst unter seinen Schuhsohlen, Splitter flogen durch die Luft. Dann attackierte er die Zweite. Einige Male trat er wie von Sinnen auf sie ein, hob sie hoch und schleuderte sie ins Badezimmer. Der Spiegel zerschellte, als sie ihn traf. Tausend Glasscherben fielen wie ein laut klirrender Wasserfall zu Boden.

Du verfluchter Scheißkerl hast mein Leben zerstört!

Er schrie erneut, brüllte wie ein wildes Tier in den kleinen Raum mit dem Scherbenhaufen …

KLOPF, KLOPF …

Vor Schreck verstummte er.

»Hallo …? Dominik …? Alles in Ordnung?«

Es war die sanfte, angegraute Stimme seiner achtundsiebzigjährigen Nachbarin Frau Meister, welche auf dem selben Stockwerk wohnte.

Dominik atmete auf, öffnete die Tür ein klein wenig und lugte durch den Spalt. Frau Meister schielte besorgt hinein.

»Es ist alles in Ordnung, mir sind nur einige Dinge runtergefallen … danke.« Er machte die Tür rasch zu und konnte gerade noch erkennen, dass Frau Meister an ihm vorbei einen neugierigen Blick in die Wohnung werfen wollte.

Er schloss ab und schob das, was von der Kommode übrig geblieben war, unter die Klinke.

Dann begann er still aufzuräumen …

29

»Auf Wiedersehen Frau Scholz und nochmals herzlichen Dank!« Anna öffnete der strahlenden Kundin mit dem großen Strauß Sonnenblumen die Tür ihres Blumengeschäfts. So, endlich Mittagspause.

Während sie abschloss, sah sie durch die Glastür in den Himmel. Heute war nochmals solch ein sonniger Herbsttag wie gestern.

Eigentlich liebte sie den Herbst, wenn er sich von seiner schönen Seite zeigte. Die Natur erschien ihr nie farbenfroher als im Oktober, wenn sich die bunten Blätter der Bäume vom azurblauen Himmel abhoben. Aber gestern hatte sie diese Pracht melancholisch gemacht, als sie die Blumen gemeinsam mit ihrer Angestellten zum Friedhof brachte.

Sie hatte Till auch ihr halbes Leben lang gekannt.

Traurig lächelnd erinnerte sie sich, wie er und Dominik ihr manchmal auf den Wecker gingen, wenn sie mit Indianergeheul im Haus herumgerannt waren, während sie lernen musste oder in Ruhe mit einer Freundin telefonieren wollte. Und ein, zwei Jahre später, als sie gemeinsam mit drei anderen Kindern den Wohnzimmertisch von Oma mit ihrer Schülerzeitung belagert hatten. Tausende Papierschnipsel, teilweise voller Leim, Zeichnungen, geschriebene Texte und Bilder, chaotisch übereinander geschichtet …

Neues aus der Wissensquelle hieß die Zeitung offiziell, aber Dominik und seine Freunde hatten ihr nur: *Neues aus der Terrorzelle* gesagt.

Sie schmunzelte. Till war so witzig gewesen, sie hatte ihn immer gemocht. Und gestern wurde er beerdigt … Mit gerade mal einundzwanzig Jahren. Dominik musste das furchtbar mitnehmen.

Sie schaute auf die Uhr. In einer halben Stunde würde er zum Essen kommen. Sie hatte am frühen Morgen einen Auflauf vorbereitet, den sie nun bloß in den Ofen schieben musste.

Sie freute sich auf ihren Bruder, doch gleichzeitig verknotete sich ihr Magen bei dem Gedanken an ihn unangenehm.

In letzter Zeit hatte sie viel geträumt, immer dasselbe … jede Nacht. Vielleicht hatte sie eine Vorahnung bezüglich Till gehabt? – Nein, das war natürlich Quatsch … klar.

Letzte Nacht war sie sogar schlafgewandelt, das erste Mal seit drei Monaten. Stehend war sie im Wohnzimmer erwacht und hatte einige Sekunden gebraucht, bis sie wusste, wo sie war.

Die Übergangszeit von Schlaf zum Wachzustand war immer etwas grotesk, gestern hatte sie erst das Gefühl am Ufer eines tiefen Sees zu stehen, bis sie merkte, dass das ihr dunkelblauer getufteter Wohnzimmerteppich war.

Nach dem Tod ihrer Eltern war sie lange Zeit in Therapie gewesen und man hatte ihr damals erklärt, dass dieses Schlafwandeln zur Verarbeitung der Trauer gehörte, sowie der Traum mit Dominik in dem Auto.

Im Laufe der Jahre wurden die nächtlichen Streifzüge seltener, wesentlich seltener, auch die Träume.

Anna wusste natürlich, dass sie keine hellseherischen Fähigkeiten besaß, aber der Traum und das Schlafwandeln waren seit jeher Indikatoren für ihre eigene, seelische Verfassung.

Als ihre über alles geliebte Oma, bei der Dominik und sie nach dem Tod der Eltern aufgewachsen waren, vor einem Jahr ebenfalls verstarb, hatte sie wieder vermehrt diesen Albtraum gehabt und geisterte über längere Zeit mindestens zwei Mal pro Woche in der Wohnung herum.

Marius war stets geduldig und mitfühlend, wenn er dies mitbekam. Nicht immer erwachte er deswegen, aber von

Zeit zu Zeit schon. Dann stand er auf, nahm sie an der Hand und brachte sie zurück ins Bett. Einmal hatte er sie sogar zurück getragen, als sie nach Omas Tod verstört und weinend in der Küche gestanden war.

Sie hatte sich an ihn geklammert, als er sie vorsichtig in ihr Bett trug. Liebevoll hatte er sie beruhigt, während sie sich an ihn schmiegte und danach hatten sie sich geliebt. Er hatte ihr das Gefühl von Trost und Schutz gegeben, Wärme und Geborgenheit.

Dominik brauchte jetzt auch Trost und Geborgenheit.

Ja, ja – sie konnte nervig sein, wenn sie ihn bemuttern und beschützen wollte, das war ihr bewusst. Doch obschon Dominik ihr als Kind oft auf den Keks gegangen war, mit seiner quirligen, kecken Art, war er einfach schon immer ihr Ein und Alles und ihr *kleiner* Bruder – ob ihm das nun passte oder nicht.

Sie verließ ihren Laden durch den Lieferanteneingang und begab sich zu ihrer und Marius' Wohnung, welche sich nur ein paar Straßen weiter befand.

Dominik benötigte zu Fuß etwa fünfzehn Minuten von der Redaktion zu ihnen nach Hause. Sie fand es schön, dass sie seit einem halben Jahr wieder so nahe beieinander wohnten. Trotzdem sahen sie sich nicht allzu oft.

Dominik führte sein eigenes Leben und musste zu den verschiedensten Zeiten auf Recherche, Marius hatte seinen Dienstplan und spontane Einsätze und sie selber hatte auch genügend zu tun, mit ihrem Laden und dem Blumen-Lieferdienst, welchen sie zusätzlich für Hochzeiten, Firmenfeste oder eben Beerdigungen anbot.

Sie betrat ihre helle Wohnung, zog die Jacke aus und schaltete den Backofen ein. Dann deckte sie den Tisch. Kurze Zeit später klingelte es an der Tür.

Dominik lächelte sie an, als sie öffnete. Sie erschrak erneut. Er sah noch schlimmer aus als vor knapp einer Woche.

»Hallo mein Herzbobberla!«, sagte sie und öffnete ihre Arme. Sanft drückte er sich an sie und umarmte sie ebenfalls. Sie spürte seine spitzen Schulterblätter und sah ihn ernst an. »Sag mal, isst du nichts?«

»Doch, natürlich! Vor allem wenn du für mich kochst!«

Sie versuchte ihm auf den Hintern zu klapsen, er wich aus und lachte.

»Setz dich schon mal, das Essen ist in fünf Minuten fertig.«

Anna holte zwei Gläser aus dem Küchenschrank und eine Flasche Mineralwasser und stellte beides auf den Tisch. Dominik nahm die Flasche und füllte die Gläser. Sie erhaschte einen knappen Blick auf sein Handgelenk. Sofort zog Dominik den Ärmel drüber.

»Deine Blumen gestern sind schön gewesen, Anna, ist mir gleich aufgefallen.«

»Danke.« Sie setzte sich zu ihm. »Leider konnte ich selber nicht bleiben, ich hatte noch zu tun im Laden. Wie lief es an der Beerdigung?«

Dominik zuckte die Achseln. »Wie es halt so läuft … Traurig.«

Anna nickte. »Schlimm das mit Till … Wie ist …«

»Können wir bitte über etwas anderes reden?«

»Äh … ja klar.« Sie wusste im Moment nur nicht worüber.

»Deine Zeitungsartikel haben mir sehr gefallen, super geschrieben. Kompliment!«

»Hm, ja … danke.«

»War mutig von dir, diesen Artikel, in dem du die Zeitungen kritisiert hast, zu schreiben.«

»Yep, mit der Konsequenz, dass jetzt die Hälfte meiner Arbeitskollegen nicht mehr mit mir spricht!« Sarkastisch lächelnd hob er den Daumen. »Läuft alles super zur Zeit!«

Annas Augen wurden kugelrund. »Oh, das tut mir leid …«

»Was soll's!«, sagte er forsch. »Heute konnte ich wenigstens mal wieder über etwas schreiben, das einem Praktikanten würdig ist, da der Mord im Moment nichts Neues bietet!« Es war irgendwie witzig gemeint, aber alles was er sagte, kam zynisch rüber. »Bin heute Morgen im Tierheim gewesen. Die haben eine anonyme Spende gekriegt und können jetzt mit dieser Finanzspritze die Hundezwinger und Katzengehege renovieren.«

»Ah? Das klingt nett.«

»Extrem nett.« Er lächelte. »Heute Nachmittag muss ich die Reportage fertigstellen.«

Der Backofen klingelte.

»Das Essen ist fertig. Ich hole den Auflauf.« Anna stand auf und legte ihre Hand auf Dominiks Schulter, während sie um ihn herumging.

Sie hielt inne.

»Du blutest!«

»Wo?«

»Am Rücken …«

Nein, nicht schon wieder …

»Ach, da ist nichts …«

»Es blutet durch dein dickes Sweatshirt hindurch, ich glaube wohl, dass da was ist!«

»Passd scho, Anna.«

»Lass mich mal sehen!«

»Nein! Es ist nichts. Ich habe mich heute Morgen dort gestoßen … an der offenen Tür vom Spiegelschrank.«

»Ich will das jetzt sehen, sofort!«

»Ich gehe wieder, wenn du anfängst zu nerven!« Er stand auf. Anna sah die Panik in seinem Gesicht. »Was ist los mit dir?«, fragte sie beklommen.

»Nichts! Anna, bitte … Können wir jetzt einfach essen?«

»Du hast etwas! Dir ist etwas geschehen, ich weiß es!«

»Okay … Ich gehe!«

»Nein, du bleibst da!« Anna stellte sich vor ihn. »Ich habe es letzten Samstag schon bemerkt, dir geht es schlecht! Sehr schlecht! Du sagst mir jetzt auf der Stelle, was passiert ist!«

Er schwieg. Sein Blick verriet immense Verzweiflung. Anna wusste, dass da etwas Furchtbares kommen würde.

»Dominik, ich verlange von dir, dass du es mir JETZT sagst!« Sie hielt ihn an den Schultern fest und sah ihn streng an.

Nicht schon wieder … Nicht nach dem Streit mit seinen Freunden gestern … Warum lässt man ihn nicht einfach in Ruhe?

Er konnte nicht mehr … er wollte nicht mehr …

Der Boden schwankte … vor seinen Augen begann es sich zu drehen, der Schmerz sprengte die Mauern um sein Herz, die Gefühle explodierten in seiner Brust, er konnte nicht mehr dagegenhalten, er war zu erschöpft …

Er schüttelte ihre Hände von seinen Schultern. Sein Gesicht verzog sich schmerzverzerrt, dann schrie er sie an. Er schrie so laut, dass sich seine Stimme überschlug.

»Was willst du denn hören? Was? Was … verdammte Scheiße?!!! Dass ich von so einem Irren über Stunden mit verbundenen Augen und gefesselt festgehalten worden bin, dass ich zigmal von diesem Dreckskerl gefickt worden bin, dass er hundert Mal so …«, er wirbelte mit den Armen in der Luft herum, »Metallscheiß in mich reingestoßen hat, dass ich dachte, es würde mich zerreißen, dass er mich auspeitscht hat, immer und immer wieder, mir das Messer an den Hals gepresst hat und mir dabei sagte, dass ich hier sowieso nicht mehr lebend rauskommen werde?«

Er begann zu schluchzen. »Es hat ewig gedauert, Anna, ewig … und ich konnte nichts dagegen tun!« Er schrie noch lauter. »Verstehst du? Ich konnte nichts dagegen tun!!!«

Kraftlos sank er zurück auf den Stuhl. Die Tränen rannen ihm übers Gesicht. Leise, fast flüsternd, fügte er nochmals an: »Ich … ich konnte nichts dagegen tun …«

Anna hatte die Hand vor den Mund geschlagen. Sie war innerlich zerbrochen, als Dominik begonnen hatte loszulegen.

Er saß da wie ein Häufchen Elend und weinte.

Stumm umarmte sie ihn. Sie drückte ihn an sich, hielt ihn fest und geborgen. Liebevoll strich sie über sein Haar, wiegte ihn wie ein kleines Kind in ihren Armen. Er klammerte sich an ihr fest, als wolle er sie nie wieder loslassen und schluchzte gegen ihre Schulter. Er spülte einen Teil des Schmerzes mit den Tränen aus seinem Körper und ein wenig Erleichterung durchfloss ihn. Dann beruhigte er sich langsam und sah sie erschöpft an.

Sie nahm sein verquollenes Gesicht sanft in beide Hände. »Es tut mir so leid …«, flüsterte sie mit tränenerstickter Stimme. Dann küsste sie ihn auf die Stirn. Er löste sich von ihr und wischte sich mit dem Ärmel über die Augen.

»Darf ich jetzt deinen Rücken sehen?«, fragte sie ganz leise. Widerstandslos stand er auf, zog sich das Sweatshirt und beide T- Shirts über den Kopf und drehte sich um.

Sie zuckte zusammen …

Sein Rücken war komplett entstellt. Diese Narben würde er ein Leben lang mit sich herumtragen. An den meisten Stellen waren die Striemen verschorft und am heilen, aber zwischen den Schulterblättern hatte es eine Stelle, welche noch nicht am genesen war. Vorsichtig berührte sie die intakte Haut daneben.

»Das müsste man womöglich nähen«, meinte sie zaghaft.

»Nein!« Dominik fuhr herum. »Da wird gar nichts genäht, ich geh deswegen nicht zum Arzt!«

»Dann lass mich wenigstens was machen.« Anna ging ins Badezimmer und kramte im Apothekenschrank herum. Sie stand unter Schock und war froh, dass sie irgendetwas zu tun hatte.

Sie fand eine Packung Klammerpflaster, welche das Nähen bei nicht allzu tiefen Schnitten ersetzten. Nachdem sie die Wunde desinfiziert hatte, klebte sie vier Streifen des Pflasters quer über die blutende Stelle.

»Ich bringe dir ein Sweatshirt und ein T-Shirt von Marius, deine anderen Sachen wasche ich.«

»Danke.«

Es piepste immer noch in der Küche. »Oje, der Auflauf!« Sie rannte zum Backofen und holte das mittlerweile ziemlich angeschwärzte Mittagessen heraus. Dann öffnete sie das Fenster und hustete. »Hast du Hunger?«, fragte sie mit angeekelter Miene. Er lächelte und schüttelte den Kopf. Sie setzte sich neben ihn. »Das ist vor der Sache mit Till passiert, nicht wahr?«

Er nickte.

»Denkst du, es ist derselbe gewesen?«

Er nickte erneut.

»Weißt du, warum du noch lebst und Till nicht?

»Nein …«

Er wollte ihr nicht sagen, dass er sich sicher war, dass dies von dem Anderen so geplant gewesen war. Er wollte Anna auch nichts von der Nachricht in seinem Briefkasten erzählen, dann würde sie sich noch mehr Sorgen machen und ihn zwingen wollen, mit Marius zu reden.

»Du hast den Mann also nicht sehen können?«

Er schüttelte den Kopf.

»Hat er mit dir gesprochen?«

»Ja …« Er rieb sich den Nacken. »Er benutzte einen Stimmverzerrer …«

»Was? Oh mein Gott …«

»Ja … Vermutlich so ein Ulkding, aber es hat funktioniert. Er hatte es enorm laut eingestellt, so dass es seine echte

Stimme übertönt hat. Manchmal habe ich kurze Fragmente herausgehört, die menschlich geklungen haben, aber es war unmöglich die echte Stimme zu erkennen. Wenn er …«, er presste die Augen zusammen, »wenn er mir sehr nah gekommen ist, hat er es nicht benutzt. Dann hat er tonlos geflüstert. So dumm das jetzt klingt, Anna, aber ich glaube, er hatte das alles zuvor penibel genau geübt.«

»Was war mit dem Dialekt? Sprach er fränkisch?«

»Nein, er hat Hochdeutsch gesprochen. Aber vielleicht hat er den Dialekt unterdrückt … kann ich nicht sagen.«

»Wieso hat er das wohl so gemacht?« Sie fuhr hoch. »Allmächd! Vielleicht kennst du ihn?«

Er zuckte mit den Schultern. Obwohl er sich dessen sicher war, stellte er sich unwissend.

»Dominik, du musst mit Marius reden!«

»Nein!« Seine Antwort fiel wie ein Schuss. »Nein Anna, das kann ich nicht!« Er schüttelte den Kopf. »Es macht Till auch nicht mehr lebendig, es wäre sowieso zu spät. Außerdem hat der Kerl gedroht mich umzubringen, falls ich rede. Und er weiß, wo ich wohne, er hat meine Sachen durchgesehen.«

»Aber … aber, du kannst ihn doch nicht damit durchkommen lassen!«

»Anna, bitte! Bitte, sag Marius nichts davon. Ich kann darüber nicht sprechen. Ich kann das einfach nicht.«

Sie nahm seine Hand. »Okay … ist schon gut …«

Wie sehr sie ihn doch liebte. Niemals würde sie etwas tun, das ihm schaden könnte. Und wenn er Zeit brauchte, würde sie ihm die geben. Sie betrachtete sein Gesicht. Sein hübsches jungenhaftes Gesicht, welches stets so einen fröhlichen, spitzbübischen Ausdruck besessen hatte und jetzt so unglaublich traurig und müde aussah.

»Wie soll es denn jetzt weitergehen?«, fragte sie leise.

»Ich will das alles lediglich vergessen.«

»Das geht doch nicht so einfach. Du brauchst professionelle Hilfe.«

Erneut flackerte Zynismus in seinen Augen auf. »Oh ja klar! Ich setze mich flennend mitten in eine Selbsthilfegruppe mit vergewaltigten Frauen.«

»Ach, Gschmarri! Es gibt doch andere Möglichkeiten. Ein Psychologe, eine Gesprächstherapie oder …«

»Ich will über diese Sache nicht reden, Anna, mit niemandem. Das muss ich mit mir selber ausmachen.«

Sie verdrehte die Augen. »Ach so, das ist jetzt so ein Männerding, was?«

»Ja!« Er zog seine Hand zurück. »Ja, das ist es! Ein kleines bisschen Stolz hab ich noch, den lass ich mir nicht auch noch nehmen, indem ich mich auf eine Psycho-Couch lege und herum jammere. Ich hab mich schon genug erniedrigen lassen!«

Ernst sah sie ihn an. »Hättest du Till denselben Rat gegeben?«

Er antwortete nicht.

Seine ehrliche Antwort wäre ein klares *Nein* gewesen. Till war für ihn ein unschuldiges Opfer, er selber war ein elender Versager.

Ein Geräusch aus dem Flur ließ sie aufhorchen.

»Hallo? Schatz, bist du zuhause?«

Anna sah Dominik an und zuckte erstaunt die Achseln.

»Anna? Ist alles okay? Es riecht hier ein wenig verbrannt!«

»Alles okay!« Sie ging Marius entgegen. Unter der Tür drehte sie sich mit fragendem Blick um.

Dominik schüttelte hastig den Kopf. »Nein … bitte nicht«, flüsterte er.

»Na schön …«, antwortete sie leise.

Dominik hörte wie sie sich begrüßten, wischte sich währenddessen kräftig übers Gesicht und stand auf.

»Oh! Hoher Besuch?« Marius grinste. »Servus, Junge!«

»Ich wusste gar nicht, dass du heute über Mittag nach Hause kommen wolltest?«, sagte Anna.

»Ich habe kurzfristig etwas umdisponiert. Äh … störe ich etwa?« Er sah von seiner Frau zu Dominik. »Ihr zwei seht so geknickt aus?«

»Wir haben über Till gesprochen«, sagte Anna.

»Ach so, ja natürlich. Entschuldigt.« Marius lächelte, dann blieb sein Blick an Dominiks Oberkörper haften. »Ist das nicht meins?« Er zeigte auf das Sweatshirt.

»Äh ja … Ich habe ein Glas Cola über mein Shirt verschüttet, Anna hat mir was von dir ausgeliehen.«

Marius sah auf den Tisch – da stand nirgends eine Colaflasche … Dafür bemerkte er den angekokelten Auflauf. »Wollt ihr gerade essen? Ich würde mich sonst gerne anschließen.«

»Ich muss los … habe noch zu tun«, sagte Dominik.

Marius hob die Augenbrauen.

»Danke für das Sweatshirt, du kriegst es bald wieder zurück. Tschüss!« Dominik lächelte schief und stürmte in den Flur. Anna ging ihm nach. Marius hörte die beiden flüstern, danach kam Anna zurück.

»So!« Beschwingt klatschte sie in die Hände. »Hast du Appetit auf einen knochentrockenen Auflauf?«

Nachdenklich sah er sie an. »Stimmt etwas nicht?«

»Doch, doch … Alles in Ordnung. Wir wurden nur ein bisschen emotional.«

Marius nickte, setzte sich und rieb sich die Nasenwurzel mit zwei Fingern.

»Ärger bei der Arbeit?«, fragte Anna, während sie die harte Schicht des Auflaufs mit einem Löffel knackte.

»Operation Balkan … die Staatsanwaltschaft liegt mir im Nacken. Sie scheinen unsere Kompetenz zu bemängeln.«

»Was heißt das?«

»Sie wollen endlich Ergebnisse. Stimmt schon, die Sache ist etwas in den Hintergrund gerückt wegen dem Mord. Jochen,

Oliver und ich sind an beiden Fällen beteiligt und kommen nicht voran. Der Mord an Till ist auch eigenartig. Sieht wirklich so aus, dass er keinerlei Bezug zu der BDSM-Szene gehabt hat oder ein richtiges Drogenproblem. Ehrlich gesagt tappen wir bei dieser Sache völlig im Dunkeln…«

Marius wirkte enorm frustriert, während er laut knackend eine dunkelbraune Nudel zerbiss und sich anschließend mit den Fingerspitzen die Wange rieb.

Anna dachte nach. Dominiks Aussage könnte hilfreich sein bei der Aufklärung dieses Falles. Sie hatte ein schlechtes Gewissen gegenüber Marius. Aber sie hatte Dominik nun mal ihr Versprechen gegeben.

»Möchtest du noch ein bisschen?«, fragte sie mit dem Schöpflöffel in der Hand.

»Nein, nein … Aber er war sehr gut … der Auflauf!« Er trank das ganze Glas leer und pulte mit der Zunge die harten Bröckchen aus den Zähnen.

»Lüg nicht!« Schmunzelnd drohte sie mit dem Löffel.

Er hob die Hände und lachte. »Würde ich niemals tun!«

Ganz im Gegensatz zu mir … dachte sie.

30

Anna rannte …

Sie rannte und das Herz schien in ihrer Brust zu zerspringen. Sie rannte an der gleichen Stelle, kam nicht voran … Treibsand oder was war das, verflucht nochmal?!

Er weinte und wimmerte …

»Ich komme!«, schrie sie verzweifelt in Richtung des lodernden Feuers …

»Anna … bitte … hilf mir doch … bitte …«

»ANNA?!«

»Ich … schaffe es nicht … ich schaffe es nicht … oh mein Gott!!!« Ihre Beine spulten wie Räder im Schlamm … Sie streckte die Hand, packte das Kinderhändchen an den Fingern, es entglitt … sie griff nach, es entglitt erneut …

»ANNA!! SCHATZ – WACH AUF!«

»Neeeeiiin!«

»ANNA!! – WACH DOCH AUF!«

Schweißgebadet schoss sie hoch.

Marius' Hand lag auf ihrer Schulter. Er sah sie äußerst besorgt an. »Du hast geschrien Anna … Alles in Ordnung?«

Sie atmete schwer und nickte. Er nahm sie in den Arm und wiegte sie sanft hin und her.

»Wie spät ist es?«, fragte sie schniefend.

Er blickte auf den Wecker. » Zehn nach zwei.«

»Oje … Ich habe gehofft, dass schon Morgen ist.«

»Nein Liebes … schlaf jetzt weiter. Ich halte dich.« Er küsste sie auf die Stirn, sie legten sich wieder hin. Fest hielt er sie in seinen Armen.

Dieser elende Traum … Die Angst, die er mit sich gebracht hatte, steckte noch in ihren Knochen. Eine eiskalte Hand schien nach ihr zu greifen, als sie sich sicher war:

Für Dominik war es noch nicht zu Ende.

31

Der SMS-Ton seines Handys klang unnatürlich laut und riss Dominik aus dem Schlaf.

Benebelt grapschte er nach dem Telefon auf seinem Nachttisch. Angestrengt sah er auf das Display. Seine Augen brauchten einen Moment, bis er die Nachricht lesen konnte.

Ich bin angekommen. Jens

Zeit: 04:26 Uhr.

Er gähnte und legte das Handy zurück. Wieso schrieb Jens um diese Zeit eine SMS?

Er legte sich wieder hin und zog die Decke etwas höher.

Gestern hatten sie sich den ganzen Tag über nicht gesehen, weil Jens wegen dieser Schulreportage von früh bis spät unterwegs gewesen war.

Musste er so lange arbeiten und hielt es für nötig ihm das jetzt mitzuteilen? Wahrscheinlich wollte er ihn einfach ärgern damit, bestimmt war er noch sauer wegen ihres Streits.

Der Kinnhaken war überflüssig gewesen, absolut. Dominik war komplett durchgedreht und hatte zu heftig reagiert. Aber Jens hatte ihm Angst gemacht und ihn in die Enge getrieben. Er hatte sich einfach nicht mehr zu helfen gewusst.

In ein paar Stunden würde er sich bei Jens melden, sich für den Fausthieb entschuldigen und ihm ein Friedensangebot unterbreiten.

Er drehte sich auf die andere Seite und schloss die Augen.

Er riss sie auf und drehte sich zurück.

Nahm das Handy nochmals in die Hand und las die Nachricht erneut – fünf Mal.

Sein Magen zog sich zusammen.

Er schrieb zurück: *Wo bist du angekommen?* … und wartete.

Nichts geschah.
Eine Minute später schrieb er nochmals. *Alles i.O.? Schreib zurück!*
Wieder keine Antwort.
Er sprang aus dem Bett und rief an. – Mailbox.
Nach dem Signalton rief er laut: »Was ist los, wieso gehst du nicht ran? Ruf zurück!« Er hielt das Handy in der schwitzigen Hand und blickte ohne Unterbruch auf das Display.
Komm schon!!!!
Das Telefon lag stumm da. Ein lebloses Utensil.
Oh mein Gott …
Er rief auf dem Festnetz an.
Es klingelte sieben Mal – der Anrufbeantworter. Dominik wartete die Ansage ab und brüllte: »Jens verflucht! Ruf mich sofort zurück, bitte!«
Er wartete … Wartete zwei, drei Minuten. – Vergeblich.
Er lief in seinem Zimmer auf und ab, sah aus dem Fenster, starrte in die Finsternis. Um diese Zeit brannten keine Straßenlaternen. Da das Licht im Zimmer an war, musste er ganz nah an die Scheibe heran und die Hand abschirmend an die Schläfe halten, um überhaupt etwas erkennen zu können … Dunkelheit, nichts bewegte sich.
Konzentriert starrte er auf das Handy, als könne er es so telepathisch aktivieren.
Sollte er zu Jens' Wohnung fahren?
Sein Auto war zwei Straßen weiter entfernt geparkt. Er blickte nochmals aus dem Fenster. – Nein … das schaffte er nicht.
Was soll ich tun?
»Marius!« Er rief ihn an, es klingelte drei Mal.
»Dominik?«
Er konnte ihn nicht besonders gut hören, vermutlich lag es an der Freisprechanlage. Marius schien unterwegs zu sein.

Dominik hörte Fahrzeuggeräusche und den Polizeifunk im Hintergrund.

»Marius, Jens ist etwas passiert!« Dominik lauschte angestrengt. Er hörte Stimmen. Marius saß anscheinend nicht alleine im Auto. Dann hörte er wieder den Funk.

»Dominik, wir sind im Einsatz. Wir haben einen Hinweis von unseren verdeckten Ermittlern bekommen wegen der Balkanbande. Wir sind unterwegs zu ihrem möglichen Geheimversteck!« Ein Kollege schien etwas zu sagen, Marius gab Antwort, Dominik konnte es nicht verstehen.

»Jens ist etwas zugestoßen, was soll ich tun?«

»Wieso, was ist passiert?«

»Ich habe vor zehn Minuten eine SMS von seinem Handy erhalten, ich habe geantwortet und nun schreibt niemand mehr zurück.«

Das hörte sich echt dämlich an.

»Äh, ja … vielleicht schläft er mittlerweile?!«

»Nein! Ich habe ihm mehrmals geschrieben und ihn angerufen!«

»Warte rasch, ja?!« Es rauschte, Marius sprach wohl mit seinem Beifahrer, dann antwortete er: »Also bitte, das ist doch kein Beweis, dass ihm etwas zugestoßen ist!«

»Du verstehst nicht. Die Nachricht ist nicht von Jens gewesen, die hat *Er* geschrieben!«

»Wer ist *Er* ?«

»Tills Mörder! Er hat Jens! Vielleicht ist es schon zu spät!«

»Was? Ich verstehe nicht … Was hat er denn geschrieben?«

»Ich bin angekommen … Jens.«

Pause. Marius war womöglich etwas irritiert.

»Hört sich nicht nach einem Mörder an.«

»Ich würde dich nicht anrufen, wenn ich mir nicht sicher wäre, Marius!«

»Also hör zu, ich habe jetzt wirklich keine Zeit. Wir müssen hier unsere Arbeit machen. Sobald wir fertig sind werde ich dich zurückrufen. Bleib zuhause und warte, okay?«

»Okay …«

»Ich melde mich.« Marius legte auf.

Dominik starrte das Handy an. Seine Rettungsleine wurde eben gekappt.

Verdammt …

Er blickte auf die Uhr. Zwanzig Minuten vor fünf. Und jetzt? Warten?

Er hielt es hier nicht aus, er musste etwas tun. Er musste zu Jens' Wohnung fahren. Vielleicht war die SMS wirklich von ihm selbst und er wollte ihn auf die Schippe nehmen. Vielleicht hatte er seine Anrufe nicht gehört, vielleicht schlief er, vielleicht war lediglich der Akku leer …

Er zog sich an und spähte ins Treppenhaus. Das Licht ging an. Seine Schritte hallten unheimlich, als er die Treppe hinunterlief. Draußen war es eiskalt. Weit und breit kein Auto zu hören, kein Geräusch, nur Dunkelheit und Stille. Er fasste sich ein Herz.

Los jetzt …

Er rannte, so schnell er konnte. Das Auto stand vor ihm, hektisch schloss er auf, stieg ein und fuhr los.

Sei zuhause, bitte, bitte, sei zuhause …

Er parkte direkt unterhalb Jens' Wohnung, stieg aus, suchte den richtigen Knopf auf dem Klingelfeld und hielt ihn etwa fünf Sekunden lang gedrückt … und wartete.

Er trat zwei Schritte zurück und blickte nach oben, wo Jens' Küchenfenster war. Es ging kein Licht an. Er klingelte nochmals Sturm, drückte vier-, fünfmal und blickte abermals nach oben.

Das Haus starrte in der gähnenden Dunkelheit auf ihn herab, nichts regte sich. Keine Bewegung, kein Licht, kein Laut. Er begann zu verzweifeln.

Er stieg in den Wagen und blickte durch die Windschutzscheibe. Sie beschlug unter seinem schweren Atem, wurde milchig weiß, so dass er nichts mehr von der Umgebung sehen konnte.

Sie kamen … krochen aus dem Nichts hervor … die Kreaturen … Sie erschienen vor seinen Augen, in seinem Kopf, sie grölten und kreischten und schrien:

»*Er ist tot … du weißt, er ist tot …! Mach dir nichts vor, er ist tot!*«

»Nein! Verschwindet!«

Er startete den Wagen, die Ventilation ging an, der milchige Beschlag löste sich langsam auf … Er starrte auf die Straße.

Anna …

Quer raste er durch die Stadt, als wäre er alleine auf der Welt. Nur selten kreuzte ihn ein anderes Auto, die Scheinwerfer blendeten ihn in seinem panischen Blick. Die Stadt erschien ihm riesig, der Weg ewig, irgendwann erreichte er dennoch sein Ziel.

Sie würde die Haustür um diese Zeit nicht öffnen, wenn er klingeln würde, deshalb rief er an. Es dauerte einen Moment. Verflucht! Alles dauerte zu lange!

»Ja …?«, antwortete sie verschlafen.

»Anna, ich bin unten auf der Straße, lass mich rein. Jens ist verschwunden.«

»Was?«

»Lass mich rein!«

Er stieg aus und wartete. Der Summton erklang, er drückte die Tür auf und rannte die Treppe hoch, in den dritten Stock. Anna stand in einem übergroßen, langärmligen Shirt mit dem Print einer lachenden Katze im Treppenhaus und schaute ihn entgeistert an, als er ihr keuchend entgegenkam.

»Komm rein.« Sie schloss die Tür. »Marius ist nicht da, er musste zu einem Einsatz.«

»Ich weiß, ich habe mit ihm telefoniert.«

»Was ist denn passiert?«

»Jens ist etwas geschehen, dieser Irre hat ihn!«

»Oh mein Gott! Woher weißt du das?«

Er zeigte ihr die Nachricht. »Diese SMS ist von seinem Handy verschickt worden, sie ist aber nicht von Jens, sie ist von *Ihm!* Ich habe zurückgeschrieben, habe etliche Male angerufen, auch auf dem Festnetz, ich bin bei ihm zuhause gewesen … er … er ist weg!« Er war vollkommen aus der Fassung.

»Beruhige dich Dominik! Das heißt doch noch gar nichts. Wieso denkst du, dass die Nachricht von dem Kerl ist?«

»Wieso sollte Jens mir um halb fünf in der Früh so was schreiben?«

Anna zuckte die Achseln. »Weiß nicht, aber das klingt irgendwie nicht gefährlich.«

»Ich habe Angst, dass er bereits tot ist und *angekommen*, irgendwo in einem verdammten Waldstück!«

»Aber … weshalb sollte der Kerl dir überhaupt schreiben?«

Dominik antwortete nicht.

»Weshalb? Das macht doch keinen Sinn?«

Verdammt …

Anna wusste nichts von der Nachricht, welche er nach Tills Tod erhalten hatte. Klar, dass sie den Zusammenhang nicht sah. Er müsste ihr davon erzählen, aber das würde sie aufhalten … Sie würde ihm erst mal die Leviten lesen, weshalb er ihr nichts davon gesagt hatte und eine Grundsatzdiskussion vom Zaun reißen, für die sie jetzt keine Zeit hatten.

»Ich weiß es auch nicht, ich bin mir einfach sicher, dass es so ist.«

Sie sah ihm eindringlich in die Augen. »Keine Panik, ja?! Du sagst, du hast mit Marius telefoniert?«

»Ja, er ist auf dem Weg zu dem Geheimversteck von dieser Balkanbande gewesen.«

Sie nickte. »Er und sein Team sind aus dem Bett geholt worden. Sie haben einen Hinweis bekommen. Was hat er zu dir gesagt?«

»Dass ich zuhause warten soll, bis er mich zurückruft.«

»Okay.« Sie lächelte aufmunternd. »Komm in die Küche, ich mach uns erst mal einen Kaffee.«

Er setzte sich und sie ließ die Kaffeemaschine warm laufen.

»Ich schreibe Marius, dass du hier bist, dann warten wir auf ihn.« Sie schrieb und stellte gleichzeitig eine Tasse unter die Kaffeemaschine.

Dominik beobachtete den dunkelbraunen, dampfenden Strahl, welcher begleitet mit lautem Getöse der Maschine in die Tasse floss und rieb sich die Stirn. Sie stellte ihm die Tasse hin, dazu Milch und Zucker. Er rührte hundert Mal mit dem Löffel in der Tasse herum, ohne aufzusehen.

Die Zeit verlief unglaublich zäh, sie blickten alle fünf Minuten auf die Uhr und tranken einen Kaffe nach dem andern.

Langsam brach der Tag an. Anna ging duschen und zog sich an, dann warteten sie wieder gemeinsam. Endlich kam Marius nach Hause. Sie stürzten in den Flur. Marius sah abgespannt aus.

»Hattet ihr Erfolg?«, fragte Anna.

»Eine Sackgasse … Riesenreinfall!« Er seufzte. »Alles geräumt, als wäre nie jemand dort gewesen. Es ist zum aus der Haut fahren!«

Er ließ sich auf einen Stuhl fallen und Anna brachte ihm einen Kaffee. Er nahm einen großen Schluck und rieb sich die Schläfen. »Ich bin danach noch im Präsidium gewesen, musste noch einen Bericht schreiben über dieses vermaledeite Fiasko, deshalb hat es so lange gedauert.« Er schüttelte den Kopf, nahm noch einen Schluck Kaffee, atmete tief aus und wandte sich dann an Dominik. »Also: Was genau ist jetzt das Problem?«

»Ich habe um halb fünf diese Textnachricht von Jens' Handy bekommen.« Er hielt Marius sein Telefon vor die Nase. »Die ist aber nicht von ihm, die hat der Mörder von Till geschrieben!«

»Was? Ich verstehe nicht …«

»Sie ist von diesem Scheißkerl, ich weiß es!«

»Weshalb sollte die Nachricht von diesem Kerl sein und warum in drei Teufels Namen sollte er *dir* schreiben? Was hast *du* denn damit zu tun?«

Sackgasse.

»Das … das weiß ich auch nicht, Marius, aber ich bin mir sicher, dass es so ist. Außerdem ist Jens telefonisch nicht erreichbar und zuhause ist er auch nicht!«

»Ich verstehe deine Sorge nicht. Und diese SMS sieht mir auch nicht nach der Nachricht eines Verbrechers aus. Jens ist ein erwachsener Mann, der kann doch auch mal einige Stunden nicht erreichbar sein, vielleicht hat er einen netten Grund dafür.« Verschmitzt lächelnd hob er eine Braue.

»Nochmals Marius: Zuhause ist er auch nicht!«

»Eben!« Marius schüttelte den Kopf. »Ich glaube, das mit Till hat dir so arg zugesetzt, dass du jetzt Gespenster siehst. Es gibt keine Veranlassung bei Tills Mörder an einen Wiederholungstäter zu denken. Es gibt bis jetzt keinen ähnlichen Fall!«

Anna sah Dominik an. Er wusste, was sie dachte.

»Ich weiß, dass diese Nachricht von dem Mistkerl ist. Dann nenn es eben ein Gefühl …«

Marius lachte spöttisch. »Ja, also wegen eines Gefühls kann ich nun wirklich keinen meiner Leute hochscheuchen wegen eines erwachsenen Mannes, der gerade mal einige Stunden *verschwunden* ist. Das musst du verstehen!« Er schaute von Dominik zu Anna. Sie sah ihn mit großen Augen an.

»Sagt mal, was ist los mit euch beiden, seid ihr jetzt paranoid? Die Geschichte mit Till war schlimm, aber man kann deswegen doch nicht gleich von einem Verbrechen ausgehen, wenn jemand mal keine Antwort auf eine SMS gibt und nicht zuhause ist.« Marius blickte zwischen ihnen hin und her. »Oder wisst ihr etwas, das ich wissen müsste?«

Sie saßen da wie zwei Schulkinder vor dem Rektor, die etwas ausgefressen hatten. Irgendwann ergriff Anna das Wort: »Nein … natürlich nicht.«

»Marius, bitte …« Dominik sah ihn flehend an. »Wir haben schon soviel Zeit verloren …«

Marius schüttelte den Kopf. »Nein. Entschuldige, aber das ist lächerlich.« Er erhob sich. »Ich würde mich jetzt gerne kurz hinlegen. Wenn du bis heute Mittag nichts von Jens gehört hast, kannst du mich meinetwegen nochmals kontaktieren.« Er wartete eine allfällige Antwort gar nicht ab und ging hinüber ins Wohnzimmer.

Dominik sah Anna an, sie zuckte frustriert die Achseln. Leise sagte sie: »Warum sagst du es ihm nicht einfach?«

Er gab keine Antwort.

»Bleibst du hier?«

»Nein, ich muss an die frische Luft«, sagte er gereizt. »Danke für den Kaffee und dass du mir deine Zeit geopfert hast.« Sie berührte ihn am Arm, er reagierte nicht. Wortlos nahm er seine Jacke und verließ die Wohnung.

Er setzte sich ins Auto und knallte die Türe zu. Dann wählte er noch einmal Jens Nummer. Die Mailbox meldete sich umgehend, auf dem Festnetz dasselbe Szenario.

Er vergrub sein Gesicht in den Händen.

Jetzt hieß es warten. Warten auf eine unheilvolle, grausame Nachricht.

32

Dominik war erneut auf dem Weg zu Marius und Anna und bog soeben in ihre Straße ein. In den letzten Stunden war er ziellos umhergefahren. Parkte ab und zu und irrte wahllos durch Einkaufszentren und Läden, ohne sich dabei wirklich etwas anzusehen. Wie in Trance geisterte er umher, während sämtliche äußeren Einflüsse komplett an ihm abprallten. Sein Fokus lag nur in einer Sache: Das Warten auf die Schreckensnachricht.

Und sie folgte.

Sein Handy klingelte.

Anna.

Er ging ran mit der Gewissheit, die Nachricht bereits zu kennen. – Anna konnte kaum sprechen.

Er fuhr an den Randstein.

Starrte in die Ferne.

Das Handy lag irgendwo zu seinen Füßen. Er hörte Anna von dort leise rufen.

Die Welt stürzte ein … komplett.

Alles verdunkelte sich und die Pforten der Hölle öffneten sich … Der Himmel wurde rabenschwarz, verhangen mit drohenden, donnernden Wolken. Kein Sonnenstrahl würde jemals mehr einen Weg durch sie hindurch finden.

Eine unsägliche Leere drang in ihn ein und begann ihn von innen aufzufressen … Gedanken wurden weggefegt, Gefühle vereist … Jetzt hatte man ihm alles genommen, keinen Grund mehr weiterzuleben.

Wozu auch?

Die Welt war ein Ort des Schmerzes, der Angst und der Trauer geworden, jeden Tag ein bisschen mehr. Jetzt war er am Ende, am Abgrund. Das war's …

Ein dumpfes Klopfen an der Fensterscheibe riss ihn aus seinem Untergang.

Anna stand neben dem Auto mit verweinten Augen und versuchte verzweifelt, die verschlossene Türe zu öffnen. Er blickte sie einen Moment verständnislos an, dann erwachte er und stieg aus. Sie fiel ihm um den Hals.

»Es tut mir so leid … so leid … Du hattest recht, es tut mir so leid!«

Er starrte über ihre Schulter in die Ferne.

Abgekapselt erkannte er eine Frau mit Kinderwagen und einem kleinen Mädchen, welches fröhlich nebenher hüpfte. Verschwommen nahm er ein junges Pärchen wahr, das herumalberte, registrierte fahrende Autos, einen kleinen Hund neben seinem Herrchen … Warum stand die Zeit nicht still? Weshalb lief hier der Film eines normalen Alltags, nachdem die Welt untergegangen war?

Nicht weit von hier entfernt hatte sein bester Freund sein Leben lassen müssen und gewiss die Hölle auf Erden in den letzten Stunden erlebt. Und niemand hatte es gemerkt, niemand hatte es gefühlt … Nicht einmal er selbst.

»Wo?«, fragte er monoton.

»In der Nähe der Sophienquelle.« Anna weinte.

»Wann?«

»Vor rund zwei Stunden. Wanderer haben ihn gefunden und die Polizei gerufen, Marius ist kontaktiert worden. Er ist jetzt dort und hat mich angerufen.«

»Ich muss da hin!«

»Nein! Bleib hier bitte … tu dir das nicht an!« Sie versuchte ihn am Arm festzuhalten, er riss sich los und fuhr davon.

Es musste nicht weit fahren.

Die südlich von Grünsberg gelegene, magisch anmutende Sophienquelle war eine in barocker Zeit errichtete Quellfassung mitten im Wald und glich in ihrem Aufbau einem Amphitheater. Aus der moosbewachsenen Sandsteinfelswand des märchenhaft schönen Baudenkmals sprudelte Quellwasser, fiel über mehrere steinerne Kaskadenbecken und floss über eine Auffangrinne unterirdisch in einen kleinen Teich.

Mechanisch fuhr Dominik Richtung Weinhof, bog ab und parkte rund hundert Meter unterhalb eines Gasthauses. Auf dem dazugehörigen Parkplatz, welcher sich in unmittelbarer Nähe der Sophienquelle befand, standen mehrere Zivilfahrzeuge sowie zwei Streifenwagen. Der angrenzende Waldbereich, durch den ein vom Parkplatz abgehender Wanderweg führte, war mit Absperrbändern gesichert.

Dominik hörte zankende Stimmen, als er aus dem Wagen stieg. Es klang, als wären gleich mehrere Leute in einen Streit involviert.

Direkt neben der Absperrung standen zwei Polizeibeamte, welche sich gegen vier aufsässige Journalisten wehren mussten. – Wieso waren die bereits hier?

»Es gibt hier keinen Zutritt, bitte entfernen Sie sich!«, sagte einer der Polizisten und hob zur Bestärkung die Hände in die Höhe.

An seinen wedelnden Armen vorbei versuchten die penetranten Reporter mit Kameras die weißen Gestalten weit in der Ferne heran zu zoomen und zu fotografieren. Die geschossenen Fotos würden höchstens für eine gefakte Dokumentation einer mysteriösen Ufo-Landung im Wald taugen. Bilder von schlecht aufgelösten, blassen Aliens, welche zwischen braunem Geäst herum kraxelten.

Ein dritter Beamter saß in seinem Auto mit geöffneter Tür und schrieb in ein Notizbuch.

»Entschuldigung?«

»Ja?«, brummte es.

»Hauptkommissar Hofmann … ist er da?«

»Ja, weshalb?«, fragte der Beamte, ohne aufzusehen.

»Könnten Sie ihm sagen, dass Dominik hier ist.«

Der Beamte schrieb weiter und sagte nebenbei: »Sie können durch. Marius hat gesagt, dass Sie kommen.«

Er duckte sich unter der Absperrung hindurch, hörte noch ein: »Wieso darf der jetzt rein?«, und ging weiter auf dem schmalen Naturweg, gesäumt von Bäumen und Buschwerk, Richtung Sophienquelle.

Das hatte er doch schon mal, vor gerade fünf Tagen …

Das Terrain hinter der Quelle war steil, teilweise felsig und überall kletterten die Leute der Spurensicherung herum.

»Dominik!« Marius rief ihm zu.

Dominik reagierte nicht und bewegte sich stattdessen auf diesen blutüberströmten Körper, der verdreht zwischen Felsbrocken eingekeilt lag, zu. Er sah aus wie eine Marionette, der man in der Luft die Fäden durchtrennt und dann zu Boden hatte fallen lassen. Der Kopf war nicht zu sehen, er musste nach unten geneigt, zwischen den Felsen verborgen sein.

Für einen kurzen Moment flammte eine mikroskopisch kleine Hoffnung, dass das vielleicht doch nicht Jens war, in ihm auf. Doch als er näher trat und dadurch den dunklen Haarschopf zwischen den Steinen erkennen konnte, war dieser allerletzte Strohhalm in einem lodernden Feuer aufgegangen.

Dieser an sich schon fürchterliche Anblick wurde von dem Bild des Rückens, welcher um ein Vielfaches übler zugerichtet war als Tills oder seiner, noch übertroffen.

Die Striemen waren dermaßen zahlreich, dass man sie nicht mehr als solche wahrnehmen konnte. Als wäre die Haut abgezogen worden, starrte Dominik eine riesige Fläche blutigen Fleisches entgegen, welche nicht mehr im Geringsten etwas mit einem Rücken zu tun hatte.

Es war das Grauenvollste, was er jemals in seinem Leben gesehen hatte.

Marius tauchte neben ihm auf. »Verflucht, Dominik! Du hattest tatsächlich recht!«

Dominik starrte wie gelähmt auf diesen … Rücken.

Marius packte ihn an den Schultern und drehte ihn unsanft zu sich herum. Er zuckte zusammen.

»Wieso hast du gewusst, dass die SMS von diesem Kerl gewesen ist? Wieso hat er dir geschrieben?« Marius versuchte Blickkontakt herzustellen, aber Dominik wich mit unkontrollierten Augenbewegungen aus.

»Ich weiß es nicht …«

»Das kauf ich dir nicht ab, Junge!« Marius schüttelte ihn.

»Ich weiß es nicht, Marius!«, schrie er ihn gequält an. Genau genommen war es auch nicht gelogen, er wusste es wirklich nicht.

»Verdammt …« Marius ließ ihn los. »Es tut mir leid, ich habe dich nicht ernst genommen heute früh.«

Dominik gab keine Antwort. Er starrte bloß auf Jens.

Es war zu spät. Für alles …

Sie hatten noch nie Streit gehabt, außer vorgestern. Keine Zeit mehr für eine Entschuldigung, für ein klärendes Gespräch – aus und vorbei.

Tiefste Traurigkeit begann seine Leere zu füllen. Eine Träne rann ihm über die Wange … eine Zweite … Er wischte sie weg, doch sie flossen weiter.

»Komm … du stehst hier im Weg.« Leise wies ihn Marius an, ein Stück weit zur Seite zu treten. Zwei Kriminaltechniker standen mit einer Art Werkzeugkiste daneben und blickten missmutig aus den gerafften Öffnungen ihrer Kapuzen.

»Oliver?!« Marius rief über seine Schulter in den Wald hinein.

Oliver, der gebückt hinter einem Busch etwas zu untersuchen schien, hob den Kopf wie ein achtsames Reh, das etwas gewittert hatte.

»Was?«

»Komm bitte schnell her.«

Er eilte in ihre Richtung und runzelte die Stirn. »Dominik? Du schon wieder? Bist du erneut für die Zeitung hier?«

»Nein, das hat andere Gründe«, antwortete Marius an seiner Stelle. »Gehst du mit Dominik bitte ein Stück weit nach hinten und kümmerst dich um ihn. Ich komme gleich.«

»Okay.«

Sie gingen einige Meter und blieben unter einer hochstämmigen, knorrigen Föhre stehen. Aschfahl lehnte sich Dominik an den Stamm.

»Was machst du hier?«, fragte Oliver.

»Er … er ist ein Freund gewesen …«

»Der Tote?«

Dominik nickte.

»Schon wieder?«

»Ja …« – *Schon wieder* – Er wischte sich über die Augen. »Warum liegt er so verdreht auf diesen Felsen?«, fragte er leise.

Oliver wies mit der Hand auf den steilen Abhang hinter Jens. »So wie es aussieht, wurde er von dort oben runtergestossen.«

Dominik hob den Blick. Wenn sie ganz oben gestanden hatten, musste Jens etwa fünfzehn Meter hinuntergerollt sein, bis sein Sturz von den Felsen gebremst worden war. Ob er wohl lebend hier heruntergestossen wurde?

»Die bisherigen Untersuchungen haben ergeben, dass ihm oberhalb der Abhanges die Kehle durchtrennt worden ist, weil es dort bereits Blut hat. Dann wurde er vermutlich geschubst und rollte nach unten, man sieht es hier …« Eifrig zeigte Oliver auf das niedergewalzte Terrain. »Da hat es auch überall Blut. Dann rutschte er über diesen wurzelbewachsenen Vorsprung und fiel direkt auf die Felsen unterhalb.«

Dominik schloss die Augen. Oliver seufzte zustimmend.

Sie schwiegen, dann sahen beide zu Jens. Soeben wurde versucht, ihn zu dritt aus seinem Felsengrab heraus zu hieven. Es schien nicht so einfach zu sein … Dominik musste den Blick abwenden, er konnte dieses Szenario nicht ertragen.

Marius stand daneben und ging in die Hocke, als Jens mit dem Gesicht nach oben auf der bereitgelegten Plane abgelegt wurde. Vorsichtig fasste er ihn mit Handschuhen am Kinn und neigte seinen Kopf ein Stück auf die rechte Seite.

Dominik konnte selbst auf diese große Distanz erkennen, dass Jens' Augen offen standen. Sie starrten in seine Richtung. Er musste realisiert haben, wie er fiel. Er hatte es gesehen …

Mein Gott …

Dominik schlug die Hände vors Gesicht.

»Hey! Was fällt Ihnen ein?!« Eine ungehaltene Stimme ließ ihn aufsehen.

Er sah einen Reporter mit gezückter Kamera, welcher durch das Unterholz rannte, gefolgt von einem Polizisten in Uniform. Der Polizist schrie hinter ihm her. Ein anderer Beamter versuchte ihm den Weg abzuschneiden, doch er wich flink aus und schoss im Vorbeigehen gleich mehrere Fotos von Jens, der nackt und ungeschützt auf dieser Plane wie auf einem Präsentiertablett lag.

Dann schlug er einen Haken und rannte wie ein gehetztes Tier in Dominiks und Olivers Richtung, mit dem Ziel, den Absperrbereich schnellstmöglich wieder zu verlassen.

Oliver hechtete ihm entgegen, der Reporter juckte zur Seite und wollte haarscharf an Dominik vorbeirennen als dieser ihn wie eine Furie anfiel, um die Hüften packte, ihn herum schwang und zu Fall brachte.

Am Boden liegend drehte sich dieser rasch auf den Rücken, Dominik reagierte und stieß ihn mit dem Fuß gegen die Brust, so dass sein Oberkörper zurück knallte. Dann machte Dominik einen Satz zur Seite und entriss dem Reporter die Kamera, welche der weit von sich weggesteckt hielt. Blitzschnell entnahm er die Speicherkarte, schmiss sie auf den steinigen Untergrund und zermalmte sie unter seiner Schuhsohle.

»Hey! Du blödes Arschloch, was fällt dir ein?!«, kreischte der Kerl. Dominik fuhr herum und erkannte ihn … Es war der junge, picklige Reporter, der sich auf Tills Pressekonferenz so arrogant aufgeführt hatte.

»Du verdammter …« Dominik warf sich auf ihn, wälzte sich auf seine Brust, packte ihn am Kragen und presste die Faust grob zu Pickelgesichts Kinn hoch. Die freie Hand hielt er geballt, mit dem Ziel, ihm gleich noch saftig eine runterzuhauen. Verbissen raunte er ihm zu: »Was wolltest du sagen, du mieses Stück Dreck? Komm schon, sag's? Ich mach dich kalt, du elender, verfickter Scheißer!«

»Dominik!« Marius rief energisch seinen Namen und stoppte damit seinen beginnenden Amoklauf. Wachgerüttelt sah Dominik Pickelgesicht in die weit aufgerissenen Augen und erkannte darin die pure Angst. Erschrocken über sich selbst, ließ er los und stand auf.

Marius, Oliver und der uniformierte Polizist standen bereits neben ihnen. Oliver sah ihn entgeistert an. Marius packte Dominik am Ärmel, falls dieser vorhätte, noch einmal los zu preschen.

Oliver streckte dem geschockten Kerl die Hand entgegen um ihm aufzuhelfen. Als dieser wieder fest auf den Beinen stand, schien sein Schrecken bereits wieder verflogen zu sein.

»Was bist du denn für ein durchgeknallter Wichser?« Seine hohe Stimme überschlug sich fast. »Ich zeige dich an wegen Körperverletzung und Sachbeschädigung – du Psycho!«

Dominik pustete schnaubend die Haarsträhne weg. Marius packte seinen Ärmel fester, zog ihn zurück und stellte sich zwischen die beiden.

»Ja, ja, jetzt machen Sie mal halblang«, sagte er. »Was Sie hier abgezogen haben, liegt auch ziemlich an der Grenze des Legalen.« Er bückte sich, hob die Kamera hoch und hielt sie ihm entgegen. »Hier! Bitte sehr! Und jetzt verschwinden Sie!«

Der Reporter riss ihm die Kamera aus der Hand und funkelte Dominik wütend an. Dann machte er auf dem Absatz kehrt, stolperte leise fluchend durch das Unterholz und verschwand.

»Hoppla, so kenn ich dich gar nicht!«, sagte Marius.

»Wieso sind diese Idioten bereits hier?«, knurrte Dominik.

»Die hören den Polizeifunk ab, ist nicht unüblich. Lernt man das denn nicht auf der Uni?«

Dominik schüttelte verständnislos den Kopf.

»Entschuldige, war unangebracht von mir.« Marius klopfte ihm auf die Schulter und ging zurück zu Jens.

Dominik folgte mit etwas Abstand. Er beobachtete, wie einer der forensischen Ärzte Jens' linke Hand erst begutachtete, sie vorsichtig wieder ablegte, dann die andere hochhob und die Handinnenfläche behutsam mit seinem Handschuh abtastete. Dominik kniff die Augen zusammen und erkannte einen dunkelroten, breiten Strich unter den Gummifingern des Forensikers … War das ein Schnitt?

»Die Beugesehnen der Finger sind durchtrennt worden. Vermutlich mit dem selben Messer wie auch die Kehle durchtrennt worden ist«, hörte er den Mann zu Marius sagen.

»Wozu denn das?«

»Wenn diese Sehnen durchtrennt sind, wird das Greifen mit den Händen unmöglich.« Er betastete den Schnitt nochmals. »Bei einer solch tiefen Verletzung wie hier, kann man die

Finger unmöglich mehr bewegen, geschweige denn, biegen.« Er ließ Jens' Hand sinken und erhob sich.

»Möglicherweise hat sich das Opfer stark gewehrt. Die tiefen Einschnitte an den Handgelenken weisen darauf hin, dass er heftig an seinen Fesseln gezerrt hat. Vielleicht hat er zusätzlich versucht nach den Seilen zu greifen, um sie mit Kraft aus der Verankerung reißen zu können. Womöglich hat der Täter Schiss bekommen, dass ihm das auch irgendwann gelingen könnte und hat das vorsorglich verhindert, indem er ihm einfach die Sehnen durchtrennt hat.«

Dominik stöhnte leise. Er hatte alles gehört …

»Du hast keine Chance gegen mich«, klang die Stimme in seinem Kopf. *»Ich mache mit dir, was ich will …«* Sie riss ihn eiskalt in die Schwärze … diese bildlose Schwärze, veränderte ihr krächzendes Timbre … wurde zu der tonlosen Flüsterstimme: »Hör auf, dich zu wehren«, hauchte sie ihm ins Ohr.

Er spürte das eiskalte Metall, diese Schmerzen … er fror und schwitzte gleichzeitig … Er schrie auf.

Ein heiseres Kichern. »Ach … jetzt hör doch endlich auf dich zu wehren. Es tut weniger weh, wenn du ein bisschen kooperativer wirst …«

Oh Gott …

»Bitte … aufhören… bitte, bitte!«

»Oooh wie süß … Na komm schon – bettle.« Grob wurde er zwischen den Beinen gepackt. »Das macht mich an, wenn du mich anflehst.«

Er biss die Zähne zusammen … versuchte still zu bleiben, wollte dem Anderen diese Genugtuung nicht geben … Schlug seine Stirn auf den harten Boden um diesem Schmerz auszuweichen … glaubte, innerlich zerfetzt zu werden.

Er kämpfte … lange … und musste schmerzlich akzeptieren, dass es keinen Sinn machte, weiterhin zu rebellieren. Musste es geschehen lassen … es mit sich machen lassen …

konnte sich bloß geistig abzukapseln versuchen und lediglich seinen Körper benutzen lassen …

Er ergab sich … hörte auf Widerstand zu leisten … ließ alles zu …

»Na siehst du? Es geht doch. So ist es brav.«

Wie lange hatte er sich gewehrt?

Es waren Stunden gewesen.

Er hatte alles versucht … An den Fesseln gezerrt, geflucht und sich gewunden … Sämtliche Muskeln angespannt und seinen Körper sozusagen zu verschließen versucht.

Keine Chance.

Jens hatte sich auch gewehrt.

Auch er hatte keine Chance.

Und Till auch nicht.

Dominik hatte sich auf einen Baumstrunk fallen lassen. Ihm war sterbenselend.

Er sah zu Jens. Sein Arm lag schlaff seitwärts ausgestreckt, die Innenfläche der Hand zeigte nach oben.

Dieser tiefe, klaffende Schnitt … Jemandem so etwas zuzufügen war grausam, einfach nur grausam.

Dieser verfluchte, kranke Sadist!

Du vermaledeites, elendes, mieses Dreckschwein …

Ihm wurde heiß …

Erst sein Kopf … glühend heiß …

Die unsägliche Hitze wanderte in seine Brust. Sie schwoll kraftvoll an, als die Glut in ihr explodierte und zu einem lodernden Feuer wurde … Alsbald ergriff es wie ein rasender Steppenbrand seinen gesamten Körper.

Er erhob sich, reckte sein Kinn und ballte die Fäuste.

Er brannte … brannte lichterloh in diesem soeben entfachten Feuer der Rachsucht!

»Du kommst damit nicht durch«, presste er leise zwischen seinen Zähnen hervor, so leise, dass es niemand hörte. »Du wirst dafür büßen, das schwöre ich.«

33

»Hier bist du … Ich wollte eben nach dir schauen.« Anna lächelte Dominik unsicher an, als er sich unter der Absperrung hindurch duckte.

»Bist du wegen mir hier?«, fragte er.

Sie strich sich die Haare hinters Ohr. »Ja … Wie sieht es aus?« Ihre Stimme zitterte. »Ist er es tatsächlich?«

Er nickte ohne sie anzusehen. »Marius meinte, ich solle jetzt nach Hause gehen.«

»Vorsicht!«

Sie mussten zur Seite treten. Ein Polizist hob das Absperrband an und ließ die Bestatter mit dem Sarg passieren. Sie schauten ihnen stumm hinterher.

»Marius meldet sich bei mir, sobald sie mehr wissen«, sagte Dominik leise, auf die Stelle blickend, wo die Sargträger im Dickicht verschwunden waren.

»Ich komme mit«, sagte Anna bestimmt.

»Wohin?«

»Zu dir natürlich!«

»Das brauchst du nicht. Ich komme schon klar.«

»Nein, ich komme mit. Ich fahre dir hinterher.«

Er setzte seinen trotzigen *kleinen Bruder*-Blick auf.

»Keine Widerrede.«

Laut seufzend ging er zu seinem Wagen. Er versuchte den Starken zu markieren und hätte niemals zugegeben, dass er froh war, dass sie ihn noch begleiten wollte.

Anna war den ganzen Weg direkt hinter ihm und fuhr unangenehm dicht auf. Bei jedem Bremsmanöver sah er angespannt in den Rückspiegel, unsicher, ob sie wohl früh genug abbremsen würde. Es kam ihm so vor, als wolle sie ihn keinesfalls unterwegs verlieren.

Sie parkten in der Nähe seiner Wohnung. Er ging zum Briefkasten, während sie vor der Haustür auf ihn wartete. Nachdem er ihn geöffnet hatte, blieb er wie angewurzelt stehen.

»Was ist?«

»Anna … komm bitte.« Er starrte in den Postkasten.

Rasch war sie bei ihm.

»Das Handy!«, rief sie heiser.

Dominik wollte nach ihm greifen, aber Anna schlug seine Hand weg. »Nein! Nicht anfassen! Da sind vielleicht Fingerabdrücke drauf!«

Sie nahm ein Papiertaschentuch aus der Jackentasche und hob das Handy vorsichtig heraus. Darunter lag ein weißes Din A4 Blatt. Er zog es hervor.

Ein einzelner Satz in der Mitte des Papiers.

EINE ERINNERUNG AN MICH. DEIN JENS

Anna blickte sich entsetzt um. »Wir gehen rein Dominik, komm!«

Er reagierte nicht.

Energisch nahm sie ihm die Schlüssel aus der Hand und schloss die Haustüre auf. Er stand noch an der selben Stelle und sah sie entgeistert an.

»Jetzt komm schon!«

Wie unter Hypnose gehorchte er und ging an ihr vorbei, die Treppe hoch. Oben angekommen schloss sie auf und legte das im Taschentuch eingewickelte Handy auf die demolierte Kommode.

»Was läuft hier? Wieso schreibt er dir erst eine SMS und jetzt das?«

»Ich weiß es nicht, Herrgott! Ich … ich habe bei Till schon so eine Nachricht gekriegt!«

»Was?« Anna verlor die Fassung.

Er drehte sich um und holte den ersten Zettel aus einer Schublade in der Küche. Weshalb er den behalten hatte, wusste er selbst nicht. Er hielt ihn ihr entgegen. Entgeistert las sie.

»Was will der von dir? Weshalb lässt er dich nicht in Ruhe?«

»Ich weiß es doch nicht!«, brüllte er.

»Du musst zur Polizei! Rede mit Marius!«

»Nein!«

»Warum denn nicht?«, brüllte sie ebenfalls.

»Weil ich keine Aussage machen will! Ich will diese Dinge nicht erzählen, ich will das einfach nicht!« Er raufte sich die Haare.

»Dieser Mistkerl kommt ungeschoren davon, willst du das?«

»Nein!«

»Dann musst du aussagen!«

»Wieso? Wozu soll das denn gut sein? Ich weiß weder wer er ist, noch wo er diesen kranken Scheiß mit uns veranstaltet hat!«

»Aber du könntest vielleicht Hinweise für ein Täterprofil liefern. Anhand der Dinge, die er gesagt …«

»Nein! Anna, nein!«, fiel er ihr ins Wort und ließ sie damit verstummen. »Mit diesem Dreck, den er gesagt hat, kann man gar nichts erstellen! Es würde der Polizei nicht helfen, ich bin mir sicher!«

Sie schüttelte den Kopf. »Das kannst du doch nicht wissen!«

»Doch!«

»Nein!«

»Doch!!!« Er schlug mit der Faust gegen die Tür, sie zuckte zusammen. »Ich bin verfluchte zehn Stunden mit diesem Monster in einem Raum gewesen und er war meist nicht mehr als fünf Zentimeter von mir entfernt! Meinst du, ich hätte währenddessen nicht auch versucht, so was wie ein beschissenes *Täterprofil* zu erstellen? Da war NICHTS, was ihn in irgendeiner Weise identifizieren ließe! Weder wer er sein könnte, noch wie alt, noch wie groß, noch weiß ich, was alles! Er hat alles perfekt anonym durchgezogen! Er hat nie in unüberlegtes Wort gesagt oder ein verräterisches Geräusch gemacht, er hat noch nicht einmal nach irgendwas gerochen! Er ist ein verfluchtes Phantom!«

Anna schwieg.

Eben, Dominik … – Das *waren* Dinge, aus denen man ein Täterprofil erstellen könnte, dachte sie lediglich. Aber sie spürte, dass es momentan keinen Sinn machte ihn noch weiter zu bearbeiten. Wenn er sich etwas in den Kopf gesetzt hatte, konnte man ihn nicht so leicht davon abbringen.

»Na schön, hör zu …«, Anna überlegte kurz. »Ich bringe Marius jetzt diese Sachen hier, damit er sie auf Spuren untersuchen lassen kann.« Sie zeigte auf das Handy und die beiden Zettel mit den Nachrichten.

Er sah sie entgeistert an – sie wehrte ab. »Die Bombe, dass der Mörder dich kontaktiert, hast du ja eh schon platzen lassen heute früh. Ich werde Marius aber nicht erzählen, dass du auch ein Opfer bist … In Ordnung? Ich verspreche es dir!«

Er schüttelte den Kopf.

»Ich verspreche es dir!«

Er senkte die Schultern. »Okay …«

»Ich komme gleich wieder.« Sie öffnete die Tür. »Schließ ab! Und öffne nur, wenn ich es bin, verstanden?«

»Wie bei den sieben Geißlein …«

»Genau so!« Sie sah schräg nach oben. »Nein, eben nicht! Die haben's ja verbockt!« Sie hob eine Braue.

»Habe dich schon verstanden.« Er lächelte traurig. »Danke Anna.«

»Na dann …« Sie schenkte ihm einen strengen Blick, während sie kurz, aber liebevoll seine Wange streichelte, danach verließ sie seine Wohnung.

Er schloss die Türe hinter ihr, zog Jacke und Schuhe aus und ging hinüber in sein Wohnzimmer. Nachdenklich betrachtete er die blaue, fluffige Couch, welche einen Großteil des bescheidenen Raumangebotes vereinnahmte und ließ sich darauf fallen.

Dieses Sofa hatte er gleich nach seinem Einzug von einem alten Kumpel bekommen, der es kurz zuvor im Ausverkauf günstig erstanden hatte.

Jener hatte dieses Ding doch tatsächlich todesmutig vier Stockwerke in seine Wohnung hinauf bugsiert, bevor er frustriert feststellte, dass er zuvor falsch gemessen und die Couch ummöglich Platz in seiner engen Mansarde hatte.

Er wollte das Unglücks-Möbel dann so schnell als möglich wieder loswerden und erinnerte sich freudig berechnend, an den gerade nach Altdorf heimgekehrten Dominik mit seiner noch unmöblierten Wohnung.

Geblendet von diesem Hammer-Schnäppchen, so eine Gratis-Wohlfühloase angeboten zu bekommen, hatte Dominik sich spontan am Telefon dazu bereit erklärt, das ungesehene Möbel auch gleich selber abzuholen.

Sie hatten dieses Telefonat geführt als Dominik in der Redaktion gewesen war. Amüsiert hatte Jens ihr Gespräch mitbekommen – eigentlich nur Dominiks Antworten:

– »Hey cool! Und ich muss nichts dafür bezahlen? Ohne Witz?«
– »Wow, ja, abgemacht! Ich nehme das Teil, danke!«
– »Selber abholen … geht klar!«
– »In einer Dachwohnung …«
– »Vier Stockwerke … aha …«
– »Kein Fahrstuhl … ach so …«
– »Äh jaaaa … wird schon irgendwie gehen …«

Sie hatten sich gerade mal drei Tage gekannt und Jens hatte Dominik spontan seine Hilfe angeboten.

Von einem anderen alten Bekannten hatten sie einen Pick up ausgeliehen um das Sofa zu transportieren. Sie waren bloß zu zweit gewesen und hatten sich mit diesem elefantösen Möbelstück bis zum geht nicht mehr abgemüht.

Die vier Stockwerke hinunter waren bereits ein Desaster gewesen. Jens, der wegen seiner Größe das untere Ende der Couch getragen hatte, wurde in seinem Rückwärtsgang von Dominik mehrfach mitsamt Möbel beinahe die steile Holztreppe hinuntergestoßen, weil dieser immer schneller geworden war in seinem nach vorn gekrümmten Gang.

Jens hatte Dominik deswegen einige Male laut brüllend zurechtgewiesen und dieser hatte ebenso laut zurück gemotzt.

Als sie dann das Sofa bei Dominik die Treppe hochwuchten wollten, hatte sich das störrische Teil in einer Treppenbiegung verkeilt und sich nicht mehr bewegen lassen. Jens hatte das sture Möbel erst mit »Miststück« betitelt, dann laut angeschrien und schlussendlich wie ein Kickboxer attackiert.

Dominik hatte bei diesem Schauspiel erfolglos einen Lachanfall zu unterdrücken versucht, welcher Jens gleich noch mehr auf die Palme gebracht hatte. »Hey du witziger Clown, hör sofort auf so dämlich zu lachen und hilf gefälligst! Ist ja schließlich deine Kacke hier!«

Dominik war bloß noch mit rotem Kopf am prusten und hatte den verblüfften Stinkstiefel unfreiwillig mit seinem Lachen angesteckt.

»Ah Mann! Ich glaub's ja nicht! Du kindischer Doofkopf!«, hatte Jens gebrüllt, während er selber zusehends mehr seinem eigenen Lachanfall erlegen war.

Gemeinsam hatten sie dann in Steinzeitmanier zu johlen und grölen begonnen und das verklemmte Ding mit vereinten Kräften regelrecht aus den Angeln gehoben.

Als die Couch dann endlich auf ihrem Platz gestanden war, hatte Dominik zwei eisgekühlte Flaschen Bier geholt, sie hatten sich erschöpft auf das weiche Sofa fallen und die überschäumenden Flaschen klirrend zusammenkrachen lassen …

Ab diesem Moment war ihre Freundschaft besiegelt gewesen.

Dominik lag einfach da …

Eine Träne löste sich aus dem Augenwinkel, rann an der Schläfe vorbei und verschwand in seinem Haaransatz.

Er vermisste Jens jetzt schon. Obwohl er ihn noch nicht lange gekannt hatte, war er sein Blutsbruder gewesen. Derjenige, welcher immer einen Platz in seinem Leben gehabt hätte. Derjenige, den er gerne eines Tages als Trauzeuge an seiner Seite gehabt hätte. Derjenige, den er sich als Patenonkel seiner möglichen Kinder hätte vorstellen können …

Jens hatte so viele Ziele und Träume, wollte Reisejournalist werden und auf der ganzen Welt herumkommen. Er war manchmal so wunderbar launisch gewesen, so temperamentvoll, hatte das Leben so sehr geliebt …

Dieser elende Scheißkerl hatte ihm einen Strich durch die Rechnung gemacht! Er beendete Jens' Leben, bevor es richtig begonnen hatte … Wie das Leben von Till …

Sie war noch da, wie zuvor im Wald – diese grenzenlose Gier nach Vergeltung. Daran hatte auch der Einschüchterungsversuch mit dem Handy und der Nachricht nichts ändern können.

Ich finde heraus, wer du bist, verlass dich drauf …

Und dann … dann gnade dir Gott!

34

Ächzend drehte er sich in seinem Bett von der Seitenlage auf den Rücken und spürte, dass sich der Muskelkater in den Armen noch verstärkt hatte. Um die zusätzliche Verspannung im Nacken etwas zu lösen, wiegte er den Kopf auf dem Kissen ein wenig hin und her und versuchte, sich zu entspannen. Er gähnte.

Uff! Jens war wirklich eine Knacknuss gewesen. Meine Güte! Das war nun definitiv an der Grenze des Machbaren.

Bereits das Verfrachten seines bewusstlosen Körpers nach dem saftigen Hieb mit der Brechstange war eine andere Herausforderung als bei Dominik und Till gewesen. Die beiden hatten wohl kaum siebzig Kilo gewogen, Jens hingegen brachte gewiss zehn bis fünfzehn Kilo mehr auf die Waage.

Beinahe hatte er sich eine Zerrung im Rücken eingefangen, als er ihn in den Kofferraum wuchtete. Und nachdem er Jens endlich auf der Bühne fixiert hatte, war er komplett außer Puste.

Kurze Zeit später war Jens erwacht und begann, wie ein Irrer zu toben, zu fluchen, zu schreien und an den Fesseln zu zerren. Im Gegensatz zu den anderen zwei hatte er natürlich eine ziemlich exakte Vorstellung davon, was ihn jetzt erwarten würde und übersprang deshalb den verwirrt-verängstigten Teil mit dem *Wo bin ich? Was wollen sie von mir?* direkt und legte sich gleich so richtig kämpferisch ins Zeug – was absolut seinen Reiz hatte …

Schwierig nur bei einem solch tobenden Gorilla immer mal wieder einen hochzukriegen.

Weniger vögeln, dafür mehr auspeitschen, lautete die Devise deshalb. Das war zur Abwechslung auch ganz prickelnd. Er züchtigte ihn, immer und immer wieder. Jens war verdammt hart im Nehmen und verhielt sich wie ein richtiger Gladiator. – Respekt!

Aber mit der Zeit wurde das Ganze doch etwas nervig, da dieser Berserker ununterbrochen an den Fesseln zerrte und versuchte, nach den Seilen zu greifen. Die Balken begannen gar bedrohlich zu ächzen und er hegte tatsächlich die Befürchtung, dass einer von ihnen zusammenbrechen könnte, wenn das so weitergehen würde. Und plötzlich gelang es Jens, ein Seil zu umklammern. Er riss – ruckartig!

Da musste er umgehend handeln.

So nicht, mein Freund!

Er packte seine Hände und durchtrennte die verdammten Sehnen … Sauber – mit einem kräftigen, beherzten Schnitt. Jens jaulte wie ein Hund. Das Blut schoss heraus, lief an seinen Unterarmen entlang und tränkte das Holz am Boden. Er stöhnte und kapitulierte vorübergehend.

Doch irgendwann begann er wieder herum zu fluchen und ihn zu beschimpfen – aber an den Seilen zerren konnte er nicht mehr. Das war vorbei…

Oh … Wir haben Zeit … Ich gebe dir Zeit, damit du dich beruhigen kannst …

Schlussendlich hatte er ihn auch kleingekriegt … wie die anderen beiden. Jeden in seinem maßgeschneiderten Tempo und perfekt passender Intensität.

Welch interessante Erkenntnis: Es brauchte nicht allzuviel, bis aus einem kräftigen, selbstbewussten jungen Mann ein jämmerliches Häufchen Elend, ein wimmerndes Stück Dreck wurde.

Dennoch hatte Jens ihn über eine verflucht lange Zeit herausgefordert und deswegen wollte er ihm auch ein spektakuläres Ende bescheren.

Er zerrte ihn auf diese Anhöhe. Ganz nahe an den Abgrund. Er stellte sich hinter ihn, stützte seinen erschöpften Körper ab und durchtrennte ihm die Kehle. Dann riss er das

Klebeband von seinen Augen weg und schnitt dasjenige an den Handgelenken mit dem Messer durch.

»Überraschung!«, sagte er, als er vor Jens hintrat. Diesen Spaß hätte er sich um keinen Preis nehmen lassen. Er hatte den Schrecken in seinen weit aufgerissenen Augen sehen können.

Und dann gab er ihm einen kleinen Stoß.

Upsala …

Aaah, dieser Muskelkater … Harmlos, aber schmerzhaft.

Mit verzerrter Miene drehte er sich wieder zur Seite und gähnte erneut. Ein zufriedenes Lächeln umspielte seinen Mund, während er die Augen geschlossen hielt.

Sein Stück war ein absoluter Erfolg, das musste einmal erwähnt werden! Hervorragende Akteure unter der Leitung eines grandiosen Regisseurs! Und – das durfte er selbstlos zugeben – aufgeführt vor jeweils sehr attraktiven Kulissen! Er hatte sich bewusst diese Orte ausgesucht: Teufelskirche, Löwengrube, Sophienquelle. – Bekannte Sehenswürdigkeiten in der nahen Umgebung.

Es lag kein tieferer Sinn in der Wahl dieser Orte, aber ein wenig Charisma und Stil wollte er seinem Stück einfach einverleiben und seine Akteure nicht an einem null-acht-fünfzehn Ort agieren oder besser gesagt – verrecken lassen.

Verrecken lassen …

Alle, außer ihm …

Du verreckst auch … einfach anders …

Dir reiße ich das Herz stückweise aus der Brust, Dominik …

35

Es war bereits gegen elf Uhr morgens und Dominik schlief. Die ganze Nacht über war er wach gelegen, hatte gegrübelt und nachgedacht und konnte bis sechs in der Früh nicht einschlafen. Doch dann hatte ihn die Müdigkeit eingeholt und er fiel in einen beinahe komatösen Schlaf.

Anna war gestern noch bis am späten Abend bei ihm geblieben, nachdem sie Marius das Handy gebracht hatte. Sie hatte auf dem Rückweg noch eingekauft und danach Nudeln mit Soße gekocht. Streng wie eine Gouvernante hatte sie darauf geachtet, dass er genug aß, obwohl sie selber kaum etwas gegessen hatte.

Später war es ihr unendlich schwer gefallen nach Hause zu gehen, hatte aber an seinem Verhalten auch gespürt, dass sie ihm etwas Raum lassen musste. Er hatte ihr versprochen abzuschließen und sie ließ ihn daraufhin allein.

Schrill klingelte sein Handy und weckte ihn aus einem unschönen Traum. Bevor er richtig wach war, hielt er es an sein Ohr und krächzte: »Ja …?«

»Herr Novak?«

Sofort war er hellwach. »Herr König?«

»So ist es. Guten Morgen. Die Presse wurde über den Mordfall, welcher sich gestern ereignet hatte, informiert. Ich habe mich bei der Polizei erkundigt und mit Ihrem Schwager gesprochen. Er sagte mir, dass Sie im Bilde seien?«

»Ja … äh … ja, das stimmt.«

»Nun denn: Ich möchte, dass Sie das übernehmen und einen Artikel im selben Stil wie bei Till Schuster verfassen. Er kommt morgen auf die Titelseite. «

Dominik stand der Mund offen.

»Herr Novak?«

»Ja …?«

»Haben Sie mich verstanden?«

»Ja … aber … aber Sie wissen schon, um wen es sich bei dem Opfer handelt?«

»Ja – um Herrn Wagner.« König sagte dies ohne jegliche Regung in der Stimme. »Darum möchte ich auch, dass *Sie* das übernehmen.«

Was?

Diese Kaltschnäuzigkeit überforderte ihn.

»Ist das bei Ihnen angekommen, Herr Novak?«

»Ja schon, aber …« Dominik brach im Satz ab. Dann vernahm er einen leisen Seufzer am anderen Ende der Leitung. »Ich habe Herrn Wagner sehr geschätzt, Herr Novak. Und ich weiß, dass Sie Freunde gewesen sind. Darum möchte ich ja auch, dass *Sie* über diesen Mord berichten.«

»Ich … okay …«

»Sehr schön. Machen Sie was daraus. Ich wünsche Ihnen viel Erfolg. Auf Wiederhören.« König hatte aufgelegt, bevor Dominik antworten konnte. Ungläubig starrte er sein Handy an. *Hey, was fragst du mich?* schien es zu erwidern.

Er wusste wohl, dass König ein pragmatischer und distanzierter Mensch war, aber das eben war ja wohl der Gipfel der Gefühllosigkeit.

Er stand auf und schlurfte zum Fenster. Dichter Nebel hatte die Umgebung in ein einheitliches Weißgrau getaucht. Die Hausfassade auf der gegenüberliegenden Seite war kaum zu erkennen. Dieser triste Anblick passte perfekt zu der unendlichen Traurigkeit, welche ihn bereits wieder erfasst hatte.

Er lehnte seine Stirn gegen die kühle Fensterscheibe und blickte hinaus in diese schemenhafte, graue Leere und fühlte sich dabei genauso leer.

Zwei Autos bogen in die Straße ein und parkten gleich unterhalb seines Wohnhauses. Zwei Männer stiegen aus dem vorderen Fahrzeug und im selben Moment in dem Dominik das andere Auto als Marius' Wagen erkannte, öffnete dieser die Fahrertür. Er trat zu den beiden Männern. Dominik sah, dass es Oliver und Kommissar Jochen Braun waren. Sie unterhielten sich eine Weile, dann näherten sie sich zu dritt dem Hauseingang.

Dominik trug bloß Shorts und ein uraltes kurzärmeliges *Bart Simpson*-T-Shirt.

Shit, die Handgelenke …

Er stürmte zu seiner Jeans, welche zerknautscht am Boden lag, zog sie rasch über die Shorts, stülpte ein Sweatshirt über und versuchte vergeblich, seine gerade superstörrische Strähne, die ihm wie der stolze Kopfschmuck eines Einhorns aus dem Haaransatz ragte, nieder zu plätten.

Als das Klingeln ausblieb, blickte er nochmals aus dem Fenster.

Die Autos standen noch dort.

Er ging zur Wohnungstür, schob die windschiefe Kommode beiseite, öffnete und spähte in den Hausflur. – Niemand da. Vorsichtig ging er zum Treppengeländer und horchte in die Stille des Treppenhauses. Er vernahm entfernte Stimmen. Dann wurde ein Stockwerk tiefer eine Türe geöffnet.

»… Also, gehen wir.«

Rasch trat er weg um nicht gesehen zu werden, eilte zurück zum Fenster in seinem Schlafzimmer und schaute auf die Straße.

Das Bild, welches ihm nun geboten wurde, kam einem Dolchstoß durch das Rückenmark gleich, lähmte seine Beine und riss ihm jeglichen Halt unter den Füßen weg.

Lukas trug Handschellen und wurde von Oliver und Kommissar Braun zu ihrem Wagen geführt. Oliver setzte sich ans Steuer und Braun zu Lukas auf die Rückbank. Dann fuhr das Auto davon.

In diesem Moment klingelte es an der Wohnungstür. Dominik juckte erschreckt einen halben Meter in die Höhe. Mit einem tauben Gefühl im gesamten Körper taumelte er hin und öffnctc.

»Servus Dominik.« Marius stand im Flur. »Kann ich reinkommen?«

»Äh, ja … sicher.«

»Wir haben gerade deinen Nachbarn, Herrn Lehmann, vorläufig festgenommen.«

»Warum?«

»Auf Jens' Handy waren Fingerabdrücke von ihm. Das heißt: Ein schöner, klar identifizierbarer Fingerabdruck.«

Also doch …

Ihm wurde übel, um nicht zu sagen, kotze elend.

»Wir werden ihn jetzt vernehmen. Ich dachte, du wolltest das sicher erfahren.«

Dominik schwitzte, er musste sich an der Wand abstützen. Alles begann sich zu drehen …

Kreischende Stimmen in seinem Kopf … verhöhnende Fratzen vor seinem Gesicht … Seine Beine gaben nach.

»Hey! Ups …« Marius konnte ihn gerade noch auffangen, als er nach vorne wegkippte. Er schleppte ihn zum Sofa und ließ ihn rückwärts auf die Liegefläche plumpsen. Dann hob er seine Füße hoch und unterlegte sie mit einem Sofakissen.

Kurz darauf kam Dominik wieder zu sich und hörte den Wasserhahn in der Küche laufen. Marius brachte ihm ein Glas kaltes Wasser. »Holla, Junge … du machst Sachen!«

»Danke.« Dominik trank hastig, verschluckte sich und hustete. »Mann … peinlicher geht's ja wohl nicht mehr.«

»Ich erzähle es niemandem.« Marius nahm einen Stuhl, drehte ihn und setzte sich rittlings darauf. Eine Weile fixierte er Dominik nachdenklich, dann sagte er: »Diese geschriebenen Nachrichten … etwas musst du mir erklären: Du hast bereits nach Tills Ermordung eine dieser Nachrichten bekommen. Weshalb hast du mir das nicht erzählt? Weshalb hast du mir den Zettel nicht gezeigt?«

»Ich habe gedacht, dass mich einfach jemand ärgern will, ich wollte dich damit nicht belästigen.« Er betrachtete die Luftbläschen am inneren Rand des Wasserglases und spürte dabei Marius' eindringlichen Blick.

»Das glaube ich dir nicht! Wer außer dem Täter hätte dich deiner Meinung nach denn damit ärgern können? Gemäß Anna hattest du die Nachricht erhalten, bevor Tills Tod in den Medien breitgeschlagen worden ist!«

Dominik gab keine Antwort.

»Junge?«

»Ich weiß nicht. Ich habe wohl nicht richtig nachgedacht.«

»Allerdings!«

»Es tut mir leid.«

Marius schüttelte den Kopf. »Also gut: Du hast es also nicht für nötig befunden mich darüber zu informieren, weil du es für einen geschmacklosen Scherz gehalten hast? Ist das wirklich die Wahrheit?«

Dominik nickte.

»Aber als dann diese harmlos wirkende SMS von Jens' Handy gekommen ist, wusstest du hingegen sofort, dass etwas Schlimmes passiert ist … Warum?«

»Das ist einfach so ein Gefühl gewesen …«

»So, so …«, Marius runzelte die Stirn. »Welche Rolle spielst du in dieser Geschichte, Dominik?«

Er schluckte leer.

Lass mich zufrieden, lass mich doch einfach zufrieden …

Dominik sah Marius in die Augen und versuchte so überzeugend wie möglich zu klingen. Es kostete ihn immense Kraft. »Ich spiele keine Rolle in dieser Geschichte Marius. Ich weiß nicht, wer mir diese Nachrichten geschrieben und das Handy in den Briefkasten gelegt hat. Ehrlich!« Rasch sah er weg.

Schweigen. Marius starrte ihn an.

»Na schön … wie du meinst.«

Eine erdrückende Stille lag im Raum. Unerträglich lange. Irgendwann ergriff Marius das Wort. Er klang noch etwas säuerlich. »Dieser Lukas Lehmann – er ist homosexuell, oder?«

»Ja.« Dominik stellte das Glas unsanft auf den fleckigen Glastisch.

»Könnte es sein, dass er Interesse an Till oder Jens gehabt hat?«

Vor rund zwei Wochen wäre Dominiks Antwort ein klares, unbefangenes *»Nein«* gewesen. Jetzt wusste er nicht mehr, was er denken sollte.

»Ich glaube nicht. Also, Lukas hat sich jedenfalls nie etwas anmerken lassen.«

Während Marius mit nachdenklicher Miene nickte, ergoss sich wie aus dem Nichts eine glühende Lavawelle über Dominik, brachte sein Blut zum Kochen und sein Herz zum Rasen. Er schien plötzlich zu verstehen, eine Erklärung für das alles zu haben. Diese Erklärung würde sowohl zu der wahren Geschichte, wie auch zu seiner abgeänderten Version, in welcher er kein Opfer war, passen…

Marius erhob sich von seinem Stuhl. »Na gut, dann werden wir erst mal schauen, ob …«

»Marius …?«

»Ja?«

Dominik fühlte sich elend dabei. Verräterisch und verabscheuungswürdig. Und dennoch kamen die Worte ungebremst über seine Lippen. »Lukas hat Interesse an *mir* gehabt.«

Marius zog die Augenbrauen hoch. »Ach … ja?«

»Kurz nachdem ich ihn nach meinem Einzug kennengelernt hatte, half er mir, meinen Kleiderschrank zusammenzubauen. Wir haben dabei gequatscht und herumgealbert. Er war cool drauf, aber ich habe da schon gedacht, dass er vielleicht schwul ist. Als wir fertig gewesen sind, hat er mich gefragt, ob ich am Abend auf ein Bier oder ein Glas Wein zu ihm kommen möchte. Die Art und Weise, wie er das gesagt hat, hat wie eine Anmache geklungen.«

»Und dann?«

»Dann hab ich mit *nein danke* geantwortet und er schien es akzeptiert zu haben. Er hat nie wieder so was in der Art zu mir gesagt.«

Marius sah in die Ferne und kniff die Augen zusammen. »Hm, vielleicht etwas weit hergeholt, aber möglich …«

»Was?« Dominik dachte an seine Theorie, die Marius sogleich bestätigte: »Es könnte deine Rolle als Empfänger dieser Nachrichten erklären. Er könnte dich bestrafen wollen damit, weil du ihm einen Korb gegeben hast.« Marius verdrehte die Augen. »Die Rache eines Verschmähten – sowas in der Art.«

Bestrafen …

Ein krankes Hirn mit grotesken, abnormen Ansichten …

Darum hatte er ihn laufenlassen, um ihn bestrafen zu können … Diese Nachrichten – eine Strafe … Was für ein selbstgerechtes, psychopathisches elendes Arschloch …

»Lehmann hat zur Zeit keine feste Beziehung oder?«

Dominik war vor Hass angeschwollen. »Nein, er holt sich lieber Stricher ins Haus.«

Marius hob die Brauen.

»Junge Kerle. Achtzehn, zwanzig Jahre alt. Darauf scheint er zu stehen.«

»Ach? Hm, aber …«

»Nein! Till und Jens gehörten nicht dazu!« Dominik blickte finster, als würde er jeden Moment Blitze aus seinen Augen abschießen wollen.

Marius hob die Hände. »Hallo? Ich habe nichts dergleichen gesagt!«

Dominik pustete sich die nach unten gekippte Einhorn-Strähne aus der Stirn.

»Ich wollte bloß fragen, woher du das weißt!«

»Hab sie gesehen. Spät in der Nacht, wenn sie seine Wohnung verlassen haben.«

»Das steht ja nicht zwangsläufig in Zusammenhang mit den Morden, aber Lehmann scheint jedenfalls ein interessantes Kerlchen zu sein.« Marius schwang den Stuhl zurück. »Nun denn, ich muss los! Bin gespannt, was der nette Herr uns zu erzählen hat.«

»Hm …«

»Übrigens: Anna wird noch vorbeikommen. Sie will dir Essen bringen, glaube ich.« Marius klang etwas spöttisch.

»Aha … okay.«

»Du kommst zurecht? Keine Ohnmachtsanfälle mehr?«

»Passd scho!« Dominik schielte stinkig hinüber, musste dann aber schmunzeln. »Danke Marius.«

»Halt die Ohren steif!«

»Mach ich.«

Marius ging.

Das war's dann also:

Lukas – ein psychopathischer Vergewaltiger und Mörder.

Dominik dachte nach, versuchte in sich zu gehen, ein Stück weit Erinnerungen an die Horrornacht zuzulassen. War er das gewesen? Lukas?

Dominik fröstelte und ging ins Badezimmer um eine heiße Dusche zu nehmen. Das dampfende Wasser prasselte auf ihn hinab, er spürte die wohlige Wärme und wurde ein wenig lockerer. Er schloss die Augen, hob den Kopf und ließ sich beregnen. Der Wasserstrahl der Brause traf ihn mitten ins Gesicht, es fühlte sich plötzlich an wie tausend brennende Nadeln, die Wärme entwickelte sich zu einer unangenehmen Hitze, der Dampf zu einem stickigen Nebel. Eine leise Stimme raunte ihm zu: *»Vergiss es … es ist nicht vorbei … du weißt genau, dass er es nicht war …«*

Er drehte das Wasser ab, schnappte sich das Tuch und stieg aus der Dusche.

»Scheiß drauf!«, sagte er laut.

RRRIING!

Die Türglocke. Elendiglich fuhr er zusammen.

»Haha, siehst du? Du pisst dir noch genau gleich ins Hemd, weil du weißt, dass er noch da draußen herumspaziert!«

Mit dem Duschtuch um die Hüften, sah er aus dem Fenster und stellte erleichtert fest, dass es Anna war. Sie hatte eine Einkaufstasche dabei, vermutlich vollgestopft mit Esswaren, um seinen Kühlschrank zu füllen. Er drückte den Türöffner.

Mit raschen Schritten kam sie die Treppe hoch und lächelte ihn an. Er lächelte zurück. »Hi Anna, komm rein. Ich zieh mich schnell an«, sagte er, bevor sie seinen nackten Oberkörper umarmen konnte.

»Zeig mir deinen Rücken, wenn du schon noch nicht angezogen bist.«

»Dem geht's gut!«, rief Dominik aus dem Schlafzimmer.

»Das will ich selber sehen! Zeig ihn mir!« Sie äugte um die Ecke.

»Ich habe gesagt, es geht ihm gut!!!«

»Ich will dir ja nur helfen …«

Dominik kam angezogen aus dem Schlafzimmer. Er lehnte sich an den Türrahmen und legte den Kopf schief. »Ich weiß, Anna. Und ich bin dir auch unendlich dankbar, dass du für mich da bist.«

»Aber?«, brummte sie und verschränkte die Arme.

Er kaute auf der Unterlippe. »Aber …«, seine nachdenkliche Miene zeigte ein wenig Schalk, »manchmal nervst du einfach, Schwesterherz.« Er öffnete seine Arme. »Komm her!«

Herzlich umarmte er sie und spürte dabei, wie sehr sie litt, dass sie seinen Schmerz aufrichtig teilte und mittrug. »Danke, dass du für mich eingekauft hast«, sagte er sanft. Als er sie los ließ, wischte sie hastig eine Träne weg.

Er zeigte auf die Einkaufstasche. »Darf ich?«

Sie nickte stumm.

Er sah hinein: Brot, Gemüse und Früchte, Pasta und Reis, Schokolade und Biskuits … Er zog eine Augenbraue hoch. »Ist nicht dein Ernst! Wo hast du das denn aufgetrieben an einem Sonntag?«

»Tankstellen-Shop.« Sie schniefte.

»Und das soll ich alles essen?«

»Nicht alles heute du Lackl. Aber du musst jetzt gut zu dir schauen.«

»Ja, Mama.«

Er begann die Lebensmittel zu verstauen, während sie sich an den kleinen Küchentisch setzte.

»Sind sie schon hier gewesen? Marius und seine Kollegen?«

»Ja.«

»Das war sicher ein Riesenschreck für dich …«

»Yep.« Er warf eine rote Paprika in das Gemüsefach des Kühlschrankes.

»Denkst du, dass dein Nachbar es gewesen ist? Dass er euch das angetan hat?«

Domink stieß die Kühlschranktür mit der Schulter zu. »Ich weiß es nicht. Ich weiß nicht, was ich denken soll …«

»Das verstehe ich. Warten wir's ab.«

Er zuckte die Achseln.

»Hey …«, sagte sie, »möchtest du mit mir vielleicht etwas unternehmen? Sollen wir rausgehen? Ins Kino gehen … oder sonst was machen, das dich auf andere Gedanken bringt?«

»Nein, geht nicht. Ich muss arbeiten.«

»Ach … ja?«

»König hat mich angerufen. Er will, dass ich über den Mord an Jens berichte – im selben Stil wie bei Till.«

Anna sah ihn an. – Die Küchenuhr tickte unnatürlich laut.

»Frag nicht … Noch so etwas wo ich nicht weiß, was ich davon halten soll.«

»Ist er schockiert gewesen?«

»König? Nein …« Dominik lachte hart. »Er sprach davon, als würde es um einen Reportage über Wühlmäuse oder so was gehen.«

»Und … du willst das machen?«

Er seufzte und eine gewisse Verzweiflung lag darin. »Wollen? Ich weiß doch nicht … Nein … Ja …« Traurig sah er sie an. »Ich vermisse ihn, Anna …«

»Ich weiß.«

Sie nahm ihn in den Arm – für ein paar stille Sekunden, in denen die Zeit stehengeblieben zu sein schien. Danach löste er sich von ihr. »Ich muss los. Ich möchte nochmals in den Wald zur Sophienquelle, dann zu Marius und dann in die Redaktion.«

»Ich komme mit in den Wald!«

»Nein. Lieb von dir, aber ich brauche kein Kindermädchen. Das kriege ich alleine hin.«

»Aber … falls es doch nicht dein Nachbar gewesen ist und der andere noch frei herumläuft?«

Dominik schüttelte den Kopf. »Dann bringe ich ihn um!«

»Was? Bist du verrückt?«

Verbissen sah er sie an. »Ich laufe nicht mehr weg. Dann soll er ruhig kommen.«

»Mach keine Dummheiten«, hauchte sie entsetzt. »Spiel nicht den Helden, hörst du?!«

Trotzig sah er sie an.

»Dominik!«

»Was?!«

»Ich komme mit!«

»Nein!«

»Es ist zu gefährlich! Ich lass dich nicht allein zum Tatort gehen! Ich werde mitkommen, verstanden?!«

»Nein! Verdammt, hör auf mich ständig wie ein Baby zur behandeln! Du brauchst mich nicht noch mehr zu entmannen, als ich schon wurde! Es reicht!«

»Dominik…«

»Es reicht, verflucht!!!«

Sie schüttelte den Kopf. »Du und dein affiger, falscher Stolz! Du narrischer, dämlicher Volldepp!«

Er starrte sie an. Dann zwängte er sich an ihr vorbei, rauschte in den Flur und riss die Wohnungstür auf.

»Tschüss!«

Sie blieb stehen.

»Du sollst abhauen, Anna!«

Wortlos packte sie ihre Jacke. Als sie unter der Tür stand, sah sie ihn an. Er schaute weg.

Ihre Augen füllten sich mit Tränen.

»Ich habe Mama, Papa und Oma schon verloren – ich will dich nicht auch noch verlieren!«

Dann rannte sie die Treppe hinunter.

36

Dominik fuhr zur Sophienquelle.

Zuvor hatte er es geschafft, die rund fünfundzwanzig Meter vom Haus bis zu seinem Wagen zurückzulegen, ohne sich fünfzig Mal umgedreht zu haben oder gerannt zu sein.

Wenn er ehrlich war, musste er zugeben, dass er eine Heidenangst davor hatte, alleine in den Wald zu gehen, an den Ort, wo das Monster seinen Freund ermordet hatte.

Anna war ein Schatz, das war unbestritten. Aber sie besaß die unselige Gabe, aus einer vor sich hinpuckernden Glut ein loderndes Feuer entfachen zu können, indem sie kanisterweise Benzin darüber goss, so dass die Flammen nur noch so hochschossen.

Wie gerade eben, als er einen inneren Kampf mit sich ausgefochten und seine Dämonen besiegt hatte, sich ein Herz fasste und in den Wald gehen wollte.

Anstelle eines anspornenden: »Du schaffst das!«, stammelt sie ein: »Aber das kannst du doch nicht machen, das ist viel zu gefährlich für dich!«, und zerstört damit jegliches aufkeimende Selbstwertgefühl. Und er wollte nun mal unbedingt nochmals dorthin …

Vordergründig wegen seiner Recherche und weil er Fotos von der Umgebung machen wollte. In Wahrheit aber und das auch nur unbewusst, weil er die Leere in sich füllen wollte. Dieser Ort, so grauenvoll er auch war, könnte möglicherweise noch einen Teil von Jens' Seele beherbergen. Dort war er gestorben, dort würde vielleicht noch ein Hauch, eine Schwingung, ein Andenken von ihm spürbar sein.

Die Umgebung lag unter einer düsteren Nebelglocke, welche nicht nur die Umrisse der Bäume, sondern auch die natürlichen Geräusche des Waldes zu verschlucken schien. Als er sich unter den immer noch gespannten Absperrbändern hindurch duckte, wurde die bedrückende Stille, die ihn umgab, lediglich von dem Rascheln seiner Schritte im Laub und dem pulsierenden Pochen in seinen Ohren durchbrochen.

Gespenstisch erschien die Felsformation, auf der Jens gelegen hatte, in dem trüben Weiß und für einen Moment schien es ihm, als läge er wieder dort. Er blinzelte das Trugbild weg und näherte sich langsam jener Stelle …

KNACK!

Es kam von rechts.

Er blieb stehen.

Bleib ruhig …

Sein Herz klopfte, als würde es jeden Moment in tausend Teile zerspringen. Er horchte …

Stille.

Er ging weiter …

Wieder ein Knacken, aus der selben Richtung.

Er sah hin und erkannte eine Bewegung in dem weißen Nichts, rund zwanzig Meter von ihm entfernt.

Nein …

Gleich neben Dominik stand eine gigantische alte Buche mit einem verwachsenen, knorrigen Stamm. Mit einem Satz flitzte er hinter den Baum und presste sich, so flach wie er konnte, an die Rinde. Er kniff die Augen zusammen und versuchte konzentriert, die aufkeimende Panik wegzuatmen. Er bemerkte seine zitternden Hände, welche sich an dem Stamm festkrallen wollten.

Du elende Memme …

Auf komplexe Art und Weise stellte er zeitgleich mit seiner Todesangst absolut nüchtern fest, dass er anscheinend keinen mickrigen Schritt in Richtung Verarbeitung vorwärtsgekommen war. Von wegen innere Dämonen besiegen … Es brauchte bloß ein Knacken und eine Bewegung, welche er nicht gleich einordnen konnte und schon stürzte er über den Klippenrand in tosende Fluten.

Diese Erkenntnis beängstigte ihn ebenso gewaltig, wie die Tatsache, dass anscheinend wirklich jemand anwesend war. Er hörte Schritte im Herbstlaub.

Er durfte nicht die Nerven verlieren. Es könnte ein neugieriger Spaziergänger sein – ganz bestimmt sogar. Also, kein Problem das Versteck zu verlassen, sich einfach zu zeigen, hervorzutreten! – Ha, wäre ja gelacht wenn er das nicht hinkriegen würde …

Er konnte nicht …

Ohne einen Millimeter Raum zwischen sich und der knorrigen Rinde Platz zu lassen, schien er an ihr festzukleben, während er vorsichtig hervor spähte.

Er sah sie …

Eine große Gestalt, den Rücken ihm zugewandt, direkt vor den Felsbrocken … Sie befühlte die Steine. Der Nebel hüllte sie in eine gespenstische Aura.

Dominik starrte den Mann an. Fixierte seinen Rücken, die Haare. Er war riesig, sein Kopf eher klein … Er kannte diese Physiognomie … Er drehte sich ein wenig …

Hagen!

Nein …

Hagen betrachtete und befühlte die Steine. Er ging langsam um sie herum und äugte in die Felsspalten, als würde er nach etwas suchen.

Dominik stand wackelig auf unebenem, wurzeligem Untergrund, inmitten dichten Gestrüpps. Die wirren Zweige der niederen Pflanzen berührten seine Beine, was ihn nervös machte. Er veränderte ständig seine Position, bis sich einige Brombeerranken mit ihren Dornen in seinen Hosenbeinen festkrallten, um Füße und Waden legten, so als wollten sie ihn festhalten.

Hektisch versuchte er die Ranken abzuschütteln. Dadurch verwickelten sie sich stetig mehr, stachen, piksten und wurden enger, begannen sich wie Fesseln um seine Fußgelenke zu legen.

Er wurde panisch, griff kopflos in die stacheligen Zweige, riss und spürte, wie sich die Dornen in sein Fleisch bohrten. Sein Zerren zog die Fesseln bloß enger, die Zweige brachen nicht, sie waren zu elastisch.

Komm schon verdammt …

Er drehte durch.

Das zähe Geäst hielt ihn fest, hatte seine Beine gefesselt… Er griff erneut hinein. Die Dornen schlitzten seine Haut an den Händen auf, sie wehrten ihn ab, er war ausgeliefert, gefangen …

Nein, nein, nein …

Er zerrte mit aller Kraft – die Ranken rissen! Er hielt ein Stück davon in seiner blutenden Hand. Rasch begann er, die verwickelten Zweige von seinen Beinen abzustreifen. Seine Waden waren zerkratzt und bluteten, die Ranken waren teilweise unter seine Hosenbeine geraten.

Geschafft! – Er erhob sich …

»Hallo Arschloch!«

Hagen stand direkt vor ihm und grinste ihn boshaft an.

Dominik erstarrte.

Er hatte keine Gelegenheit mehr, noch eine gespielt gelassene Miene aufzusetzen. Er starrte Hagen panikerfüllt an und präsentierte ihm so seine nackte Angst. Hagen schien es bemerkt zu haben und es zu genießen.

»Habe ich dich erschreckt?«

Dominik erkannte den Triumph in seinen Augen. Hagen war ihm hier und jetzt absolut überlegen und schien das zu wissen.

»Was willst du hier?«, fragte er weiter und suhlte sich in seiner Übermacht.

Nimm dich zusammen, lass ihn nicht so mit dir reden …

Hagen schien unbewaffnet zu sein. Wenn es darauf ankommen würde, wäre er bestimmt schneller und flinker.

»Recherchieren«, gab er heiser zur Antwort.

Hagen hob die Augenbrauen und richtete sich zu seiner vollen Größe auf. »Bereits wieder? Das ging aber schnell. Kaum ist dein zweiter Schwanzlutscherkumpel tot, stehst du hier auf der Matte und geiferst nach deiner nächsten Story?!« Er blickte ihm von schräg oben verachtend in die Augen. »Nicht wahr, Herr Schriftsteller?«

Dominik antwortete nicht.

»Und was genau machst du hier, Hagen?«, fragte er dafür. Hagens widerliche Bezeichnung für Jens ließ ihn wütend und deshalb mutiger werden.

Hagen steckte die Hände in die Hosentaschen und wippte lässig auf dem Absatz. »Mich etwas umsehen!« Das fiese Grinsen schien in seinem Gesicht festgefroren zu sein. »Habe davon erfahren und wollte mir nun die schöne Umgebung ansehen!« Zufrieden blickte er umher.

Er widerte Dominik an. Seine Erscheinung, sein Gehabe. Und obwohl er es nicht zulassen wollte, kam er nicht umhin sich vorzustellen, ob *er* dieser Kerl sein könnte, der ihm so schmerzhaft nah gekommen war.

Sein Peiniger war für ihn trotz aller Logik immer noch ein gesichtsloses Monster und in einem naiven Wunschdenken hoffte er, dass er das auch für alle Zeiten bleiben würde. Aber wenn er Rache für Jens und Till wollte, war er gezwungen, sich solchen Überlegungen zu stellen.

Er betrachtete Hagens Gesicht. Die einzelnen Muttermale auf Wangen und Hals. Die knollige Nase, die schmalen Lippen. Könnten es dieselben sein, die ihm all diese Erniedrigungen zugeflüstert hatten?

Er musterte die schmierigen Brillengläser, die dunkelbraunen Haare, die Hagen strähnig nach hinten gekämmt trug. Seine Hände, welche er mittlerweile aus den Hosentaschen genommen hatte. Diese großen Hände mit den dicken Fingern und Fingernägeln, welche definitiv zu lang waren. Unweigerlich spürte Dominik sie an seinem Körper …

Der Ekel wurde übergroß, er musste diese Gedanken abklemmen. Sie machten ihn schwach und das durfte er hier und jetzt nicht sein.

Er räusperte sich. »König hat mich mit dem Fall beauftragt, ich würde jetzt gerne meine Arbeit machen.« Diese Aufmüpfigkeit kostete ihn immense Kraft.

»Bist sein Liebling, nicht wahr? König steht auf dich, das merkt man.«

»Erzähl nicht solch einen Scheiß!«

»Doch … er hatte schon immer etwas für seine kleinen, eingebildeten Praktikanten übrig. Er mag es, wenn sie ihm die Stiefel lecken und er sie dafür mit tollen Aufträgen belohnen kann. Und dass du eigentlich ein Arschkriecher bist, habe ich schon am ersten Tag gesehen, als du in die Redaktion stolziert bist.«

Dominik wischte sich die Strähne aus der Stirn. »Ich bin nicht stolziert, du Vollidiot!«

Hagen trat einen Schritt näher. Seine Augen verengten sich zu schmalen Schlitzen. Und beinahe tonlos zischelte er: »Halt deine freche Schnauze …«

Sein Ausdruck hatte sich gewandelt. Der Spott in seinem Blick war blanker Wut gewichen.

In Dominik kroch Beklemmung hoch. Es waren nicht Hagens Worte, welche ihn verstummen ließen. Es war dieses eisige, fürchterliche Flüstern …

Hagen kam noch etwas näher – und plötzlich attackierte er ihn!

Er stürzte sich auf Dominik, packte ihn am Kragen und schmetterte ihn rückwärts gegen den Baumstamm. Schmerzhaft knallte er mit dem Hinterkopf dagegen. Hagens Gesicht war wutverzerrt, als es sich seinem auf zwanzig

Zentimeter genähert hatte. Dominik fasste nach seinen Handgelenken, versuchte den Griff zu lösen, doch im selben Moment hob Hagen das Knie und rammte es zwischen seine Beine. Dominik schrie verkniffen auf und sackte sogleich in sich zusammen. Hagen verstärkte seinen Griff, zerrte ihn wieder hoch, knallte ihn nochmals mit roher Gewalt gegen den Baum.

Es klang, als würde er die Zähne fletschen, als er Dominik anherrschte: »Ich habe die Nase gestrichen voll von solchen Typen wie dir!« Er packte ihn noch fester und presste ihn gegen den Stamm. »Solchen selbstgerechten, arroganten, scheinheiligen Arschlöchern!«

Dominik hing in den Seilen. Der Schlag in die Weichteile hatte seine Wirkung nicht verfehlt. Die Todesangst übernahm den Rest.

Hagen lehnte sich praktisch mit seinem ganzen Gewicht gegen ihn, so dass er kaum noch atmen konnte. Dann ließ er ihn plötzlich los und trat zwei Schritte zurück. Sein Atem ging schwer und verdampfte als weiße Wolken.

Dominik rutschte schlaff ein Stück weit den Stamm hinunter.

»Hör gut zu, du kleiner Scheißer …«, Hagen klang ziemlich ausgepowert, »du hast mich hier nicht gesehen! Hast du mich verstanden?!«

Dominik nickte stumm. Im Moment hätte er allem zugestimmt.

»Na dann«, Hagens Stimme war wieder klarer, »dann wünsche ich dir noch einen schönen Sonntag!« Er sprach dies wie eine spöttische Drohung aus, ging einige Schritte rückwärts, drehte sich und verschwand irgendwo im Nebel.

Dominik sank kraftlos in sich zusammen. Er verbarg seinen Kopf zwischen den Knien. Die Hände hielt er schützend über sich.

Was war aus ihm geworden?

Was hatte das Monster aus ihm gemacht?

Ein verängstigtes kleines Kind, welches nicht fähig war, sich selbst zu helfen.

Anna hatte recht …

Er schniefte kaum hörbar zwischen seinen Knien.

Ich hasse dich …

… und diese Empfindung hegte er für sich.

37

Marius war seit rund einer Stunde zurück in der Dienststelle in Nürnberg, wo Lukas im Zimmer nebenan vernommen wurde. Er wollte erst mal abwarten, was seine Kollegen zu erzählen hatten, bevor er selber mit dem Herrn sprechen würde.

Lehmanns Fingerabdruck konnte identifiziert werden wegen einer, ihm nun äußerst peinlichen, Jugendsünde während seiner frühen Studienzeit.

Er hatte sich des Diebstahls in einem Sex-Shop schuldig gemacht, wo er im Rahmen einer kindischen Mutprobe eine aufblasbare, weibliche Gummipuppe hätte klauen sollen.

Laut seiner eigenen Aussage war dies vor seinem offiziellen *Coming-out* geschehen, als er folglich noch versucht hatte, seine Homosexualität zu verbergen.

Das entsprechende Gerücht hatte sich aber schon länger hartnäckig unter seinen Kumpels gehalten und dieser dämliche Dummer-Jungen-Streich, hätte den absurden Beweis für das Gegenteil liefern sollen – nicht wirklich logisch.

Jedenfalls wurde er damals von der erzürnten wasserstoffblonden Geschäftsführerin mitsamt flacher Puppe unter der Jacke erwischt, am Schlafittchen gepackt, ins Büro verfrachtet und an die Polizei übergeben. Das Vergehen fiel noch unter Jugendstrafrecht und da er zudem noch ein Ersttäter war, hatte dieser Fehltritt keine weiteren Konsequenzen für Lukas.

Die Fingerabdrücke, welche man damals vorsorglich von ihm genommen hatte, hätten im Rahmen der Verjährung eigentlich aus dem System gelöscht sein müssen. Dummerweise waren sie das allerdings nicht, da es die Behörden manchmal nicht allzu eilig hatten, ihre Datenbanken zu aktualisieren.

Marius war gerade dabei die Untersuchungsergebnisse der Obduktion von Jens durchzulesen, als sein Kollege Jochen Braun unter der Tür erschien. »Marius, es könnte interessant werden.«

»Lass hören!«

Jochen lehnte sich in den Türrahmen und verschränkte die Arme. »Also, der Mord schien Lehmann ehrlich schockiert zu haben. Den Fingerabdruck auf dem Handy erklärte er sich dadurch, dass er es von Jens Wagner ausgeborgt hat, um in seiner Apotheke anzurufen. Das ist wahrheitsgemäß: Der Anruf ist bei den gewählten Nummern registriert.«

»Hm, eine einfache plausible Erklärung.«

»Ja – aber jetzt wird's spannend: Anscheinend haben wir bei Lehmann einen Nerv getroffen, betreffend Wahrheitsfindung und er möchte jetzt noch etwas zum Mordfall Till Schuster ergänzen – etwas das er …«, Jochen deutete mit den Fingern Anführungszeichen an, »*vergessen* hat zu erwähnen. – Willst du übernehmen?«

»Und ob ich das möchte!« Marius erhob sich.

Sie betraten den Vernehmungsraum, in welchem Lukas geknickt an der Längsseite des Tisches saß, schräg gegenüber von Oliver, welcher das Vernehmungsprotokoll in den PC tippte. Marius setzte sich vis-à-vis von Lukas hin, während Jochen an der Frontseite des Tisches Platz nahm.

Marius musterte Lukas eindringlich und verschränkte die Arme. »Herr Lehmann – mein Kollege sagte mir, dass Sie bei der Befragung bezüglich Mordfall Till Schuster vergaßen, etwas zu erwähnen?«

»Ja … Ich habe vergessen zu erwähnen, dass ich Till an jenem Wochenende noch gesehen habe.«

»Haben Sie? Dann erzählen Sie bitte.«

»Ich habe mich mit Till am Samstagnachmittag, also zwei Tage bevor er …«, er atmete schwer, »ermordet worden ist, noch getroffen.«

»Ja … und weiter?«

»Drei Tage zuvor habe ich nachts mit dem Auto ein Reh totgefahren. Es ist mir einfach vor den Wagen gerannt, es hat geknallt, ich bin ins Schleudern geraten und kollidierte mit einem Baum. Ich bin dann sofort ausgestiegen und habe gesehen, dass das Tier tot war.«

»Haben Sie es gemeldet?«

»Nein … eben nicht.« Lukas schüttelte den Kopf. »Ich habe zu viel getrunken an jenem Abend und hätte eigentlich nicht mehr fahren dürfen.«

Marius nickte nachsichtig.

»Also bin ich nach Hause gefahren. Mein Wagen war vorne zerbeult und Blut und Haare klebten dran. Ich habe es abgewaschen, aber man konnte trotzdem noch sehen, dass ich einen üblen Zusammenstoß gehabt habe.«

Marius tauschte einen Blick mit Oliver aus.

»In Ordnung – und was hat das jetzt mit Till Schuster zu tun?«

»Am nächsten Tag traf ich Till im *Sunfunrun*-Fitnesscenter. Er ist ja Kfz-Spengler gewesen. Ich habe ihm die Geschichte erzählt und ihn gefragt, ob er sich das mal ansehen könnte, weil ich mein Auto nicht offiziell in eine Werkstätte bringen wollte.«

Marius runzelte die Stirn. »Weshalb?«

»Ja, weil ich alkoholisiert Auto gefahren bin und den Unfall mit dem Reh nicht gemeldet habe.«

»Aha.«

»Ich kann mir einfach keine Probleme mit der Polizei leisten, ich würde meinen Job riskieren. Ein Apotheker, der betrunken Auto fährt und Rehe dabei zu Tode karrt. – Sie wissen, was ich meine?«

»Ja, alles klar.«

»Till hat sich das angesehen und sich bereit erklärt, das demolierte Schutzblech auszubeulen und frisch zu lackieren. Er hat das an jenem Samstagnachmittag in seiner Freizeit gemacht, als die Werkstätte offiziell geschlossen war. Er hat mehrere Stunden daran gearbeitet und es sah nachher wieder aus wie neu. Ich habe seine Umtriebe natürlich finanziell entschädigt und ihn dann aber noch zum Essen eingeladen, weil ich wirklich unglaublich froh gewesen bin, dass er mir geholfen hat.«

Marius schien jetzt interessierter zu sein und verschränkte die Arme auf dem Tisch. »Und wie gestaltete sich das?«

»Ich habe ihn zum Griechen eingeladen. Anschließend sind wir noch auf ein Bier gegangen, in so eine Spelunke, wo auch gekifft worden ist. Till hatte etwas Gras dabei, da haben wir eine Tüte gedreht.« Lukas lächelte. »Das habe ich schon über zehn Jahre nicht mehr gemacht – Gras rauchen. Wir hatten einen echt witzigen Abend.«

Marius nickte mit einem Pokerface. »Und dann?«

»Dann ist er nach Hause gegangen und ich auch.«

»Das war's?«

»Ja, das war's.«

»Und weshalb haben Sie das bei der Befragung letzte Woche nicht erwähnt?«

Lukas fuhr sich verlegen durch die Haare. »Das ist ein Riesenfehler gewesen, ich weiß. Ich wollte diese Rehgeschichte nicht unbedingt erzählen, dann die Schwarzarbeit von Till, das Grasrauchen … Und da der Mord ja erst in der Nacht auf Montag verübt worden ist, habe ich auch keinen zwingenden Grund gesehen, Dinge zu erzählen, die über vierundzwanzig Stunden früher geschehen sind.«

»Diese Überlegung war nicht sehr klug, Herr Lehmann. Der Mord wurde wohl erst dann verübt. Till ist aber vermutlich schon Stunden vorher in der Gewalt seines Mörders gewesen, also wäre es durchaus relevant gewesen, uns davon zu erzählen.« Marius beugte sich etwas vor und sagte kühl: »Theoretisch könnte er bereits in der Nacht auf Sonntag festgehalten worden und lediglich vierundzwanzig Stunden später ermordet worden sein. Ihr Verschweigen von Informationen wirft nicht gerade ein gutes Licht auf Sie.«

Lukas schluckte. »Jetzt habe ich es ja erzählt. Und es ist genau so gewesen, wie ich Ihnen gesagt habe!«

»Und weshalb haben Sie die Meinung geändert, bezüglich Ihrer Aussage?«

»Weil ich erstens ein schlechtes Gewissen deswegen gehabt habe und zweitens durch meine Festnahme der Überzeugung bin, jetzt besser mit absolut offenen Karten zu spielen.«

Marius fixierte ihn ohne Unterbruch. Lukas war nervös, das konnte man deutlich erkennen.

»Welche Erklärung hatten Sie nochmal für Ihren Fingerabdruck auf Jens Wagners Handy?«

»Das habe ich Ihren Kollegen vorhin schon erzählt. Er hat es mir nach Tills Beerdigung für ein kurzes Telefonat mit der Apotheke ausgeliehen. Der Akku von meinem Handy war leer.«

»Was nicht zwangsläufig bedeuten muss, dass Sie es danach nicht nochmals in den Fingern gehabt haben«, fügte Marius trocken an.

Lukas kniff die Lippen zusammen.

»Wie war Ihr Verhältnis zu Jens Wagner?«

»Gut. Kollegial.«

»So wie das zu Till Schuster?«

»Genau.«

»Hatten Sie Interesse an einem der Opfer?«

»Was meinen Sie?«

Marius faltete die Hände auf dem Tisch. »Hatten Sie ein sexuelles Interesse an einem der Opfer?«

Lukas starrte ihn mit großen Augen an. »Nein! Die sind beide hetero gewesen! Das habe ich von Anfang an gewusst!«

»Und wenn Sie das nicht von Anfang an gewusst hätten … hätten Sie dann Interesse gehabt?«

»Das ist eine *Was-wäre-wenn*-Frage, Herr Hofmann. Diese Überlegung habe ich mir gar nicht erst gemacht, weil es schon im Vornherein klar gewesen war, dass da nie etwas laufen würde.«

»Wissen Sie das denn immer sofort?«

Lukas kniff die Augen zusammen. »In der Regel schon. Man kriegt mit der Zeit ein Gespür dafür, wer ähnlich tickt und wer nicht.«

»Und bei Dominik?«

»Was ist mit ihm?«

»Dort haben Sie es anscheinend nicht sofort gewusst.«

Lukas hob die Brauen. »Hat er das erzählt?«

»Hatten Sie Interesse an ihm?«

Lukas rieb sich die Stirn und seufzte genervt. »Er war gerade eingezogen. Er ist sehr nett und lustig gewesen und ich habe sein Verhalten mir gegenüber nicht richtig einordnen können. Da habe ich ihn spontan eingeladen, um zu sehen, wie er darauf reagiert. Er hat dies jedoch klar und deutlich abgelehnt und die Sache war für mich gegessen.«

»So einfach?«

»Ja, so einfach! Hören Sie zu Herr Hofmann: Ich bin schon mein ganzes Leben lang schwul und ich weiß mittlerweile, wann es Sinn macht etwas mehr Energie zu investieren und wann nicht! Das können Sie mir glauben!«

Marius lehnte sich gelassen zurück. »Das glaube ich Ihnen, Herr Lehmann.«

Eine Pause entstand. Man hörte das Klackern von Olivers Fingern auf der Tastatur.

»Finden Sie ausschließlich an sehr jungen Männern Gefallen?«

»Wie bitte?«

»Ist es korrekt, dass Sie sehr junge Männer bei sich zuhause empfangen und für Sex bezahlen?«

Lukas schlug mit der Faust auf den Tisch. »Ja! Und? Was soll das? Was hat das mit Till oder Jens zu tun?«

»Wir möchten nur wissen, ob Ihr Interesse ausschließlich Männern gilt, die um einiges jünger sind als Sie.«

»Nein! Nicht ausschließlich, Herr Hofmann!« Lukas' Gesichtsausdruck verriet eine gewisse Verzweiflung. »Woher wissen Sie überhaupt davon?«

Marius betrachtete ihn stumm und Lukas versuchte seinen Blick zu analysieren. »Ach so …«, konsterniert schüttelte er den Kopf. »Im Treppenhaus … alles klar.«

Olivers Finger rasten unentwegt über die Tastatur. Lukas fragte sich, was es da eigentlich so viel zu schreiben gab.

»Dominik Novak hat von dem Mörder Nachrichten erhalten«, sagte Marius nach einer Weile.

»Was?«

»Können Sie uns etwas darüber sagen?«

»Nein?! … Allmächd! Was für Nachrichten?«

»Eine schriftliche Nachricht nach dem Mord an Till Schuster, eine SMS, welche von Jens Wagners Handy verschickt worden ist in der Nacht als er ermordet worden ist und das Handy selber, auf welchem nur Jens' und Ihre Fingerabdrücke zu finden waren, zusammen mit einer ebenfalls schriftlichen Nachricht in Dominiks Briefkasten. Was sagen Sie dazu?«

»Nichts! Das ist ja furchtbar!«

Marius begann seelenruhig in seinen Unterlagen zu blättern und fragte freundlich: »Wo waren Sie in der Nacht von Sonntag, 21. Oktober auf Montag, 22. Oktober?«

Lukas sah ihn entgeistert an.

»Das ist die Nacht, in welcher Till Schuster ermordet worden ist«, fügte Marius ruhig hinzu.

»Zuhause.«

»Allein?«

»Ja.«

»Und …«, Marius blätterte demonstrativ langsam, »… in der Nacht von Freitag, 26. Oktober auf Samstag, 27. Oktober?«, und lässig fügte er an: »Von vorgestern auf gestern?«

»Ebenfalls zuhause«, knurrte Lukas.

»Ebenfalls allein?«

»Ja.«

Marius hatte einen absolut entspannten Gesichtsausdruck, als er Lukas über ihre weitere Vorgehensweise informierte. »Also, Herr Lehmann: Sie bleiben weiterhin vorläufig festgenommen. Wir haben theoretisch das Recht, Sie nicht bloß vierundzwanzig Stunden, sondern bis morgen Nacht um 00:00 Uhr hier zu behalten. Davon werden wir jetzt erst mal Gebrauch machen. In dieser Zeit werden wir uns vergewissern, ob es von Belang sein wird, einen richterlichen Beschluss für einen Haftbefehl, das würde dann Untersuchungshaft für Sie bedeuten, zu beantragen. Außerdem werden wir uns unverzüglich einen Durchsuchungsbeschluss besorgen und uns Ihre Wohnung und Ihr Auto genauer ansehen.«

»Ich übernehme das«, sagte Oliver mit verschränkten Armen. Marius nickte.

»Was genau werfen Sie mir vor?«, fragte Lukas bestürzt.

»Sie werden verdächtigt, Till Schuster und Jens Wagner verschleppt, sexuell genötigt, vergewaltigt, gefoltert und ermordet zu haben!«, herrschte Marius ihn an.

Lukas zuckte mehrmals zusammen, so als hätte jede Anschuldigung einen Stromstoß freigesetzt.

»Wir haben Ihnen Ihre Rechte bei der Festnahme genannt, überlegen Sie sich, ob Sie einen Anwalt hinzuziehen möchten. Kommissar Fischer wird Ihnen anschließend noch das Vernehmungsprotokoll zur Unterschrift vorlegen.«

Marius erhob sich und sagte in korrektem Ton: »Auf Wiedersehen Herr Lehmann.«

Dann verließ er den Raum.

38

Als Marius die Tür hinter sich geschlossen hatte, sah er in der hintersten Ecke des Warteraums Dominik auf einem Stuhl sitzen. Er hielt seinen Blick gesenkt und knibbelte an seinen Händen herum.

»Servus?!«, sagte Marius und ging auf ihn zu. Dominik hob den Kopf. Er wirkte äußerst mitgenommen.

»Willst du zu mir, Junge?«

»Ja … Geschäftlich. Ich muss über den Mord schreiben.«

Marius' Brauen hoben sich. »Über den Mord an Jens auch?«

Dominik nickte.

»Ach so? Dein Chef scheint ja knallhart zu sein. Sensibilität ist wohl nicht seine Stärke, wie?«

»Nein. Irgendwie nicht.«

»Na dann … Dann komm in mein Büro.«

In diesem Moment wurde die Tür gegenüber geöffnet und Jochen verließ mit Lukas den Vernehmungsraum. Lukas und Dominiks Blicke trafen sich für einen Moment, dann wandte Dominik den Seinen ab.

Sie gingen in Marius' Büro und setzten sich.

»Möchtest du?« Marius hielt ihm eine Dose mit Karamellbonbons hin.

»Ja … Danke.«

»Darf ich dich erst noch ein paar Dinge fragen, Dominik?«

»Sicher.«

»Also, Herr Lehmann hat erzählt, dass er das Handy nach Tills Beerdigung kurz für ein Telefonat von Jens ausgeliehen hat. Bist du da vielleicht dabei gewesen und kannst das bestätigen?«

Dominik überlegte kurz, dann hellte sich seine Miene auf. »Ja, das stimmt! Habe es vergessen.«

»Okay … und … hast du gewusst, dass Lehmann Till einen Tag vor seiner Ermordung noch getroffen hat?«

Dominik zerknackte das Bonbon zwischen den Zähnen. »Nein.«

»Angeblich hat er das zuvor mit Till so abgemacht. Laut Lehmann hat er ihm sein Auto ausgebeult und neu lackiert.«

»Das kann man ja nachprüfen oder? Till wird ja einen Arbeitsrapport gemacht haben.«

»Nein, er hat schwarz für Lehmann gearbeitet.«

Dominiks Augen wurden groß. »Okay … Was macht ihr jetzt mit ihm?«

»Wir behalten ihn vorerst hier, werden seine Wohnung noch durchsuchen und seinen Wagen. Ob tatsächlich Spenglerarbeiten ausgeführt wurden und allfällige Spuren im Wageninnern zu finden sind.«

Dominik nickte, während er versuchte, einen Brombeerdorn aus dem Finger zu klauben. Marius lehnte sich zurück. »Und wie kann ich *dir* nun behilflich sein?«

»Ist Jens schon untersucht worden?«, fragte Dominik leise.

»Ja.«

»Und?«

Marius betrachtete ihn einen Moment, dann erzählte er: »Es scheint ähnlich wie bei Till verlaufen zu sein.«

Dominik bekam eine Gänsehaut.

»Ähnlich … Weniger Verletzungen im Rektalbereich. Mehr Verletzungen durch Peitschenhiebe. Neu ist, dass die Beugesehnen der Hände durchtrennt worden sind, aber das weißt du ja bereits, oder?«

Dominik nickte. »Weil Jens sich mehr gewehrt hat als Till?«

»Vermutlich. Er ist ja ein Stück größer und kräftiger als Till gewesen, vielleicht hatte der Täter mit ihm nicht so ein leichtes Spiel.«

Dominik sah Jens vor sich. Seine dunklen Augen, seine schwarzen, wild frisierten Haare. Er hatte Dominik immer mit ihrem Grössenunterschied hochgenommen …

»Hallo? Wer spricht denn da?« Suchend hatte Jens sich umgesehen. »Ach …?! Da unten!« Er hatte Dominik gepackt und in den Schwitzkasten genommen. »Ei, ei, der Kleine kann schon sprechen? Wie niedlich!«

Dass er einmal Opfer von solch einer Tat werden würde, hätte sich Dominik niemals vorstellen können.

Marius sah die Trauer in seinen Augen und seufzte. »Wir werden sehen, ob sich der Verdacht bei Lehmann erhärtet. Ansonsten können wir nicht ausschließen, dass es sich hier um einen Serienmörder handelt, welcher durchaus noch weiter töten könnte. Wir sind parallel zu den Untersuchungen bei deinem Nachbarn dabei, eine Sonderkommission zu gründen, einen Fallanalytiker hinzuzuziehen und ein neues Täterprofil zu erstellen.

Täterprofil: Stichwort! – Dominik schnürte es die Kehle zu. »Haben …«, seine Stimme quietschte wie ein rostiges Scharnier, »haben die Untersuchungen der geschriebenen Nachrichten im Labor nichts ergeben?«

»Leider nein. Keine Spuren. Der Kerl hat sehr sauber gearbeitet.«

Dominik stöhnte leise.

»Das Handy haben wir übrigens nachträglich zu orten versucht. Ebenfalls Sackgasse. Es ist vorübergehend ausgeschaltet gewesen. Vermutlich ist sogar der Akku und die SIM-Karte für einige Zeit entnommen worden. Das letzte Mal, wo es sich bei einem Funkantenne eingeloggt hat, war um 22:03 Uhr, in der Nähe eurer Redaktion. Dann war Sendepause bis …«

»Bis?«

»4:21 Uhr – bei deiner Wohnung. Er hat die SMS vermutlich unterhalb deines Hauses verschickt und das Handy anschließend in den Briefkasten gelegt.«

Dominik hatte es ausgerechnet, bevor er darüber nachdenken konnte: Sechs Stunden und achtzehn Minuten.

Er rieb sich die Stirn.

Sechs Stunden und achtzehn Minuten – eine Ewigkeit.

»Wir gehen davon aus, dass dies der Zeitraum gewesen ist, in dem der Täter Jens in seiner Gewalt hatte und dass er ihn bei der Redaktion überfallen hat – wenigstens etwas.«

Dominik sagte nichts.

»Willst du sonst noch etwas wissen?«, fragte Marius, nachdem er eine Weile Dominiks Schweigen beigewohnt hatte.

»Ja.«

»Okay … Was?«

Dominik sah auf seine Hände. »Wenn du gewusst hättest, dass ich bei Till schon eine Nachricht gekriegt habe … hättest du mich heute früh ernst genommen wegen der SMS? Hättest du gleich etwas unternommen um Jens zu finden?«

Marius presste die Lippen zusammen, dann antwortete er: »Ja … hätte ich … klar.«

Dominik zuckte zusammen.

»Hey Junge«, sagte Marius leise, »es ist nicht deine Schuld, dass Jens nicht mehr lebt. Wir wären wohl sowieso zu spät gewesen. Ich denke, dass er bereits tot war, als die SMS gekommen ist und das Handy in deinen Briefkasten gelegt wurde.«

Dominik nickte ohne aufzublicken. Die Schuldgefühle wollten nicht verebben.

»Geh jetzt nach Hause, Dominik. Und grüble nicht zu viel. Jetzt hast du mir ja alles erzählt.«

Dominik sah auf und musste sich beherrschen, den Kopf nicht zu schütteln.

Nein … hab ich nicht.

»Ja … Stimmt.«

Marius lächelte. »Also, Kopf hoch.«

»Ja.« Eiligst verabschiedete er sich.

Gierig tankte er die frische Luft, nachdem er das Präsidium verlassen hatte. Mittlerweile schien die Sonne schwach durch den milchigen Dunst und einige kleine Lücken im Nebel gaben den Blick auf den hellblauen Himmel frei. Ein heimtückischer, eiskalter Wind ließ ihn frösteln. Er fühlte sich schwach.

Die Schuldgefühle waren nicht das Einzige, was ihm die Energie raubte. Die Sache mit Hagen hatte ihm arg zugesetzt. Die Geschichte mit Lukas auch. Jens, der über sechs Stunden gefoltert worden war, ebenfalls. König mit seinen befremdenden Anforderungen rundete das Ganze ab.

Er lehnte sich an die Hausmauer. Ihm war grottenschlecht. Es war nicht etwa Hunger, geschweige denn so was wie Appetit, jedoch erinnerte ihn ein vorwurfsvolles Knurren aus seiner Körpermitte an ein elementares Bedürfnis seines vernachlässigten Körpers. Sein Magen schien höchst beleidigt mit Messer und Gabel gegen seine Bauchdecke zu stoßen. Er musste dringend etwas essen.

In Nürnberg, wo er sich eben befand, gab es genug Bratwurststände oder Fast-Food-Restaurants, aber das schlechte Gewissen seiner Schwester gegenüber ließ ihn in seinen Wagen steigen und nach Hause fahren.

Sie hatte doch extra für ihn eingekauft …

Anna sorgte sich um ihn, tröstete ihn und belog ihren Mann für ihn – und er stieß sie als Dank dafür vor den Kopf.

Vor zweieinhalb Wochen noch war er mit der Welt und sich im Reinen gewesen. Alles lief wie geschmiert:
Arbeit, Kumpels, Frauen, Familie …

Er krallte sich ans Steuerrad.

Dieser Scheißkerl hatte ihn ausgeweidet. Er hatte ihn verstümmelt, seine Seele zerfetzt und ihn danach als Zombie wieder in die Freiheit entlassen.

Er selber hatte sich in den letzten vierzehn Tagen so oft gestritten, so oft rechtfertigen, so oft beleidigen lassen müssen, wie üblicherweise während eines ganzen Jahres nicht.

Er war zu einem Menschen mutiert, der ihm früher zuwider gewesen war: Ein engstirniger, zynischer, hasserfüllter Psycho, der Angst vor der Dunkelheit – Quatsch – vor allem hatte, und sich trotzdem nicht helfen oder sich etwas sagen ließ. Und das Schlimmste daran war, dass er sich nicht anders verhalten konnte. Aber er konnte wenigstens etwas von Annas liebevoll eingekauften Lebensmitteln verspeisen, anstatt irgendwo an einer Ecke einen Cheeseburger reinzuwürgen.

Er parkte eine Straße von seinem Wohnhaus entfernt und ging zu Fuß.

Er ging – er rannte nicht.

Von weitem sah er einen Mann und eine Frau an der Eingangstür stehen, welche suchend auf das Klingelfeld blickten. Als er sich näherte, drehte sich der Mann um – Dominik erschrak.

Da stand Jens vor ihm, lediglich dreißig Jahre älter und sah ihn an. Die Frau neben ihm ebenfalls. Sie verharrten einige Sekunden und musterten sich gegenseitig.

»Sind Sie Dominik?«, fragte die Frau leise. Ihre dunklen Augen sahen verweint aus.

Er nickte.

»Wir sind die Eltern von Jens«, sagte der Mann, lächelte traurig und streckte ihm die Hand entgegen.

Dominik hatte Jens' Eltern bisher nicht kennengelernt und auch noch nie ein Foto von ihnen gesehen. Aber er empfand sogleich ein gewaltiges Gefühl von Vertrautheit, als er den Händedruck von Jens' Vater erwiderte. Jens hatte die Statur und die Gesichtszüge von seinem Vater und die dunkelbraunen Augen von seiner Mutter geerbt.

»Möchten Sie zu mir?«

»Ja«, sagte der Vater. »Wir würden Sie gerne kennenlernen.«

»Kommen Sie rein«, sagte Dominik, während er die Tür aufschloss. Als sie das Treppenhaus hinaufgingen, wurde ihm peinlich bewusst, dass in seiner Wohnung das horrendeste Chaos herrschte – übler als jemals zuvor! Es sah aus, als hätte der gesamte Hausrat zusammen mit den Kleidern eine magisch-wilde Party gefeiert und sich sogleich erstarrt zu Boden fallen lassen, als die Wohnungstür geöffnet wurde.

Eiligst ging er voran und räumte hastig alles zusammen, was ihm in die Finger kam.

»Lassen Sie das ruhig«, sagte Frau Wagner. »Bei Jens sah es auch immer so aus.«

Er lächelte verlegen. »Bitte, setzen Sie sich.«

Sie nahmen an dem kleinen Küchentisch Platz.

»Möchten Sie etwas trinken?«

»Das wäre nett«, sagten sie gleichzeitig.

Dominik öffnete den Kühlschrank. »Ich habe bloß Cola oder …«, leise fügte er an: »Bier … äh …«

»Cola ist gut, danke.«

Er stellte ihnen zwei Gläser hin und füllte sie so schnell, dass es stark zu schäumen begann und die Cola über den Rand quoll.

»Sch… – Entschuldigung.«

Jens Eltern lächelten. »Das macht doch nichts.«

Schnell schnappte er sich das zusammengeknautschte Geschirrtuch auf dem Küchentresen und wischte die Pfütze weg. Dann setzte er sich zu ihnen.

»Sie sind genauso, wie ich Sie mir vorgestellt habe«, sagte Frau Wagner nach einer Weile. »Jens hat so viel von Ihnen erzählt. Er hat Sie sehr gemocht.«

Dominik bekam einen Kloß im Hals. »Ich habe ihn auch sehr gemocht.«

Jens' Vater räusperte sich um von seinen Emotionen abzulenken. »Wir sind seit heute Morgen hier. Die Polizei hat uns gestern Mittag bereits angerufen, aber da Jens …«, seine Stimme bebte, »erst noch in die Rechtsmedizin überführt worden ist, sind wir erst heute früh losgefahren. Gestern wären wir dazu auch nicht in der Lage gewesen.«

»Das verstehe ich«, sagte Dominik und betrachtete die Gesichtszüge des Mannes. Wie ähnlich Jens ihm gesehen hatte. Dieser Anblick traf ihn direkt ins Herz.

Frau Wagner wischte sich die Tränen aus den Augen und ergriff das Wort: »Wir werden ihn bei uns zuhause in Magdeburg beerdigen lassen. Und da die Untersuchungen abgeschlossen sind, haben wir eine Überführung bereits veranlasst. Im Moment ist er im Bestattungsunternehmen, welches ihn gestern im rechtsmedizinischen Institut abgeholt hat. Er ist dort …« Sie begann zu schluchzen. Ihr Mann nahm sie in den Arm.

Hilflos konnte Dominik bloß zusehen und versuchte dabei den schmerzhaft stachligen Stein in seinem Hals hinunter zu schlucken.

»Er ist dort noch für kurze Zeit aufgebahrt«, fuhr Frau Wagner fort, nachdem sie sich etwas gefangen hatte. »Falls Sie ihn noch einmal sehen möchten.«

»Okay …«, antwortete Dominik zaghaft.

Herr Wagner hatte die Zweifel, welche ihm ins Gesicht geschrieben standen, bemerkt und sagte: »Sie müssen das nicht tun. Wir wollten es Ihnen einfach sagen.«

Dominik nickte rasch und blickte zu Boden.

»Dürfen wir Sie noch etwas fragen?« Jens' Mutter schien sich überwinden zu müssen diese Bitte auszusprechen. Jens' Vater seufzte und schüttelte den Kopf, während er die Hände vor seinem Gesicht faltete. Mit einem Seitenblick zu ihrem Mann fuhr Frau Wagner fort: »Die Polizei hat anscheinend einen Verdächtigen festgenommen. Sie wollen uns abcr nicht sagen, wer er ist. Kennen sie den Mann, Dominik?«

Er zögerte. »Ja. Aber ich darf keine Auskunft darüber geben.«

»Das verstehen wir. Es muss alles seine Richtigkeit haben«, sagte Herr Wagner und sah vorwurfsvoll zu seiner Frau.

»Glauben Sie, dass er der Mörder sein könnte?«, hakte sie nach.

Dominiks Ohren fühlten sich heiß an. Womöglich waren sie knallrot.

»Ehrlich gesagt: Nein. Ich glaube es nicht – nein.« Er überraschte sich selbst mit dieser Antwort.

Sie nickte und wirkte dabei enttäuscht. »Aber … etwas … etwas muss ich einfach noch wissen …«

»Ulla, bitte!«, sagte Jens' Vater flehend. »Bitte, lass es gut sein.«

»Nein, Bernd! Es lässt mir sonst keine Ruhe!«

Sie sahen sich an. Ein stummes Zwiegespräch, voller Schmerz und Furcht. Dominik blickte hin und her.

Was?

Sie holte tief Luft, als müsste sie Mut tanken. »Wir haben zuvor den Mord an eurem Freund Till in der Zeitung verfolgt, nachdem Jens uns am Telefon davon erzählt hatte. Wir haben schlimme Dinge über ihn gelesen. Angeblich soll er Drogen genommen haben und sich verkauft haben …«

Bernd Wagner schüttelte den Kopf und rieb sich die Stirn. Sie fuhr weiter: »Es ist nicht so, dass wir das alles einfach geglaubt haben, aber wir konnten ja auch nicht beurteilen, was daran möglicherweise wahr gewesen ist. Und nun …«, sie schluckte und sprach mit tränenerstickter Stimme weiter, »nun ist unser Jens tot, vom selben Mann ermordet und ich möchte einfach wissen … einfach wissen, ob irgend etwas davon stimmte, ob die beiden vielleicht Probleme gehabt haben – Geldprobleme oder mit Drogen und deshalb irgendwelche dumme Sachen gemacht …«

»Nein!« Dominik fiel ihr ins Wort.

Seine Stimme klang fest und räumte augenblicklich jeden Zweifel bei Jens' Mutter beiseite.

Unbewusst atmete sie erleichtert aus und schloss für einen kurzen Moment die Augen. Als sie sie wieder öffnete, ruhte Dominiks Blick auf ihr.

»Nein, Frau Wagner. Ich kann Ihnen zu Hundert Prozent versichern, dass Ihr Sohn nichts dergleichen gehabt hat. Er hatte keine Drogenprobleme und auch keine Geldprobleme. Und, falls Sie darüber auch nachgedacht haben, auch kein Interesse an Männern und schon gar nicht an abartigen Spielen. Till im Übrigen auch nicht. Ich gebe Ihnen mein Wort!«

Er nahm ihre Hand und fuhr mit Nachdruck fort: »Jens ist komplett unschuldig gewesen und hatte einfach nur ein riesiges, verdammtes Scheißpech!« Die Wortwahl war gewiss nicht perfekt, aber sie verkörperte genau das, was er empfand.

Ulla Wagner sah ihn mit tränengefüllten Augen an und lächelte. »Danke …«

Jens Vater nickte ihm zu. Sein Blick verriet Dankbarkeit und Respekt.

Eine Zeit lang saßen sie schweigend am Tisch, bis Bernd Wagner das Wort ergriff: »Wir müssen jetzt gehen. Wir haben noch dreieinhalb Stunden Fahrt vor uns.« Er reichte Dominik die Hand und als dieser einschlug, legte er seine andere darüber. »Danke Dominik! Sie haben uns sehr geholfen.«

Dominik lächelte und wischte sich die Haarsträhne aus dem Gesicht. Er geleitete sie zur Tür und als er sie geöffnet hatte, umarmte Jens' Mutter ihn spontan. Erst erwiderte er ihre Umarmung zaghaft, fühlte sich dann aber wohl dabei.

»Danke«, flüsterte sie. »Jetzt weiß ich, warum Jens Sie so gern gehabt hat.« Sie sah ihm tief in die Augen, als könne sie in seine Seele blicken. »Geben Sie auf sich acht! Versprechen Sie mir das!«

»Ja, mache ich …«

»Schade, dass wir uns nicht unter anderen Umständen kennenlernen durften.« Sie lächelte traurig. »Auf Wiedersehen, Dominik.«

»Auf Wiedersehen. Kommen Sie gut nach Hause.«

Sie nickten, dann gingen sie.

Er schloss die Tür hinter ihnen und lehnte sich mit der Stirn dagegen.

»Auf Wiedersehen«, flüsterte er nochmals.

39

Das Bestattungsunternehmen besaß einen speziellen Abschiedsraum, welcher selbst am Wochenende und an den Abenden zugänglich war.

Jens war hier aufgebahrt.

Dominik hatte lange mit sich gerungen, ob er sich das wirklich antun wollte. Eine Stunde lang saß er auf der Couch, bis er sich entschieden hatte, seinen Freund ein letztes Mal zu besuchen.

Der Raum war klein, aber freundlich eingerichtet. Helle Wände, eine holzvertäferte Decke und orangefarbene, blickdichte Vorhänge, welche über ein verdunkeltes Fenster gezogen waren, ließen den Raum direkt wohnlich erscheinen.

Der offene Sarg lag auf einem Podest, welches mit einem schwarzen Tuch überzogen war. Links und rechts standen je zwei hohe Kerzenständer mit brennenden Kerzen, deren kleine Flammen bescheiden flackerten. Daneben befanden sich zwei lederbezogene freischwingende Sessel.

Dominiks Herz schlug ihm bis zum Hals, als er sich dem Sarg näherte. Sein Gang war schwebend, leise … Die Situation unwirklich. Es war still. Man hörte bloß das leise Knistern der Kerzenflämmchen.

Da lag er.

Es war Jens und doch wieder nicht. Sein Gesicht war unglaublich blass, die Lippen beinahe weiß. Er trug einen dunkelblauen Pullover mit Rollkragen, vermutlich damit der Schnitt an seinem Hals verdeckt werden konnte.

Jens hatte diesen Pullover noch nie zuvor getragen, er hätte sowas auch nie angezogen. Dominik sah in vor sich, wie er das Gesicht verzogen hätte, wenn er ihn hätte anziehen müssen.

Seine Haare waren ordentlich gekämmt, in einer Weise wie Jens sich nie und nimmer frisiert hätte. Dominik musste der Versuchung widerstehen, in seine Haare zu fassen und ihn so zu zerzausen, wie er seine Frisur getragen hatte.

»Jens …?«

Die Flämmchen knisterten …

»Es tut mir so leid …«

Stille.

»Du fehlst mir.« Er hielt sich am Rand des Sarges fest. »Er wird dafür bezahlen … das verspreche ich dir!«

Eine Träne lief ihm über die Wange und klatschte auf den Holzboden.

»VERDAMMT!! Du elender, vermaledeiter Scheißkerl!!!« Er schrie die Worte verzweifelt in die Luft. Sie verhallten im Nirgendwo … Die Flammen ruckelten und zuckten etwas mehr, aufgescheucht durch den Luftzug.

Himmelherrgott!

Jens lag stumm da. Für ihn war es vorbei.

»Er! Wird! Dafür! Bezahlen! Jens!!« Dominik hatte die Zähne zusammengebissen und klang dabei wie ein knurrender Hund. Dann veränderte sich seine hasserfüllte, verbissene Miene und die unbeschreiblichen, tiefsitzenden Gefühle von Trauer und Liebe, von Verlust und Schmerz, gewannen die Oberhand.

Vorsichtig fasste er in den Sarg und berührte seinen toten Freund nach anfänglichem Zögern sanft an der Schulter.

»Mach's gut, Bruder«, sagte er leise. Dann drehte er sich um und verließ eiligst das Bestattungsunternehmen.

40

Dominik stand draußen, atmete tief durch und stieg in sein Auto, welches er zuvor glücklicherweise gleich vor dem Bestattungsunternehmen hatte parken können. Für einen kurzen Moment legte er müde seine Stirn auf das Lenkrad.

Der Artikel!

Mist …

Den hatte er komplett vergessen! Seit dem Besuch von Jens' Eltern hatte er keine Sekunde mehr daran gedacht.

Er fluchte in fränkischer Manier einige Unverständlichkeiten vor sich hin, während er den Schlüssel im Zündschloss drehte.

Sie hatten ihn tief berührt, die beiden.

Nebst den Bedenken, dass Jens ein dubioses Doppelleben geführt haben könnte, war in ihren Augen die berechtigte Angst gestanden, dass ihr Sohn ebenso unschuldig durch den Schmutz gezogen wird wie Till.

Nachdem er losgefahren war und gleich an der ersten Ampel wieder halten musste, kam ihm anhand dieser Überlegungen folgender Gedanke: Die Idee, ein Interview an den Bericht anzufügen. Ein exklusives Interview mit dem besten Freund des Opfers, welcher haargenau wusste, dass Jens Wagner nicht auf Sadomaso gestanden, noch Heroin gespritzt, noch seinen Hintern verkauft hatte.

Dieser Freund würde so einiges zu erzählen haben und jedes Gerücht, bevor es ein Gerücht werden würde, sofort im Keim ersticken! … Zumindest im *Kurier*. Aber das war immerhin schon etwas!

Es wurde grün und er trat so fest aufs Gaspedal, dass er wuchtig in den Sitz gepresst wurde, bereit zum Abheben!

Als er aus dem Auto ausstieg, stellte er wieder einmal fest, dass es: A: dunkel war und er – B: noch ein gewisses Stück zu Fuß zur Redaktion zurückzulegen hatte.

Er war es so leid …

Verkrampft umklammerte er seine Autoschlüssel und den Schlüssel der Eingangstüre. Er sammelte sich und kniff die Augen zusammen.

Du wirst nicht rennen …

Und um seinem Befehl an sich selbst Nachdruck zu verleihen, sagte er es auch noch laut: »Du wirst nicht rennen!«

Er ging los, rasch – aber er rannte nicht.

Keine Panik …

Er atmete schnell, schneller als nötig. Sah sich permanent um – aber er rannte nicht.

Als er die Tür aufschloss, war ihm, als hätte er nach einem Rettungsring fassen können, während er in tosenden Wellen beinahe ertrunken wäre. Das Licht ging automatisch an, als er in den Eingangsbereich hechtete. Er benutzte den Fahrstuhl, fuhr in den zweiten Stock und betrat das Großraumbüro.

In Königs Büro brannte Licht. Durch die Scheibenfront erhellte es einen Teil der anderen Räumlichkeiten.

Dominik drückte den Lichtschalter und das grelle Neonlicht beleuchtete seinen vertrauten Arbeitsbereich bis in die hinterste Ecke. Er setzte sich an seinen Schreibtisch. Ein schmerzhafter Stich durchstieß seine Brust, als er auf Jens Arbeitsplatz blickte.

Es sah dort noch genauso aus wie immer.

Jens' private Utensilien standen pietätlos da, als wäre nichts geschehen. Die Anwesenheit dieser Dinge war grausam. Sie gaukelten ein Leben vor, welches nicht mehr existierte.

Dominik sah weg und startete seinen Computer.

»Aha … Herr Novak. Ich habe mich schon gefragt, wann Sie erscheinen.« Königs klare und tragende Stimme ließ

Dominik erschauern. Er stand am anderen Ende des Büros und hielt seine Brille in der Hand.

»Ja, ich … Es war viel los heute.«

König nickte. Langsam und aufrecht schritt er zwischen den Schreibtischen hindurch, als würde er an einer Gala den roten Teppich passieren. Dominik musste unweigerlich an Hagens Worte denken, als er König auf sich zukommen sah.

»In welcher Form werden Sie Ihren Bericht ergänzen?«

»Ich werde ein Exklusivinterview anfügen.«

Königs linke Braue hob sich minimal. »Ein Interview? Mit wem?«

»Mit mir. Dem besten Freund des Opfers.«

Ein munterer Ausdruck lag in Königs Gesicht. Dominik bemerkte kleine Lachfältchen um seine Augen, welche er zuvor nie wahrgenommen hatte.

»In Ordnung … Wieso auch nicht …?!« König setzte die Brille auf die Nase und betrachtete eindringlich das lange, schwertförmige Blatt einer Yucca-Palme. »Er hat das verdient«, sagte er.

Dominik seufzte kaum hörbar. Er wollte seine Arbeit machen und nicht noch ein weiteres, anstrengendes Gespräch führen.

»Wer …? Jens?«

»Ja. Er hat es verdient, dass man würdevoll über ihn schreibt.«

»Ja, auf jeden Fall.«

»Ich habe viel von ihm gehalten. Er war klug und beherzt.«

»Ja, das war er …«

König berührte das Palmenblatt. Versonnen fuhr er mit dem Zeigefinger der scharfen, fein gezähnten Kante entlang, bis zur Spitze. Dominik betrachtete das Schauspiel und verspürte ein Kribbeln im Nacken.

»Schildläuse.«

»Wie?«

»Diese Yucca-Palme hat Schildläuse. Das Blatt fühlt sich klebrig an. Wir müssen ein Schädlingsbekämpfungsmittel spritzen.«

»Äh … okay.«

»Ich lasse Sie jetzt arbeiten.« König senkte seine Hand. »Geben Sie Gas.« Gemessenen Schrittes ging er wieder zurück in sein Büro und schloss die Tür hinter sich. Dominik schaute ihm nach. Er wurde aus diesem Mann nicht schlau.

Er nahm seine Kamera hervor und sah sich die Fotos an, welche er im Wald nach der Sache mit Hagen anscheinend noch gemacht hatte. Er konnte sich gar nicht mehr richtig daran erinnern. Irgendwie war er noch herum gestolpert und hatte Bilder von den Steinen, dem Abhang, der Umgebung geschossen …

Ein pflichtbewusstes kleines Arschloch … hätte Hagen gesagt.

Was verdammt, hatte er dort gemacht? Gewiss, er war Journalist und verfolgte die Pressemitteilungen der Polizei wie sie alle. Aber, das erklärte trotzdem nicht, was er dort zu suchen hatte …

Ein Mörder kehrt immer zurück an den Ort des Verbrechens … Das war doch so ein klassischer Spruch in jedem Kriminalfilm.

Müde rieb er sich den Nacken und begann mit seiner Arbeit.

41

Die letzte Nacht war kurz und Dominik machte sich bereits wieder auf den Weg in die Redaktion.

Gestern hatte er es praktisch auf die allerletzte Minute geschafft, seinen Artikel auf Redaktionsschluss fertigzustellen.

Er hatte nicht mehr genügend Zeit gehabt, jedes Detail sauber auszuarbeiten, aber grundsätzlich war er zufrieden mit dem Ergebnis. Seiner Meinung nach war es ihm gelungen, das Interview so zu verfassen, dass es echt schien. So, als hätte er tatsächlich mit diesem Freund gesprochen, welcher Jens Wagner so gut gekannt hatte, wie kaum ein anderer.

König hatte das Interview überraschenderweise ziemlich unkritisch abgesegnet und außer einigen stilistischen Korrekturen keine Änderungen angeordnet. Als Dominik ihn fragend angesehen hatte, ob es das jetzt schon gewesen wäre, hatte König bloß mit den Schultern gezuckt und verschmitzt: »Ihr Interviewpartner scheint genug Kompetenz zu haben, als dass ich seine Aussagen hinterfragen müsste«, gesagt.

Im ersten Teil, dem Bericht, hatte Dominik korrekterweise diejenigen Details erwähnt, welche für die Presse von der Polizei freigegeben worden waren.

Er hatte die wahrscheinliche Verbindung zum Mordfall Till S. erwähnt und auch darüber berichtet, dass ein verdächtiger Mann, Mitte dreißig, vorläufig festgenommen worden war. Auf diesen Punkt war er nicht weiter eingegangen. Er hatte es bei einem einzigen Satz belassen.

Als er nun das Treppenhaus hinunterging und an Lukas' Wohnung vorbeigehen wollte, öffnete sich die Tür und Oliver kam heraus. Dominik brauchte eine Sekunde um dieses

Gesicht mit dieser Wohnung in Verbindung zu bringen: Uff ja die Durchsuchung.

»Hi Oliver.«

»Hallo Dominik! Äh, warte …« Nachdenklich legte er den Zeigefinger an seine Stirn, gleichbedeutend eines: Da war doch noch was? »Ach ja!« Er strahlte. »Marius wollte noch kurz zu dir, willst du gerade gehen?«

»Ja. Ich muss zur Arbeit.«

»Moment, ja?! Ich hole ihn.« Oliver verschwand. Marius erschien kurze Zeit später.

»Können wir zu dir hoch gehen, Dominik? Ich möchte das nicht im Treppenhaus besprechen.«

»In Ordnung … Aber ich muss eigentlich gleich los.«

»Dauert nicht lange.«

Nachdem sie die Tür hinter sich geschlossen hatten, begann Marius: »Also, das Auto haben wir uns angesehen. Es wurden tatsächlich frische Spenglerarbeiten daran ausgeführt. Ansonsten lässt sich nichts finden, auch nicht im Innenbereich. Kein Blut oder so. Außer einer Vielzahl von Fingerabdrücken, die wir jetzt untersuchen werden. Tills Abdrücke werden vermutlich zu finden sein. Ob auch welche von Jens mit dabei sind, wird sich zeigen.«

»Okay«, sagte Dominik nüchtern.

Marius baute sich etwas auf. »In Lehmanns Wohnung jedoch haben wir etwas Nettes gefunden. In seinem Nachttisch lagen Handschellen.«

Dominik hatte das Gefühl, als würde eine Schnecke über seinen Nacken kriechen.

»Hm, na ja … aber das bedeutet ja eigentlich nichts, oder?«, sagte er, trotz des schleimigen Weichtiers.

»Nein. Aber es könnte etwas bedeuten.« Marius lächelte schief, so als hätte er noch einen Trumpf im Ärmel. »Wir konnten zwei von Lehmanns Gespielen ausfindig machen. Sie betiteln sich selber als Callboys, nicht als Stricher. Beiden schien diese Differenzierung sehr wichtig zu sein.« Er hob eine Augenbraue.

Mittlerweile kroch eine zweite oder gar dritte Schnecke auf Dominiks Nackenpartie herum, er begann sich die Stelle zu reiben. »Lass gut sein, Marius … Details brauche ich nicht.«

Marius schüttelte den Kopf. »Keine Sorge. Nur dies: Beide Männer, die übrigens etwas älter sind, als sie aussehen, haben uns übereinstimmend erzählt, dass solche Dinge wie das Spielzeug aus dem Nachttisch bei Lehmann auch zum Einsatz kommen.«

»Aha.« Eine der Mollusken kroch Dominiks Rückgrat hinunter. »Und was heißt das? Was werdet ihr jetzt tun?«

Marius kratzte sich nachdenklich am Hinterkopf. »Ich traue ihm einfach nicht und den Kollegen geht es genauso.« Er hob die Hand und zählte an den Fingern ab:
»Er ist homosexuell, mag anscheinend Fesselspiele, kannte beide Opfer«, er zeigte auf Dominik, »hat möglicherweise ein Problem mit dir – die Nachrichten! Er war der Letzte, der Till lebend gesehen hat und sein Fingerabdruck war auf Jens' Handy. Außerdem ist er Apotheker. Er kennt sich deshalb mit menschlicher Anatomie aus und weiß gewiss, dass eine Verletzung der Sehnen in der Handfläche die Greiffähigkeit verunmöglicht.« Er nickte und schien sich damit selbst zu bestätigen. »Ich werde einen Haftbefehl beim Richter beantragen und Lehmann in Untersuchungshaft stecken. Ich möchte diesen Vogel etwas mürber machen. Vielleicht beginnt er dann auszupacken.«

Die Schnecken waren weg. Dafür schien jetzt ein Oktopus mit seinen Tentakeln Dominiks Magen in alle Richtungen zu verknoten. »Ich muss jetzt wirklich los«, sagte er.

»Ja klar. Ich wollte nur, dass du auf dem neusten Stand bist.«

»Hm, danke.«

Sie gingen gemeinsam aus der Wohnung. Marius betrat Lukas' Räumlichkeiten und Dominik stieg weiter die Treppe hinunter – in Zeitlupentempo … Schritt für Schritt.

Er blieb auf dem Treppenabsatz stehen und schloss die Augen. Schmerzlich beschwor er Erinnerungen an seine Schreckensnacht hervor und hielt sich dabei am Geländer fest. Versuchte, sie ein Stück weit zu durchleben … diese erstickende Nähe zu fühlen …

Er öffnete die Augen und ließ das Geländer los.

Er wusste es mit absoluter Gewissheit. Woher er die hatte, konnte er sich nicht erklären, aber es war so!

Lukas war es nicht – Punkt.

Und nun?

Er schüttelte den Kopf. Das war jetzt Sache der Polizei. Nicht sein Problem. Einen Beweis für Lukas' Unschuld konnte er ja trotzdem nicht liefern. Wenn er nichts getan hatte, wird er auch nicht verurteilt werden.

Dominik hatte sich entschieden, zu Fuß in die Redaktion zu gehen und das Auto stehen zu lassen. Auch wenn es heute spät werden würde.

Gestern Abend hatte es ganz gut geklappt. Selbst nach dem Verlassen der Redaktion am späten Abend war er nicht zu seinem Auto gerannt. Und zuhause auch nicht vom Auto zur Haustüre. Er empfand so etwas wie Stolz und fühlte sich gleichzeitig elend dabei. So sahen also mittlerweile seine Ziele im Leben aus: Im Dunkeln nicht zu rennen und irgendwann das Licht wieder zu löschen beim Schlafen – wie erbärmlich.

Zügigen Schrittes ging er los.

Die Stille lag bleischwer in der Luft, als er die Redaktion betrat. Diese erdrückende Ruhe gab ihm das Gefühl, nicht einmal mehr atmen zu dürfen.

Alle waren anwesend. Sie standen in der Mitte des Großraumbüros, teilweise an den Schreibtischen angelehnt, allesamt mit verschränkten Armen und gesenkten Köpfen. Außer Hagen. Der stand etwas abseits mit den Händen in den Hosentaschen. Er war der Erste, der Dominik bemerkte.

Ihre Blicke trafen sich. Keiner wich aus.

Langsam verschränkte Hagen die Arme vor der Brust, während sein Ausdruck immer hämischer wurde.

»Allmächd, Dominik!« Simone kam auf ihn zu gestürmt. Ihre Augen waren gerötet. Sie umarmte ihn. »Das mit Jens ist ja furchtbar …«

Tina stand zwischen Ulrich und Florian und sah verweint aus. Ihre Nase war rot, als hätte sie einen üblen Schnupfen. Während Dominiks Gesicht in Simones inniger Umarmung praktisch verborgen war, hörte er Ulrich leise: »Weiß er es überhaupt schon?«, fragen.

»Natürlich!«, warf Hagen lauthals ein. »Er hat doch bereits darüber geschrieben!«

»Oh ja«, sagte Ben. Es klang nicht besonders nett.

Simone ließ Dominik los und wischte die Tränen weg.

Hagen hielt die heutige Zeitung hoch. Dominik sah, wie er diesen Auftritt genoss. »Ich kann euch nur empfehlen diesen fantastischen Artikel zu lesen! Besonders dieses Interview im Anhang!«

Ben nickte, Florian nickte, Nils nickte … Und ihre Gesichter sprachen Bände.

»Bist *du* eigentlich dieser Interviewpartner?«, fragte Ben.

»Rate mal!«, warf Hagen ein. »Doppelt gemoppelt. Unser Herr Schriftsteller verfasst die Titelgeschichte und ist auch noch die Hauptperson in seinem Artikel. Raffiniert!« Er schnalzte mit der Zunge und zwinkerte Dominik dabei zu.

»Das kam aus einer Notsituation heraus! Ich hatte keine Zeit mehr für …«, begann Dominik, als Tina ihm ins Wort fiel: »Ich verstehe dich nicht Dominik, das was du als fiktiver

Interviewpartner geantwortet hast, ist ja sehr nett Jens gegenüber, aber …«, sie schüttelte den Kopf, »aber es scheint, als würdest du Jens benutzen, um selber zu Wort zu kommen. Du stellst *dich* damit irgendwie in den Vordergrund.«

»Du stellst dich ganz gerne in den Vordergrund, was?!«, fauchte Florian. »*Deine* Gefühle im Feature, *deine* Meinung im Essay, *dein* persönliches Wissen im Interview …«

»Aber, so lauten die Aufträge von König. Er will, dass ich die Artikel auf diese Weise ergänze!«

»Na ja – ursprünglich ja nicht!«, sagte Ben. »Ich war dabei, als du dein Feature verfasst hast, ohne dass König etwas davon wusste. Es kommt mir wirklich auch so vor, als würdest du den Tod deiner Freunde benutzen um zu zeigen, was für ein kreativer Geist in dir steckt.«

»Das meinst du nicht im Ernst«, entgegnete Dominik.

Ben zuckte die Achseln. »Ich weiß nicht. Diesen Till hab ich nicht gekannt, deshalb hat es mich nicht sonderlich gestört, aber dass du jetzt in selber Manier über Jens schreibst, finde ich geschmacklos.«

Tina nickte. Diese Reaktion schmerzte Dominik enorm.

»Ich finde es auch schräg, dass du über Jens schreibst«, sagte Florian.

»Ich auch«, ergänzte Nils. »Und überhaupt: Wieso schreibst du jetzt auch über den Mord an ihm?« Er rümpfte die Nase.

»Wegen seines Schwagers bei der Polizei vielleicht«, antwortete Ulrich dumpf.

»Er ist aber nur Praktikant«, sagte Nils.

Florian raunzte: »Allerdings – stimmt.«

»Aber, aber, Leute!« Hagen trat einige Schritte näher und legte Dominik liebevoll die Hand auf die Schulter. Zornig schüttelte er sie ab und wich zur Seite.

»Seid doch nicht so hart zu unserem armen, trauernden Genie. Er ist doch Jens' allerallerbester Freund gewesen und wollte darum unbedingt selber über diese furchtbare Sache berichten.« Wohlwollend nickte er Dominik zu. »Und er kann nun mal als Einziger hier so wunderbar hochstehende Texte verfassen und solch anspruchsvolle, tiefgründige Interviews führen.« Er machte eine ausladende Handbewegung. »Alle in diesem Raum, die schon etwas länger hier arbeiten, wissen doch, wie unser Chef tickt. Er gibt so klugen, talentierten, bescheidenen Praktikanten doch gerne eine Chance, um sich mal so richtig zu beweisen.«

»So ist es, Herr Wolf!« König stand am anderen Ende des Büros und ließ seine Worte durch den Raum hallen.

Hagen verstummte augenblicklich. König kam auf sie zu. In einiger Entfernung blieb er stehen und musterte jeden einzelnen … einen nach dem anderen.

»Ich habe Herrn Novak gestern Morgen angerufen und ihm diesen Auftrag erteilt! Und ich habe von ihm erwartet, dass er ihn auch ausführt!« Er reckte sein Kinn. »Ich bin der Meinung, dass Herr Novak der Richtige für diese Stories ist, weil er mit beiden Opfern befreundet war und deshalb dem Ganzen eine besondere Tiefe einverleiben kann. – Stellt das jemand hier in Frage?«

Betretenes Schweigen.

König trat näher und sah Tina in die verweinten Augen. »Es ist grauenvoll und traurig, was Jens Wagner zugestoßen ist. Wir werden ihn alle vermissen.« Er schaute zu Dominik. »Und unser Herr Novak hier – besonders …« Sein Blick schien sich durch Dominiks Schädel, in sein Hirn, in seine Gedanken zu bohren.

»So. Das wäre dann wohl geklärt. Ich erwarte Sie alle in zwei Minuten zur Morgenbesprechung.« König drehte sich um und ging zurück in sein Büro.

Betreten standen sie da, in einem stummen Kreis. Irgendwann wandte sich Ben ab, dann Nils, dann folgte einer nach dem anderen.

Dominik blieb stehen. Er starrte ins Nichts.

»Hey mein Süßer …« Simone berührte ihn am Arm. »Kopf hoch. Die sind doch nur neidisch. Du machst das gut.« Sie lächelte ihn mit traurigen Augen an und ging danach Richtung Sitzungszimmer.

Neidisch …

Worauf? Er hatte die Schnauze gestrichen voll.

Er blickte auf. Hagen stand als einziger noch hier und sah ihn herablassend an. *Siehst du Stiefellecker? König fährt auf dich ab, hab ich doch gesagt …*

Dominik ging an ihm vorbei. Hagen folgte mit vier Metern Abstand.

Die Besprechung verlief speziell. Dominiks Artikel wurde nicht mehr erwähnt, dafür war Jens' Reportage: *Ein Tag in den Bildungszentren von Altdorf,* ein wesentliches Thema der Sitzung. Die Reportage umfasste zwei volle Seiten und war im ersten Drittel der heutigen Ausgabe zu finden.

Jens hatte seine Arbeit am Freitag noch fristgerecht eingereicht und König war der Meinung gewesen, diese Reportage hätte es trotz der Umstände verdient, in der Zeitung zu erscheinen. Dass drei Seiten weiter vorne über den Mord an dem Autor des Textes berichtet wurde, schien ihn nicht besonders zu irritieren. Kurz erklärte er, dass er sich so entschieden hätte und dass das niemand zu hinterfragen habe.

Dann wurden von König noch zwei, drei Punkte bei anderen Artikeln gerügt, ein oder zwei Komplimente vergeben und die aktuellen Arbeiten verteilt. Dominik war nach wie vor für den Mord zuständig, was sich nun niemand mehr traute, in Frage zu stellen.

Er atmete auf, als sie den Konferenzraum endlich verlassen durften. Während er sich erhob, sagte König trocken: »Ach, Herr Novak. Bevor Sie mit Ihrer Arbeit beginnen, habe ich noch einen kleinen Job für Sie.«

»Ja … klar.«

»Holen Sie einen Karton und räumen Sie Herrn Wagners private Utensilien von dem Arbeitsplatz weg. Anschließend bringen Sie das Paket zur Post und schicken es seiner Familie.« Er schob Dominik ein gelbes Klebezettelchen zu, auf dem die Adresse von Jens Eltern geschrieben stand.

»O… okay …«, sagte Dominik und schluckte leer. Er holte einen Pappkarton aus dem Lagerraum und begann, ihn mit Jens' privaten Sachen zu füllen.

Jedes Ding, welches er in die Hand nahm, schien unter Schwachstrom zu stehen, kribbelte an seinen Händen und jagte seinen Puls in die Höhe. Es war schwierig, enorm schwierig.

Er spürte die Blicke im Nacken, während er die Sachen in Zeitungspapier wickelte und vorsichtig im Karton verstaute. Eine Zeit lang betrachtete er Jens' riesige dunkelrote Tasse mit der schwungvollen Beschriftung

Best Lover in Town

die als Dekoration Jens' Arbeitsplatz zierte, seit er ihn vor einem halben Jahr bezogen hatte. Von wem er die bekommen hatte, war Jens' spaßiges Geheimnis gewesen. Dominik hatte ihn des Öfteren damit hochgenommen und ihm unterstellt, die wohl selber gekauft zu haben. Aber Jens hatte nur gegrinst und »Frag die Ladies!« darauf geantwortet.

Diese Tasse war das letzte Teil, welches er schweren Herzens in den Karton verstaute.

Es war, als nagle er den Deckel auf einen Sarg, während er das Paket zuklebte und damit im Begriff war, die vielen Andenken an Jens auf ihre letzte Reise zu schicken. – Außer der Karikatur von Till zuunterst in Jens' Rollcontainer …

Er zog die Zeichnung hervor und sah sie an. Sie vereinte seine zwei besten Freunde in einer schmerzhaften Weise. Er legte sie vorsichtig in eine seiner Schubladen. Dann klemmte er das Paket unter den Arm und ging zur Post.

42

Dominik verdrehte die Augen.

Die Warteschlange bei der Poststelle hatte die Länge einer ausgewachsenen Python und die Person am Schwanzende war Frau Meister, Dominiks betagte Nachbarin, welche damals bei ihm klingelte, als er lautstark seine Kommode zertrümmert hatte.

Er versuchte nicht allzu dicht aufzuschließen, damit sie ihn nicht bemerkte. Doch die feinen Sensoren der alten Dame ließen sie neugierig nach hinten blicken. Ihr freundliches Runzelgesicht erhellte sich. »Oh! Grüß Gott, Dominik!«

»Ah hallo … Frau Meister.«

Erwartungsvoll lächelte sie ihn an. Bereit, sich mit einem unterhaltsamen Schwätzchen mit dem netten Jungen die Wartezeit zu versüßen.

»So, sind Sie auch in der Post am Warten?«, fragte er etwas beschränkt.

»Wie Sie sehen.« Sie schmunzelte.

Er strich sich die Haarsträhne aus der Stirn. Sein Tobsuchtsanfall war ihm jetzt peinlich. Frau Meister war wohl alt, aber keinesfalls dement. Sie konnte sich ganz gewiss noch an sein Gebrüll erinnern.

»Geht es Ihnen gut?«, fragte sie.

»Ja, danke. Und Ihnen?«

So ging das eine Weile hin und her bis Frau Meister endlich ihre Briefe am Schalter aufgeben konnte. Dominik atmete auf. Doch als er dran war und das Paket über den Tresen schob, bemerkte er, dass sie auf ihn wartete.

Na super …

Sie ging mit ihm gemeinsam zur Tür, er öffnete und ließ sie zuerst durchgehen.

»Sehr aufmerksam von Ihnen, junger Mann!«

»Keine Ursache, Frau Meister. Also dann …«

»Haben Sie das auch mitbekommen?«, fiel sie ihm ins Wort und verhinderte damit seine Flucht.

»Was meinen Sie?«

»Na, das mit Herrn Lehmann?«

Er stellte sich unwissend. Sie trat etwas näher und flüsterte: »Er ist verhaftet worden. Angeblich soll er zwei junge Männer ermordet haben.«

»Na ja … soviel ich weiß, ist er bloß verdächtigt«, und fügte an: »Das ist ja nicht ganz dasselbe.«

Sie machte eine fuchtelnde Handbewegung. »Ja, ja … Aber es ist trotzdem fürchterlich. Die Polizei ist heute bei uns im Haus gewesen und hat mich gefragt, ob mir jemals etwas Verdächtiges aufgefallen sei.«

Dominik nickte. »Ja, die Polizei habe ich auch angetroffen.«

»Ich habe ihnen gesagt, dass Herr Lehmann manchmal Besuch von jungen Burschen gehabt hat, aber dass ich keine Ahnung habe, was die bei ihm gemacht haben.« Keck hob sie eine Augenbraue. »Also, ich weiß es natürlich schon, aber ich tat so, als hätte ich keine Ahnung.«

Dominik lächelte und trat dabei von einem Bein aufs andere. »Alles klar. Also Frau Meister, ich muss dann mal …«

»Er ist doch immer so nett gewesen, der Herr Lehmann.« Bekümmert schüttelte sie den Kopf. »So ein zuvorkommender Mensch. Er hat mir meine Medikamente immer nach Hause gebracht, damit ich nicht extra in die Apotheke gehen musste. Ich bin ja nicht mehr so gut zu Fuß, wissen Sie …«

»Hm, ja … das war nett von ihm. Also, ich …«

»Er war noch bei mir, am Freitag vor zwei Wochen. Er hat mir meine Medikamente gebracht, ich hatte gerade gekocht und habe ihn dann spontan zum Essen eingeladen – einfach so! Er hatte einen gesegneten Appetit!« Sie kicherte. »Dann habe ich ihm noch einen Kaffee gemacht und den wunderbaren edlen Weinbrand, den mein Mann immer so gemocht hatte, dazu serviert.«

Dominik wurde immer hibbeliger. Er nickte ununterbrochen und versuchte, etwas Distanz zu gewinnen, indem er kleine Schritte rückwärts machte. Sie machte synchron kleine Schritte nach vorn und redete weiter. »Drei Weinbrände hat er getrunken und dann von seiner großen Liebe erzählt, welche tragischerweise vor zwei Jahren an Krebs gestorben ist. Jetzt stellen Sie sich das vor Dominik: Der Mann ist erst zweiunddreißig Jahre alt gewesen, als er starb. Und Herr Lehmann fing an zu weinen und sagte, dass er ihn immer noch jeden Tag vermissen würde!«

Das hatte Dominik nicht gewusst. Es ließ Lukas plötzlich in einem etwas anderen Licht dastehen. Doch etwas anderes, das Frau Meister erwähnt hatte, drängte sich in seine Gedanken zurück und ließ ihm keine Ruhe.

Munter erzählte sie weiter. »Er sagte, dass er die Leere manchmal versuchen würde zu füllen, aber das nütze eigentlich nichts. Er …«

»Entschuldigen Sie bitte, dass ich Sie unterbreche, Frau Meister …«

»Ja?« Sie war ganz Ohr.

»Wann ist Herr Lehmann bei Ihnen gewesen, haben Sie gesagt?«

»Am Freitag vor zwei Wochen, am zwölften Oktober.« Sie sagte dies, ohne überlegen zu müssen.

»Sind Sie sich da ganz sicher?«

Sie lächelte liebevoll. »Oh ja, ganz sicher. Der zwölfte Oktober war nämlich der Geburtstag von meinem Mann. Deshalb habe ich ja auch so ein gutes Essen gekocht.«

Dominiks Herz begann laut zu pochen. »Um welche Zeit war er bei Ihnen?«

Sie überlegte kurz und gab dann überzeugt zur Antwort: »Er kam so um zwanzig Uhr und ging erst gegen Mitternacht wieder nach Hause.« Sie sagte dies mit einem gewissen Stolz in der Stimme.

»Frau Meister, wären Sie bereit, das bei der Polizei nochmals zu wiederholen?«

Ihre Augen leuchteten. »Aber sicher doch, mein Junge!«

»Okay, danke Frau Meister!« Er drehte sich um und sagte dabei: »Ich muss jetzt wirklich ganz, ganz dringend los!«

Sie sah ihm überrascht nach, als er sie einfach stehen ließ und davon eilte.

Seine Gedanken, Gefühle, Ängste – wurden allesamt in einen Mixer gestopft, verquirlt und als undefinierbarer Brei wieder ausgegossen, während er in die andere Richtung ging, als er gekommen war …

Lukas hatte ein Alibi für die Nacht in der er gequält worden war … Was sollte er tun? Was? – Um Himmelswillen?

Er wusste die Antwort. Es gab nur eine Variante, aber er versuchte angestrengt, dies zu umgehen, es musste doch eine andere Möglichkeit geben …

Sie würden Lukas anhand der Beweislage nicht wirklich etwas anhängen können, dessen war er sich ziemlich sicher. Aber auch ohne eine Verurteilung würde die Zeit, welche Lukas nun bevorstand, ein Vorhof zur Hölle sein.

Wenn er in Untersuchungshaft kommen würde, bedeutete dies, dass er sich gegenüber seinem Arbeitgeber erklären müsste. Er würde womöglich einige Wochen beruflich und privat nicht abkömmlich sein und das rechtfertigen müssen. Die Presse würde von seiner Person Wind kriegen und ihn ausschlachten … Er hätte enorm viel zu verlieren und das, obwohl er sich nichts hatte zu schulden kommen lassen.

Dominik hatte unbewusst den richtigen Weg eingeschlagen. Wie in Trance marschierte er quer durch die Altstadt, tankte Energie und Mut aus dem Nirgendwo, drehte einen Schalter in seinem Kopf und stellte Angst und Zweifel damit aus.

Er stand vor seiner Haustür anstelle der Redaktion, eilte in seine Wohnung, holte die Autoschlüssel und fuhr los.

Er betrat das Polizeipräsidium und begegnete bereits im Eingangsbereich Marius und Oliver. Überrascht sahen sie ihn an, als er mit fester Stimme sagte:

»Ich will jetzt gleich eine Aussage machen!«

43

Sie saßen da.

Alle drei.

Oliver am PC, Marius an der Längsseite des Tisches, Dominik gegenüber.

Es herrschte absolute Stille.

Oliver hatte soeben das letzte Wort getippt. Er hatte die ganze Zeit über versucht einen neutralen Gesichtsausdruck aufzusetzen, aber Dominik hatte die Regungen in Olivers Mimik bemerkt, als er seine Schilderungen, jedes Detail, Wort für Wort, in den Computer tippen musste. Dazwischen hatte sich Oliver den Nacken gerieben, immer wieder einen Schluck Wasser getrunken und es vermieden, Dominik direkt anzusehen.

Marius saß da, den linken Arm auf dem Ellbogen aufgestützt, die Hand vor den Mund geschlagen. In seinen Augen lag blankes Entsetzen. Zu Beginn hatte er wohl etwas anderes erwartet. Irgendeine schmutzige Anekdote über Lehmann oder so was. Aber diese Aussage hatte ihn zutiefst schockiert, so dass er nicht fähig war, professionell darauf zu reagieren und seinen Schrecken Dominik gegenüber zu verbergen.

Dominik selber war die ganze Zeit über erstaunlich ruhig geblieben.

Er hatte versucht, gar nicht erst nachzudenken, sondern einfach nur zu erzählen – möglichst sachlich, möglichst distanziert. Ab und zu waren Emotionen hochgekommen, aber er konnte sie stets bändigen und in die richtigen Bahnen lenken.

Danach empfand er eine Leere, welche kaum mit Worten zu beschreiben war. Als hätte man ihn ausgehöhlt, sämtliche Eingeweide entrissen aber gleichzeitig seinen Körper von innen her gereinigt. Ein ambivalentes Gefühl, welches ihm unendlichen Schmerz, aber zugleich unbeschreiblichen Frieden schenkte, strömte nun in seinen Körper und füllte die gesäuberten Hohlräume.

Nach einer Weile räusperte sich Marius. Seine Stimme klang belegt. »Du … was soll ich sagen, es tut mir unglaublich …«

Dominik hob die Hand. »Lass gut sein.«

Marius räusperte sich nochmals, er schien einen glitschigen Frosch im Hals zu haben, der sich dort ziemlich wohl fühlte. »Okay … aber … verdammt – ich weiß nicht, was ich sagen soll.« Er stand auf, zog den Hosenbund etwas nach oben, ging einmal um den Tisch herum und setzte sich wieder.

»Hör zu: So leid mir das tut, aber du wirst dich noch untersuchen lassen müssen, wegen der Glaubwürdigkeit deiner Aussage.«

Dominik wurde eine Faust in den Magen geschlagen. Trotzdem nickte er.

Oliver an der Stirnseite des Tisches hüstelte seinen eigenen Frosch weg. »Ähm … Ich werde dir das Protokoll deiner Aussage gleich noch zur Unterschrift vorlegen, nachdem ich es kontrolliert habe. Kannst du solange warten?«

»Ja. Natürlich.«

Oliver verließ den Raum.

Dominik rieb sich die Stirn, eine gewisse Erschöpfung machte sich breit. »Wird Lukas jetzt freigelassen?«

»Ja, unter diesen Umständen werden wir den Antrag auf Untersuchungshaft zurückziehen. Wir werden noch mit Frau Meister sprechen und wenn sie bestätigt, dass er an jenem Abend bei ihr gewesen ist, ist er frei.«

Dominik wirkte zufrieden. Marius sah ihn nachdenklich an. »Möchtest du, dass er weiß, dass *du* ihn entlastet hast?«

»Nein! Auf keinen Fall! Ich will anonym bleiben, in jeder Hinsicht!«

Marius nickte. »Für die Öffentlichkeit bist du das sowieso. Außerdem wird auch nicht veröffentlicht werden, dass die Aussage eines anonymen Opfers den Tatverdächtigen entlastet hat. Das bleibt geheim. Erstens wegen der laufenden Ermittlungen. Zweitens wäre es für dich zu gefährlich, wenn der Mörder wüsste, dass du ausgesagt hast.«

Ein Schauer vom Scheitel bis zu den Zehen durchzuckte Dominik.

»Dieser Ort an dem du festgehalten wurdest … du hast gesagt, dass es möglicherweise eine Waldhütte gewesen ist?«

»Ja – ziemlich sicher sogar.«

In Dominiks Kopf wurde der Film zurückgespult. Durch die Aussage hatte er es geschafft, seine eigenen Grenzen zu überschreiten, eine gewaltige Barriere zu überwinden.

Türen, welche Erinnerungen dahinter verbargen, schienen sich ächzend zu öffnen … ohne kreischende Stimmen, ohne gespenstische Fratzen, die versuchten aus den verriegelten Räumen zu fliehen und ihr grausiges Wissen zu verbreiten. Dominik hatte die Riegel entfernt, die Gedanken waren frei.

Er tauchte ab … konnte diesen Raum fühlen, er spürte seinen nackten, durchgefrorenen Körper wie er auf diesem harten Boden lag. Er roch die Waldluft von draußen, er hörte ein Käuzchen schreien …

Marius sagte: »Du hast erzählt, dass ihr etwa zehn Minuten mit dem Auto gefahren seid, bevor du in der Nähe der Teufelskirche ausgesetzt worden bist. Zehn Minuten sind wohl nicht viel, aber es dehnt das Gebiet in welchem sich diese Hütte befinden könnte, doch ziemlich aus. Außerdem gibt es zig solcher Hütten in diesen Wäldern.« Er seufzte. »Aber wir finden sie! Wir werden eine um die andere abklappern, bis wir sie haben.«

Dominik hatte das nicht gehört, er befand sich nicht mehr hier im Präsidium …

Soeben hatte er mit dem Anderen die Hütte verlassen … wurde in den Kofferraum gestoßen … das Auto fuhr los … der Schotter … die Kurven …

»Marius …« Seine Stimme klang fremd.

»Was?«

»Vielleicht kann ich den Weg rekonstruieren.«

Marius' Augen wurden groß. »Was? Wie?«

Dominik schien aus einer Hypnose zu erwachen, schüttelte den Kopf und blinzelte ein paarmal. »Als ich in diesem Kofferraum gelegen bin, hab ich gedacht, dass das die letzten Minuten meines Lebens wären. Ich habe mir jede Unebenheit, jede Kurve eingeprägt … Das habe ich nur nicht mehr gewusst.« Resolut pustete er die Haarsträhne in die Höhe.

Marius verschränkte die Arme. »Hm … Ernsthaft? Und du denkst, das reicht aus um den gesamten Weg zurückzuverfolgen? Wie willst du das denn anstellen?«

»Weiß noch nicht genau … lass mir etwas Zeit, okay?«

»Okay.« Marius sah ihn kritisch an, dann hoben sich seine Mundwinkel. »Versuche es. Ich werde die Hütte aber auch suchen, auf üblichem Weg, wie man das halt bei der Polizei so macht.« Er zwinkerte Dominik zu und dieser erwiderte mit einem Lächeln, das das erste Mal seit zweieinhalb Wochen die Augen erreicht hatte.

»Also, Junge: Du musst uns heute noch für zwei Dinge zur Verfügung stehen. Erstens, wie bereits erwähnt: Der Arztbesuch. Das muss schnell erfolgen, er gehört zu deiner Aussage. Den Termin machen wir für dich – klar?«

»Klar.« Dominik schluckte.

»Zweitens: Du zeigst uns die exakte Stelle, an der du ausgesetzt worden bist, hoffentlich finden wir dort noch etwas. Da du deine Kleider, Schuhe und Brieftasche am Tag nach dem Überfall im Müll entsorgt hast, ist dies unsere einzige Chance, Spuren des Täters zu finden.«

»Ich Depp, das war so dämlich …«

»Nein, das ist nachvollziehbar«, seufzte Marius. »Unklug, sicher – aber nachvollziehbar. Mach dir keinen Kopf deswegen. Ich werde die Kollegen der Spurensicherung informieren, dann fahren wir in den Wald.« Er wählte eine Telefonnummer.

Oliver betrat den Raum mit dem ausgedruckten Protokoll. Dominik las es durch.

Es war ein eigenartiges Gefühl, die grauenvollen Szenen schwarz auf weiß vor sich zu haben. Unwirklich und grausam. Und doch ein wenig so, als hätte er diesen ganzen Schmutz an einer riesigen Serviette abgewischt und der Dreck klebe jetzt dort auf dem Papier und nicht mehr an ihm.

Er unterschrieb und gab das Protokoll Oliver zurück. Dieser nahm es vorsichtig entgegen und nickte Dominik mit zusammengekniffenen Lippen zu.

Marius legte den Telefonhörer auf. »Die Spusi braucht etwa eine Stunde. Fahren wir schon mal vor. Dominik, ich fahre mit dir. – Oliver?«

Abwesend sah er von dem Protokoll auf.

»Du folgst uns zusammen mit Jochen.«

»Ist gut … Wohin?«

»Zum Weinhof. Von dort ist es nicht weit«, sagte Dominik.

»Also los, gehen wir.«

Kurz darauf saß Dominik am Steuer, Marius schweigend neben ihm. Stadtauswärts rollte der Verkehr ziemlich langsam. Leise lief der 80er Song *Little Lies* von *Fleetwood Mac* im Radio. Ihr Schweigen ließ die Luft stickig werden trotz aufgedrehter Lüftung.

»Marius, ich muss dir noch etwas sagen …«

»So? Na dann, schieß los.«

»Anna weiß es … Ich habe es ihr vor drei Tagen erzählt.«

Marius schwieg und blickte geradeaus.

»Sie wollte unbedingt, dass ich es dir sage, aber ich konnte das einfach nicht, es …«

»Schon okay.«

»Nein, nein – ist es nicht. Anna hat mir versprechen müssen, dir nichts davon zu erzählen. Das ist ihr sehr schwer gefallen, ich weiß es. Bitte, sei nicht sauer auf sie.«

»Nein … natürlich nicht. Das verstehe ich schon.«

Sie schwiegen wieder.

»Es hat dich sicher enorme Überwindung gekostet, diese Aussage zu machen«, sagte Marius nach einer Weile und schaute dabei seitlich aus dem Fenster.

»Ziemlich.«

»Falls du mal …«

»Nein.«

Sie kamen beim Weinhof an, Dominik bog ab und parkte. Oliver und Jochen eine Minute später ebenfalls.

Sie mussten ein kurzes Stück über eine Wiese gehen, dann stapften sie durchs Unterholz, stiegen eine Naturtreppe hinunter, gingen nah an der Teufelskirche, der moosbewachsenen Schlucht mit ihrem sprudelnden Bächlein vorbei, sprangen über den schmalen Wasserlauf und kraxelten auf der anderen Seite wieder empor.

Es war ziemlich rutschig und alle vier trugen kein geeignetes Schuhwerk für diese Bodenbeschaffenheit.

»Wir müssen dort rüber!«, sagte Dominik und zeigte nach Norden. Weiter ging es durch dicke Laubschichten, über Wurzeln und Felsen, durch Gestrüpp und Buschwerk.

»Hier ist es gewesen.«

Sie befanden sich auf einer kleinen Anhöhe. Wesentlich flacher und nicht so steinig wie diejenige, von der Jens runtergestürzt worden war.

»Da unten lag ich«, sagte Dominik heiser. »Ich glaube, er hat mich von hier, wo wir jetzt stehen, runtergestossen.«

Sie umgingen den Abhang großzügig und standen dann an der richtigen Stelle. Vor seinem geistigen Auge sah Dominik sich dort liegen. Er bemerkte den scharfkantigen Stein, an dem er seine Fessel durchgescheuert hatte.

»Die Klebebänder … Sie sind nicht mehr da.«

»Was meinen Sie?«, fragte Jochen.

»Die Fesseln. Ich habe sie zusammengeknüllt hier liegen gelassen, nachdem ich sie weggerissen habe.«

»Er ist wohl nochmals hier gewesen«, sagte Oliver kühl, »Spuren beseitigen.«

»Na prima …« Marius schüttelte den Kopf. »Hast du eine Ahnung, von welcher Richtung ihr gekommen seid? Wo er das Auto geparkt haben könnte?«

Dominik blickte in das Labyrinth aus Bäumen und schüttelte den Kopf. »Wir sind einige Minuten zu Fuß unterwegs gewesen. Die Richtung kann ich von hier unmöglich bestimmen.«

»Der Ort ist interessant«, sagte Jochen. »Passt zu den anderen zwei.«

»Stimmt«, sagte Marius. »Könnte ein Muster sein: Teufelskirche, Löwengrube, Sophienquelle.« Er sah Dominik an. »Kannst du dir darunter etwas vorstellen? Hattest du oder deine Freunde einen speziellen Bezug zu diesen Orten?«

»Nein, eigentlich nicht. Jens sowieso nicht, er ist ja nicht von hier gewesen.«

»Könnte für den Täter eine Bedeutung haben …«, sagte Oliver gedankenversunken.

Marius' Handy klingelte.

»Die Kollegen sind da, sie haben auch beim Weinhof geparkt.«

Oliver hob die Hand. »Ich zeige ihnen den Weg!«

»Dann gehe ich jetzt, okay?«, sagte Dominik.

Marius nahm ihn kurz zur Seite. »Falls du den Weg zur Hütte tatsächlich zurückverfolgen kannst, informierst du mich, verstanden?« Er sah ihm eindringlich in die Augen. »Du machst da nichts im Alleingang, das ist zu gefährlich. Klar?!«

»Klar.«

Dominik und Oliver stolperten durch das unwegsame Gelände zurück, wichen den matschigen Stellen aus und hüpften über den Bach in der Schlucht.

Sie sprachen kein Wort.

Olivers dünne Haarpracht schien statisch aufgeladen zu sein. Die wenigen Haare standen kerzengerade wie magere, hellbraune Grashalme auf seiner durchschimmernden Kopfhaut. Dominik hatte den Eindruck, ständig von der Seite gemustert zu werden. Wenn er jedoch hinüberschielte, schaute Oliver stur geradeaus.

Als sie das weißbekleidete Trio bei den Autos stehen sahen, verabschiedeten sie sich voneinander – kurz und mit einem aufgesetzten Lächeln.

Dominik setzte sich in den Wagen und sah Oliver und den drei Forensikern zu, wie sie im Gänsemarsch über die Wiese gingen und kurze Zeit später im Dickicht verschwanden.

Er hatte das Gefühl, endlich mal wieder etwas richtig gemacht zu haben.

44

Dieser Tag hatte es in sich. Dominik streckte alle Glieder auf dem Bürostuhl, als er endlich Feierabend hatte.

Feierabend? – Nicht wirklich. Er war zwar mit der Arbeit fertig, hatte aber noch eine Sache vor sich, die ihm unheimlich Sorgen bereitete: Claus und Yannick.

Sie hatten ihn beide unabhängig voneinander kontaktiert, nachdem sie von der Sache mit Jens erfahren hatten. Ungläubig … entsetzt … am Boden zerstört. Später würden sie sich zu dritt im Pub treffen – wo auch sonst.

Dominik gähnte und sah sich um. Die Hälfte der Arbeitsplätze war belegt, es wurde fleißig gearbeitet.

Niemand außer Simone hatte mit ihm gesprochen heute Nachmittag, was ihm aber auch irgendwie egal war. Er wurde gemieden, als hätte er einen ansteckenden Ausschlag. Wenn er in die Kaffeeecke ging, verließen die Pause-machenden, plaudernden Kollegen diesen Bereich, um sich wieder dringend ihrer Arbeit zu widmen.

Um seinen und Jens' leergeräumten Arbeitsplatz wurde ein großer Bogen gemacht, als wäre eine Linie um diesen Bereich gezogen worden, die keinesfalls überschritten werden durfte.

Er schien auf die anderen suspekt zu wirken, nicht greifbar, eigenartig … und er konnte dies sogar nachvollziehen.

Erst wollte er bloß mit dem Paket zur Post, war dann aber drei Stunden nicht mehr erschienen. Dann war er aus dem Nichts wieder aufgetaucht mit dreckigen Schuhen und verschwand kurz darauf wieder auf geheimnisvolle Weise. – Dies, weil er einen Anruf gekriegt hatte. Einen Anruf von der Sprechstundenhilfe des Vertrauensarztes der Kriminalpolizei, die ihm einen sofortigen Termin zugewiesen hatte.

Dort allerdings war es nicht ganz so schlimm gewesen, wie er gedacht hatte.

Der Anblick seines Rückens hatte für sich gesprochen und damit die Möglichkeit, dass eine Falschaussage vorliegen könnte, im Keim erstickt. Nach genaueren Untersuchungen meinte der Arzt ernst, dass Dominik riesiges Glück im Unglück gehabt habe, knapp an lebensbedrohlichen Verletzungen vorbeigekommen war und trotzdem keine bleibenden Schäden davontragen würde. Sein Rücken jedoch würde gezeichnet bleiben, ein Leben lang.

Danach schien Dominik sich wieder zurück in die Redaktion teleportiert zu haben, saß an seinem Platz und arbeitete still und konzentriert vor sich hin.

Dieser Tag schien einer Teil-Entrümpelung in seinem Leidenschaos gleichzukommen. Die tief in seinem Innern verstauten, schmuddeligen Kartons, welche er angewidert lediglich von A nach B schieben und keinesfalls inspizieren wollte, waren geöffnet, der Inhalt fein säuberlich sortiert, gereinigt und neu archiviert worden.

Sein Geist wurde dadurch stetig klarer, sein Blick ungetrübter.

Im Rahmen dieser Entrümplung hatte er auch den ergänzenden Teil seines Artikels verfasst: Nebst dem Bericht, in dem er erwähnte, dass der Tatverdächtige wieder freigelassen worden war, weil der Verdacht sich weder erhärtet hatte, noch genügend Beweise für eine mögliche Schuld vorlagen, hatte er im Zusatzteil einen Aufräum-Schritt gewagt:

Er sprach den Täter an.

Er fragte ihn, was ihn dazu bewogen hatte, zwei junge, unschuldige Menschen vergewaltigt, gefoltert und getötet zu haben. Woher er sich das Recht nahm, über Leben oder Tod zu entscheiden.

Er versuchte nicht, diesen Sadisten zu analysieren oder mögliche Störungen einer menschlichen Psyche aufzulisten, die zu solchen Taten geführt haben könnten. Er hatte sich keiner Fachliteratur bedient, noch hatte er einen Experten, der psychologische Gutachten erstellte, interviewt.

Er fragte lediglich:

Wieso?

Als zusätzliche Provokation hatte er von Till und Jens ein kurzes Porträt erstellt, hatte von ihrer Lebenslust, ihren Träumen und Zielen erzählt – damit begann sein Zusatzteil. Und danach folgte die Frage, in fetten Lettern gedruckt: Wieso?

Und Dominik wusste, dass sich der Andere von ihm persönlich angesprochen fühlen wird, dass sie ihr Zwiegespräch führen werden … Irgendwann, wenn die Zeit reif sein würde.

»Sie beweisen Mut, Herr Novak«, hatte König gesagt, als er mit ihm den Artikel durchging. »Haben Sie sich das aber auch gut überlegt? Wer Fragen stellt, kriegt womöglich auch Antworten.«

»Ja – ich habe mir das gut überlegt.«

Gleich acht – Yannick und Claus.

Dominik packte seine Sachen zusammen, als Tina über die unsichtbare Linie am Boden trat und zögernd zu ihm kam. Sie wirkte zerbrechlich und nicht so hübsch wie sonst.

Für einen Moment schaute sie an Jens' leergeräumten Platz, dann sah sie Dominik an. »Ich … Es tut mir leid, dass ich heute Morgen gesagt habe, dass du dich in den Vordergrund gestellt hast in deinem Artikel. Ich bin einfach so, so wahnsinnig erschrocken, als ich von …«, sie sah wieder an Jens' Platz, »als ich davon erfahren habe. Und dann hab ich kurz darauf deinen Artikel gelesen und gedacht: Das gibt's doch nicht! So schnell, so professionell … Weißt du, was ich meine?«

Dominik nickte. »Ja, ich weiß, was du meinst.«

Er betrachtete sie. Ihre elfenbeinfarbene Haut wirkte käsig und die Nasenspitze war himbeerrot. Ihre Augen füllten sich mit Tränen. »Ich hatte ihm ein Date versprochen … Ich hätte viel früher mal mit ihm ausgehen sollen … Ich wollte ja immer … Ich doofe Gans.« Eine Träne lief ihr über die Wange. »Entschuldige …« Sie drehte sich um, packte ihre Tasche und Jacke und stürmte aus dem Büro.

Er sah ihr nach … bis sie verschwunden war und das Bild vor seinen Augen verschwamm. Rasch wischte er sich über die Augen.

»Siehst du, Alter«, flüsterte er und seine Stimme versagte beinahe. »Ich habe dir ja gesagt, dass sie auf dich steht.«

Nachdem er die Redaktion verlassen hatte, blieb er vor der Tür stehen und sah sein Auto an. Er wollte im Pub ein Bier trinken, möglicherweise zwei oder sogar drei. Das brauchte er jetzt – aber wirklich!

Die Karre über Nacht beim *Black Island* stehen lassen, war keine Option. Das Pub teilte sich die Parkplätze mit der Bäckerei daneben, welche ab drei Uhr morgens Anspruch darauf hatte.

Yannick war das Auto einmal abgeschleppt worden, als er es für klüger befunden hatte, nach dem Pubbesuch nach Hause zu torkeln, anstatt zu fahren. Das hatte nur Scherereien gegeben und zusätzlich ein zünftiges Loch in seinen Geldbeutel gerissen.

Also: Gehen!

Es herrschte ziemlicher Betrieb auf den Straßen, Fußgänger kreuzten ihn auf dem Bürgersteig – geht doch – geht doch!

Später wird es schwieriger werden, wenn er vom Pub nach Hause gehen muss. Darüber wollte er sich jetzt aber nicht den Kopf zerbrechen.

Im Pub war es ruhig, die meisten Tische noch unbesetzt. Dartscheibe und Billardtisch hingen und standen untätig und gekränkt an ihrem Platz. Am Montagabend war grundsätzlich nie viel los hier.

Yannick und Claus waren noch nicht da.

Dominik wollte sich an die Bar setzen und ein schönes kühles Bier bestellen, als er in einer Nische, ganz, ganz zuhinterst, Lukas vor einem leeren Glas sitzen sah.

Er wirkte wie einer, der soeben von Frau mitsamt Kindern und Hund verlassen und aus der gemeinsamen Villa geschmissen wurde, nachdem ihm sein Boss fristlos den Job gekündigt hatte.

Dominik ging an den Tresen, bestellte zwei Bier und ging danach in diesen hintersten Winkel. Beim Näherkommen bemerkte er Lukas' unrasiertes, müdes Gesicht, die zerknautschten Haare und das Hemd, welches er schon getragen hatte, als er gestern Morgen verhaftet worden war.

»Hi, alles klar?«, fragte Dominik gedämpft.

Lukas schien in Gedanken versunken gewesen zu sein und fuhr zusammen. »Ähm, ja … Alles okay soweit.«

»Darf ich?« Dominik wies mit einer Kopfbewegung auf einen freien Stuhl.

»Ja … sicher … klar.« Lukas beäugte ihn kritisch. Dominik setzte sich und stellte Lukas ein Glas hin. »Prost.«

»Prost … Danke fürs Bier.«

»Passd scho.«

Sie nahmen einen Schluck, wischten sich den Mund und schwiegen einen Moment.

»Ich habe von der Polizei erfahren, dass du wieder draußen bist. Das freut mich für dich.«

»Echt?«

Dominik grinste. »Ja echt, Mann. Wieso? Bin ich so ein Arsch gewesen, dass du mir das jetzt nicht glauben kannst?«

Lukas schmunzelte vorsichtig. »Na ja … So hätte ich dich jetzt nicht gleich betitelt, aber irgendwas in dieser Art bist du schon gewesen.«

Dominik hielt ihm die Hand hin. »Ich entschuldige mich! Ich war wirklich ein Arsch.«

Lukas schlug ein. »Schon in Ordnung … Ich kann es auch irgendwie verstehen.« Zur Bekräftigung schüttelten sie sich gehörig die Hände. Dominiks Ärmel rutschte dabei ein wenig zurück …

Lukas sah es. – Eine glühende Nadel bohrte sich in seine Brust, als er begriff …

Dominik hatte sein Handgelenk unauffällig wieder bedeckt. Lukas starrte noch eine Weile hin, wandte dann den Blick ab, griff nach seinem Glas, trank es leer und räusperte sich. »Sie haben mich wegen Mangel an Beweisen frei gelassen.«

»Ja, das habe ich gehört.«

Schweigen. – Lukas begann mit einem Glasuntersetzer zu spielen. »Also, das ist die offizielle Version … Der wahre Grund ist ein anderer.«

»Ach ja?«

Lukas stellte den Untersetzer auf die Kante und gab ihm einen Drall. Er kreiselte faszinierend lange. Dann kippte er, Lukas wiederholte das Spiel. Dominik sah stumm zu.

»Diese Info darf nicht an die Öffentlichkeit, also Stillschweigen, okay?«

»Okay.«

»Sie wollten mich eigentlich in Untersuchungshaft stecken. Doch ausgerechnet heute hat ein früheres Opfer von diesem Dreckskerl eine Aussage gemacht. Der Mann wurde in einer Nacht gequält, in der ich ein Alibi gehabt habe.«

»Tatsächlich? … Zufälle gibt's.« Dominik blickte nicht auf. Lukas nickte nachdenklich und legte den Glasuntersetzer beiseite. »Ich würde gerne wissen, wer er ist.«

»Weshalb?«

»Weil ich mich bei ihm bedanken möchte.«

Schweigen.

»Weil ich mittlerweile denke, dass es kein Zufall war, dass er ausgesagt hat.«

Dominik gab keine Antwort. Er fing einen Kondenswassertropfen an seinem Bierglas mit dem Zeigefinger auf und wischte ihn nach oben weg.

»Wenn ich wüsste, wer er ist, würde ich ihm Danke sagen. Ich würde mich dafür bedanken, dass er ausgesagt hat und mir damit die U-Haft erspart hat, obwohl das gewiss nicht einfach für ihn gewesen ist. Und ich würde ihm sagen, dass es mir leid tut, was er durchmachen musste, dass ich mir nur ansatzweise vorstellen kann, was das für Qualen gewesen sind.«

Lukas sagte diese Worte in einer solchen Aufrichtigkeit, dass sie Dominik direkt ins Herz trafen. Als er einen Blick zu ihm riskierte, nickte Lukas ihm kaum merklich zu, während in seinen Augen Schmerz und Achtung lag.

»Okay«, erwiderte Dominik leise.

»Servus … Leute.« Yannick stand vor ihnen mit hängenden Schultern und verquollenen Augen. Er wirkte wie ein riesiges Baby. Daneben tauchte Claus auf – das genaue Gegenteil: Frostig und steif. Er schüttelte ihnen kurz die Hand, setzte sich und rieb sich die Schläfen. Yannick blieb stehen. »Ich zahl 'ne Runde.«

»Danke, für mich nicht, ich gehe nach Hause, bin müde.« Lukas erhob sich, klopfte Yannick tröstend auf die Schulter und verabschiedete sich.

»Was läuft hier eigentlich für eine kranke Scheiße?«, sagte Claus, nachdem sie dezent zusammen angestossen hatten.

»Frag mich was Leichteres«, seufzte Dominik.

»Die Polizei hat einen Verdächtigen festgenommen, habe ich in der Zeitung gelesen.«

»Der ist es nicht gewesen, er ist bereits wieder draußen. Unzureichender Tatverdacht und Mangel an Beweisen.«

»Na super.« Claus lehnte sich kopfschüttelnd zurück.

»Warum denn immer einer von uns?«, fragte Yannick matt.

»Oh ja, das fragen sich auch noch andere Idioten.« Claus nahm einen großen Schluck Bier und rülpste laut, was sonst definitiv unter seinem Niveau lag. »Ekhardt, so ein arroganter Schleimscheißer auf der Bank, hat mich doch tatsächlich blöd wegen Till und Jens angemacht. Der wusste, dass wir befreundet gewesen sind und hat mich allen Ernstes gefragt, was wir eigentlich für ein versauter Haufen wären, dass es schon wieder einen von uns getroffen hat.«

Yannick nickte. »Mir ist auch einer blöd gekommen. Dachte, er sei witzig.«

Dominik rieb sich die Stirn. »Wieso … Was hat er gesagt?«

»Was für perverse Kumpels ich da habe. Ob wir nach Feierabend zusammen wichsen würden oder so …« Yannick schlug mit der Faust auf den Tisch. »Hab dem dummen Gläißkopf eine runtergehauen!«

Claus lachte hart. »Ey, Männer – ich könnte echt kotzen!«

Dominik sagte nichts.

Er wollte nach Hause. Jetzt gleich. Den Weg rekonstruieren zu der Hütte, um diesen verfluchten Mistkerl zu finden.

»Ich muss los.« Er stand auf. »Ähm, hört mal: Sorry, wegen unseres Streits letzte Woche … Ich hab mich da in was reingesteigert.«

»Wir haben Streit gehabt?«, fragte Claus und zuckte die Achseln. »Muss mir entfallen sein.«

Yannick boxte Dominik freundschaftlich in den Oberarm. Lächelnd pustete er die Strähne weg und rieb sich die geprellte Stelle. »Okay … Wir sehen uns!« Er ging los.

»Hey!«

Dominik drehte sich um. Claus sah ihn an. Sein sonst so stechender Blick wirkte weich, traurig – ungewohnt in seinem Gesicht. »Sei vorsichtig da draußen! Nicht, dass ich mein Feierabendbier in Zukunft alleine mit Mr. Quasselstrippe hier trinken muss.«

Yannick grunzte.

»Passd scho, tschüss …«

Gleich darauf stand er vor der Tür. Laut war sie hinter ihm ins Schloss gefallen.

Diese elende Dunkelheit. Seine Augen brauchten einen Moment, um sich daran zu gewöhnen.

Muffngänger … Geh doch einfach los …

Er sah sich um. Diese Straßenlaternen waren wirklich für die Katz. Ihr orangefarbenes, dumpfes Licht spiegelte sich rötlich auf dem feuchten Kopfsteinpflaster und ließ gespenstische Schatten auf den Gassen und den düsteren Hausmauern entlang entstehen.

Diese morbid angehauchte Beleuchtung ließ Altdorfs Altstadt wie die perfekte Kulisse eines Vampirfilms wirken. Graf Dracula, eingehüllt in seinem schwarzen Fledermaus-Umhang, würde sich hier definitiv wie zuhause fühlen.

Jetzt …

Er ging zügigen Schrittes voran, die Hände in den Jackentaschen, die Schultern hochgezogen, das Kinn im Kragen seiner Jacke verborgen. Der eisige Wind wehte um seine Nase, er zog sie hoch.

Gehen, nicht rennen …

Er ging und seine Schritte hallten in den engen Gassen, das Blut rauschte in seinen Ohren. Niemand kreuzte seinen Weg, er war allein. Die dunklen Winkel schienen Kreaturen zu verbergen, welche sich tarnten … duckten …

Da war etwas.

Ein Geräusch, eine Bewegung …

Er hielt inne.

Die Angst umklammerte ihn von hinten mit kalten Armen.

Da war er … direkt vor ihm.

Dominik hatte gerade noch gesehen, wie er sich versteckte, niederkauerte, dort, hinter der Mülltonne.

Er ballte die Faust in seiner Jackentasche. Er würde sich zur Wehr setzen, er war gewarnt. Er konnte das … er war stark genug.

Also, dann komm schon …

Vorsicht … nichts übereilen.

Zwei Schritte … er blieb stehen.

Zeig dich, verdammt!

Er kam hervor … direkt auf ihn zu!

»N'Abend.«

Ein rundlicher älterer Mann mit Wollmütze und dickem Schal, verknotete knisternd einen kleinen Beutel. Direkt neben ihm, zufrieden und freundlich, ein wurstförmiger dunkelbrauner Labrador.

In der Luft hing der typische Duft des jetzigen Inhaltes der Tüte. Der Labrador schaute Dominik, dem stoßweise weiße Dampfwolken entwichen, treuherzig an und wedelte mit dem Schwanz.

»Komm, Fee.« Der Hund folgte brav und wackelte im Passgang hinter seinem Herrchen her.

Dominik blieb wie versteinert stehen. Er starrte geradeaus und atmete in kurzen Abständen ein und aus … ein und aus. Dann ging er weiter. Seine Knie schienen aus Gummi und in alle Richtungen biegbar zu sein.

Es war nicht mehr weit … nicht mehr weit …

Er nestelte in seiner Gesäßtasche und zog die Wohnungsschlüssel hervor, hielt sie fest in seiner Faust.

Da – die Eingangstür.

Langsam, nicht haspeln …

Er schloss auf und schlüpfte hinein, als die Tür gerade genug weit offen stand, dass er hindurch passte.

WUMM – sie war zu.

Er lehnte sich mit dem Rücken dagegen, komplett erledigt. Dann stieg er die Treppe hoch und hielt sich dabei am Geländer fest. – Der Andere musste gefasst werden! Solange der noch draußen rumlief, würde er niemals frei sein.

Er öffnete seine Wohnungstür, schloss ab und schob die Kommode davor. Dann blickte er sich nachdenklich um.

Und jetzt? Wie weiter …?

45

Dominik hing auf der Couch und sah an die Decke. Sein Blick blieb unbewusst an kleinen schwarzen Pünktchen, wohl Fliegenexkrementen, hängen, während er nachdachte.

Die Idee, den ganzen Weg inklusive Kurven und passenden Zeitangaben rekonstruieren zu können, erschien ihm plötzlich kindisch und kaum durchführbar.

Er hatte wohl den Mund etwas zu voll genommen, als er Marius seinen abenteuerlichen Geistesblitz schmackhaft machen wollte. Sich lediglich gut zu konzentrieren reichte nicht, das hatte er eben auf der Couch versucht.

Was nun?

Sollte er sich im abgedunkelten Wohnzimmer theatralisch auf den Boden legen, die Augen schließen, womöglich noch einige magische Worte murmeln und … WUTSCH … würde er sich in eine andere Welt katapultieren wie in einem Fantasiefilm?

Das würde wohl kaum funktionieren.

Wenn – ja wenn überhaupt, müsste er enorm tief in sich gehen. An seine Grenzen gehen, sie überschreiten. Er müsste die Angst in jener Nacht fühlen und sie nochmals durchleben. Und selbst dann war das eigentlich Quatsch.

Dann hatte er eine Eingebung: Sie war lächerlich und infantil und es blieb zu hoffen, dass ihn niemand dabei sehen würde, aber einen Versuch war es wert.

Doch dafür musste er nochmals raus – jetzt. Sein Auto bei der Redaktion holen. Zuvor hatte er aus dem Fenster geschaut. Gleich unterhalb der Wohnung hatte es freie Parkplätze.

Er zog Schuhe und Jacke an und ging nach draußen.

Heilige Scheiße …

Gehen, nicht rennen … Das war wichtig.

Er zwang sich ruhig zu bleiben, Logik walten zu lassen. Der Andere konnte nicht damit rechnen, dass er nochmals aus dem Haus gehen würde um diese Zeit. Er würde sich kaum versteckt haben.

Er ertrug die Dunkelheit und versuchte seinen Fokus nicht aus den Augen zu verlieren, seinen Blick in keine dunklen Winkel wandern zu lassen. Mit geballter Faust, blanken, aber kontrollierten Nerven, erreichte er sein Auto heil und ohne Zwischenfälle. Er fuhr los, parkte vor seiner Haustür und ging nach oben.

Beknackter geht's wohl nicht mehr …

Er zog sich aus.

Jacke, Schuhe, Hose, Sweatshirt, T-Shirt, Socken. Die Unterhose behielt er an – das würde wohl nicht so entscheidend sein.

Wo war dieses Ding noch gleich? Er wusste, er hatte so eins …

Er öffnete die Tür des weißen Einbauschranks im Flur und zog den Kopf ein, weil sogleich ein Schwall lieblos hineingestopfter Gegenstände rachsüchtig auf sein Haupt prasselte, das wonach er gesucht hatte, ebenfalls. Es fiel haarscharf an ihm vorbei und rollte über den Boden – das Klebeband.

Er legte es auf die Kommode, neben Notizblock und Taschenlampe. Dann schlüpfte er in die Jacke und spähte ins Treppenhaus.

Bahn frei … Mit nackten Beinen unter seiner gesteppten Bomberjacke rannte er die Treppe hinunter. Er kam sich vor wie ein Exhibitionist, der irgendwie etwas falsch verstanden hatte.

Kontrollblick bei der Eingangstür – niemand in der Nähe.

Er öffnete den Kofferraum und sah hinein. Da musste er sich einschließen …

Er überlegte kurz und klappte dann einen der Rücksitze nach vorne, damit er zum Schluss ins Wageninnere krabbeln und sein Auto auf diese Weise verlassen konnte. Die Jacke warf er durch die Öffnung nach vorne.

Okay ... Nochmals einen Rundumblick ... Er stieg ein und zog den Deckel kräftig zu.

Eng war es, beklemmend und eiskalt. Noch hatte er die Taschenlampe eingeschaltet. Er knibbelte das Klebeband mit klammen Fingern von der Rolle, nahm es zwischen die Zähne und riss zwei lange Streifen weg.

Er schlotterte und klapperte mit den Zähnen. Das pure Grauen, klaustrophobisch und erstickend, kroch in seinen Körper. Es vermittelte ihm das Gefühl, zu wenig Luft zu haben, obwohl dem nicht so war.

Der Rücksitz ist nach vorne ... geklappt ... ich habe ... Luft ...

Es nützte nichts, sich einzureden, dass ihm hier keine Gefahr drohte, er war dieser grenzenlosen Furcht ausgeliefert.

»Das ist gut ...«, flüsterte er nervös. Seine Stimme klang weinerlich. »Das ist gut, passd scho ... alles okay ... okay ... Die Angst brauchen wir hier.« Dieses Selbstgespräch war nötig, sonst wäre er durchgedreht.

Er wickelte sich das Klebeband straff um den Kopf, über die Augen ... Es wurde komplett finster.

Himmel ...

Sein Puls schnellte in die Höhe, er schnappte nach Luft.

»Ruhig ... ruhig ... das ... muss ... so ... sein ...«, sagte er etwas lauter. Er zitterte und zuckte vor Kälte und Angst, als er das zweite Stück Klebeband nahm und seine Handgelenke hinter seinem Rücken zu umwickeln versuchte.

Er hielt das eine Ende des Klebebandes fest, verdrehte die Hände und verschlaufte das Band so, dass es das Gefühl einer Fessel gab, aus der er sich aber bestimmt wieder würde befreien können. Es hielt erstaunlich gut.

Dann legte er sich seitwärts hin, so wie er lag, nachdem er hineingestoßen worden war.

Oh mein Gott … oh Gott …

Magie ………!

Das Auto schien zu ruckeln und zu zucken … der Motor gestartet worden zu sein … Die Dämonen seines Unterbewusstseins erwachten, krochen hervor und belagerten ihn … wanden sich um seinen Körper. Verborgenste, düstere Erinnerungen, tief schlummernden Monstern gleich, wurden beschwört und herbeigerufen …

Sein Rücken begann höllisch zu schmerzen, sein Körper fühlte sich steif an, er fror und die Hand- und Fußgelenke brannten … Die Angst legte sich über ihn wie eine schwere, eiskalte Decke und wickelte ihn ein.

Lass … es … zu … lass … es … zu …

Er gab nach, versank darin, ließ die Panik in seinen Körper fließen…

Sein Geist war zweimal anwesend. Der Eine litt und erlebte, der Andere saß daneben, hochkonzentriert und analytisch.

Die Fahrt begann.

Schotter, Naturweg … geradeaus … längere Zeit.

Bremsen, Linkskurve …

Er war gerutscht und hatte sich den Rücken gestoßen. Er konnte den Schmerz spüren.

Immer noch holprige Naturstrasse … geradeaus …

Ein starkes, sehr starkes Abbremsen … Rechtskurve …

Er hatte sich den Kopf gestoßen …

Die Fratzen erschienen, selbst jetzt, hier in seinem stehenden Auto …

»Bald bist du tot … Du bist ein Stück Dreck … Du wirst gleich aufgeschlitzt«

Dann ging es steil hinauf …

Erneut war er gerutscht, auf die Höhe des Auspuffes … hörte ihn dröhnen …

Dann hinunter … steil …

Er war mit dem Rücken an die Wand geknallt … ein lautloser Schrei hatte seine Kehle zugeschnürt …

Bremsmanöver, Kurve nach rechts …

Asphalt – definitiv eine geteerte Straße …

Sie waren schnell und ziemlich lange unterwegs … Zum Schluss steil bergauf.

Plötzliches Bremsen … abbiegen nach rechts … kurzes Stück … Bremsen! – Der Wagen hielt.

Er wurde geholt und aus dem Kofferraum gezerrt. Er knallte zu Boden und schrie. Dann bekam er einen Fußtritt in die Nieren.

Er lag dem Auto zugewandt da, konnte die abgestrahlte Hitze des Wagens in seinem Gesicht spüren. Ihm wurde auf die Füße geholfen …

Sie gingen um das Auto herum, daran vorbei, er klatschte seitwärts an die Karosserie …

Längere Zeit, leicht aufwärts zu Fuß, keine Abzweigung … geradeaus …

Und dann kam der Abhang …

Fertig.

Er lag da und atmete ruhig.

Er hatte alles durchlaufen und es ging ihm gut.

Alles war gut.

Er befand sich hier in seinem Toyota – alles in Ordnung.

Okay … gleich nochmal von vorn. Film zurückspulen, laufenlassen, Zeiten stoppen und Notizen machen. Er musste den gesamten, korrekten Weg aufschreiben und anschließend das Ganze umdrehen, damit er den Weg von der Teufelskirche zurück finden würde.

Er streifte die Klebebänder von seinen Handgelenken, griff an seine Augenbinde und entfernte sie sacht.

Er wusste nicht, weshalb er diese plötzliche Ruhe in sich trug, ob er sich in einem schockartigen Zustand befand oder einen Teil seiner Gespenster soeben besiegt hatte.

Sein Geist war klar und ungetrübt. Er sah eine Landkarte vor seinem inneren Auge und musste sie bloß noch etwas verfeinern.

Die Taschenlampe war noch an. Er nahm sein Notizbuch hervor und fing an, die Strecke aufzuschreiben. Er drückte die Stoppuhr auf seiner Digitalarmbanduhr und begann, jede Etappe mit Zeitangaben zu versehen, ihnen Kurven und Strecken, Steigungen und Bodenbeschaffenheit zuzuordnen. Dazwischen tauchte er erneut in die Düsternis ein, ließ es sich wieder und wieder erleben, bis alles zu passen schien.

Für den Gesamtweg hatten sie neun Minuten, sechzehn Sekunden und zweiunddreißig Hundertstel gebraucht. Das schien in etwa mit seinem Zeitgefühl überein zu stimmen.

Jetzt musste er das Ganze umdrehen. Aber nicht hier, das konnte er auch in der Wohnung erledigen.

Er drehte sich und kroch durch die Lücke des gekippten Rücksitzes in den Innenraum seines Wagens, schnappte seine Jacke, öffnete die Tür, schielte nach draußen und trat ins Freie.

Er reckte und streckte sich kurz in der eisigen Luft, dann huschte er zum Eingang und rannte die Treppe hinauf. Oben angekommen, betrat er seine Wohnung und zum ersten Mal seit über zwei Wochen schob er die Kommode nicht unter die Türklinke.

Er zog sich einen dicken dunkelgrauen Jogginganzug mit Kapuze, welche er sich sogleich über den Kopf stülpte, und die wärmsten Socken, die er finden konnte, an.

Dann holte er eine Dose Bier und setzte sich an den Küchentisch.

Er schrieb den Weg in umgekehrter Reihenfolge auf und machte aus Links- Rechtskurven.

Hoffentlich machte das alles Sinn, was er hier tat …

46

Dominik wählte aufgeregt Marius' Handynummer. Er hatte die ganze Nacht kaum schlafen können und hätte Marius am liebsten noch viel früher angerufen. Aber vor sieben Uhr schien ihm doch etwas zu unhöflich zu sein.

»Ja …?« Es klang etwas Morgenmuffel-mäßig.

»Hey Marius, ich hab den Weg!«

»Ernsthaft?«

»Ja. Ich denke, dass meine Aufzeichnungen brauchbar sind. Können wir los?«

»Jetzt? Junge, du legst ein Tempo an den Tag. Ich würde eigentlich gerne noch kurz ins Büro …«

»Du hast gesagt, ich soll mich bei dir melden, wenn es geklappt hat, sonst fahr ich eben allein!«

»Kommt nicht in die Tüte! Na schön, ich hole dich ab.«

Nervös und zappelig wartete Dominik vor dem Haus. Wenn es klappen würde und sie diesen Ort fänden – was würden sie antreffen?

Es schien ein typischer Spätherbsttag zu werden. Hochnebel lag über der Stadt. Schleppend langsam wurde es hell, beziehungsweise heller. Ein trübes Grau drohte diesen Tag unerbittlich in Beschlag zu nehmen.

Marius bog in die Straße ein.

»Sag mal, wie hast du das denn gemacht?«, fragte er, nachdem sie losgefahren waren.

»Ich glaube, das möchtest du nicht wissen.« Dominik wechselte einen kurzen Blick mit Marius und schmunzelte.

»Wohin soll ich fahren? Zum Weinhof, wie gestern?«

»Nein, fahr etwas weiter – Richtung Grünsberg, dann biegen wir links ab. Ich hab da so eine Idee, wo wir starten müssen.«

»Da bin ich ja mal gespannt.«

»Hat die Spurensicherung eigentlich noch was gefunden gestern bei der Teufelskirche?«

Marius schüttelte den Kopf. »Nein, leider nicht. Es ist wahrscheinlich so gewesen, wie Oliver gesagt hat: Der Kerl war nochmals dort, um Spuren zu beseitigen.«

»Mist.«

»Allerdings.«

Sie fuhren über die Nürnbergerstraße Richtung Teufelskirche, daran vorbei, bis zum Schloss Grünsberg.

»Hier!«

Marius trat abrupt auf die Bremse.

»Bieg links ab …«

Sie fuhren ein kurzes Stück in den Wald.

»Halt hier an.«

Bevor Marius den Motor ausgeschaltet hatte, war Dominik bereits ausgestiegen und ging dem Auto entlang weiter. Er betrachtete konzentriert den Boden, den Weg in den Wald.

»Er hat hier geparkt, ganz bestimmt.« Er pustete die Strähne weg. »Wir müssen Richtung Pattenhofen weiterfahren.«

»Wieso bist du dir da so sicher?«

»Weil wir *rechts* von der Straße abgebogen sind, bevor das Auto gehalten hat.«

»Okay, Chef. Dann fahren wir also Richtung Pattenhofen.«

Sie stiegen in den Wagen, wendeten und fuhren los. Links und rechts zweigten immer mal wieder kleine Straßen oder Wege ab. Dominik schwieg. Marius warf ihm bei jeder Abzweigung einen fragenden Blick zu. »Und wie lange fahren wir nun geradeaus?«

Dominik sah auf die Uhr. »Noch vier Minuten … Ich sage dir, wann wir abbiegen müssen … und zwar nach links.«

Marius schüttelte den Kopf, befolgte aber die Anweisung.

»Dort vorne!« Er überschlug sich fast vor Begeisterung, als er passend zu seiner Zeitrechnung einen einsamen Kiesweg erspähte, welcher links von der Landstrasse abging. Marius setzte den Blinker und bog ab.

Sie fuhren ein Stück weit zwischen Feldern hindurch und erreichten dann ein neues Waldstück.

»Jetzt müsste es bald steil hinauf und dann steil hinuntergehen.«

Und diese Vorhersage traf ein, bloß eine knappe Minute später, als von Dominik vorhergesagt. Er freute sich, Marius sah es ihm an. »Junge, bist du eigentlich so was wie eine Wandertaube?« Dominik lachte, sah dann erneut auf die Uhr. »Bald kommt eine Abzweigung.«

Das traf kurze Zeit später ebenfalls ein. Der Weg gabelte sich in zwei Richtungen.

»Nach rechts oder links?«

»Links!«

Es ging lange geradeaus, dann folgte eine Kreuzung in vier Richtungen. Marius brachte das Auto zum Stillstand und schaute fragend hinüber.

»Es ist noch zu früh, geradeaus weiter, dann musst du rechts abbiegen, in … etwa zwei Minuten.«

»Okaaaay …?! Marius ging wieder aufs Gas. Und tatsächlich, nach knapp zwei Minuten folgte eine neue Kreuzung, sie bogen rechts ab.

Dominik wurde aus dem Nichts von einem beklemmenden Gefühl ergriffen. Sie müssten jeden Moment da sein. Und drei Minuten später stand sie vor ihnen:

Die Hütte.

Sie hielten an, Marius öffnete seinen Sicherheitsgurt. »Du bleibst erst mal hier, verstanden?«

Dominik nickte und starrte geradeaus.

Marius zog seine Waffe und ging los.

Dominiks Blick haftete unverwandt an dem kleinen, unschuldig anmutenden Gebäude.

Der Grundriss der Hütte schien höchstens dreißig Quadratmeter groß zu sein. Die Außenverkleidung bestand im unteren Drittel aus einer Mauer aus Natursteinen, darüber ursprünglich wohl dunkelbraune Holzlatten, welche nun verwittert gräulich und renovationsbedürftig aussahen. Das Häuschen schien bloß ein einziges, kleines Fenster zu besitzen, welches sich auf der selben Seite wie die Türe befand.

Im Gegensatz zu dieser unscheinbaren Fassade wirkte das Giebeldach äußerst spektakulär.

Es war komplett aus bunten Ziegeln zusammengesetzt, in blauer, roter, grüner und gelber Farbe. Diese schienen willkürlich angeordnet zu sein, so als hätte der Dachdecker damals keine Lust gehabt, ein Muster zu kreieren.

Die Hütte wirkte trotz ihres vernachlässigten Zustandes hübsch und verspielt. Sie war umgeben von zwei hohen Birken, deren schwarzweiß gemaserten Stämme einen netten Kontrast zu dem dunklen Holz der Fassade bildeten.

Marius war einmal um die Hütte herumgegangen und klopfte an die Tür. Als sich nichts rührte, steckte er seine Waffe ein und winkte Dominik zu sich hinüber. »Niemand da. Die Tür ist mit einem Vorhängeschloss verriegelt.«

Marius versuchte durch das Fenster ins Innere zu spähen, aber ein blickdichter Vorhang war darüber gezogen und ließ nur einen knapp zentimeterbreiten Spalt am Rande des Fensters offen. »Man sieht nichts.« Er wandte sich ab.

Dominiks Augen schienen an dem fünfzig mal fünfzig Zentimeter kleinen Fenster zu kleben, als er beinahe schwerelos näher kam.

Er konnte sich schreien hören …

Der schmerzerfüllte Laut dröhnte in seinem Kopf, doch es schien ihm, als würde er sich durch diesen schmalen Spalt am Fensterrand herauspressen.

Dann hörte er Till und Jens, wie sie ebenfalls schrien …

Hatte man es draußen gehört? Hier, wo sie jetzt standen?

Wie allein waren sie gewesen … allein mit dem Teufel … mitten im Nirgendwo.

Er versuchte hinein zu schielen. Er schirmte seinen Blick ab, indem er einen Trichter mit den Händen formte.

Im Raum war es dunkel. Schemenhaft erkannte er einen senkrechten Balken, welcher bis zum Dach zu reichen schien. Weiter reichte weder sein Blickwinkel, noch waren die Lichtverhältnisse ausreichend.

Er war an diesen Balken gefesselt gewesen … er wusste es.

Er legte die Stirn an die Scheibe, hob die Faust, hämmerte schwach dagegen, rhythmisch, wie eine Zwangsbewegung, dann stärker … viel stärker!

»Verdammt, verdammte Scheiße, verdammt!!!« Komplett außer sich schlug er mit beiden Fäusten auf das Glas ein.

Marius zog ihn zurück. »Hör auf! Sofort!«

Dominik riss sich los und begann auf die Tür einzutreten. »Du beschissene, verdammte, elende Dreckshütte!« Er holte sein gesamtes, verbotenes Fluchvokabular von Nürnberg und Umgebung hervor, schrie und attackierte die verschlossene Tür immer und immer wieder.

»Jetzt hör sofort auf! Dominik! Reiß dich zusammen!« Marius zerrte ihn herum, hielt ihn an den Schultern fest und zwang ihn, ihm in die Augen zu sehen. »Mach jetzt keinen Fehler! Wir benötigen einen Durchsuchungsbeschluss! Diese Hütte scheint jemandem zu gehören. Wenn du sie jetzt demolierst, gefährdet das die Untersuchungen! Schon manches Verfahren wurde eingestellt, weil man im Vorfeld nicht sauber gearbeitet hat. Glaube mir!«

Dominik schüttelte Marius' Hände von seinen Schultern. Sein Gesicht war wutverzerrt.

»Im Übrigen können wir uns trotz deiner ausgeklügelten Schatzsuche nicht zu hundert Prozent sicher sein, dass das die richtige Hütte ist. Du kannst nicht einfach fremdes Eigentum beschädigen!«

Dominik zwang sich durchzuatmen.

Marius fuhr ruhiger fort: »Ich werde umgehend nachforschen, wem die Hütte gehört und einen richterlichen Beschluss für eine Durchsuchung besorgen. Okay?«

Dominik nickte rasch und fuhr sich durchs Haar. »Okay.«

»Komm jetzt, gehen wir«, sagte Marius leise und wandte sich dem Auto zu.

Dominik blieb wie ein trotziges Kind stehen. Marius setzte sich hinters Steuer und wartete. Kurze Zeit später ließ sich Dominik bockbeinig in den Beifahrersitz plumpsen und blickte aus dem Fenster, während er sich den Sicherheitsgurt anlegte.

Stumm fuhr Marius los.

»Entschuldige«, knurrte Dominik.

»Kein Problem.«

Eine Weile herrschte Funkstille, dann räusperte sich Dominik. »Meinst du, dass der Besitzer auch der Täter sein könnte?«

»Wohl eher nicht. Das wäre nicht besonders klug von dem Besitzer. Solche Hütten stehen oft lange leer und werden dann von irgendwelchen Leuten benutzt. Von Obdachlosen, Teenagern, Dealern …«

»… kranken Vergewaltigern und Mördern …«

»Und solchen«, sagte Marius. »Ich fahre dich zur Redaktion, in Ordnung?«

Er nickte.

Wortlos fuhren sie weiter.

Dominik war voller Motivation gewesen, als sie zu der Hütten-Suche aufgebrochen waren. Vor lauter Abenteuergeist hatte er beinahe vergessen, wonach sie eigentlich gesucht hatten. Aber die Realität hatte ihn schnell und eiskalt eingeholt und von seiner anfänglichen Begeisterung war nichts mehr übrig geblieben.

Er hatte etwas anderes erwartet. Ein Horrorhaus, à la *Norman Bates Motel.* Oder ein gruseliges Mausoleum. Keine nette Waldhütte mit buntem Ziegeldach. Was bedeutete dies nun für ihren Nutzer? Er erschauderte bei dieser Vorstellung. Und ein anderer Gedanke verwirrte ihn zusätzlich: Es schien ihm, als hätte er diese Hütte schon einmal gesehen …

Als er deswegen den Mund öffnete, entschied er sich sogleich wieder um und klappte ihn lautlos zu. – Er musste dies erst zu Ende denken.

Sie waren noch zwei Straßen von der Redaktion entfernt.

»Du kannst mich hier rauslassen.«

»In Ordnung.« Marius fuhr rechts ran. Dominik stieg aus.

»Danke.«

Marius registrierte seine frustrierte Miene. »Junge, du hast uns sehr geholfen, vergiss das nicht. Ich beeile mich mit den Nachforschungen. Versprochen!«

»Okay.«

Langsam ging Dominik Richtung Redaktion. Er war früh dran, was ihm sehr gelegen kam. Konzentriert versuchte er seiner Eingebung nachzukommen und sie ausreifen zu lassen.

Es musste lange zurückliegen, dass er dieser Hütte gesehen hatte. – Gesehen, bloß gesehen … Er selber war vor der Horrornacht ganz gewiss noch nie dort gewesen.

Vor einer plakatierten Hausmauer blieb er stehen und ließ seinen Blick über die Anschläge schweifen.

Die Plakate wiesen hauptsächlich auf Konzerte und Theaterstücke hin, waren teilweise verblichen und zerrissen, übereinander geklebt … und plötzlich wusste er es: Er kannte die Hütte von einem Bild.

Auf dem Bild hatten die Birken noch Blätter getragen. Es war ebenfalls Herbst, aber früher. Die Blätter waren leuchtend hellgelb gewesen. Er sah das Bild vor sich: Die dunkle, damals beinahe schwarz wirkende Hütte mit dem bunten

Dach, den knallgelben Blättern und einem azurblauen Himmel im Hintergrund.

Wo hatte er dieses Bild gesehen?

Er lehnte sich mit dem Rücken an die Plakatwand, verschränkte die Arme und starrte abwesend auf die sich unablässig kreuzenden Fahrzeuge auf der Straße.

Es schlug ein wie ein Blitz: Das Bild war im *Kurier* gewesen, vor langer Zeit.

Aber weshalb konnte er sich an ein solch vorsintflutliches Zeitungsbild erinnern? So spektakulär war es nun auch wieder nicht, dass man sich daran erinnern müsste …

Sogleich fiel auch dieser Groschen: Er hatte dieses Bild aus der Zeitung ausgeschnitten.

Oma hatte den *Kurier* täglich gelesen und er schnipselte als Kind oftmals Bilder aus dieser Zeitung aus. Dieses Sujet hatte als Vorlage für eine Illustration in der *Neues aus der Terrorzelle* gedient.

Er hatte das Bild Till übergeben. Dieser hatte die Hütte mitsamt Bäumen und farbigem Dach abgezeichnet und sie insofern verändert, dass er ihr anstelle der dunklen Holzwände eine Lebkuchen- und Süßigkeitenfassade verpasst hatte. Vor der geöffneten Tür war die karikierte Version ihrer Deutschlehrerin gestanden mit einem umgebundenen Kopftuch und einer schwarzen Katze auf der Schulter.

Sie hatten sich deswegen Ärger mit der Schulleitung eingehandelt und an einem freien Nachmittag auf dem gesamten Pausenplatz Kaugummis abknubbeln müssen.

Zynisch grinsend schüttelte er den Kopf. Wer hätte gedacht, dass ihnen diese verfluchte Hütte ein zweites Mal zum Verhängnis werden würde.

Aber jetzt wusste er, wonach er suchen musste. Aus irgendeinem Grund war diese Hütte damals in der Zeitung abgebildet gewesen.

Er sah auf seine Armbanduhr. Er hatte noch etwas Zeit, das digitale Zeitungsarchiv durchzustöbern, bevor die Morgenbesprechung stattfinden würde.

47

Dominik ließ den Fahrstuhl aus und sprintete nach oben in die Redaktion.

Das Dröhnen des Kaffeeautomaten erinnerte ihn daran, dass er mal wieder nichts im Magen hatte und deshalb bog er ab, um sich einen Becher Kaffee mit etwas eiweißhaltiger Milch und zwei gut gefüllten Löffeln Zucker zu genehmigen.

Simone und Tina standen an den Pausentisch gelehnt und tuschelten angeregt. Als sie ihn bemerkten, unterbrachen sie ihre geheimnisvolle Diskussion abrupt und schenkten ihm ein nervöses Lächeln. Tina wandte sich um, rollte eilends eine Zeitung zusammen und versteckte sie hinter ihrem Rücken. »Hallo … Schon hier?« Sie hatte rote Flecken am Hals und ihr Lächeln wirkte verkrampft.

»Ja … bin ich«, antwortete Dominik irritiert, als er sich der Kaffeemaschine zuwandte.

»Du hast Post«, sagte Simone und hob die Brauen. Dominik blickte suchend umher.

»Auf deinem Schreibtisch.« Simone deutete hinüber. Sie wirkte angespannt, so ganz untypisch für ihr Naturell. »Lag im Postfach. Ein großer Briefumschlag mit deinem Namen drauf.«

Dominik verschüttete etwas Milch. Während er sie mit einer Papierserviette zusammenwischte, spähte er zu seinem Platz hinüber und sah das weiße Kuvert dort liegen.

Sein Hals war knochentrocken.

Hastig nahm er einen Schluck Kaffee und verbrühte sich beinahe den Mund. »Okay, danke …« Er ging los.

Ben saß an seinem Arbeitsplatz. Vor sich hatte er eine Zeitung liegen, in der er gebannt zu lesen schien. Norbert und Florian standen daneben, mit den Händen in den Hüften gestemmt. Norbert lachte, Florian schüttelte den Kopf. Als sie Dominik sahen, benahmen sie sich, als hätte er sie eben dabei erwischt, wie sie die Unterwäsche ihrer Mütter anprobieren würden. Sie warfen ihm ein knappes: »Servus« zu, dann sahen sie weg.

Dominik hörte Norbert leise kichern und hatte das Gefühl, ihre versteckten Blicke auf seinem Rücken spüren zu können, als er sich seinem Arbeitsplatz näherte.

Da lag es. Ein großes, weißes Kuvert mit seinem Namen versehen.

DOMINIK NOVAK

geschrieben auf eine Klebeadresse – im selben Schrifttyp wie die Nachrichten.

Seine Hände zitterten, als er den Umschlag aufhob.

Er war zugeklebt. Dominik suchte den Brieföffner in seinem Gewirr aus Bleistiften, Kugelschreibern und Textmarkern und ließ es dann genervt sein. Er riss den überklebten Umschlagteil mit den Fingern auf und zog die *Blitz*, eine Gratis-Boulevardzeitung im Tabloid- Format und ein weißes Stück Papier in derselben Größe hervor.

In der Mitte stand ein einziger Satz:

WENN DU SCHON REDEST, DANN DOCH GLEICH RICHTIG!

Mit unheilvoller Erwartung blickte er auf die Zeitung und zuckte zusammen, als er das Titelbild sah:
Ein Foto von Till, ein Foto von Jens, eins von Lukas, angeordnet wie ein Rahmen um ein Bild in der Mitte –
ein Bild von ihm.

Geschockt ließ er sich auf seinen Stuhl fallen.

Er las die Überschrift, welche in fetten Lettern den gesamten oberen Teil der Zeitung einnahm:

SCHWULEN-MORDE IN ALTDORF!
STRICHER ENTLASTET SEINEN STAMMFREIER MIT AUSSAGE

Seine Augen weiteten sich. Sie begannen höllisch zu brennen, da er jegliches Blinzeln vergaß. Er sah entsetzt zu Simone und Tina, welche ihn anstarrten und sich dann peinlich ertappt abwandten.

Er las den Untertitel:
Altdorf: Verdächtiger hatte Alibi in Tatnacht. Vergewaltigter Stricher sagt aus.

Die Schrift verschwamm vor seinen Augen. Ein unablässiges: NEIN, NEIN, NEIN – dröhnte in seinem Kopf. Das durfte nicht wahr sein …

Er schlug die erste Seite auf, der Artikel ging auf der zweiten Seite weiter. Textgewirr, Fotos von den Tatorten … Er blätterte wieder zurück und sah erneut auf das Titelbild. Tills und Jens' Portraits waren dieselben, welche von den Familien für die Medien zur Verfügung gestellt worden waren:
Till lachend, mit einer leichten Blitzlichtreflexion in seinen Pupillen, der Hintergrund dunkel. Jens mit Schal, über die eigene Schulter blickend, mit einem verschmitzten Gesichtsausdruck. Von Lukas ein gestelltes Foto, welches wohl für eine Zeitungswerbung geschossen worden war. – Strahlende Miene, Apothekerschürze, eine Teepackung hochhaltend.

Und dann sein eigenes Bild:
Es war versteckt aufgenommen worden. Sein Gesicht, nah heran gezoomt, war leicht verpixelt. Aber man erkannte ihn trotzdem zu hundert Prozent.

Er stand im Gegenlicht, das Gesicht künstlich aufgehellt und der Hintergrund abgedunkelt. Sein Blick war nachdenklich in die Ferne gerichtet und seine Haarsträhne verdeckte knapp das linke Auge. Er sah auf diesem bearbeiteten Bild aus wie sechzehn und wurde der klischeehaften Vorstellung eines Strichjungen absolut gerecht.

Am liebsten hätte er gekotzt.

Unkontrolliert begann er querbeet zu lesen, unter jedem Bild war ein Text zu finden, dann schweifte er wieder ab zu dem Artikel selbst, dann wieder zu den Fotos mit ihren Bildtexten:

Till S. Zweites Opfer. Finanzierte er durch Prostitution seine Drogensucht?

Lukas L. Ehemals Verdächtiger. Nutzte er als Freier die Dienste der Opfer?

Jens W. Drittes Opfer. War eng befreundet mit Dominik N. Waren sie ein Paar?

Dominik N. Entlastete seinen Freier. Erstes Opfer und Zeuge. Weshalb ließ der Verbrecher ihn am Leben?

Dominik sah auf. Mittlerweile saßen Simone und Tina an ihren Arbeitsplätzen und benahmen sich äußerst beschäftigt. Ulrich und Nils betraten den Raum und starrten ihn an. Auf Nils' Gesicht legte sich ein spöttischer Ausdruck, dann sah er weg. Ohne zu grüßen gingen beide an ihm vorbei.

Die auch … Alles klar …

Dominik begann den eigentlichen Artikel zu lesen:

ÜBERLEBENDES OPFER SAGT AUS

Die mysteriösen, sadistischen Mordfälle ereigneten sich nach neusten Erkenntnissen nun doch in der sadomasochistischen Schwulenszene.

Das erste, bislang noch unbekannte Opfer Dominik N., machte Aussage, nachdem Lukas L., nachweislicher Freier, bei den Morden an Till S. und Jens W. als Hauptverdächtiger festgenommen worden war. Lukas L. schien der Stammfreier der drei jungen Männern gewesen zu sein. Laut Angaben aus ihrem privaten Umfeld waren sie oftmals gemeinsam anzutreffen.

HATTEN DIE JUNGEN MÄNNER ZUWENIG GELD?
Zwei der drei jungen Männern, darunter auch das überlebende Opfer, waren und sind als Praktikanten bei einer Zeitung tätig. Das dritte Opfer konsumierte Cannabis. Alle drei versuchten wohl ihre finanzielle Situation mit Sex-Diensten, auch abartigen, aufzubessern.

Ihr Stammfreier Lukas L. war aber nicht für die Morde verantwortlich. Opfer Dominik N. war für ihn in die Bresche gesprungen und entlastete ihn mit seiner Aussage. Er war in einer Nacht mit dem späteren Mörder zusammen, in der Lukas L. ein wasserdichtes Alibi hatte.

Dominik las den Satz nochmals:
Er war in einer Nacht mit dem späteren Mörder zusammen …
Zusammen …
Er war mit ihm zusammen …

Er krallte seine Hände in das dünne Papier und musste dem Drang, die Zeitung zu zerknüllen, widerstehen.

Dann las er weiter:

ERSTES OPFER IST EINZIGER ÜBERLEBENDER
Wie Dominik N. in die Hände des späteren Mörders gelang, ist nicht bekannt.

Da das Opfer den Täter scheinbar nicht identifizieren konnte, liegt die Möglichkeit nahe, dass es sich um ein anonymes Treffen in einem Darkroom gehandelt haben könnte.

Das Opfer wurde wohl sexuell genötigt und misshandelt und zu guter Letzt auch nicht bezahlt.

Weshalb davon ausgegangen wird, dass es sich um den selben Täter handelt wie bei den Morden, ist unklar. Die Polizei gibt darüber keine Auskunft.

Ein kleines Bild, aufgenommen gestern Abend im Pub, Lukas und er am Tisch sitzend, sich zuprostend – zierte als Krönung den nachfolgenden Abschnitt:

HAPPY END!
ROMANTISCHE BEZIEHUNG ZWISCHEN STRICHER UND FREIER?
Ob Dominik N. nun wirklich ein Opfer des späteren Mörders war, sei dahingestellt. Tatsache ist aber, dass er durch seine Aussage seinen Freier Lukas L. entlasten konnte.

Wie bereits erwähnt, waren der 35jährige und die drei 21jährigen Männer oftmals gemeinsam anzutreffen. Dominik N. wohnt sogar im selben Haus wie Lukas L. …

Das Handy klingelte.

Es war Marius.

Benommen nahm Dominik das Telefon an sein Ohr und brachte bloß ein heiseres »Ja« zustande.

»Dominik! Verdammt nochmal, etwas Beschissenes ist passiert! Ich habe soeben das ganze Präsidium zusammen gebrüllt deswegen!«

Lass mich raten …

Dominik stützte seine Stirn auf die Hand und schloss die Augen.

»Die Information, dass der Verdächtige durch eine Zeugenaussage entlastet wurde, ist an die Presse gegangen! Keine Ahnung wer da geschlampt hat, ich werde der Sache nachgehen! Verflucht! Verdammt!«

»Ich weiß es bereits … Ein phänomenaler Artikel steht in der *Blitz*. Und der Dreckskerl hat damit zu tun, er hat mir ein Exemplar der Zeitung ins Postfach gelegt zusammen mit einer Nachricht.« Dominik war ausgebrannt. Er sah nicht auf. Er wollte niemandem in die Augen sehen, keine fragenden Blicke erhaschen. Er hielt die Augen geschlossen und wartete auf Marius' Reaktion.

»Was hat er geschrieben?«

Dominik erzählte.

»Das ist nicht gut … Bleib in der Redaktion, verstanden?! Ich werde einen Personenschutz für dich beantragen und so schnell als möglich diesen Durchsuchungsbeschluss für die Hütte organisieren. Ich melde mich!« Marius hatte aufgelegt, bevor Dominik antworten konnte.

Ein hysterisches Gelächter begann in seinem Kopf zu hallen und dröhnen. Waren es seine Dämonen, oder war er es selber?

Was für ein Witz! Was für ein Scheißwitz!

Sein Leben – ein Scheißwitz!!!

Die *Blitz* war das reißerischste Boulevardblatt in der Region Nürnberg und Nordbayern. Es lag gratis an jedem Bahnhof, an jeder Bushaltestelle, an jeder Tankstelle auf.

Jeder las es, jeder kannte es …

Das war praktisch dasselbe, wie wenn der Mistkerl ihn aufgeschlitzt hätte. Das wäre womöglich noch humaner gewesen. Dass die Rache für das Reden so aussehen würde, hatte Dominik nicht erwartet.

Verstohlen schielte er in den Raum. Mittlerweile schienen alle anwesend zu sein. Selbst König konnte er durch seine Glasfront am Schreibtisch sitzen sehen. Alle waren da und schienen ihn zu beobachten.

Er stand am Pranger, es war bloß eine Frage der Zeit, bis es der Hinterste und Letzte wusste.

Ein Blick aus der Kaffeeecke, losgeschossen wie ein brennender Pfeil, traf ihn und verwundete ihn lebensbedrohlich.

Hagen.

Lässig lehnte er an den Pausentisch und nippte an seinem Becher. Seine Brillengläser schienen so sauber wie niemals zuvor zu sein. Der stechende, triumphierende Blick drang durch sie hindurch und bohrte sich in Dominiks Augen. Dann hob er den Kaffeebecher zum Gruß und ein dreckiges Grinsen legte sich auf sein Gesicht.

Dominik spürte einen Hitzestrom durch sich hindurchfließen. Er blätterte um, blickte auf die zweite Seite und studierte die Bilder der Tatorte.

Deswegen war Hagen vorgestern im Wald gewesen. Er hatte den Tatort fotografiert. Der Artikel stammte von ihm.

Er drehte die Zeitung, um die Quellenangaben neben den Fotos lesen zu können. Unklare Kürzel, keine klaren Angaben. Unterhalb des Artikels keine Auskunft über den Autor. Eine anonym veröffentlichte Reportage, unterste Schublade und komplette Missachtung des Pressekodex'.

Dominik blickte erneut auf. Hagen war weg. Die anderen auch.

Er schaute auf die Uhr. Verflucht … die Teamsitzung.

Verzweifelt stieß er einen Seufzer aus und raufte sich die Haare. Er blieb sitzen, festgeklebt auf seinem Bürostuhl.

»Novak?!« König herrschte ihn von weitem an. »Brauchen Sie eine Extraeinladung?«

Dominik erhob sich und setzte sich im Zeitlupentempo in Gang – seinen Gang zum Scheiterhaufen, dessen verschlingende Flammen bereits im Sitzungszimmer loderten. Und Hagen war der Inquisitor. Er hatte die brennende Fackel an den Holzstapel gehalten.

Die Blicke von allen, restlos allen, bohrten sich durch seine Eingeweide, als er den Raum betrat. Eine bedrückende Stille gab ihm das Gefühl, sich in einem Vakuum zu befinden.

Geräuschlos setzte er sich hin und blickte nicht auf.

Es war ihm bewusst, dass sein Verhalten einem Schuldeingeständnis gleichkam. Das Dementieren der Sache wäre aber ebenfalls eines. Er stand so oder so auf verlorenem Posten.

König begann zu dozieren. Erst ging es um einen schlecht recherchierten Bericht, dann um eine nicht ganz gelungene

Glosse, eine Reportage, welche fulminanter ausgearbeitet hätte werden können und Dominik spürte, dass niemand zuhörte, dass er das Einzige in diesem Raum war, das wirklich interessierte.

Er erhob sich.

König hielt inne mit seiner Rede und sah ihn an. Dominik schaute in die Runde und erkannte Sensationsgier in den Augen der Anwesenden. Münder standen offen, Augenpaare waren interessiert aufgerissen. Peripher konnte er ein gegenseitiges Anrempeln von Ben und Florian, so nach dem Motto: *Achtung! Gleich kommt's!*, erhaschen.

Er war eine Jahrmarktsattraktion.

Das war's:

Verloren …

Es blieb ihm nichts anderes übrig, als loszulassen.

Langsam atmete er ein und aus … ein und aus … und eine unerwartete Entspannung durchströmte ihn wie eine angenehm sedierende, heilende Medizin. Es war, als würde er in diesem Moment eine göttliche Erleuchtung erfahren.

Die Akzeptanz dessen, soeben alles verloren zu haben was er krampfhaft versucht hatte festzuhalten, befreite ihn auf komplexe Weise.

Kein Theater mehr … Kein Verstecken.

Kein Verheimlichen mehr von Dingen, für die er nichts konnte. Keinen Grund mehr, sich für etwas zu schämen, was er nicht in seiner Hand gehabt hatte.

Sollen sie doch denken, was sie wollen.

Er schaute sie an. – Alle.

Sein abgeklärter Blick wanderte zu jedem von ihnen und brachte sie teilweise dazu, beschämt wegzusehen.

Hagen überging er. Er war sein Kontrahent und das war jetzt und hier nicht das Thema. Er machte ihm keine Angst mehr. Egal, was er ihm möglicherweise angetan hatte.

Er strich die Haarsträhne aus der Stirn, schaute zu König und begann, ganz ruhig und gefestigt: »Entschuldigen Sie bitte, dass ich Sie unterbreche, aber es lässt sich nicht aufschieben.«

König nickte knapp und lehnte sich zurück.

Dominik begann – deutlich, klar, sicher:

»Ich bin überfallen worden. Vor zweieinhalb Wochen. Zehn Tage vor Till, zwei Wochen vor Jens. Auf offener Straße, abends um neun. Ich bin verschleppt, gefesselt, etliche Male vergewaltigt, mit Gegenständen sexuell gefoltert und ausgepeitscht worden.« Er drehte sich um, überkreuzte die Arme und zog sein Sweatshirt mitsamt T-Shirt hoch.

Leise Aufschreie.

Er zog die Shirts wieder runter und drehte sich zurück. Die Ausdrücke der Gesichter sprachen für sich. Simone hatte die Hand vor den Mund geschlagen, Tina war schneeweiß, Ben grünlich.

»Das ist kein Sadomaso-Spiel gewesen, das war eine einseitige, sadistische Quälerei.« Er steckte das T-Shirt wieder in den Bund seiner Jeans.

»Das Ganze hat fast zehn Stunden gedauert, dann bin ich im Wald ausgesetzt worden. Wer es gewesen ist, weiß ich nicht, meine Augen waren verbunden. Und warum ich noch lebe und meine Freunde getötet worden sind, weiß ich auch nicht.« Er warf Hagen einen düsteren Blick zu und erschrak. Da lag etwas in seinem Gesichtsausdruck, das Dominik nicht erwartet hatte …

Er widerspiegelte so was Ähnliches wie Mitgefühl.

Hagen hielt die Augenbrauen hochgezogen, den Mund leicht geöffnet und schien das erste Mal etwas anderes als Verachtung ihm gegenüber zu empfinden.

Irritiert fuhr Dominik fort: »Ich bin kein Stricher und ich bin nie einer gewesen. Jens und Till auch nicht. Und Lukas ist wohl homosexuell, aber nicht unser Freier. Er ist lediglich ein Kumpel. Und er ist bei einer alten Dame zum Abendessen eingeladen gewesen, während ich gequält worden bin.«

Er machte eine Pause.

»Das ist die Wahrheit. Und jetzt denkt darüber, was ihr wollt.« Er steckte die Hände in die Hosentaschen und stellte sich breitbeinig hin. »Passd scho!«

Absolute Stille.

Er wandte sich an König. »Ich würde heute gerne frei nehmen. Morgen stehe ich Ihnen wieder zur Verfügung.«

König betrachtete ihn.

Er war die ganze Zeit über mit verschränkten Armen dagesessen und hatte Dominiks Rede gebannt mitverfolgt. Kaum wahrnehmbar nickte er. »In Ordnung.«

»Danke.« Dominik verließ den Raum, ohne sich nochmals umzublicken.

Der Rest der Anwesenden blieb sitzen. Die Morgenbesprechung war noch nicht zu Ende. Als Dominik an seinen Platz zurückkehrte, hörte er bereits wieder Königs tragende Stimme.

Er suchte Handy und Schlüssel zusammen, welche in seinem Chaos von Kleinutensilien integriert waren und da fiel sein Blick auf den Brieföffner, den er zuvor vergeblich gesucht hatte. Einen Moment hielt er inne, dann nahm er ihn in die Hand und betrachtete ihn genauer.

Eigentlich war er ein Messer. Er wies auf der einen Seite eine Klinge auf, welche bestimmt zu stumpf wäre um Sushi zu schneiden, aber trotzdem würde er als eine Art Waffe durchgehen.

Er steckte ihn ein.

Dann ging er die Treppe hinunter zu den Toiletten.

Hagen ging jeden Tag nach der Morgenbesprechung aufs Klo.

Das war so eine reizende Angewohnheit von ihm.

48

Eine halbe Stunde später schlurfte Hagen die Treppe ins Untergeschoss hinunter, um seinem allmorgendlichen Bedürfnis, welches auf den hohen Kaffeekonsum zurückzuführen war, nachzugehen.

Als er sich nach seinem Geschäft vornübergebeugt die Hände am Waschbecken wusch, spürte er plötzlich den Druck einer Klinge an seinem Hals.

Erschrocken sah er in den Spiegel.

Dominik stand schräg hinter ihm und hatte Blickkontakt über den Selbigen mit ihm aufgenommen. Ihre Augen verengten sich. Als Hagen sich rühren wollte, presste Dominik die Klinge des Brieföffners tief in seine stopplige Haut.

»Langsam«, raunte er ihm zu. »Ich will mit dir reden. Da rein.« Er nickte mit dem Kopf zur Seite und wies ihn an, in eine Toilettenkabine zu gehen.

Hagen wollte eben den Mund zu einem spöttischen Grinsen verziehen, als er aufschrie. Dominik hatte sein rechtes Handgelenk gepackt und seinen Arm auf den Rücken gedreht. Hagen gab nach wie Gummi und beugte sich noch tiefer ins Waschbecken. Der Wasserstrahl streifte seine Ohrmuschel. »Du elender …«

Dominik presste den Brieföffner grob gegen seinen Adamsapfel und würgte seine Schimpftirade ab.

»Da … rüber … jetzt!«

Er bugsierte den gekrümmten, fünfundzwanzig Zentimeter größeren Mann in eine Toilettenkabine und wies ihn an, sich zwischen Schüssel und Trennwand hin zu knien.

Als Hagen protestieren wollte, drehte Dominik ihm den Arm bis über die Schulterblätter, beinahe zum Nacken hoch und drückte den Brieföffner so tief in seine Haut, dass er es wirklich mit der Angst zu tun bekam.

Hagen tastete sich gezwungenermaßen mit der linken Hand vor, quetschte sich stöhnend zwischen Schüssel und Wand und ließ sich, unelegant wie ein Kamel, auf die Knie fallen. Sein Gesicht berührte um Haaresbreite den feuchten Boden. – Er hoffte inständig, dass dies noch von der morgendlichen Reinigung stammte.

Dominik hatte sich über ihn gebeugt, kniete mit einem Bein auf seinem Rücken und hielt sein rechtes Handgelenk fest. Den Brieföffner ließ er mit Druck an seiner Kehle.

»Bist du es gewesen?«

»Was gewesen?« Hagens Tonlage war ein wenig höher als sonst.

»Hast du sie ermordet?«

Keine Antwort.

Dominik führte die Klinge mit Druck über Hagens Hals.

»Nein! Bist du verrückt? Wie käme ich dazu?« Hagen spuckte versehentlich, als er sich rechtfertigte. Er schwitzte.

Der Druck am Hals ließ nicht nach. Die Klinge wurde etwas zurückgeschoben, so als würde Dominik zu säbeln beginnen.

»Ich schwöre es! Ich habe das nicht getan!« Er berührte mit der Wange den feuchten Boden. »Ich hab den Artikel geschrieben, das ist alles!«

Dominik zog den Brieföffner zurück. Hagens Handgelenk hielt er jedoch so fest umklammert, dass die purpurroten Finger langsam anschwollen.

Er legte sein gesamtes Gewicht auf das Knie und fixierte Hagen in dieser Stellung. Eingekesselt zwischen Klo und Wand und Knie schrie Hagen auf. »Du elender Scheißer kugelst mir noch den Arm aus!«

»Reiz mich nicht, du Kotzbrocken!« Dominik setzte die Spitze des Brieföffners auf Hagens Nacken auf. Dieser reagierte, indem er die Schultern hochzog.

»Ich stosse zu, das kannst du mir glauben! Rede, jetzt! Ich will alles hören!«

Hagen ließ ein entnervtes »Aaach« hören, dann begann er, zwei Zentimeter über Boden, widerwillig zu erzählen:

»Die *Blitz* ist schon lange mein zweites Standbein. König lässt mich ja beim *Kurier* versauern. Es hat mich angepisst, dass er dich Großkotz über die Morde schreiben ließ. Also habe ich eben für die *Blitz* über die Morde berichtet. Und ich habe mich echt ins Zeug gelegt beim Recherchieren. Habe herausgefunden, dass Schuster kiffte und so. Habe sogar die Identität von dem Verdächtigen, diesem Lehmann, rausgefunden und was der so treibt. Gestern wollte ich erst einen Artikel über *ihn* schreiben. Ein bisschen von seinen reizenden Beziehungen erzählen ... Aber dann ist die Mitteilung der Polizei an die Presse rausgegangen, dass er frei gelassen worden ist, wegen der anonymen Zeugenaussage eines früheren Opfers.«

Hagen versuchte seine verkeilte Schulter etwas zu lösen und positionierte seine stützende Hand neu. Dominik reagierte und legte noch etwas mehr Gewicht auf sein Knie.

Hagen rutschte tiefer und war danach eingekeilt wie in einem Schraubstock. Er fluchte etwas Unverständliches neben dem Klobesen.

Dominik blickte angespannt über seine Schulter zur Tür. »Jetzt red schon weiter!«

»Schon gut, schon gut ... Ich konnte also meinen Artikel über diese Schwuchtel vergessen. Ich hätte die Wände hochgehen können. Doch kurz darauf hab ich eine anonyme Mail gekriegt. Da stand drin, dass *du* dieser Zeuge bist!«

Dominik umklammerte den Brieföffner mit schweißnasser Hand. »Was genau ist in der Mail gestanden?«

»So was in der Art wie: Er habe über das Internetportal der Polizei von der anonymen Zeugenaussage erfahren und wisse aus zuverlässiger Quelle, wer dieser Zeuge sei. Dann stand da dein Name und die Anmerkung, dass du dich prostituieren würdest wie die anderen zwei. Du hättest es mit einem Kerl in einem Darkroom getrieben und würdest jetzt behaupten, dass der dich vergewaltigt und die anderen beiden später umgelegt hätte. – Er wisse nicht, ob das stimme oder ob du bloß rumzicken würdest, weil der Typ dich nicht bezahlen wollte. Er sei bloß ein Informant, ein Freund mit einem heißen Tipp!«

»Und du hast keine Ahnung von wem du die Mail bekommen hast?«

»Nein, du verfluchte Nervensäge! Ich habe mir über all die Jahre ein beachtliches Netz von Informanten und Kontakten aufgebaut. Anonym oder nicht, ich bin da nicht wählerisch. Für die Arbeit bei der *Blitz* ist das sehr hilfreich. Ich kriege nicht selten Mails von frustrierten, mediengeilen oder oberschlauen Idioten, die mich auf eine gute Story aufmerksam machen wollen. Das Meiste ist Mist, aber ab und zu ist eine Perle dabei – wie dieses Mal!« Hagens Schultern zuckten, er schien stumm zu lachen. »Eine gute Geschichte und ich konnte dir dazu noch eine reinbrennen!«

»Darum ging's dir, was?«

Hagen lachte gurgelnd.

Dominik betrachtete Hagens Nacken und musste sich beherrschen, die Spitze des Brieföffners nicht wie einen Korkenzieher zwischen den haarigen Muttermalen rein zu schrauben. Eine Vierteldrehung konnte er sich jedoch nicht verkneifen und Hagen fuhr sogleich weiter, in einem etwas schnelleren Tempo.

»Das Ganze hat aber auch Sinn gemacht, das musst du zugeben! Die zwei umgelegten Teilzeit-Schwuchteln sind Freunde von dir gewesen, nicht ganz abwegig, dass du auch zu diesem Verein gehörst. Und dass Lehmann im gleichen Haus wohnt wie du, hab ich gewusst, seit ich seine Identität herausgefunden habe. Konnte mir schon vorstellen, dass ihr da zusammen Orgien gefeiert habt.«

Dominik spürte Hitze in seinen Kopf steigen. »Und das hat für dich gereicht um einen solchen Bullshit zu schreiben?«

»Hm … eigentlich schon. Ich habe aber noch etwas Zeit gehabt und wollte sehen, wo du dich so rumtreibst. Und ich brauchte noch ein Foto von dir. Also bin ich gegen Abend zum *Kurier* gefahren, in der Hoffnung, dich irgendwo ablichten zu können. Dein Auto stand vor der Redaktion, deshalb hab ich angenommen, dass du da bist. Kurze Zeit später bist du rausgekommen und lange vor der Eingangstür stehengeblieben. Du hast perfekt für mein Bild posiert.«

Dominik verdrehte die Augen.

»Dann bist du losmarschiert, hast das Auto stehen lassen. Ich habe mich an deine Fersen geheftet und dich ins Pub gehen sehen. Bin etwas später auch rein gegangen und sah dich und Lehmann in einer kuscheligen Ecke sitzen. Ihr habt euch gerade zugeprostet.« Er hüstelte. »Ihr beiden da in trauter Zweisamkeit habt genug Stoff und ein süßes Bild für die Story geliefert. Ein Kuss wäre zwar noch das Highlight gewesen!«

Dominik presste die Augen zu. Hagen bewegte sich auf verdammt dünnem Eis. Aber den Gefallen, auf diese Provokation einzugehen, würde er ihm nicht machen.

»Und der Briefumschlag mit der Nachricht und der Zeitung drin? Ist das nicht von dir gewesen?«

»Nein, damit hab ich nichts zu tun. War selber überrascht, als du das heute bekommen hast.«

Dominik nahm sein Bein runter und ließ Hagens Arm los. Er trat zwei Schritte zurück, hielt den Brieföffner wie eine Waffe schützend vor sich und pustete die Haarsträhne weg.

Hagen wälzte sich ächzend aus seiner verkeilten Position und setzte sich erschöpft auf den Klodeckel.

Die Brille lag schief über seiner Nase und die Stirn war mit Schweißperlen übersäht. Er kramte in der Hosentasche herum, zog ein Tuch hervor und wischte sich erst die Stirn, dann die Gläser.

Nachdem er die Brille wieder auf die Nase gesetzt hatte, sagte er: »Am liebsten würde ich dich jetzt windelweich prügeln, du elende Ratte!«

Dominik stand aufrecht vor ihm. Jeder Muskel seines Körpers angespannt, bereit zum Kampf.

Hagen starrte ihn mit wutverzerrter Miene an, doch nach einigen Sekunden wurden seine Zornesfalten schwächer und flachten ab. Ein Hauch von Menschlichkeit umspielte seine Züge. Dominik erschrak mehr, als wenn Hagen ihn angefallen hätte.

»Dass der Typ dich so rangenommen hat, wusste ich nicht. Hab gedacht, dass sei irgend so eine Tuntenspielerei mit dir gewesen – was anderes als bei den anderen zwei.«

Dominik ließ seine Waffe sinken und reckte das Kinn. »Auf dein Mitgefühl pfeif ich, du Arschloch!«

»Kein Mitgefühl, bloß Waffenstillstand. Ich kann dich nicht leiden und du mich nicht. Wir lassen uns ab jetzt einfach in Ruhe.«

»Vergiss es! Du schreibst nochmals für die *Blitz* und dann stellst du es richtig!«

»Einen Scheiß werd ich!«

»Doch, wirst du! Sonst steck ich König, dass du nebenbei für dieses Schundblatt schreibst. Der wirft dich hochkant raus. Ich glaube kaum, dass du das willst.«

Hagen presste die Lippen zusammen und legte die Stirn in Falten.

Die Türe öffnete sich und Ulrich betrat die Toilette. Verwundert blieb er stehen, als er Dominik vor dem auf dem Klo sitzenden Hagen stehen sah.

»Er wollte, dass ich ihm einen blase«, sagte Dominik beim Hinausgehen und zuckte mit den Achseln. »Hab dankend abgelehnt«, und mit einem Schmollmund an Hagen gewandt: »Nicht traurig sein!«

Dann sprintete er die Treppe hoch.

49

Mittagspause.

Er musste an die frische Luft. Einen Spaziergang machen in der Natur, um den Kopf frei zu kriegen. Es war nicht ganz so gelaufen, wie er es gern gehabt hätte.

Tief atmete er ein und wickelte den Schal um seinen Hals. Dann ging er los und dachte nach.

Dominik begann sich zu erholen, das stand nicht in seinem Drehbuch. Schließlich war *er* derjenige, der die Kontrolle ausübte und nicht sein Protagonist.

Dominik war härter im Nehmen, als er gedacht hatte …

Ein Geräusch über ihm ließ ihn nach oben blicken. Ein Milan und eine Krähe lieferten sich ein Duell in den Lüften. Der Milan kreiste majestätisch und wurde von der kleineren, wütenden Krähe krächzend attackiert, bis er aufgab und sich einen neuen Platz suchte, um nach Beute zu spähen.

… Nein, eigentlich nicht. Dominik verhielt sich genau so, wie es zu erwarten war. Das war auch der Reiz an ihm gewesen. Seine jungenhafte Erscheinung war ein Trugbild, er war ein richtiger Kerl. Und das war das, was er gewollt hatte:
Einen richtigen Kerl!

Einer mit Selbstbewusstsein. Einer mit Energie und Werten. Einer, bei dem es eine Herausforderung sein würde, ihn fertig zu machen. Das war der Kick an der Sache. Der Kern seiner Fantasien. Seit jeher, seit er denken konnte.

Als schwul würde er sich nicht bezeichnen. Er hatte immer etwas für Frauen übrig gehabt. Und er war oft verliebt gewesen in seinem Leben. Sie hießen Marie und Yvonne, Charlotte, Merle, et cetera, et cetera … und mit einigen von ihnen war er zusammen gewesen und mit den anderen lediglich im Bett. Ihm gefielen weibliche Körper und er hatte den Sex mit jeder von ihnen genossen. Romantische Gefühle hegte er ausnahmslos für das weibliche Geschlecht.

Doch parallel zu dieser heilen Welt existierte tief in ihm eine andere … eine, die ihn jahrelang gequält hatte. Auf heimtückische Weise hatte sie sich ihm offenbart:
Wenn er mitten in der Nacht schweißgebadet erwacht war, die Pyjamahose feucht im Schritt und er sich bewusst wurde, dass er ihn wieder geträumt hatte … diesen verfluchten Traum, den er nicht unter Kontrolle hatte, der ihn in den Nächten verfolgte und bisweilen auch am Tag. Diesen Traum, diese Fantasie, wie er brutal einen Mann ficken und foltern würde, den er zuvor in seine absolute Gewalt gebracht hatte.

Woher das kam, konnte er sich nicht erklären …

Er hatte weder einen gewalttägigen Vater, noch eine alkoholkranke Mutter, noch einen pädophilen Onkel, noch einen sadistischen Freund. Er war einfach so, wie er war. Und dafür hatte er sich gehasst. Hatte! – Wohlgemerkt!

Er lächelte in einer nachsichtigen Weise, während er zügigen Schrittes vorwärts ging.

Vor Jahren war er voller Selbstverachtung sogar in eine Therapie gegangen. Hatte sich durch zwanzig sinnlose Sitzungen bei einer Psychotherapeutin gekämpft.

Die hatte ihn auseinandergenommen. Hatte mit ihm seine Jugend durchforscht, nach Lebensumständen oder einem Erlebnis gesucht, welches verantwortlich für seine *Störung* sein könnte. Sie hatten nichts gefunden, niemand da, dem man die Schuld hätte zuschieben können. Keinen Auslöser, bei dem man hätte ansetzen können.

Schulterzuckend hatte sie ihm schlussendlich geraten, sich abzulenken, sich sinnvoll zu beschäftigen. Er hatte alles probiert. Doch diese Fantasien nahmen immer mehr Raum in seinem Leben ein, je mehr er sich dagegen gewehrt hatte. Sie waren sadistischer, blutiger, brutaler geworden und durch eine Komponente, das Töten, ergänzt worden. Tausenden Männern hatte er die Kehle durchtrennt, bevor er Tills bebenden Hals vor sich hatte. In seinen Gedanken hatte er dies so oft getan, dass er es nicht mehr zählen konnte. Aber: Er hatte sich im Griff, hatte keinem Kerl jemals ein Haar gekrümmt!

Im Griff …

Bis zu jenem Tag – jenem schicksalhaften Tag, der dieses riesige, eitrige Geschwür, welches seit Jahren in ihm gewachsen war zum Platzen gebracht, es entleert und ihn damit entgiftet hatte.

An jenem Tag hatte er zwar noch an niemanden Hand angelegt, aber er wusste, dass er es tun würde, sobald die Zeit reif dafür war. Das war der Tag, an welchem er seiner dunklen Seite ein Versprechen gegeben hatte:

Sie gehörte zu ihm wie die anderen Seiten und würde ihren Platz in seinem Leben bekommen. Sie würde agieren dürfen, auf seiner Bühne, unter seiner Regie, mit seinen Akteuren. Ein kleines, ehrliches Schauspiel, im Rahmen eines riesigen Theaterspektakels, welches sein Leben darstellte.

Er blieb vor einem kleinem Weiher stehen. Das braune Schilf war zurückgeschnitten. Vorsichtig konnte er an das sumpfige Ufer herantreten. Er blickte in das seichte Wasser mit dem schwarzen Grund und atmete den angenehm modrigen Geruch, der in der Luft lag, ein. Sein Spiegelbild zeichnete sich schemenhaft gegen den reflektierten, weißen Himmel ab.

Seine Augen verengten sich.

Du hast mir im Kurier eine Frage gestellt, Dominik.

Ich werde dir die Antwort geben …

Dann muss ich dich leider beseitigen – du wirst zu gefährlich.

Schade – irgendwie habe ich dich gemocht …

50

Die Hütte …

Dominik startete zuhause seinen Computer und loggte sich beim Zeitungsarchiv der Redaktion ein. Er lehnte sich zurück und legte nachdenklich den Zeigefinger an den Mund.

Sie waren in der vierten Klasse gewesen, als sie Mitglieder der Schülerzeitung waren. Die letzte Klasse, in der er und Till noch zusammen zur Schule gegangen waren, bevor Till in die Realschule und er ans Gymnasium gewechselt hatte.

Da waren sie zehn Jahre alt gewesen. Folglich musste es im Herbst 1996 gewesen sein, als das Bild in der Zeitung erschien. Ende September, Anfangs Oktober.

Erst klickte er das betreffende Jahr und dann den September an. Er begann beim zwanzigsten jenes Monats und scrollte eine Seite nach der anderen nach oben.

Artikel um Artikel, Anzeigen, Werbungen, Fotogalerien. Bild über Bild – keine Hütte.

Er klickte den Oktober an und legte los:

Der Erste, der Zweite, der Dritte … Reportagen, Berichte, Kochrezepte … der Vierte, der Fünfte …

Da!

Am 6. Oktober 1996 war sie abgebildet – auf der Frontseite, groß und bunt.

Im Spätsommer 1996 hatte der *Kurier* größtenteils von Schwarzweiß auf Farbdruck umgestellt, deswegen war dieses Bild vermutlich auch so in Dominiks Erinnerung geblieben.

Er begann die Überschrift dazu zu lesen:

GROSSER DROGENFUND IN WALDHÜTTE
Der grösste Drogenfund aller Zeiten in der Region Schwarzenbach

Sein Blick wanderte zu der Hütte auf dem Bild.

Anscheinend hatte sie seit jeher eine dunkle Seele besessen. Das perfekte Beispiel dafür, dass eine harmlose Fassade nicht zwingend ein harmloses Innenleben beherbergen muss.

Er las den Artikel:

In einer Waldhütte in der Region Schwarzenbach wurden rund 8 Kilogramm Heroin, 2 Kilogramm Streckmittel und 13 Gramm Kokain beschlagnahmt. Der Marktwert dieser Drogenmenge beläuft sich auf über 1,5 Millionen Deutsche Mark.

Der Besitzer der Hütte, Dieter R. (38) war das zentrale Bindeglied eines Drogenhändlerrings …

Dominik sah enttäuscht auf. Dieser Name sagte ihm nichts. Er las weiter und blieb an einem kurzen Interview hängen.

Und blinzelte …

Er las das Interview – nochmals.

Den Namen – nochmals.

Das konnte nicht sein … Das durfte nicht sein!

Er machte den Drucker an, in der utopischen Hoffnung, es würde etwas anderes auf dem Papier stehen, wenn er es gegenständlich in seiner Hand halten würde. Kaum hatte der Drucker das Blatt ausgespuckt, griff er hastig danach.

Während er den logischerweise selben Text wie auf dem Bildschirm las, begannen die Buchstaben vor seinen Augen zu verschwimmen und zu tanzen und die Stimmen in seinem Kopf zu kreischen … Sie kreischten in einem grausigen Choral … Erst alle durcheinander, wild und unverständlich. Doch dann begannen sie sich einzureihen in einen Kanon, aus ihrem Kanon in einen einstimmigen Sprechgesang, einen Vers … einen Satz.

Einen einzelnen Satz in zwei Variationen, welche dasselbe sagten und doch so unterschiedlich klangen.

Zwei Mal derselbe Satz … zu verschiedenen Zeiten … unter anderen Umständen.

Verzerrt und sauber …

Und die Worte begannen sich zu überlagern wie eine Schablone mit ihrem deckungsgleichen Untergrund und verschmolzen zu einer Einheit …

Dominik fuhr entsetzt hoch, sein Stuhl kippte und krachte zu Boden. Er fasste sich an den Kopf, während er ihn gleichzeitig verstört schüttelte. Mit weit aufgerissenen Augen taumelte er rückwärts, stolperte und fiel auf sein Bett.

Starr blieb er liegen. Alles drehte sich. Sein Brustkorb hob und senkte sich unter seinem schweren Atem.

Wie lange wusste sein Unterbewusstsein schon davon?

Mein Gott!

Wie lange …?

Das Klingeln seines Handys ließ ihn zusammenschrecken.

Einige lähmende Sekunden verstrichen, in denen er auf dem Rücken liegend, die Decke anstarrte. Das unheilvolle Geräusch dröhnte in seinen Ohren, als er die Hände zu Fäusten ballte.

Ich bin es Till und Jens schuldig …

Er setzte sich auf und griff nach dem Telefon.

»Ich werde da sein«, war sein letzter Satz der kurzen Konversation.

Langsam zog er die Jacke an und suchte still einige Dinge zusammen, die ihm hoffentlich nützlich sein würden.

Er blickte zurück in seine Wohnung, als er unter der Tür stand.

Himmel steh mir bei …

Dann zog er sie leise zu.

51

»Bin ich schnell oder bin ich schnell?«, sagte Marius, als er grinsend den Durchsuchungsbeschluss in die Höhe hielt.

Dominik schlug die Tür seines Toyotas zu. »Sehr schnell. Wusste gar nicht, dass das so geschwind möglich ist.«

Marius zuckte die Achseln und faltete das Papier zusammen. Während er es einsteckte, sagte er: »Wenn es wirklich eilt und man mit den richtigen Leuten spricht, dann schon.«

»Wer ist nun der Besitzer? Möglicherweise der Täter?«

Marius schüttelte den Kopf. »Wohl kaum, ich erzähle es dir nachher.« Er rieb sich den Nacken und schlenderte Richtung Hütte.

»Wo sind deine Kollegen?« Dominik steckte die Hände in die Gesäßtaschen. »Bei einer Hausdurchsuchung solltet ihr doch mindestens zu zweit sein?«

Marius schaute auf die Uhr. »Die kommen noch. Du bist auch extrem schnell hier gewesen. Wieso wolltest du nicht, dass ich dich abhole?«

Dominik strich die Haarsträhne zurück. »Weiß nicht. Einfach so.«

»Ich finde es nicht gut, wenn du alleine unterwegs bist, solange du noch keinen Personenschutz an deiner Seite hast.«

Dominik lächelte. »Du bist ja hier.«

»Das stimmt!« Marius zwinkerte ihm zu. Dann blickte er umher. »So genau müssen wir es jetzt auch wieder nicht nehmen mit den Regeln. Habe keine Lust zu warten, bis die Kollegen kommen. Ich versuche mal, dieses Vorhängeschloss zu öffnen.«

Marius machte die Beifahrertür seines Wagens auf und kramte auf dem Sitz herum. »Da hab ich sie.«

Dominik zuckte zusammen.

Marius hielt einen Schraubenschlüssel in der rechten, und einen Weiteren in der linken Hand.

»So knack ich jedes Vorhängeschloss!« Amüsiert schlug er die beiden Werkzeuge aufeinander. Das klirrende Metallgeräusch ließ Dominiks Blut gefrieren.

Marius wandte sich der Tür zu und setzte die beiden Schraubenschlüssel im Bügel des Vorhängeschlosses an. Dann machte er eine Bewegung wie mit einer Heckenschere und versuchte so, das Schloss zu knacken.

Dominik schlich um Marius' Auto herum, ohne ihn dabei aus den Augen zu lassen.

Marius hatte die Autotür offen gelassen.

Dominik schielte auf den Beifahrersitz. Da lag eine Brechstange.

Vorsichtig und leise griff er hinein. Seine Hand zitterte, als er sich zu dem Werkzeug vortastete.

Kurz wurde sein Blick von einem Bündel ordentlich zusammengefalteter Kleider auf dem Rücksitz abgelenkt. Dieses dunkelblaue Hemd … Marius hatte es heute Morgen getragen.

Er schaute zur Hütte. Marius schien sich tatsächlich umgezogen zu haben. Er trug ein komplett anderes Outfit … Eins, das den heimatlichen Wäschekorb wohl noch nie zu Gesicht bekommen hatte, dafür jeweils verschwitzt und blutverschmiert in der anonymen Maschine eines Waschsalons eingeschäumt wurde.

Schwer lag das Brecheisen in seiner Hand.

Er war wie betäubt, als er langsam auf Marius zuging. Die Brechstange hielt er hinter seinem Rücken versteckt.

Scheiße, Scheiße …

Sein lautes Herzklopfen würde ihn verraten.

Doch Marius blickte nicht auf und setzte die beiden Schraubenschlüssel erneut an.

Ein lautes KLANG und ein »Heureka!«, zeugten von seinem Erfolg.

Dominik preschte vor …

Jetzt oder nie …

Er schlug mit voller Wucht zu und Marius sank zu Boden.

52

»Wach auf!!!«

Die schmerzhafte Ohrfeige weckte Marius aus seiner Ohnmacht.

Sein Kopf hing nach unten und das Kinn lag an seiner Brust, als er verkatert die Augen öffnete.

Er saß auf dem Boden, mit den Händen hinter dem Rücken. Als er sie nach vorne nehmen wollte, ließ ihn sein kräftiger, erfolgloser Ruck wissen, dass er gefesselt war.

Er sah auf.

Dominik stand vor ihm. Zerzaust und mit rotem Gesicht. Sein Blick verriet, dass er es wusste.

Marius verzog seinen Mund zu einem beduselten Grinsen, als er den Kopf nach hinten an den Stützbalken lehnte.

»Warum …?«, fragte Dominik leise.

Marius reagierte nicht. Die Stille lag bleischwer in der staubigen Luft.

»Warum? … Marius?! … WARUM?!« Sein verzweifelter Schrei hallte in dem düsteren Raum und zerrte Marius aus dessen Delirium. Seine Augen schienen erst unkontrolliert herumzurollen, bevor er sie starr auf Dominik richtete. Eine Kälte lag in seinem Blick wie niemals zuvor.

»Warum? … Hm … gute Frage … Weil ich musste?«

»Du musstest? … Was musstest du? … Verflucht, Marius?!«

Dominik raufte sich die verschwitzten Haare. Seine weit aufgerissenen Augen füllten sich mit Tränen, die er eiligst wegwischte. Fassungslos und voller Schmerz starrte er seinen Schwager an. »Du bist Annas Mann … ich habe dir vertraut … du … du bist sowas wie ein großer Bruder für mich gewesen!«

Marius musterte ihn in seiner Qual. Er konnte keine Reue aufbringen, obwohl er wusste, dass dies jetzt angezeigt wäre.

»Tja, ja … So kann man sich täuschen, Dominik.«

Dominik verzerrte seinen Mund, holte aus und versetzte ihm mit dem Handrücken einen laut peitschenden Schlag mitten ins Gesicht, so fest, dass Marius' Kopf zur Seite schnellte.

Schwer atmend und breitbeinig baute sich Dominik vor ihm auf und rieb sich die brennende Hand. Dann kniete er sich nieder, so nah wie es für ihn erträglich war. Die Tränen waren versiegt. Seine Augen glühten, als er Marius' Kopf herumriss und ihn zwang, ihn anzusehen. »Warum hast du sie getötet?«

Marius Augen verengten sich, als er seinen Blick erwiderte.

»Ich habe gefragt: Warum?!«

»Weil ich *dich* nicht töten durfte …«

Entsetzt ließ Dominik los. Marius fixierte ihn hasserfüllt.

»Sie sind für *dich* gestorben! Eigentlich bist du derjenige gewesen, den ich töten wollte … Dich wollte ich umbringen! Immer nur dich!!!«

Dominik stand auf und rieb seinen Oberarm während er zwei Schritte rückwärts trat. »Was heißt das …? Wieso …?«

»Du bist derjenige, den ich töten wollte! Schon immer! Seit ich dich das erste Mal gesehen habe!«

Dominik starrte ihn mit offenem Mund an.

»Du verstehst das nicht, nicht wahr? Du hast keine Ahnung wovon ich rede?«

»Nein …«

Marius' Brust schien anzuschwellen, sein Zorn darin heiße Wellen zu schlagen.

»Du hast ja keine Vorstellung davon, wer ich wirklich bin! Du – mit dieser verfluchten, beschissenen heilen Welt in der du lebst! Da gibt es Dinge, die stärker sind als du oder dein Empfinden für Richtig oder Falsch!«

»Was für *Dinge*?«

Marius antwortete nicht.

Dominik schrie: »Was für Dinge, verdammt nochmal?!«

»Fantasien! Düstere Fantasien! Fantasien, die sich ungefragt in deinen Kopf schleichen, die dich verfolgen, wohin du auch gehst! Fantasien die immer da sind und die Macht über dich ausüben aber dir gleichzeitig solch gewaltige, einmalige Gefühle bescheren, die du durch nichts anderes auslösen kannst! Empfindungen, so stark und befriedigend, dass sie dich süchtig machen, dein Leben steuern und dich einsperren! – Von solchen Dingen spreche ich!«

Er pausierte um sich zu sammeln. Dann sprach er weiter, während Dominik eine Träne über die Wange lief.

»Du selber willst das nicht, du willst nicht so sein … Du verachtest dich dafür, willst das abstellen, aber du kannst es nicht … du kannst es nicht …« Er hielt inne, im irrigen Glauben ein gewisses Verständnis in Dominik geweckt zu haben.

Dieser fühlte sich außerstande etwas zu erwidern. Ihm stand lediglich das Grauen ins Gesicht geschrieben, als er sich wieder auf die Knie sinken ließ und dabei den Blick nicht von Marius abwenden konnte.

»Was tust du also? Du frisst alles in dich rein, Jahrzehnte lang. Du weißt, dass du bist nicht normal bist. Du hasst dich dafür und doch gefällt es dir so unglaublich, wenn du in den Abgründen dieser Gedanken versinkst. Dann unternimmst du wieder alles um dich abzulenken, treibst Sport, suchst dir eine Freundin …«

Er schüttelte den Kopf und lachte.

»Deshalb wollte ich auch unbedingt zur Polizei. Ich dachte, wenn ich einen autoritären Beruf ausübe und gleichzeitig zu den *Guten* gehöre, hört das irgendwann auf … was leider nicht so war. – Aber:«, er holte tief Luft, »Ich hatte es unter Kontrolle! Ich habe nie jemandem ein Haar gekrümmt! Nie! Ich habe mir ein Leben aufgebaut, habe mich in meine Arbeit gestürzt, habe mir einen Freundeskreis geschaffen und habe deine Schwester kennengelernt. Und ob du mir das jetzt glaubst oder nicht, aber ich liebe Anna wirklich! Vom ersten Moment an, als sie mir mit ihrem Riesenstrauß über den Weg gelaufen war.«

Marius seufzte. Es klang aufrichtig bedauernd.

»Ich wollte unbedingt ein normales Leben mit ihr führen. Die Fantasien habe ich zurückgedrängt, was mir auch erstaunlich gut gelungen war. Ich habe mich richtig darüber gefreut und gedacht, dass ich anscheinend bloß auf meine Prinzessin, meine wahre Liebe habe warten müssen, die mich von diesen elenden Gedanken erlösen konnte. Aber dann …«

Er lehnte seinen Hinterkopf an den Balken und blickte glasig an die gegenüberliegende Wand.

»Dann – drei Monate nachdem ich Anna kennengelernt habe, war ich das erste Mal zusammen mit ihr bei eurer Oma zum Kaffee eingeladen. Anna wollte mich ihr vorstellen. Du bist nicht dort gewesen, kamst erst später … Eure Oma hatte eine Apfeltorte gebacken, ich weiß das noch wie heute. Wir saßen auf ihrem Sofa und sprachen über unsere Verliebtheit, dass wir uns vorstellen könnten, ein Leben lang zusammenzubleiben und dann bist *du* herein gekommen …«

Er machte eine Pause und schloss die Augen.

Ekel und Entsetzen machten sich in Dominik breit, als er bemerkte, wie sich Marius' Gesichtszüge entspannten und ein Lächeln seine Mundwinkel umspielte.

»Du warst gerade mal vierzehn … Du kamst direkt vom Fußballspielen, warst verschwitzt und voller Grasflecken. An deinem Shirt, deinen Knien. Deine Haare waren damals noch etwas heller als jetzt, du hattest Schmutz in deinem Gesicht und kleine Schweißtröpfchen um deine Nase … Du hast das Haar von dem linken Auge weggepustet und mir dann frech grinsend die Hand entgegengestreckt. Du bist ein Teenager gewesen, dünn und kindlich, doch dein Händedruck war fest und selbstbewusst. Da wusste ich, dass ich ihn getroffen habe … denjenigen den ich wollte – denjenigen, den ich töten wollte.«

Dominik lief es eiskalt den Rücken hinunter.

Er konnte sich noch gut an diese erste Begegnung erinnern. Anna hatte ihm ihren neuen Freund stolz und bis über beide Ohren verliebt vorgestellt. Und er selber dachte, dass seine Schwester endlich mal einen coolen Typen angeschleppt hatte … Wie hatte er sich nur dermaßen irren können …

Marius öffnete die Augen und sah ihn an.

Dominik war auf den Knien weggerutscht, sein Blick war panisch.

»Du hast den Kerlen in meiner Fantasie eine reale Gestalt, ein Gesicht gegeben. Zuvor war die Handlung an sich, das Unterjochen, das Quälen, das Vergewaltigen und das Töten im Zentrum meiner Visionen gestanden. Die Kerle mit denen ich das gemacht habe, waren sozusagen gesichtslos – Fantasietypen. Ich hatte nie einen real existierenden Mann vor Augen, als ich ihn gevögelt, oder ihm die Kehle durchtrennt habe … Bis ich dich traf.«

Dominik fröstelte. Er blickte auf seine zittrigen Hände auf den Oberschenkeln, die sich eiskalt anfühlten. »Hör auf! Ich will das nicht hören …«

»Bis ich dich traf!«, brüllte Marius. Nun forderte er ihn heraus. Er zwang Dominik mit herrischem Ton ihn anzusehen. Jetzt ließ er sich nicht mehr bremsen.

»Ich hatte verloren! Alles umsonst! Ab diesem Moment habe ich akzeptieren müssen, dass es mein verfluchtes Schicksal war, diesem tiefsitzenden Drang tatsächlich nachzugeben. Ich konnte an nichts anderes mehr denken!« Angewidert verzog er seinen Mund. »Und dafür habe ich dich gehasst, du glaubst nicht wie sehr … Du hast das Monster in mir genährt. Ich war mir bewusst, solange du lebst, werde ich keine Ruhe mehr finden!«

Dominik sprang auf. Diese Schuldzuweisung ließ er nicht auf sich sitzen. »Wieso hast du mich dann nicht gleich umgelegt? Um deine«, er äffte Marius nach, »ach so arme, unterdrückte dunkle Seele zu befreien?«

Marius explodierte, seine Halsschlagader trat dick hervor. »Du bist Annas Bruder, verdammt!!!« Zornerfüllt riss er an den Fesseln. »Sie hätte das nicht ertragen, wenn dir etwas zugestoßen wäre!!!«

Dominik schluckte. Marius atmete durch.

»Außerdem war es sowieso noch zu früh. Du warst dafür noch viel zu jung, zu … schwach. Ich bin schließlich kein verdammter Kinderficker!« Marius verteidigte seine Ehre und rang Dominik damit bloß ein entgeistertes Kopfschütteln ab.

»Wieso bist du dann nicht gegangen? Wenn das so belastend für dich gewesen ist und du das ja eigentlich nicht wolltest – wieso bist du dann nicht aus unserem Leben verschwunden?«

»Anna ist die Liebe meines Lebens, du elender Parasit! Ich wollte sie nicht aufgeben wegen *dir* ! Und ich wollte auch nicht mehr davonlaufen … vor meiner Bestimmung!«

»Bestimmung? Du bist krank … Du bist sowas von krank«, flüsterte Dominik und erntete eine unerwartete Reaktion.

Marius lächelte wissend und hob das Kinn. In seinen braunen Augen lag ein unermesslicher Stolz, als er die Stimme erhob.

»Oh nein, mein Junge! Ich habe damals genügend Zeit zum Nachdenken gehabt. Nachdem ich meine Bürde endlich hatte akzeptieren können, verstand ich erst, was dies eigentlich bedeutete! Es ist keine Bürde, es ist ein Geschenk! Ich bin zu Höherem geboren. Dazu geboren ein Herrscher zu sein, ein Herrscher über solche wie dich! Mein Unterbewusstsein hat das schon immer gewusst, doch ich musste es erst begreifen.

Und dann lag sie auf der Hand: Die perfekte Lösung für mein Dilemma mit dir.« Er machte eine künstlerische Pause.

»Nämlich?«

»Ich musste dich gar nicht töten. Es gab eine viel bessere Version. Eine, die einem Herrscher würdig war. Ich habe also geduldig gewartet, bis du alt genug gewesen bist, um genügend Stärke zu besitzen.«

»Wozu …? Wozu musste ich Stärke besitzen, wenn du mich feige von hinten niedergeschlagen und so gefesselt hast, dass ich mich unmöglich hatte wehren können? Du kranker Scheißkerl!«

Marius lächelte und verengte seine Augen zu schmalen Schlitzen. »Doch nicht körperlich, mein Junge – geistig!«

Dominik fasste sich an den Kopf. »Was? Was? Wovon schwafelst du?«

Marius verdrehte die Augen. »In Ordnung, ich habe da wohl was übersprungen.« Er dachte kurz nach, dann fuhr er fort:

»Während all den Jahren deiner verfluchten Anwesenheit begriff ich erst, worum es mir *wirklich* ging. Die Lust an der ganzen Sache beschränkte sich nicht bloß auf das Körperliche. Dich zu vergewaltigen, dich zu foltern, würde mich sicherlich aufgeilen und befriedigen, aber es würde in erster Linie Mittel zum Zweck sein. Macht und Kontrolle, das war der eigentliche Kern der Sache. Und die *absolute* Kontrolle würde über diese paar netten Stunden des Vögelns und Folterns hinausgehen. Ich wollte dich immer noch töten, aber nicht mehr körperlich, sondern seelisch oder wie immer du das nennen willst.«

Dominik wurde übel, er fasste sich an den Hals um den Brechreiz zu unterdrücken. Marius genoss es sichtlich.

»Einen Vierzehnjährigen zu brechen, wäre nicht schwer gewesen – somit auch nicht wirklich spaßig.« Er hob eine Braue. »Bei einem jungen Mann jedoch – der gerade dabei ist die Welt zu erobern, der mit Selbstbewusstsein und Energie seine Traumkarriere anstrebt, dem die Frauen nachlaufen, der sich gut und stark fühlt – bei dem würde das Zerstören seiner Psyche definitiv eine Menge Spaß machen!«

Zufrieden nickte er.

»Und als du von Bochum zurückgekommen bist und mir ständig vor der Nase herumgetanzt bist – so motiviert und energiegeladen – wusste ich, dass die Zeit endlich reif war.«

Dominik war nicht fähig zu antworten. Diese grenzenlose Bosheit überstieg sein Vorstellungsvermögen und machte eine Reaktion seinerseits unmöglich.

»Ich habe einen Plan ausgearbeitet. Habe nach einer geeigneten Lokalität gesucht und so weiter. Die Zeit der Planung hat sich zu einem Projekt entwickelt und das brauchte einen Namen. Passend zu meinem Leben, welches auf ständigem Theaterspielen basierte, erschuf und inszenierte ich also mein Werk:

Die absolute Kontrolle

Du hast natürlich die strahlende Position des Hauptdarstellers erhalten. Till und Jens haben die Nebenrollen besetzt und ich führte Regie und übernahm zusätzlich die Rolle deines Gegenspielers – die zweite Hauptrolle, wohlverstanden! Die Handlung lässt sich wie folgt beschreiben:

Junger Kerl wird von einem, ihm in jeder Hinsicht überlegenen, Herrscher erniedrigt und kontrolliert. Und zwar durch eine *absolute* Kontrolle, welche sich in mehrere Komponenten gliedert.«

Dominik stand der Mund offen. Marius schien ein kompletter Psychopath zu sein. Entsetzt verfolgte er den verqueren Vortrag, welcher nun lautstark gehalten wurde:

»Komponente eins: Die Erniedrigung! Das Brechen deines Stolzes. Ich wollte dich ganz unten haben, damit du aufnahmefähig wirst für die nächsten Komponenten.«

Dominik sah ihm an, dass er gedanklich in jene Nacht abglitt. Dass es ihn erregte, als er zurückdachte.

»Komponente zwei?!«, rief er laut, um Marius aus seiner beginnenden Ekstase rauszureißen und sich selber aus Erinnerungen an grauenvolle Dinge, deren Verursacher nun ein Gesicht hatten.

Es gelang ihm, Marius zum Weiterreden zu bewegen.

»Komponente zwei: Die Einschüchterung! Das Drohen, nachdem ich dich in den Wald gebracht habe. Die Nachrichten und die SMS – das Handy in deinem Briefkasten.«

Er hob das Kinn. »Komponente drei:« Seine Mimik ließ reinen Sadismus erkennen bei der folgenden Aussage: »Schmerz durch Verlust!«

Dominik fuhr zusammen. Das war der Punkt, an dem er so verletzbar war, wie nirgends sonst.

»Indem ich dir deine Freunde genommen habe, drang ich noch viel tiefer in dich ein, als mit allen Quälereien, die ich dir selber verpasst habe. Und das Beste daran war, du wusstest genau, was sie erlebt hatten und erlebtest es so … nochmals … und … nochmals …« Monoton flüsternd kamen die letzten Worte über seine Lippen. Er betrachtete dabei Dominiks Gesichtsausdruck, welcher sich augenblicklich von wütend zu schmerzerfüllt gewandelt hatte und labte sich daran.

»Komponente vier: Die Kontrolle über die absolute Kontrolle!« Er grinste über sein originelles Wortspiel. »Und *DAS*, mein Junge – war das Beste des Ganzen!«

Dominik wusste, was er meinte. Die letzten zweieinhalb Wochen. Wie unglaublich dumm war er gewesen.

Marius geriet in eine Begeisterung, die erniedrigender nicht hätte sein können.

»Mein Werk zu betrachten! Angefangen an jenem Samstag, als du zum Essen zu uns gekommen bist – eine Woche nachdem ich dir die Seele aus dem Leib gebrannt habe. Ich bin ja so was von gespannt gewesen, wie du drauf sein würdest … Und ich bin nicht enttäuscht worden! Du warst ein anderer Mensch als du zuvor gewesen bist. Ich hatte dich verändert, du bist zu meiner Schöpfung geworden! Dann habe ich dafür gesorgt, dass du an meiner Seite warst, als man Till gefunden hat.«

Dominik schreckte auf. »Was? König hat mich doch an den Tatort geschickt!«

»Erst nachdem ich ihn kontaktiert hatte und ihn um diesen Gefallen gebeten habe. Ich habe meinem jungen Schwager doch die Chance geben wollen, mal über etwas anderes als Kürbisausstellungen und Seniorenfeste schreiben zu können. Dein Chef ist erst gar nicht begeistert gewesen, einen Praktikanten mit solch einer Story zu betrauen. Aber ich habe ihn vom Gegenteil überzeugen können, indem ich ihm schmackhaft machte, dass ich dich bereits an den Tatort holen und über Neuigkeiten stets gut informieren würde. Das hat ihn wohl überzeugt. Dein Chef ist ein guter Geschäftsmann.«

»Wieso hat er mir das dann nicht erzählt?«, fragte Dominik kritisch.

»Ich hab ihn darum gebeten. Habe ihm gesagt, dass du bestimmt nicht bevorzugt behandelt werden möchtest, aufgrund des Wunsches eines Familienmitgliedes. Das würde dein Stolz nicht zulassen. So tickst du doch? Oder, Junge?«

»Wenn du das sagst, du Psychopath …«, fauchte Dominik.

Marius zog das Knie zum Gesicht hoch und rieb seine Nase daran. Amüsiert schaute er danach nach hinten zu seinen gefesselten Händen. »Aha, Klebeband! Praktisch, nicht wahr?«

Dominik verzog das Gesicht.

»Wo ist meine Pistole?«

»Versteckt.«

»Clever …«

Marius bewegte seine Schultern ein wenig hin und her und zog unmotiviert an den Fesseln. »Gut gewickelt und geklebt, das sollte halten.« Er zwinkerte Dominik zu, während er an seinem Unterarm spürte, dass es noch da war:
Das Messer, in seinem Ärmel.

Eigentlich war er ja hier hergekommen um Dominik den Garaus zu machen, deshalb hatte er es eingesteckt. Anscheinend hatte es der dumme Junge im Eifer, ihn möglichst rasch an den Balken zu fesseln, nicht bemerkt.

Wunderbar!

Unbemerkt vibrierte er mit dem rechten Arm und es glitt sanft und lautlos in seine Hand.

53

»Jetzt red endlich weiter, verdammt …«

Dominik hatte sich hingesetzt, die Beine angewinkelt und seine Unterarme auf den Knien platziert. Er wollte gelassener auf Marius wirken. Obwohl jener sein Gefangener war, hatte er das Gefühl, Marius noch immer die Oberhand zu gewähren.

Ihre Fußspitzen waren kaum einen Meter voneinander entfernt. Mehr Abstand ließ der Umfang der Hütte nicht zu. Der schwache Lichtkegel des kleinen Fensters fiel genau zwischen sie und die tanzenden Staubteilchen in der Luft halfen Dominik optisch, etwas Distanz zu Marius zu schaffen.

Der schien sich wohl zu fühlen, als er fortfuhr:

»Dieser Morgen im Wald, als du die Leiche gesehen hast, bevor du wusstest, wer es ist – du warst göttlich! Ich saß in deinem Kopf in jenem Moment und ich spürte genau, was du spürtest. Ich sage dir, das war besser als jeder Orgasmus, den du mir beschert hast!«

Dominik spielte verkrampft mit seinen schweißnassen Händen auf den Knien.

Lass dir nichts anmerken, lass es ihn nicht sehen …

»Und dann hast du gesehen, *wer* es ist. Deine Welt ist noch mehr eingestürzt, du bist so erbärmlich gewesen, ein leidender Wurm.«

Marius wirkte wie ein begeistertes Kind, das von einem tollen Schulausflug erzählte.

»Die Befragung im Café ist dann das Sahnehäubchen der Sache gewesen: Als du zur Toilette gerannt bist, nachdem du erfahren hast, was Till möglicherweise in den Mund gesteckt worden ist – nette Erinnerungen, was? Du warst ja so perfekt, so verletzt, so verstümmelt …«

Es reichte.

Rasant zog Dominik das Küchenmesser, welches er zuhause gegen den Brieföffner ausgetauscht hatte, aus der Jackentasche, stürzte sich auf Marius und presste ihm die Klinge an den Hals.

Marius wich zurück und prallte mit dem Kopf an den Balken. Dominiks verzerrtes Gesicht lag wenige Zentimeter von seinem entfernt.

Der Duft eines dezenten Aftershaves, bloß in solch intimer Distanz wahrnehmbar, ließ Dominik angeekelt zurückweichen, die Klinge ließ er an Marius' Hals.

»Hör sofort mit diesen Begleitkommentaren auf«, raunte er ihm verbissen zu. »Ich schwöre, ich schlitz dir den Hals auf, wenn du das noch einmal machst …« Dann ließ er von ihm ab und setzte sich wieder hin. Er atmete schnell.

Marius hatte kurz die Augen zusammengekniffen. Sein arrogantes Grinsen war gewichen.

Dominik bemerkte mit Genugtuung, dass er in der Zwischenzeit einen blauen Fleck an seinem Jochbein entwickelt hatte. An der Stelle, an der er seinen Handkantenschlag zu spüren bekommen hatte. An seinem Hals erkannte er den Abdruck des Messers. Eine gerötete Rille oberhalb des Kehlkopfes.

Marius nahm Augenkontakt mit ihm auf und rutschte ein wenig auf seinem Platz umher, so als wolle er sich etwas bequemer hinsetzen. Er verzog das Gesicht, als er das eine Bein streckte, nachdem er das andere angewinkelt hatte.

»Unbequem?«, fragte Dominik und pustete die Strähne weg.

»Nein, sehr angenehm.«

»Dann lass weiter hören.«

Marius wurde sogleich wieder ein wenig süffisant:
»Dann hast du darüber geschrieben. So schön und lyrisch. Das waren diese Aspekte, die ich nicht in der Hand gehabt

habe und die mich deshalb umso mehr faszinierten. König anscheinend auch, dass er dich weiterhin solch stimmungsvolle Texte schreiben ließ. Du hast Tills guten Ruf retten wollen – unbewusst auch deinen, nicht wahr? Das war dir sehr wichtig … Hast dich immer mächtig ins Zeug gelegt für deinen Kumpel.« Marius nickte anerkennend.

Dominik reagierte nicht.

»Dass du dank deines Talents weiter über den Fall berichten durftest, ist mir unheimlich gelegen gekommen. So haben wir weiterhin zusammen arbeiten dürfen, ich konnte dich wunderbar kontrollieren und dir immer wieder nette, brutale Details, die du als Journalist eigentlich nicht hören solltest, zustecken.« Versonnen lächelte er.

»Schön hast du geschrieben – wirklich. Und *ich* habe diesen Poeten in dir geweckt. Eigentlich solltest du mir dankbar sein!«

Dominik lachte hart. »Ja, genau …«

Marius freundliche Miene vereiste plötzlich.

»Doch dann … dann hast du einen riesigen Fehler gemacht!«

Sie starrten sich an.

»Du hast es Anna erzählt!«

Pause.

»Als ich an jenem Freitag über Mittag nach Hause gekommen bin, habe ich es euch beiden angesehen, ihr konntet mir nichts vormachen.« Wütend funkelte er Dominik an. »Du hattest dich nicht an unsere Abmachung gehalten. Eine Bestrafung war fällig. Eigentlich habe ich mit dem nächsten Akt etwas länger warten wollen, aber wegen deines Ungehorsams habe ich ihn vorgezogen.«

Dominik blinzelte nervös. Er wusste, worauf Marius hinaus wollte.

»Dein Jens war fällig«, zischte er.

Stille.

Dominiks Hand krallte sich um das Messer. »Sei vorsichtig, was du jetzt rauslässt, Marius«, flüsterte er.

Marius atmete tief ein und ließ vorsichtshalber seinen spöttischen Unterton weg, als er weitersprach. »Ich habe ihm vor der Redaktion abgepasst und ihn niedergeschlagen.«

»Wieso hast du in seine Hände geschnitten?«

»Das weißt du doch bereits. Ich habe es dir damals im Präsidium erzählt, nachdem wir Lehmann vernommen hatten. Er ist zu aufmüpfig gewesen. Hat herum geflucht und an den Seilen gezerrt. Da habe ich ihm die Flügel gestutzt. – Ratsch!!!«

»Kannst du nicht aufhören, du verfluchtes Schwein?« Dominik rieb sich die Stirn. »Kannst du nicht aufhören mit diesen Sprüchen?«

Marius lehnte sich schweigend zurück.

Dominik betrachtete den Boden, von einem inneren Zwang getrieben. Zwischen den beiden hinteren Balken war der Holzboden dunkler, wolkig bräunlich ... Er sah weg.

»Du bist doch im Einsatz gewesen in jener Nacht? Als ich dich angerufen habe, nachdem die SMS gekommen ist?«

Marius ließ ein prustendes Geräusch hören.

»Nein, ich bin auf dem Weg zurück zur Hütte gewesen um sauberzumachen.« Angeekelt blickte er nach hinten. »Schöne Sauerei gewesen von dem vielen Blut ... Naja.«

Er sah wieder zu Dominik.

»Ich bin erst Jens losgeworden, habe dir dann unterhalb deiner Wohnung geschrieben und das Handy samt Nachricht in den Briefkasten geworfen.«

»Aber der Polizeifunk und die Stimmen im Hintergrund?«

Marius legte den Kopf schief und sah Dominik beinahe mitleidig an. »Polizeifunk eingestellt und zusätzlich meine Lieblingslesung *Gewaltfreie Kommunikation* im CD-Player des Autoradios. Dann ein bisschen lauter und leiser gestellt und selbst ein wenig gequasselt. Das reichte bereits.« Er verkniff sich ein Grinsen. »Ich habe gewusst, dass du mich früher oder später anrufen würdest. Ich habe alles in Ruhe vorbereitet, damit ich gleich loslegen konnte.«

Wie konnte ich nur so dämlich sein …

Marius schien seine Gedanken erraten zu haben. »Mach dir nichts draus, ich bin eben ein Meister der Täuschung.«

Dominik überhörte seine Selbsthuldigung und hakte nach: »Als ich zu Anna gefahren bin, sagte sie mir, dass du aus dem Bett geholt worden bist für den Einsatz. Wie kann das aufgehen, wenn du Jens in deiner Gewalt gehabt hast?«

Marius wirkte gelangweilt. »Ich habe Jens um etwa zehn Uhr abends unter meine Fittiche genommen. Wir sind einfach nicht so richtig in die Gänge gekommen miteinander, weil er so herum gekeift hat. Er hat Till und dich erwähnt. Weshalb eigentlich dich?«

»Mich? … Keine Ahnung?«

»Hast du ihm etwa auch davon erzählt?«

»Nein … kein Wort …«

»Anscheinend hat er es gewusst oder zumindest angenommen.«

Es fühlte sich an wie ein Schwertstoß ins Herz. Jens hatte es geahnt … Ihr Streit – er hatte ihm helfen wollen.

»Um auf deine Frage zurückzukommen«, sagte Marius ungeduldig, als er Dominiks abwesenden Blick bemerkte, »nachdem ich Jens etwas zurechtgebogen hatte, habe ich ihn alleine gelassen. Damit er ein wenig Zeit hatte, sich zu beruhigen, sich einige Gedanken zu machen. Ich habe alle Knoten kontrolliert und mich vorübergehend verabschiedet.«

»Du sadistisches Dreckschwein! Für wie lange?«

Marius schürzte nachdenklich die Lippen. »Für etwa drei Stunden. Ich bin nach Hause gegangen und habe mich ein wenig schlafen gelegt. Das war ein bombastisches Gefühl: In den Armen der geliebten Ehefrau zu liegen in dem Wissen, dass einige Kilometer entfernt jemand anderes sehnsüchtig auf meine Rückkehr wartete.«

Dominik schüttelte bloß den Kopf.

»Gegen drei Uhr musste ich dann zu meinem *Einsatz*.« Er schmunzelte. »Habe Anna gestupst und ihr zugeflüstert, dass ich losmüsse. Sie kennt das ja, wurde nicht mal richtig wach deswegen.« Er hüstelte in vornehmer Weise.

»Dein Freund war jetzt kooperativer als zuvor. Fast schon zu kooperativ …«

»Hör auf!« Dominik war mit einem Satz auf den Beinen. »Hör sofort auf!«

Marius gehorchte.

Zwischenzeitlich war er etwas vorangekommen mit dem Durchsäbeln des Klebebandes, was sich als ziemlich anstrengend erwies. Er musste achtgeben, dass die Sägebewegungen so minimal wie möglich ausfielen, damit Dominik sie nicht bemerkte. Deswegen benötigte er etwas mehr Druck, unter welchem das Band aber wiederum gedehnt oder gestaucht wurde.

Er brauchte einfach genügend Zeit. Und Zeit gewinnt man unter anderem durch Smalltalk.

»Das mit Lehmann und dem Fingerabdruck auf Jens' Handy ist ja *der* Hammer gewesen!« Amüsiert schüttelte Marius den Kopf. »Als Anna mit dem Handy wedelnd und laut in den Wald gekommen ist, bin ich erst ziemlich erschrocken.« Mit liebevoller Miene hob er die Brauen.

»Unsere Anna – stets darauf bedacht, ihren kleinen Bruder zu bemuttern. Ich denke mal, dass sie zu jenem Zeitpunkt noch ziemlich viel Überredungsküste aufwenden musste, damit sie mir das Handy und die Nachrichten bringen durfte oder?«

Dominik schwieg. Marius war trotz allem immer noch sein Schwager und kannte ihre familiären Knackpunkte wie kein Zweiter … Eine grauenvolle Vorstellung.

»Naja, lassen wir das. – Meine Kollegen haben es jedenfalls mitgekriegt, also musste ich das Telefon und die Zettel offiziell untersuchen lassen. Was mich nicht weiter beunruhigte, da ich mir sicher gewesen bin, dass ich keine Spuren hinterlassen hatte.«

Er lachte schallend.

»Und dann war da dieser schöne, fette Fingerabdruck, von einem schwulen Kerl, der noch dazu Till als Letzten gesehen hat, hinter dir her gewesen ist und obendrein ein Interesse an Fesselspielchen hatte. Wahnsinn!«

Strahlend sah er zur Decke, dann fuhr er herum, als wäre ihm etwas eingefallen. Dominik zog die Augenbrauen zusammen und erwiderte finster Marius' erheiterten Blick.

»Weißt du noch, als du in meine Arme gesunken bist? Als du in Ohnmacht gefallen bist, nachdem wir Lehmann verhaftet haben? Du kleines Sensibelchen! Das war süß!«

Dominik gab keine Antwort, während Marius sich köstlich zu amüsieren schien.

Natürlich wusste er das noch …

Er hatte in den letzten Minuten jede Sequenz, jeden Moment gedanklich durchgespielt, in welchem er sich Marius anvertraut, ihm Auskunft gegeben, ihn an seinen Gefühlen hatte teilhaben lassen. Und die Krönung des Ganzen war seine Aussage … Er hatte diesem Mann alles vertrauensvoll erzählt … Konnte es etwas Erniedrigenderes geben?

Wohl kaum.

Themenwechsel: Er ertrug das nicht mehr.

»Du hast mich an Hagen Wolf verpfiffen! Du hast ihm eine anonyme Mail geschrieben, dass ich es gewesen bin, der Lukas durch eine Aussage entlastet hat – oder?«

»Ja natürlich, was für eine Frage! Diese Lektion musste ich dir erteilen!« Angewidert verzog Marius das Gesicht. »Dass du es gewagt hast diese Aussage zu machen, war zu dreist, einfach entwürdigend für meine Inszenierung! Ich war zutiefst schockiert, als du vor Oliver und mir darüber gesprochen hast, als wäre nichts weiter dabei gewesen, nur weil du den Held für diese Schwuchtel spielen musstest!«

Dominik setzte ein provokantes Lächeln auf, obwohl ihm weiß Gott nicht danach war. Aber es wurde höchste Zeit etwas mehr in die Offensive zu gehen.

»Du hast zu hoch gepokert, Marius. Dachtest wohl, ich würde nie reden. Ziemlich leichtsinnig von dir!«

»Da muss ich dir recht geben. Ich dachte wirklich, dass ich dich gut genug kennen würde und war absolut davon überzeugt, dass du eine derart erniedrigende Geschichte niemals bei der Polizei erzählen würdest. Trotzdem habe ich sicherheitshalber immer wieder deine Verschwiegenheit getestet, habe dich gelöchert, dich gefragt, weshalb du die Nachrichten bekommen hast und so weiter. Du hast brav dichtgehalten. – Und dann das! Du hattest kein Recht dazu!«

»Kein Recht?«

Angesichts dieser verdrehten Sichtweise schüttelte Dominik den Kopf. »Ich fass es nicht…«, flüsterte er.

Marius ignorierte ihn und holte dafür theatralisch Luft: »Mein Gott – ich hab schon meine Felle davon schwimmen sehen! Aber zum Glück warst du so dumm gewesen, deine Kleider, Brieftasche und so weiter nach unserer gemeinsamen Nacht verschwinden zu lassen, sonst hätte ich womöglich noch die Untersuchungsergebnisse manipulieren müssen! Dafür war ich dir äußerst dankbar! Was jedoch nichts daran änderte, dass ich zugleich unglaublich wütend auf dich gewesen bin! Aber: Ich hatte einen Trumpf im Ärmel! Ich habe ja gewusst, dass üble Nachrede ein Dorn in deinem Auge ist.«

»Halleluja«, brummte Dominik.

»Einer meiner besten Schachzüge, allerdings.«

Marius schnalzte mit der Zunge und nickte fröhlich.

»Nachdem also festgelegt wurde, welche Details an die Presse gehen sollen, habe ich im Geheimen noch eine kleine Änderung für den Presseverantwortlichen vorgenommen – keine große Sache. Danach hat er die Info bei der Pressestelle und im Internetportal publiziert. Anschließend hab ich Wolf die Mail geschrieben.«

»Woher kanntest du Hagen überhaupt?«

»Er ist so der Typ: *Aufsässiger Reporter,* der schon vor langer Zeit seine Karte bei uns deponiert hat. Ich hab gewusst, dass er beim *Kurier* arbeitet, aber auch für die *Blitz* schreibt. Die Morde an Till und Jens haben ihn sehr interessiert. Er ist ständig auf der Matte gestanden.«

»Wieso hast du gewusst, dass der mich auf dem Kieker hat?«

Marius schmunzelte.

»Mein lieber Junge, wir sind doch eine Familie … Solche Dinge hast du Anna und mir beim gemütlichen Sonntagskaffee erzählt. Du bist schon immer redselig gewesen und ich habe dir stets sehr gut zugehört. Je mehr ich über dein Umfeld wusste, desto mehr wusste ich über dich. Deshalb habe ich auch gewusst, welche Kumpels dir am Meisten ans Herz gewachsen waren.«

Da war er wieder – dieser Schmerz. Dominik ignorierte ihn krampfhaft.

Marius suchte vergeblich nach einer Regung in seiner Mimik. Er zuckte die Achseln und fuhr weiter:

»Till habe ich dann etwas ausspioniert. Das ging so nebenbei. Er ist jeden Sonntag Abend zur selben Zeit auf Joggingtour gegangen. Ich habe zwanzig Meter von seiner Wohnung entfernt in einem Ladeneingang gewartet und ihn von hinten attackiert. Es ging ruck zuck.«

Nachdenklich blickte er schräg nach oben.

»Jens habe ich angerufen, nachdem ich realisiert habe, dass du Anna alles erzählt hast. Ich sagte ihm, dass ich noch ein paar Fragen an ihn hätte, bezüglich Till. Er war im Stress wegen einer Schulreportage und hat mich kurz bei einem Bratwurststand getroffen. Da hat er erwähnt, dass er noch lange arbeiten müsse und deshalb wusste ich, wo ich ihn am Abend finden würde.«

Er begann leiser und langsamer zu sprechen:
»Und wo ich *dich* finden würde und um welche Zeit, habe ich damals über eine SMS erfahren, die du Anna am Vortag geschrieben hast. Du hast mit ihr über dein bevorstehendes Date mit diesem Mädchen im *Mirage* konversiert.« Er grinste. »Du bist ein wenig verspätet gewesen!«

»Tut mir leid, dass du warten musstest«, knurrte Dominik, angewidert von Marius' selbstgerechtem Ausdruck.

Dieser umfasste verkrampft den Griff des Messers. Langsam wurde sein Handgelenk lahm. Das Klebeband hatte er zu zwei Dritteln durchgescheuert. Viel Zeit würde er nicht mehr benötigen …

»Wo waren wir ursprünglich stehen geblieben?« Marius schob nachdenklich die Unterlippe vor. »Ach, ja – der Zeitungsartikel! – Weißt du, ich wollte es eigentlich vorübergehend dabei belassen. Ein netter Artikel über dich hätte in meinen Augen im Moment als Strafe gereicht. Wolf hat speditiv und gut gearbeitet, wie erwartet. Als ich heute früh auf dem Weg zu dir gewesen bin, habe ich mir unterwegs eine *Blitz* aus einer Zeitungsbox geholt, sie in das vorbereitete Kuvert mit meiner Nachricht gesteckt und ins Postfach der Redaktion geworfen, danach habe ich dich abgeholt.«

Der Raum war mittlerweile in trüberes Licht getaucht als zuvor. Dichte Nebelschwaden krochen um die Hütte, hüllten sie komplett ein und verdüsterten den Innenraum.

Marius' dunkle Augen waren starr auf Dominik gerichtet, sie wirkten wie schwarze Kiesel, die in seine Augenhöhlen gesteckt worden waren.

Dominik stand breitbeinig vor ihm und schielte auf ihn hinunter. Der leidgeprüfte Ausdruck in seinen Augen war Überlegenheit gewichen.

»Nur dumm für dich, dass ich die Hütte gefunden habe und somit den Link zu dir.«

Marius nickte langsam. »Hm, ja … Respekt. Wie hast du herausgefunden, dass ich es bin?«

»Die Hütte ist mir bekannt vorgekommen. Sie ist vor über zehn Jahren in der Zeitung abgebildet gewesen und daran habe ich mich erinnert.«

Anerkennend zog Marius die Augenbrauen hoch.

»Ich habe den Artikel dazu im Zeitungsarchiv gesucht und: Gefunden!«

Marius schien nachzudenken, als wäre ihm das nicht mehr geläufig.

»Die Hütte hat eine Menge Drogen beherbergt. Gehortet von einem Dieter irgendwer. Die Drogen sind von der Polizei beschlagnahmt worden.« Dominik lächelte. »Ein junger Polizeikommissar hat in einem kurzen Interview Auskunft dazu gegeben. Die Hütte gehört wohl immer noch diesem Dieter, der, so denke ich, im Knast sitzt. Also steht sie jetzt ungenutzt rum.«

Marius öffnete überrascht den Mund und grinste dann breit. »Oh, ja klar! Jetzt erinnere ich mich wieder an das Interview und den Zeitungsartikel! – Lange her!«

»Ja, lange her … Aber: Der spektakulärste Drogenfund aller Zeiten in dieser Gegend, mit dir im Ermittlerteam und Interviewpartner, ist bestimmt nicht aus deinem Gedächtnis verschwunden. Du hättest das heute Morgen erwähnt, wenn du nichts zu verbergen gehabt hättest. Das hat mir zu denken gegeben.«

Dominik trat einen Schritt näher und sein Gesichtsausdruck widerspiegelte abgrundtiefen Hass.

»Und diese Überlegung hat mich dazu veranlasst, etwas in Erwägung zu ziehen, was ich niemals für möglich gehalten hätte, du Kanaille …«

»Ach?«

Dominik reckte sein Kinn so hoch, dass seine nach unten blickenden Augen nur noch als schmale Schlitze erkennbar waren.

»Ich habe mich plötzlich an einen gesprochenen Satz von jenem Samstagmorgen erinnern können, der sich anscheinend in mein Unterbewusstsein eingebrannt hatte, weil er nicht komplett verzerrt und dialektfrei gewesen ist. Und heute Morgen hast du mich mit den exakt gleichen Worten zurechtgewiesen! Zweimal derselbe Satz, gesprochen von dir, am selben Ort … Einmal mit diesem widerlichen Stimmverzerrer vor zweieinhalb Wochen! Einmal heute, mit deiner Stimme … dasselbe Timbre, dieselbe Betonung auf den Vokalen! – Du beschissener Dreckskerl!!!«

»Was ist das denn für ein Scheißsatz gewesen?«

» – Reiß dich zusammen – !« Dominik klang bissig. »Sympathisch, nicht wahr?«

Marius stand der Mund offen.

Nach einer Weile des Schweigens blickte Dominik auf seine Uhr. »Deine Kollegen scheinen nicht mehr zu kommen. Weshalb wohl?« Er reckte seinen Hals, blickte aus dem Fenster und zuckte die Achseln. »Du hast doch extra noch einen Durchsuchungsbeschluss organisiert … Was ist das eigentlich für ein Wisch gewesen? Dein eigener Haftbefehl?«

»Haha, wie witzig du doch bist, du Klugscheißer! – Ja, ich wollte dich umlegen, nachdem du tatsächlich diese vermaledeite Hütte gefunden hast!«

»Hast du mir nicht zugetraut, was? Wieso hast du mich eigentlich nicht gleich heute Morgen kaltgemacht?«

»Ich habe nicht damit gerechnet, dass du sie finden würdest und bin deshalb nicht darauf vorbereitet gewesen.«

»Stimmt, du musstest dich ja erst noch umziehen.«

Marius stierte ihn an. Dominik pustete die Strähne hoch. »Tja, Pech für dich! Du hättest das besser gleich erledigen sollen!«

Marius sah Dominik lange in die Augen und lehnte dann den Kopf entspannt an den Stützbalken.

Seine grimmige Miene hellte sich allmählich auf und ging über in ein spöttisches Grinsen mit geschlossenen Lippen. Seine Augen verengten sich. Er ließ ein gepresstes, verhöhnendes Glucksen hören, bevor er seine Stimme erhob.

»Du glaubst, du gehst hier als Sieger hervor? Du glaubst ernsthaft, wenn ich ins Gefängnis wandere, ist es für dich erledigt?« In Zeitlupentempo schüttelte er den angelehnten Kopf.

»Wie naiv, mein Junge … wie naiv. – Auch wenn ich ins Gefängnis gehe, auch wenn ich für all das hier zur Rechenschaft gezogen werde, habe *ich* nicht wirklich verloren.«

Marius' Stimme schwoll an, voller Triumph, voller Stolz: »Ich herrsche über dich, Dominik! Ich werde für immer in deinem Kopf sitzen, werde dir dein Leben lang Albträume bescheren, werde dich an unsere gemeinsamen Stunden erinnern – jedes Mal, wenn du deinen Rücken im Spiegel betrachtest! Ich werde dich bis zu deinem Tod begleiten und du wirst niemals vergessen, dass *ich* es gewesen bin, der dir einmal alles genommen hat und einen Teil von dir für immer getötet hat!«

Dominik zuckte zusammen, in dem grauenvollen Wissen, dass Marius recht hatte.

»Ich bring dich um …«

Er stürzte sich auf ihn, in grenzenloser Wut und Qual. Er packte Marius an den Haaren und riss seinen Kopf nach hinten. Marius kniff die Augen zusammen, als Dominik ihm die Messerklinge gegen die Zungenwurzel presste.

Tu es …

Dominik verzerrte sein Gesicht, seine Augen füllten sich mit Tränen. Er wollte es tun, verdammt … er hatte jedes Recht der Welt dazu … er umklammerte den Messergriff … drückte …

Scheiße, verfluchte Scheiße …

Er senkte das Messer, ließ ihn los, schüttelte den Kopf.

»Nein … Du bist es nicht wert, du Schweinehund …« Er wischte sich mit dem Ärmel über die Augen. »Du bist es einfach nicht wert!«

Er erhob sich, steckte das Messer weg und holte sein Handy hervor.

»Ich rufe jetzt deine Kollegen an.«

Und wandte sich um.

Das letzte Fitzelchen Klebeband wurde durchtrennt …

Marius richtete sich lautlos entlang des Balkens auf …

Dominik wurde an die Bretterwand katapultiert, das Handy fiel zu Boden. Marius warf sich mit seinem ganzen Körpergewicht gegen ihn und presste ihn an die Holzlatten. Er packte sein linkes Handgelenk, fixierte es fest umklammert auf Schulterhöhe Das Messer zwängte er an Dominiks Hals und dirigierte seinen Kopf nach hinten, neben seinen … Wange an Wange.

»So, mein Junge … und jetzt machen wir da weiter, wo wir das letzte Mal aufgehört haben!«

54

»Hallo Oliver! Geht's dir gut? Wir haben uns ja schon ewig nicht mehr gesehen.«

Oliver drehte sich verwundert um, nachdem er von hinten angesprochen worden war. »Ah, grüß Gott, Anna. Alles im grünen Bereich. Willst du zu deinem Mann?«

Sie blickte im Eingangsbereich des Polizeipräsidiums umher. »Ja, ich dachte, ich komme kurz vorbei. Ich habe ein Blumenbouquet beim Standesamt abliefern müssen und bin deshalb in der Nähe gewesen.« Charmant legte sie ihren Kopf schief.

Oliver wurde etwas rot und schaute auf seine Armbanduhr. »Er ist leider nicht hier, kommt erst in ein bis zwei Stunden wieder. Er war den ganzen Morgen über ziemlich auf Achse. Ich glaube, er ist essen gegangen und geht danach aufs Laufband.« Nachdenklich schürzte er die Lippen. »Oder umgekehrt.«

»In Ordnung, dann rufe ich ihn auf dem Handy an.«

Er nickte.

»Ihr seid ziemlich im Stress, nicht wahr? Diese fürchterlichen Mordfälle zusätzlich zu der Einbrecherbande aus dem Balkan. Die halten euch ja mächtig auf Trab.«

Oliver sah sie verdutzt an. »Ja … diese Mordfälle sind eine üble Geschichte. Doch ich denke, die Aussage wird uns weiterhelfen.«

Anna wollte verblüfft nachhaken, als Oliver weiterfuhr: »Aber, die Einbrecherbande hat ihre Zelte hier abgebrochen. Da hat sich schon seit einiger Zeit nichts mehr getan. Marius hat anfangs letzter Woche den Fall offiziell abgegeben.«

»Ach … ja? Da habe ich Marius wohl nicht richtig zugehört.« Verlegen zuckte sie die Achseln. »Wäre nicht das erste Mal.«

»Ja, so was kommt vor.« Er lächelte. »Na, dann wünsche ich dir noch einen schönen Nachmittag, Anna.«

»Äh Oliver …?«

Fragend zog er die Brauen hoch.

»Was ist das für eine Aussage gewesen, die euch bei den Morden weiterhelfen könnte?«

»Na … die von deinem Bruder.« Als er Annas Reaktion bemerkte, war er unsicher, ob er jetzt etwas Falsches gesagt hatte.

»Oh …? Da bin ich wohl noch nicht ganz auf dem Laufenden.« Sie strich ihr Haar hinters Ohr. »Wann ist das gewesen?«

»Gestern Mittag.«

»Was hat er denn erzählt?«

Oliver kratzte sich am Kopf. »Ich dachte, du wüsstest davon. Jetzt weiß ich gar nicht was ich sagen soll …«

»Oliver, bitte! Was?«

»Dass er auch ein Opfer von dem Kerl gewesen ist.«

Ihr Blick erhellte sich. Sie nickte bestätigend, was ihn zum Weiterreden ermutigte.

»Er hat mit seiner Aussage den Verdächtigen entlastet, der in jener Nacht ein Alibi gehabt hat.«

»Er hat ausgesagt? Das ist ja wunderbar!«

Warum weiß ich nichts davon …?

»Da haben meine Männer mir ja eine Menge zu erzählen.«

Er nickte und lächelte verkrampft.

»Okay … also, danke Oliver!«

»Keine Ursache.«

Anna verabschiedete sich und verließ irritiert das Präsidium.

Noch bevor sie draußen war, hatte sie Marius' Nummer gewählt. Die Mailbox ging ran.

Reflexartig wählte sie Dominiks Nummer: Mailbox.

Nachdenklich schaute sie in die Ferne. Gedanklich abwesend beobachtete sie den Strassenverkehr, welcher sich peripher im Nebel zu verlieren schien.

Dominik und sie waren im Streit auseinandergegangen, als sie sich das letzte Mal gesehen hatten, deswegen hatte er ihr vermutlich noch nichts davon erzählt – aber Marius?

Ein ungutes Gefühl machte sich in ihr breit. Sie spürte eine brennende Hitze in ihrem Kopf und den beschleunigten Pulsschlag.

Blödsinn!

Sie marschierte los.

Auf dem Weg zu ihrem Auto blickte sie sich stetig umher, in der Hoffnung, ihren Mann irgendwo an einem Bratwurststand oder Schnellimbiss zu entdecken.

Weshalb hatte Marius ihr nichts von Dominiks Aussage erzählt? Weshalb hatte er nicht gesagt, dass die *Operation Balkan* Geschichte war?

Er hatte doch noch seinen Bericht geschrieben, an jenem Samstag als Dominik zum Essen gekommen war. Sie hatte es gesehen.

Es könnte natürlich auch …
sein Schlussbericht gewesen sein …

Wieso hatte er sie angelogen und gesagt, er müsse zu Einsätzen, die nicht stattgefunden haben konnten?

Nachdem sie ihr Auto erreicht hatte, fuhr sie zurück über die A6 nach Altdorf. Die knappe halbe Stunde Fahrzeit kamen ihr vor wie eine Ewigkeit.

Ihre Gedanken waren wild und diffus, beherrscht von einer unterschwelligen Panik, welche ihr den Hals zuschnürte.

Wenn sie rational nachdachte, konnte sie sich nicht erklären, weshalb sie Angst hatte. Aber dieses Gefühl war so stark, dass sie sicher war, dass es auf irgend eine Weise seine Berechtigung hatte.

Zuhause knallte sie die Autoschlüssel auf das Garderobenmöbel im Flur und ging ins Büro, wo sie im Aktenschrank ihre Agenda aufbewahrt hatte.

Vor rund zwei Jahren hatte sie sich zur Angewohnheit gemacht, Marius' Überzeiten und Einsätze, welche zusätzlich zu der Dienstzeit anfielen, nebst ihrer eigenen Termine dort einzutragen.

Oftmals war sie der Meinung gewesen, dass seine Überzeiten nicht richtig abgerechnet wurden und in dieser Hinsicht war Marius immer sehr tolerant – zu tolerant. Und deshalb hatte sie gedacht, dass etwas zusätzliche Kontrolle nicht schaden könne. In Marius' Dienstplan schnüffelte sie aber nie herum, fragte ihn lediglich nach seiner Arbeit und machte sich dann ihre Notizen.

Sie schlug die Agenda auf. Der erste Eintrag, nach dem sie suchte, war ihr natürlich noch geläufig, trotzdem wollte sie es schwarz auf weiß sehen:

Freitag, 26.10. Marius Büro Schreibkram, 00:00 zuhause
Samstag, 27.10. Operation Balkan 02:50–08:00

Marius war um Mitternacht nach Hause gekommen. Sie war noch wach gewesen und hatte im Bett gelesen.

Er hatte abgekämpft gewirkt, obwohl er der eigenen Aussage zufolge bloß Schreibkram im Büro hatte erledigen müssen.

Drei Stunden später war er wieder gegangen, zu diesem Einsatz – den es nicht gab …

Sie erschauderte. – Was war in jener Nacht geschehen?

In jener Nacht, in der Jens ermordet wurde?

Mit unheilvoller Erwartung blätterte sie weiter zurück, suchte das nächste Datum:

Sonntag, 21.10.–Montag 22.10.
Von 19:00–05:00 Balkanbande Einbruch EFH, anschl. Büro.
– Till!

Ihre Hände zitterten, als sie nach dem letzten Datum suchte.
Freitag, 12.10.–Samstag 13.10.
20:00–07:00 Observierung verdächtiger Personen, Operation Balkan.
– Dominik!

Sie ließ sich auf den Bürostuhl sinken. Einige Sekunden lang starrte sie ins Nichts, dann nahm sie ihr Handy.

Sie wählte die Nummer von Marius' Dienststelle und legte sogleich wieder auf. Eine innere Stimme sagte ihr, dass dort niemand etwas von diesen Einsätzen wusste.

Noch einmal wählte sie Marius' Handynummer, dann die von Dominik, bei beiden meldete sich die Mailbox.

Oh Gott…

Sie stützte ihre Ellbogen auf den Schreibtisch und massierte die Schläfen, während die Panik erneut in ihr hochkroch und ihre Wirbelsäule zu versteifen schien.

Die Ängste schleppten ein Bild mit sich, welches sie vor zehn Monaten in ihrem mentalen Ordner der Trugbilder abgelegt hatte …

Mittlerweile schlafwandelte sie durchschnittlich einmal innerhalb drei Monate. Selten konnte sie sich an Fragmente, die sie in ihren nächtlichen Streifzügen erlebt hatte, erinnern, mehrheitlich aber nicht. Und das Meiste, von dem sie glaubte, es gesehen zu haben, hatte sie lediglich geträumt.

Marius lachte jeweils herzlich, wenn sie ihm erzählte, dass in ihrer Küche beispielsweise ein Pinguin herum gewatschelt war oder sich ein Karussell im Wohnzimmer gedreht hatte. Beide nahmen diese Halluzinationen schon lange nicht mehr ernst, sie gehörten einfach zu ihrem Leben.

Einmal jedoch war da eine Szene gewesen, welche Anna nicht geheuer war. Sie hatte sie aber definitiv als Trugbild abgelegt, weil sie einfach zu bizarr war, um real sein zu können.

Außerdem war es ihr enorm peinlich gewesen, eine derartige Halluzination zu haben, allein deshalb hätte sie Marius niemals davon erzählt. Es hätte ihn gewiss schockiert und obendrein wäre es einer Beleidigung gleichgekommen.

Sie erinnerte sich:

Es geschah letzte Weihnachten an Heiligabend.

Dominik war bei ihnen zu Besuch und sie feierten zu dritt ein feucht-fröhliches Fest.

Schon während des Essens floss Alkohol in rauen Mengen und ihre Stimmung war dementsprechend ausgelassen. Dann zündeten sie die Kerzen am Weihnachtsbaum an und fläzten sich zu dritt auf das Sofa. Marius saß in der Mitte, hielt sie im rechten und Dominik im linken Arm. Lautstark sangen sie Weihnachtslieder, lachten und alberten herum.

Sie feierten bis tief in die Nacht und Dominik legte sich anschließend auf ihrem Sofa schlafen. Marius und sie gingen ebenfalls zu Bett.

Sie wusste nicht, wieviel Zeit verstrichen war, als sie sich plötzlich im Türrahmen des Wohnzimmers befand. Und sie war sich bis zum jetzigen Zeitpunkt absolut sicher, dass das, was sie dann wahrnahm, bloß eine Halluzination gewesen war:

Dominik lag bäuchlings unter einer Decke auf dem Sofa. Ein Arm hing schlaff herunter und sein Gesichtsausdruck verriet, dass er tief und fest schlief. Plötzlich bemerkte sie Marius, der Dominik, auf einem Sessel in Kissen versunken, gegenübersaß. Er hatte ihr den Rücken zugewandt. Er schien ihren Bruder anzustarren und bei sich selbst Hand angelegt zu haben …

Sie vernahm seinen leisen, aber schnellen Atem, der plötzlich stockte und danach ein entspanntes Ausatmen …

Während des Schlafwandelns war es ihr jeweils nicht möglich, eine Analyse über das, was sie glaubte gesehen zu haben, anzustellen. Solange sie nicht erwachte, war sie während jener Phase lediglich ein Zuschauer, welcher emotionslos eine Handlung mitverfolgte.

Anscheinend war sie wieder zu Bett gegangen, denn sie wachte am Morgen ziemlich verkatert dort auf, Marius schnarchend neben ihr.

Die Bilder schossen ihr unweigerlich durch den Kopf und sie fühlte sich sogleich schuldig deswegen. Ihr Mann lag zufrieden schlafend da.

Sie setzte sich auf und fasste sich an den Kopf, der sich ziemlich mürbe anfühlte. Solche Mengen Alkohol war sie eigentlich nicht gewohnt.

Sie ging hinüber ins Wohnzimmer und sah Dominik ebenfalls schlafen. Die Decke bis über die Ohren hochgezogen, so dass nur noch ein bisschen Haare zu sehen waren.

Als sie später beim Katerfrühstück zusammensaßen, war alles vollkommen normal. Abgesehen von einer leichten Brummschädelschlappheit beherrschte eine ungezwungene Stimmung ihre Runde und sie beschloss sofort, diesen Bildern keine Beachtung mehr zu schenken. Träume waren nun mal Schäume …

Sie schoss hoch.

Dominik war in Gefahr!

Nervös ging sie auf und ab und kaute an ihren Fingernägeln.

Was …? Was sollte sie tun …?

Die Redaktion – vielleicht war er dort.

Sie rief an und Simone meldete sich. »Dominik ist nicht hier. Er hat sich freigenommen.«

»Freigenommen? Weshalb denn?«

»Wegen dieses Zeitungsartikels über ihn in der *Blitz*«, antwortete Simone zögerlich, »und den anderen Dingen, die er danach erzählt hat … nehme ich mal an.«

Anna legte verdutzt die Stirn in Falten. »In Ordnung, dann versuche ich ihn zuhause zu erreichen, danke.«

»Ähm … Grüßen Sie ihn bitte von mir? Und von den anderen? – Es tut uns allen sehr leid.«

»Okay … Mache ich …«

Verwirrt legte sie auf.

Mein Gott …

Was war alles geschehen in den letzten achtundvierzig Stunden? Was war alles geschehen in den letzten Tagen, Monaten, Jahren …? Wer war dieser Mann, den sie so sehr liebte und der mit ihr Tisch und Bett teilte?

Ihr Leben, aufgebaut auf Lügen! Ihre Beziehung – eine einzige Lüge!

Annas Welt geriet komplett aus den Fugen, drohte einzustürzen … einer Apokalypse gleich …

Doch jetzt hatte sie keine Zeit darüber nachzudenken … jetzt musste sie handeln!

Sie hatte einen Schlüssel für Dominiks Wohnung. Den schnappte sie sich und fuhr zu ihm nach Hause.

»Hallo …?!«, rief sie, als sie seine Wohnungstür öffnete.

Der beklemmende Druck in ihrer Brust ließ sie stoßweise atmen. Suchend, ohne zu wissen wonach, tigerte sie in seiner Wohnung umher.

Dominik war der absolut unordentlichste Mensch den sie kannte und das Resultat davon erschwerte ihre verzweifelte Suche nach einem Hinweis.

Es lag so einiges rum:

Getragene, zerknautschte T-Shirts über den Stuhllehnen, Sofakissen am Boden, stapelweise Papier und Unterlagen, die wohl zu seinem Studium gehörten. Das Bett war nicht gemacht, was normal war und auf nichts hinwies. Ein Stapel Kleider über einem Stuhl daneben, sein PC und Drucker auf dem schmalen Schreibtisch in der Ecke …

… am Boden – ein weißes Blatt Papier.

Sie hob es hoch und drehte es um.

Der Ausdruck eines Zeitungsartikels aus den Neunzigern.

Eine Hütte mit buntem Dach war darauf abgebildet und dazu in fetten Lettern der Titel:

GROSSER DROGENFUND IN WALDHÜTTE

Dann las sie quer über den Artikel und blieb am Namen des Kommissars, der ein Interview gegeben hatte, hängen. Blitzschnell verstand sie, obwohl sie nicht wirklich begreifen konnte, weshalb.

Die Hütte lag in der Region Schwarzenbach, einem Ortsteil der Gemeinde Burgthann, mit dem Auto in rund zehn Minuten zu erreichen.

Sie sprintete die Treppe hinunter und fuhr los.

Schwarzenbach war umgeben von Wäldern. Sie würde auf den Wegen dort kreuz und quer umherfahren müssen, bis sie hoffentlich fündig werden würde.

Allmächd … bitte, bitte …

Sie krallte sich ans Lenkrad.

Hoffentlich war sie nicht zu spät.

55

»Du hast dich verkalkuliert Dominik!«

Marius presste ihm das Messer noch fester gegen den Hals. Dominik wich zurück, so gut er konnte, aber er kam nicht weit. Marius hielt ihn mit seinem kräftigen Körper an der Wand fixiert.

»Ich bin derjenige, der hier die Rollen verteilt, nicht du! Du bist der Unterworfene und in dieser Position wirst du auch sterben!«

»Du bist kein Herrscher«, keuchte Dominik mit zusammengepresster Brust. »Du bist dein eigener Sklave, gefangen in deinem kranken Trieb, der dein Leben diktiert. Da ist nichts, was dich über mich stellt …« Er kniff die Augen zusammen, als sich die Klinge noch mehr in seine Haut grub. »Du bist ein feiges Schwein, hättest dich an keinen von uns rangetraut, wenn wir uns hätten wehren können!«

Marius presste sich noch mehr gegen ihn und bohrte seine Finger in Dominiks Handgelenk. Seine Lippen streiften Dominiks Wange, als er seinen Kopf drehte und ihm ins Ohr zu flüstern begann …

Das Flüstern … nicht … nicht das …

»Also, das können wir ändern, Junge … Ich habe noch etwas Zeit, bevor ich dir den Hals aufschlitze. Du kannst dich gerne ein bisschen wehren …«

Er ließ sein Handgelenk los, schnürte dafür seinen Hals mit dem Messer grob ein. Dominik spürte ein heißes Brennen, als seine Haut verletzt wurde.

Marius' schwerer Atem drang an sein Ohr. Seine freie Hand glitt Dominiks Hüften entlang und griff ihm vorne zwischen die Beine. Reflexartig zuckte Dominik zusammen und der brennende Schmerz an seinem Hals flammte erneut auf. Die Hand packte ihn fordernd am Gesäß.

»Na los, wehr dich … bevor ich dich an die Balken fessle!« Marius presste seinen Unterleib an Dominiks Hintern, während seine Erregung stieg. Dominik konnte sie durch die Jeans hindurch spüren.

»Nein!«

Er fuhr herum, ein weiteres höllisches Brennen an seinem Hals ignorierend und stieß Marius den Ellbogen mit voller Wucht in die Magengrube.

Marius ächzte und krümmte sich, dann richtete er sich auf. Mit wutverzerrtem hochrotem Kopf hielt er das Jagdmesser in die Höhe und ließ es in seiner Hand vibrieren.

Dominik zog sein Messer hervor und rang Marius ein spöttisches Grinsen ab. »Du bist so was von lächerlich!« Er hielt sein Messer wie einen Degen vor sich. »Schmeiß das alberne Rüstding weg!«

»Einen Dreck werd ich!« Dominik hob flink sein Bein, führte eine halbe Drehbewegung aus und kickte Marius das Messer aus der Hand.

Marius stürzte sich auf ihn, brachte ihn rückwärts zu Fall. Dominiks Hinterkopf knallte hart auf dem Boden, das Messer glitt ihm aus der Hand. Hektisch tastete er blind danach, während Marius sich auf seinen Brustkorb setzte und ihm den Hals mit den Händen zudrückte. Sein Gesicht war einer Fratze gleich, als er Dominik, der nicht mehr einatmen konnte, anstarrte.

»Was sagst du nun? Ich erstick dich wie eine Ratte und verscharr dich irgendwo da draußen!«

Dominik versuchte, die Klauen an seinem Hals mit einer Hand zu lösen, während die andere nach wie vor verzweifelt nach dem Messer suchte.

Marius grinste breit, als würden seine Mundwinkel bis zu den Ohren reichen. »Und soll ich dir ich noch was sagen? Ich brauch dich gar nicht mehr! Hatte mit deinen jämmerlichen Freunden ebenfalls einen riesigen Spaß! Ihr drei werdet auch nicht die Letzten gewesen sein, versprochen!«

Dominiks Kopf schien zu platzen, er röchelte, krallte sich in Marius' Hände, suchte hektisch mit den Fingern den Boden ab …

Marius quetschte noch mehr zu. »Verabschiede dich Junge«, sagte er mit mahlenden Kiefern, »und mach dir keine Gedanken wegen Anna. Ich werde sie trösten wegen dir. Sie ist bei mir gut aufgehoben!« Er lachte.

Dominik sah Pünktchen vor den Augen tanzen, ihm wurde kotzeschlecht. Seine Hand suchte und grapschte …

Da …!

Er griff nach dem Messer. Es schien plötzlich viel schwerer als vorher zu sein. Dominik schielte hinüber und sah verschwommen, dass es das Brecheisen war, mit welchem er Marius zuvor unschädlich gemacht hatte.

Unkontrolliert schwang er es und traf Marius an den Schultern. Der schrie fluchend auf und ließ Dominiks Hals los.

Dominik hustete, keuchte, schwang die schwere Stange erneut, holte aus und traf Marius an der Brust. Marius juckte hoch, torkelte zurück und prallte an einen Stützbalken, der bedrohlich zu ächzen anfing.

»Du elendes, kleines Miststück!«, schrie er wie von Sinnen, in einer ungewohnt hohen Stimmlage. »Ich werde dir diese verfluchte Brechstange so tief in den Arsch rammen, dass sie dir wieder zur Fresse rauskommt!«

Dominik hatte sich aufgerichtet, bevor Marius reagieren konnte. Dieser stürzte sich laut brüllend auf ihn und griff nach der Stange, mit der Dominik nochmals ausholen wollte.

Sie hielten die Stange fest, mit vier Händen, versetzt, von beiden Seiten. Sie zerrten, Dominik starrte auf die klammernden Finger und bemerkte, dass Marius rechte und seine linke Hand blutüberströmt waren.

Sie rangen … gleichstark … Arme hoch und runter, wie ein Todestanz … kamen sich näher … keiner ließ los …

Mit Wucht hob Dominik sein Knie und stieß es Marius in die Männlichkeit. Er schrie auf, ließ die Stange los, krümmte sich, prallte erneut an den Stützbalken.

Es knarrte und ächzte, das Gebälk geriet ins Wanken, bröselige Stückchen aus Stein und Holz regneten auf sie nieder. Abgelenkt von diesem Szenario blickten beide erschrocken nach oben, kurzfristig ihren Kampf vergessend …

Bis Dominik Marius am Kragen packte und ihn ins Hier und Jetzt zurückholte!

Er zog ihn zu sich, ganz nahe … die Stange mit der anderen Hand fest umklammert. Ihre Blicke trafen sich und verharrten ineinander versunken, starr und eisig.

Marius griff an Dominiks Hand, versuchte sich hinaus zu winden, doch Dominik hatte immense Kräfte entwickelt, hielt ihn fest! Stark und überlegen!

Er kniff die Augen zusammen, pustete die Strähne weg und erhob seine Stimme. Laut und tief dröhnte sie, wie niemals zuvor: »Das ist für Till und Jens, du Abschaum!!!«

Er holte aus, schwang die Brechstange hoch über seinen Kopf … Marius zerrte panisch zurück, prallte nochmals an den wurmstichigen Balken …

… Was nun definitiv zu viel für das betagte Bauwerk war …

Als würde ein gewaltiges Erdbeben die Hütte erschüttern, geriet der gesamte Dachstock stöhnend und knarzend in Bewegung. Schräg kippte er weg und Holz, Steine, Ziegel prasselten mit Wucht auf sie nieder, als die vier Stützbalken wie gefällte Bäume langsam nachgaben.

Geschockt, unfähig zu handeln, standen sie da. Dominik ließ los. Reflexartig hielten sie ihre Arme schützend über ihre Köpfe. In dem staubigen, lautprasselnden Regen aus Bauschutt und Ziegeln, nahm Dominik blinzelnd einen Balken wahr, der in Zeitlupentempo in ihre Richtung stürzte. Marius drehte sich um und hob die Hände vor sich ausgestreckt, als der Balken ächzend auf ihn nieder krachte.

Blockiert stand Dominik da, als er am Arm gepackt und nach hinten gerissen wurde … haarscharf, bevor der Balken ihn ebenfalls unter sich begraben konnte.

Er wurde nach draußen gezerrt, wusste nicht wie … ob er selber mithalf oder nicht … lag plötzlich im Gras, währenddessen die Erde erzitterte und die gesamte Hütte dröhnend in eine Staubwolke gehüllt zusammenbrach.

Schwer atmend blickte er nach oben in Annas verängstigtes, fleckiges Gesicht, welches sich vom nebelgrauen Himmel abhob. Sie verzerrte es zu einem Lächeln und schluchzte dabei, die Augen tränengefüllt.

Er sah ihre Hand über seinem Gesicht, wie sie ihn zitternd liebkoste und dann an die Stelle seines Halses fasste, die pochte und brannte.

»Du bist verletzt, dein Hals …« Sie wimmerte verzweifelt und blickte sich hilfesuchend umher. »Du brauchst einen Arzt, oh mein Gott!« Sie zerrte sich den Seidenschal vom Hals, knüllte ihn zusammen und presste ihn Dominik gegen die brennend heiße Stelle. Hektisch nestelte sie in ihrer Jackentasche herum, bis sie ihr Handy in der zittrigen Hand hielt.

Dominik schaute ihr zu … in einer mürben Gelassenheit.

Sein Blickfeld reduzierte sich auf einen schwarzen Tunnel mit verwischten Konturen.

Dumpf vernahm er, wie sie etwas ins Handy rief, dann wurde es zusehends dunkler, ein hoher Pfeifton übertönte den Aufschrei weit in der Ferne …

»Nein!!! … Bleib bei mir …!!!«

56

Draußen schien die Sonne.

Ihre goldenen Strahlen fluteten den kleinen Raum, wärmten und erhellten ihn angenehm.

Anna saß schweigend da.

Irgendwann rieb sie sich die Stirn und seufzte tief.

»Du willst meine ehrliche Meinung?«, sagte sie und hob eine Braue.

»Ach nein, nicht nötig. Ich weiß, dass es umwerfend ausgesehen hat!« Dominik zwinkerte ihr zu, nachdem er das gemusterte Krankenhemd mit offener Rückenpartie ausgezogen hatte und stattdessen in ein frisches Sweatshirt und Jeans schlüpfte. Anna hatte ihm die Sachen von zuhause gebracht, als sie in der Früh erfahren hatte, dass er das Krankenhaus bereits wieder verlassen durfte.

Als er sich die Socken anzog, klopfte es an der Tür und der Stationsarzt, ein schlaksiger Mann Ende dreißig, betrat das Krankenzimmer.

»Herr Novak«, freundlich streckte er ihm die Hand entgegen. »Also, dann entlassen wir Sie jetzt. Sie sollten sich noch im Büro melden und einen Termin vereinbaren, um die Fäden zu ziehen.« Er blickte in seine Unterlagen. »In vierzehn Tagen.«

Dominik verzog das Gesicht. »Da freue ich mich schon.«

Der Arzt schmunzelte, trat näher und schob Dominiks Kinn mit den Fingerspitzen etwas nach oben. Konzentriert musterte er die knapp zehn Zentimeter lange, wulstige Naht mit den blauen, verknoteten Fäden. Dann trat er zurück und hielt das Klemmbrett mit Dominiks Krankenakte an seine Brust gedrückt.

»Sie hatten riesiges Glück,« sagte er ernst. »Sie hatten ziemlich viel Blut verloren. Glücklicherweise wurde die Arterie nicht verletzt, sondern nur die Vene. Ansonsten hätten sie das nicht überlebt.«

Dominik nickte stumm. Anna, die auf seinem Bett saß, griff nach seiner Hand und drückte sie.

»Fühlen Sie sich soweit gut?«, fragte der Arzt, betont forsch. »Bluttransfusion verdaut?«

»Ja, sieht so aus. Bis jetzt habe ich jedenfalls keine Zuckungen.«

»Na dann ...« Der Arzt hielt ihm die Hand erneut entgegen. »Machen Sie's gut – keine Dummheiten!« Er nickte Anna schelmisch zu, als er ihr ebenfalls die Hand schüttelte und verließ danach das Zimmer.

Dominik trat ans Waschbecken und betrachtete seinen Hals nachdenklich im Spiegel. Neben dem genähten Schnitt hatte er noch zwei weitere, welche zum Glück nicht tief waren, und mit Klammerpflastern geklebt werden konnten.

»Ich mutiere langsam zu Frankensteins Monster, wenn das so weitergeht ...«

Anna erhob sich und zog ihn behutsam zu sich herum. »Hey ...« Sie berührte seine Wange und er schloss die Augen. »Das geht nicht mehr so weiter. Es ist vorbei.«

Er nickte stumm, die Augen noch immer zu. Er presste sie zusammen und atmete seufzend aus, während eine Träne aus seinem Augenwinkel rann.

Sie nahm ihn in den Arm. »Es tut mir so leid ... so leid, dass ich so blind gewesen bin«, flüsterte sie.

»Da sind wir doch schon zwei, Anna ...« Sanft löste er sich von ihr, wischte sich mit dem Daumenballen übers Auge und dann die Strähne aus der Stirn.

Anna betrachtete ihn und war einfach dankbar, dass er hier vor ihr stand.

Gestern hatte sie für einen Moment geglaubt, sie hätte ihn verloren, als er blutüberströmt und bewusstlos auf dem Boden gelegen war. Glücklicherweise war der Notrufwagen schnell da gewesen. Dominik war umgehend in das Altdorfer Krankenhaus gebracht worden, wo er versorgt wurde und eine Bluttransfusion bekam. Danach hatte er sich schnell erholt.

Anna war bis tief in die Nacht bei ihm geblieben. Sie hatten geredet und geredet, geweint und sogar ein bisschen gelacht.

Die Polizei war auch noch da gewesen und hatte seine und Annas Aussage zu Protokoll genommen.

Marius hatte den Einsturz nicht überlebt.

Der Schutthaufen war untersucht worden und nach kurzer Zeit wurde auch die Falltür gefunden, die in das kleine Kellerabteil führte, welches nach dem Einsturz unversehrt geblieben war. Die Beweislast hatte keine Fragen offengelassen. Nebst der schwarzen Sporttasche mit Marius' Requisiten, wurden auch die Fotos von den drei Opfern gefunden, sowie eine Flut von Fingerabdrücken und die DNA von lediglich einer Person.

Anna setzte sich wieder auf die Bettkante neben Dominik, der sich die Schuhe band.

»Wann musst du bei der Pressekonferenz sein?«, fragte sie.

»In zwei Stunden.«

»Willst du das wirklich tun? Wird dir das nicht zu viel?«

Er schüttelte den Kopf und sah sie an. »Nein. Ich werde offiziell erzählen, wie alles gewesen ist. Von A bis Z. Ich will der Presse keine Möglichkeit geben, irgendwelche Unwahrheiten zu verbreiten. Sie können mich alles fragen und ich werde Auskunft geben.«

»Meinst du nicht, dass das sehr schmerzhaft werden könnte?« Anna sah besorgt aus.

Dominik zuckte die Achseln. »Ich glaube kaum, dass der gestrige Tag bezüglich *schmerzhaft,* noch getoppt werden kann.«

Anna nickte stumm und senkte den Blick. Ihre Schultern begannen zu zucken, der Schmerz überwältigte sie. Dominik betrachtete sie liebevoll, rutschte rüber und nahm sie in den Arm. Sie weinte.

»Ich rede immer nur von mir, Anna, entschuldige bitte. Deine Welt ist auch komplett zusammengebrochen, nicht bloß meine. Glaube mir … das weiß ich …« Er küsste sie auf die Schläfe.

»Wir werden füreinander da sein, uns gegenseitig helfen. Wir schaffen das … gemeinsam«, flüsterte er und ruckelte aufmunternd an ihrer Schulter.

Sie wischte die Tränen weg und lächelte ihn mit geröteten Augen an. »Okay …«

»Gehen wir?«

»Gehen wir.«

Dominik saß zwischen zwei Polizeibeamten in der Mitte des langen Tisches im Altdorfer Polizeipräsidium, an dem ebenfalls die Staatsanwältin, sowie Oliver und Jochen Braun saßen. Vor sich einige Mikrofone, ein gleißender Scheinwerfer auf ihn gerichtet, bei dem er es vermied, direkt hineinzusehen, um nicht minutenlang geblendet zu sein.

Der Raum war gefüllt mit rund fünfzig Reportern, darunter auch Simone, welche etwa in der Mitte saß und ihm zulächelte. In der hintersten Ecke konnte er Hagen erkennen, der sich vor Simone zu verstecken schien, weil er wohl für die *Blitz* hier war.

Der Polizeibeamte zu seiner Rechten ergriff das Wort, welches er dann nach einer kurzen Einleitung an Dominik übergab.

Dominik berichtete sachlich, ohne überbordende Emotionen. Er erzählte die komplette Geschichte, vom Anfang bis zum Ende.

Marius' Name durfte er nicht nennen, wohl aber erwähnen, dass der Täter ein Polizeivollzugsbeamter des gehobenen Dienstes in Nürnberg gewesen war. Er berichtete von ihrem verwandtschaftlichen Verhältnis, Marius' Doppelleben und dessen Resultat.

Ein wichtiges Anliegen war ihm Till, Jens und Lukas und ihren Part in dieser Geschichte. Er verwies auf die Gerüchte, welche im Umlauf waren und dass die allesamt nicht haltbar waren.

Die Fragerunde verlief gesittet und respektvoll. Keiner der Reporter stellte eine solch provokative Frage, dass Dominik sie nicht beantworten wollte.

Zum Schluss begann Simone zu klatschen und sämtliche Reporter stimmten mit ein. Selbst Hagen ließ seine Hände in Zeitlupentempo aufeinander prallen. Dieser Applaus ließ Wärme in Dominiks Körper strömen und gab ihm das Gefühl, das Richtige getan zu haben.

Anna kam ihm entgegen, nachdem er sich von den Beamten und der Staatsanwältin verabschiedet hatte. Oliver hatte ihn noch kurz zur Seite genommen und sein Bedauern ausgesprochen. Er wirkte zutiefst mitgenommen und Dominik hatte ihm angesehen, dass er noch gar nicht recht begriff, was hier eigentlich vor sich gegangen war.

Dominik verließ mit Anna das Präsidium und sie setzten sich in ihren Wagen.

»Uff …« Beide atmeten aus.

»Und jetzt willst du noch in die Redaktion?«

»Ja, dann ist alles erledigt.« Er lächelte müde.

König saß an seinem Schreibtisch, als Dominik an die Tür klopfte.

Nachdem er ihn hereingebeten hatte, bot er ihm sogar einen Stuhl an, was ja nicht zwangsläufig zu seinen Höflichkeitsfloskeln gehörte. Er musterte Dominik über den Rand seiner Lesebrille in alter Manier und drehte einen Kugelschreiber zwischen Daumen und Zeigefinger beider Hände hin und her.

»Wie kann ich Ihnen helfen, Herr Novak?«, fragte er, nachdem Dominik zwar Platz genommen, den Mund aber nicht aufgemacht hatte.

»Ich möchte mein Praktikum per sofort kündigen.«

König hielt mit dem Kugelschreiberdrehen inne.

»Weshalb?«

Dominik hatte genau diese Frage erwartet.

»Wegen der Umstände … Es ist einfach zu viel passiert. Ich weiß nicht, was Sie bereits wissen …«

»Genug um zu verstehen«, fiel König ihm ins Wort. »Und es tut mir sehr leid.«

Dominik nickte.

»Was haben Sie nun vor?«

»Ich, das heißt wir – meine Schwester und ich ziehen von hier weg und versuchen einen Neuanfang zu starten.«

»Das kann ich nachvollziehen. Ziehen Sie zurück nach Bochum?«

Dominik zuckte die Achseln. »Wir wissen noch nicht wohin. Mal sehen …«

»Was ist mit Ihrem Studium? Das Hauptstudium an der Uni Bochum und das anschließende Volontariat, welches Sie bei einer renommierten Zeitung absolvieren wollten?«

»Ich bin mir nicht mehr sicher, ob ich noch Journalist werden möchte … Ich glaube, eher nicht …«

Pause. König sah ihn nachdenklich an.

Nach einer Weile erhob er sich, schritt langsam auf Dominik zu, lehnte sich an den Schreibtisch und überschlug entspannt die Füße. »Das wäre schade um Ihr Talent, Herr Novak. Wirklich.«

Dominiks Kehle schnürte sich zu.

»Talent … Welches Talent?«, sagte er gepresst. »Das war Verzweiflung, das hatte nichts mit Talent zu tun.«

König lächelte. Eine väterlicher Ausdruck lag in seinem Gesicht. »Herr Novak: Ich wage von mir zu behaupten, dass ich erkennen kann, ob ein Praktikant das Potenzial zu einer gehobenen Ebene des Journalismus mitbringt oder eher nicht.«

Dominik schaute zu Boden und schwieg.

Warm fuhr König fort: »Was uns nicht umbringt, macht uns stärker. Lassen Sie nicht zu, dass diese schlimmen Dinge, die geschehen sind, Ihre Zukunft zerstören. Verbuchen Sie sie als ein großes Opfer, welches Sie erbringen mussten, um Ihre Begabung auf die richtige Bahn zu lenken.«

Dominik blickte hoch, so gut es die ziehende Naht an seinem Hals zuließ. Königs Lachfältchen waren deutlich zu erkennen.

»Lassen Sie mich etwas von mir erzählen:
Bevor ich 1995 nach einer Auszeit Chefredaktor beim *Kurier* geworden bin, war ich über fünfzehn Jahre als Kriegsreporter tätig und habe einen Großteil dieser Zeit in Afghanistan verbracht. Ich sah und erlebte dort die fürchterlichsten Dinge … Oft war ich in Frontnähe, konfrontiert mit Heckenschützen, Querschlägern und Tretminen. Ich sah hunderte Menschen im Gefecht oder an Krankheiten wie Typhus und Hepatitis sterben. Ich lebte lange Zeit unter der Zivilbevölkerung und erlebte ihr unsagbares Leid eins zu eins mit. Manchmal war das alles kaum zum Aushalten. Vieles in mir wurde während dieser Zeit zerstört, aber gleichzeitig bin ich auch daran gewachsen.«

Er pausierte kurz, dann fuhr er fort:
»Die Reportagen unseres kleinen Teams gingen um die Welt und ermöglichten den Menschen auf der Sonnenseite des Lebens einen Einblick in den Kriegsalltag. Unser bescheide-

ner Beitrag für eine bessere Welt. Ich habe nie bereut, diesen Lebensweg gewählt zu haben.«

Ein Hauch von Schmerz lag in seinen Augen, als er Dominik betrachtete. »Sie hatten keine Wahl, Herr Novak … Das ist mir natürlich bewusst. Und trotzdem oder vielleicht gerade deswegen, kann ich Ihnen nur eines raten:« Er grinste – auf eine heroisch, kämpferische Weise …

»Treten Sie diesem Mistkerl in die Eier und zeigen Sie's ihm und der ganzen Welt!«

Dominiks Augen wurden groß. So hatte er König noch nie reden hören. Ein keckes Lächeln huschte kurz über sein Gesicht.

König nickte schelmisch, wurde jedoch augenblicklich wieder ernst. »Überdenken Sie Ihren Entscheid nochmals in Ruhe. In Ordnung?«

»In Ordnung«, antworte Dominik heiser, dann erhob er sich.

»Ich wünsche Ihnen alles Gute, Dominik.« König gab ihm die Hand. Fest und herzlich.

»Danke Herr König … Auf Wiedersehen.«

König setzte sich, nahm den Kugelschreiber und wandte sich seinen Unterlagen zu.

»Hm«, brummte er nachdenklich. »Zwei Praktikumsstellen freigeworden … innerhalb einer Woche, das ist hier noch nie passiert.« Wie eh und je sagte er dies ohne aufzublicken. »Ich denke mal, dass ich Herrn Wolf etwas mehr einspanne, bis die Stellen wieder besetzt sind. Dann hat er keine Zeit mehr für solche Flausen, wie heimlich für die *Blitz* zu schreiben.«

Dominik sah ihn überrascht an, dann grinste er.

Frech wie ein Lausejunge zwinkerte König ihm zu. »Halten Sie die Ohren steif, Novak!«

»Mache ich.«

Dominik ging zu seinem Arbeitsplatz und packte seine Sachen in den Rucksack, den er bei sich trug. Ein letztes Mal warf er einen Blick auf Jens' leeren Schreibtisch, dann verabschiedete er sich von den wenigen Anwesenden.

Simone saß an ihrem Computer, seit sie von der Pressekonferenz zurückgekehrt war. Herzlich umarmte sie ihn. »Mach's gut, mein Süßer«, flüsterte sie.

Tina umarmte ihn ebenfalls. Die Kollegen gaben ihm die Hand und nickten. – Hagen war nicht hier.

Dominik trat ins Freie.

Die Sonne blendete ihn wohltuend. Im Gegenlicht sah er Anna, die vor ihrem Auto stand und auf ihn wartete.

Er schulterte seinen Rucksack, ging ein paar Schritte, dann hielt er inne, schaute nach unten …

Sie war bei ihm, für immer.

Sorgsam hielt er sie in seiner Hand.

Die Karikatur.

»Ihr zwei fehlt mir … Ihr werdet mir immer fehlen«, flüsterte er.

Vorsichtig faltete er sie zusammen und steckte sie in die Gesäßtasche.

Dann strich er die Strähne aus der Stirn, lächelte Anna an und ging auf sie zu.

57

Montag, 30. Oktober 2017 – Abend

Marius,

eigentlich wollte ich mein Schreiben an dich mit: »Servus Marius« beginnen, doch meine Finger weigerten sich solch eine Heuchlerei in die Tasten zu tippen. Logisch: Du bist ja auch der Letzte den ich grüßen möchte. Deshalb werde ich es einfach bleiben lassen.
Was zerbreche ich mir überhaupt den Kopf? Höflichkeitsfloskeln spielen sowieso keine Rolle mehr.
Du bist tot, warst mal ein Häufchen Asche und bist anonym irgendwo in einem Wiesen-Hügel eines Friedhofes verrottet.

Was also will ich nun von dir?
Das würdest du dich sicherlich fragen, wenn du das noch könntest.

Es ist jetzt auf den Tag 10 Jahre her, dass wir unser letztes Gespräch in der Waldhütte geführt haben.
Anlässlich dieses *Jubiläums,* verspürte ich den eigenartigen Wunsch dich ein letztes Mal zu »kontaktieren«, um dir zu erzählen, was bei mir in den letzten Jahren so gelaufen ist.

Zu Beginn gleich dies:
Die Erde hat sich für mich weitergedreht. Du hast mich nicht töten können, auch nicht auf die Weise, wie du es für mich geplant hattest.
Zwar gebe ich zu, dass du mich auch nach deinem Tod noch lange Zeit durch die Schattenwelt gejagt hast – das ist dir tatsächlich gelungen. Doch ich habe die Hintertreppe genommen und sie wieder verlassen.
Jetzt stehe ich in der Sonne.

Hier eine Zusammenfassung meines Lebens nach deinem jämmerlichen Ende. Keine Angst, ich fasse mich kurz.

Ich bin im Frühling damals wieder zur Uni gegangen, habe mein Studium fortgeführt und abgeschlossen. Dann habe ich die Gelegenheit bekommen, als Volontär bei der *Frankfurter Allgemeinen* in den verschiedensten Ressorts zu arbeiten, habe mir viel Praxis angeeignet und mich weitergebildet.
Seit einigen Jahren bin ich nun als freier Journalist tätig und habe meine wahre Berufung gefunden.
Ich leihe meine Stimme Gewalt- und Missbrauchs-Opfern: Kindern, Frauen, Männern, die aus Angst und Scham zu lange geschwiegen haben, denen man nicht zugehört oder ihre Worte zu verdrehen versucht hat.

Ich schreibe als Ghostwriter ihre leidvollen Biografien, erzähle ihre tragischen Geschichten und beliefere niveauvolle Zeitungen und Magazine mit Exklusivinterviews oder Reportagen.
Ich habe mir damit einen Namen geschaffen und die Menschen scheinen mir zu vertrauen, weil sie spüren, dass ich genauer hinsehe und hinhöre.

Bilde dir nichts ein, das ist nicht dein Werk. *Ich* bin nicht dein Werk, obwohl es dir in einer Hinsicht tatsächlich gelungen ist, mich zu verändern.
Du hast mich leiden lassen und mir damit die Augen für das Leiden anderer Menschen geöffnet.
Ich bin dadurch hellhöriger und hellsichtiger geworden und deswegen in diesem einen Punkt bereit, dir zu vergeben.

Soviel zum Job.

Privat freut es mich, dir berichten zu können, dass es Anna gut geht.
Sie hatte es enorm schwer in den ersten Jahren, nachdem du ihr Leben zerstört hattest. Doch sie ist eben eine Novak und die stehen immer wieder auf.
Sie erhob sich wie Phoenix aus der Asche und lebt jetzt in Würzburg, ganz nahe am Mainufer, zusammen mit Thomas.
Ach ja: Thomas ist ihr Mann!

Du würdest ihn wahrscheinlich nicht mögen, er ist so ganz anders als du und schafft es, seine Frau rundum glücklich zu machen. Die beiden haben sich vor sechs Jahren kennengelernt, vor vier Jahren geheiratet und vor drei Jahren sind sie sogar Eltern geworden.

Emma heißt meine süße Nichte. Sie sieht aus wie Anna, als sie klein war und freut sich nun auf ihren Cousin, der im Dezember zur Welt kommen wird.
Ich vermute stark, dass Emma die fürsorglichen Gene ihrer Mutter geerbt hat und ich meinen Sohn womöglich des Öfteren aus ihren Ärmchen befreien muss.
Melissa übt mit ihr trotzdem schon mal das Wickeln und Anziehen, schaden kann das ja nicht.

Vielleicht erinnerst du dich noch an Melissa? Die Frau, in die ich damals so verliebt gewesen bin, bevor du meine Gefühle für sie mit einem Stahlrohr zermalmt hast.
Das Schicksal hat es gut mit uns gemeint. Drei Jahre später sind wir uns zufällig am Oktoberfest in München über den Weg gelaufen und: BINGO!!!
Das Leben geht bisweilen seltsame Wege …

Langer Rede, kurzer Sinn:
Ich bin nun fertig mit dir und bereit, dich endgültig aus meinem Leben zu verbannen.

Du bist verblasst, beginnst dich komplett in Luft aufzulösen. Deine ehemalige Existenz hat keine Bedeutung mehr für Anna oder mich, das kann ich dir garantieren.

Doch in einer Sache hast du gesiegt, das gestehe ich dir schmerzlich zu.

Till und Jens.

Du hast sie auf deinem Gewissen und ich habe sie auf meinem Gewissen.
Ich hätte mich damals anders verhalten können, dann wären sie womöglich noch am Leben.
Diese Schuld hast du mir injiziert und mit ihr werde ich leben müssen, bis ans Ende meiner Tage.
Dieser Punkt geht unbestritten an dich.

Das war's dann.
Mehr gibt es von meiner Seite nicht zu sagen. Ich verabschiede mich nun für immer von dir.
Bevor ich die Löschtaste drücke und diesen Brief ins Jenseits befördere, wünsche ich dir, dass du auf ewig in der Hölle schmoren mögest!

Passd scho!

Dominik

Danke

Als sich die Idee zu diesem Buch in meinem Kopf manifestierte, ahnte ich nicht, dass ich so viel Unterstützung und Hilfe bekommen würde.

Die allesamt positiven Reaktionen auf mein Vorhaben haben mich motiviert, das Ganze auch wirklich in die Tat umzusetzen, dranzubleiben und zu Ende zu bringen.

Mein Dank geht an Doris Bühler und Silvia Velder für das Testlesen der ersten Version. Ihr wart eine große Hilfe beim Abhobeln und Feinschleifen der diversen Ecken und Kanten meines jungfräulichen Manuskripts.

Maya Messmer danke ich für die konstruktive Kritik und die lektorische Unterstützung. Es war unglaublich spannend und bereichernd mit dir die Geschichte durchzuackern. Du hast mich auf einige plumpe Fehltritte aufmerksam gemacht. Ein großes Dankeschön geht im Übrigen auch an deinen Mann für die Beantwortung diverser polizeitechnischer Fragen.

Ein riesiges Danke geht an Sigrid Irmler für das sorgfältige Korrektorat.

Ein besonderer Dank geht an Jenny Eggenberger, die mich mental unterstützte und mir interessante und bereichernde Kontakte vermittelte.

Von ganzem Herzen danke ich meinen beiden Töchtern für das Verständnis das sie aufgebracht haben, wenn ich mal wieder die Zeit komplett vergessen hatte und das Abendessen eine Stunde später als üblich auf dem Tisch stand.

Mein größter Dank gebührt meinem Mann, der von Anfang an zu 100% hinter mir stand und mit mir nach Altdorf bei Nürnberg reiste.

Das Layout, die Umschlaggestaltung, der Buchtrailer und das gesamte technische Drumherum habe ich ebenfalls nur ihm zu verdanken. Danke Rolf! – Ohne dich würde es dieses Buch definitiv nicht geben!

Zu guter Letzt danke ich Ihnen, liebe Leser, dass Sie mir und meiner Geschichte eine Chance gegeben haben. Ich hoffe von Herzen, dass sie Sie gut unterhalten konnte.

Printed in Poland
by Amazon Fulfillment
Poland Sp. z o.o., Wrocław

68618957R00240